Le Bled

Conjugaison

Édouard BLED
Odette BLED
Lauréats de l'Académie française

Nouvelle édition assurée par

Daniel BERLION
Inspecteur d'académie

hachette
ÉDUCATION

Conception graphique
Couverture : Mélissa CHALOT
Intérieur : Laurent CARRÉ – Audrey IZERN – Mélissa CHALOT
Intérieur : Mediamax

ISBN 978-2-01-701600-7

SOMMAIRE

AVANT-PROPOS

Il en est de la conjugaison comme de bien d'autres apprentissages : pour atteindre l'objectif fixé, avec ce que cela implique d'efforts patients, persévérants et ordonnés, il faut procéder méthodiquement.
Cette démarche fut adoptée par Odette et Édouard Bled dans tous leurs ouvrages. Nous avons conservé la ligne de conduite qui a assuré le succès de la collection : la rigueur, l'exhaustivité, la clarté de la présentation, la somme d'exercices à aborder avec constance et détermination.

Une nouvelle édition modernisée en profondeur

Les recherches linguistiques ont mis en évidence certains faits qui permettent de mieux soutenir les efforts de ceux qui apprennent ; aussi avons-nous introduit une cohérence nouvelle, sans pour autant modifier un contenu qui demeure le socle essentiel de notre système verbal.
Par ailleurs, les transformations, voire les bouleversements de notre société sont tels que nous avons choisi d'introduire des verbes qu'un citoyen du XXIe siècle utilise désormais dans sa vie quotidienne.

Un apprentissage progressif

La reconnaissance des verbes

L'étude de la conjugaison a une grande importance parce que les verbes sont les mots essentiels des propositions. Aussi faut-il apprendre à les identifier rapidement, à retrouver leur radical et à les replacer dans des ensembles qui présentent les mêmes régularités.
Le classement en trois groupes est simple et facilite la mémorisation des terminaisons, même si, à l'intérieur d'un même groupe, on rencontrera des séries qui se distinguent soit par des modifications identiques du radical, soit par des terminaisons différentes.
Nous consacrons aussi de nombreuses leçons à des verbes très fréquents (essentiellement du 3e groupe) dont les conjugaisons sont particulières.

Les temps et les modes

Les temps et les modes les plus usuels font l'objet d'études détaillées ; quant aux temps ou aux personnes qui ne se rencontrent plus que dans les textes littéraires (deux premières personnes du pluriel du passé simple, conditionnel passé, imparfait du subjonctif...), ils sont présentés dans des situations variées afin que vous puissiez les identifier et essayer de les placer dans vos écrits.

Les confusions de formes

Certaines formes et terminaisons sont homophones (*je **serre** les boulons ; il **sert** les clients – je **cours** ; il faut que je **coure** – je* ***parlerai*** *; je* ***parlerais***, etc.).
Nous proposons des procédés simples de différenciation par substitution ; ils vous permettront de placer rapidement la terminaison correcte.
Enfin, nous avons consacré deux leçons (pp. 40 à 43) et trois fiches (pp. 190 à 192) à l'accord des participes passés, source de nombreuses erreurs.

AVANT-PROPOS

Une organisation claire en 38 leçons

Chacune des leçons traite d'une difficulté spécifique. Elles sont présentées en double page selon le même schéma.

Les règles et les procédés

La page de gauche est consacrée à l'exposé, simple et clair, des principales règles de conjugaison suivies de remarques qui prolongent la réflexion. Règles et remarques sont accompagnées de nombreux exemples.

Les quiz et les exercices

Avant d'aborder les exercices d'application, vous aurez l'occasion de tester rapidement vos connaissances en répondant aux trois questions de la page de droite.

Nous vous recommandons vivement d'effectuer les exercices d'entraînement en totalité, c'est-à-dire en copiant l'intégralité des phrases. Contrairement à une idée reçue, ce temps de copie n'est pas du temps perdu : il permet la mémorisation, en situation, de milliers de mots et d'accords.

Les corrigés

Tous les exercices font l'objet d'un corrigé (pp. 84 à 104), auquel vous pourrez vous reporter aussi souvent que nécessaire.

Les 86 tableaux de conjugaison types et l'index de plus de 6 000 verbes

Pratiquement tous les verbes du français peuvent être rattachés à 83 séries types qui présentent les mêmes variations du radical et les mêmes terminaisons. Chacune de ces séries fait l'objet d'une présentation exhaustive des temps et des personnes dans des tableaux de lecture aisée. Les 83 tableaux sont complétés de 3 fiches (84, 85 et 86) qui précisent les modalités de l'accord du participe passé des verbes pronominaux.

Pour conjuguer un verbe, il suffira de le chercher dans l'index et de noter le numéro du modèle de conjugaison type. Vous y trouverez des renseignements complémentaires sur chaque verbe : transitif ou intransitif, auxiliaire utilisé aux temps composés.

La maîtrise de la langue

À travers l'apprentissage de la conjugaison, c'est, en fait, la maîtrise de la langue que nous visons ; si vous êtes à l'école de la rigueur et de la correction, vous serez progressivement en mesure de régler les problèmes posés lors d'une expression personnelle.

Nous avons voulu offrir à la personne rencontrant des difficultés un ouvrage qui lui permette de reprendre confiance et de progresser à sa mesure ; quant au lecteur plus avancé dans la maîtrise de la langue, il trouvera, dans ce livre, matière à se perfectionner pour être toujours plus assuré dans ses écrits.

Daniel Berlion
Inspecteur d'académie

RÈGLES ET EXERCICES

1 LES VERBES

Un verbe est un mot qui indique ce que fait, ce qu'est ou ce que pense une personne, un animal ou une chose.

L'infinitif

• On dit qu'un verbe est **conjugué** lorsque son écriture change selon le sujet du verbe ou le temps de la phrase.

• Lorsqu'il n'est pas conjugué, le verbe se présente sous une forme neutre : **l'infinitif**. C'est ainsi qu'il figure dans un dictionnaire.
parler – marcher – réunir – découvrir – faire – croire – venir – pouvoir

Le radical et la terminaison d'un verbe

Un verbe se compose d'un **radical** et d'une **terminaison** (ou désinence).

cherch-**er** réun-**ir** voul-**oir** descend-**re**

radical terminaison

(Dans les exemples ci-dessus, les terminaisons sont celles de l'infinitif.)

Remarque

Pour certains verbes, le radical reste le même dans toutes les formes verbales.
je **ris** – nous **ri**ions – ils **ri**ront – il faut qu'elle **rie** – **ris** – j'ai **ri**

Pour d'autres verbes, le radical peut varier d'une forme verbale à l'autre.
je **vais** – nous **all**ons – elle **ir**a – il faut que tu **aill**es

Les trois groupes de verbes

• **Le 1er groupe :** tous les verbes dont l'infinitif se termine par ***-er*** (sauf *aller*).
cherch**er** – trouv**er** – parl**er** – appel**er**

• **Le 2e groupe :** les verbes dont l'infinitif se termine par ***-ir*** et qui intercalent l'élément ***-ss-*** entre le radical et la terminaison, aux personnes du pluriel du présent de l'indicatif.
réunir (nous réuni**ss**ons) – agir (vous agi**ss**ez)

• **Le 3e groupe :** tous les autres verbes.
perdre – apparaître – vivre – courir (*on ne dit pas « nous courissons »*)

Les verbes *avoir* et *être* n'appartiennent à aucun groupe. Ils s'emploient comme les autres verbes, mais aussi comme **auxiliaires** aux temps composés (voir leçon 2).

Les verbes pronominaux

On appelle « **verbes pronominaux** » les verbes qui sont accompagnés d'un pronom personnel de la même personne que le sujet. À l'infinitif, c'est le pronom de la 3e personne : ***se***.
se laver – **se** tenir – **se** nourrir – **s'**asseoir – **se** pincer – **se** poser
Je **me** lave. – Tu **te** tenais. – Il **se** nourrit. – Nous **nous** asseyons. – Vous **vous** pincez. – Ils **se** posent.

Quiz

1 Quel est l'intrus de cette liste ?

revenir – contenir – mourir – secourir – pervertir

a. revenir b. mourir c. pervertir

2 Quel est l'infinitif de ce verbe ?

tu vainquis – il vaincra – elle vainc – vainquons – vous avez vaincu

a. vainquer b. vaincre c. vainqueur

3 À quel groupe appartient le verbe conjugué de cette phrase ?

Ce chien ne saurait désobéir aux ordres de son maître.

a. 1er groupe b. 2e groupe c. 3e groupe

1 c. *Pervertir* est le seul verbe du 2e groupe ; on dit : *pervertissant*. 2 b. Le verbe *vainquer* n'existe pas, et *vainqueur* est un nom. 3 c. Le verbe conjugué est *saurait*, forme du verbe *savoir* au présent du conditionnel.

Entraînement

1 Pour chaque verbe, séparez le radical de la terminaison.

Ex. : nous attendons → attend-ons

je vérifiais – nous crions – tu déjeuneras – elle respira – vous éteignez – ils fondent – je répondrais – vous conduisez – avancez – nous attendions – elles disparaissent – tu blêmis – on naviguait – il pleuvra – nous maigrissons – ils conclurent – j'admets – nous traversons – tu applaudissais – vous survivez

2 Indiquez le groupe auquel appartient chacun de ces verbes à l'infinitif.

Ex. : *pousser* → 1er groupe

traduire – subir – trébucher – pleuvoir – barbouiller – aboutir – plaire – annuler – resplendir – apparaître – atterrir – triompher – intervenir – réfléchir – souligner – approfondir – préconiser – gesticuler – garantir – parcourir – avertir – entendre – enfreindre – espionner

3 Indiquez l'infinitif de ces verbes dont le radical est modifié selon les formes verbales.

Ex. : je veux – je voudrais – veuillez – j'ai voulu → *vouloir*

tu reviens – il revenait – tu revins – ils reviendront – nous sommes revenus → …
je dois – il devait – ils durent – vous devrez – nous devions – elle a dû → …
nous pouvons – je pus – ils pourront – (que) tu puisses – elle a pu → …
ils envoient – tu envoyais – vous enverrez – j'envoyai – nous avons envoyé → …
je crains – elle craindra – (que) tu craignes – ils craignirent – vous avez craint → …
elle boira – on a bu – vous buviez – je bois – (que) je boive → …
je fais – ils font – vous faites – tu feras – (que) nous fassions – il a fait → …
elles plaisent – je plaisais – tu plus – nous plairons – il plaît – vous avez plu → …

4 Copiez cette liste de verbes et encadrez les verbes pronominaux.

permettre – se servir – se détendre – patienter – inverser – se souvenir – vendre – s'enrichir – s'éteindre – éblouir – se remplir – supprimer – s'accomplir – trottiner – s'évanouir – accompagner – s'enfermer – se maquiller

solutions p. 84

2 LES TEMPS – LES MODES – LES PERSONNES

La conjugaison est composée de séries verbales appelées « temps », elles-mêmes réunies en séries appelées « modes ».

Les temps

- **Le temps** du verbe permet de se situer (action/parole) sur un axe temporel (passé, présent, futur). La terminaison d'un verbe varie selon **le temps**.
hier → je march**ais** aujourd'hui → je march**e** demain → je marche**rai**
- **Temps simples :** formes sans auxiliaire.
je marche – nous marchions – vous marcheriez
- **Temps composés :** auxiliaire *être* ou *avoir* + participe passé du verbe.
j'ai marché – nous avions marché – ils seront partis

Les modes

- **L'indicatif :** action dans sa réalité.
Il **lit** ce roman.
- **L'impératif :** action sous forme d'ordre, de conseil, de recommandation.
Lis ce roman !
- **Le subjonctif :** action envisagée ou hypothétique.
Il faut qu'il **lise** ce roman.
- **Le conditionnel :** action éventuelle, qui dépend d'une condition.
S'il en avait le temps, il **lirait** ce roman.

Les personnes

- La terminaison d'un verbe varie selon **la personne.**
- *Je, tu, il, elle, on, nous, vous, ils, elles* sont des **pronoms de conjugaison.**
- Il y a trois personnes du singulier et trois personnes du pluriel.

je marche	→ C'est moi qui fais l'action.	*1re pers. du singulier*
tu marches	→ C'est toi qui fais l'action.	*2e pers. du singulier*
il/elle/on marche	→ C'est lui (elle) qui fait l'action.	*3e pers. du singulier*
nous marchons	→ C'est nous qui faisons l'action.	*1re pers. du pluriel*
vous marchez	→ C'est vous qui faites l'action.	*2e pers. du pluriel*
ils/elles marchent	→ Ce sont eux (elles) qui font l'action.	*3e pers. du pluriel*

⚠ Remarques

1 Le *vous* de politesse s'emploie quand on ne veut pas tutoyer son unique interlocuteur : la terminaison du verbe est celle de la 2e personne du pluriel. Dans ce cas, aux temps composés, le participe passé employé avec *être* sera au singulier, masculin ou féminin.

2 Dans la langue courante, il est devenu fréquent d'employer le pronom *on* à la place du pronom *nous*.
Nous marchons vite.
On marche vite.

Quiz

❶ À quelle personne le verbe est-il conjugué ?

Le développement des chemins de fer précipita la disparition des diligences.

a. 1re personne du singulier
b. 3e personne du pluriel
c. 3e personne du singulier

❷ Quel est le seul verbe conjugué à un temps composé ?

a. Nous aimerions revoir le dernier film de Luc Besson.
b. Nous devons revoir le dernier film de Luc Besson.
c. Nous avons revu le dernier film de Luc Besson.

❸ Quelle expression complète cette phrase ?

..., la famille Van Velde a déménagé pour habiter à Roubaix.

a. Le mois prochain
b. L'an dernier
c. À l'avenir

❶ c. Le verbe *précipita* est à la 3e personne du singulier du passé simple. ❷ c. Il n'y a que dans la troisième réponse que se trouve un auxiliaire : *avoir*. Le verbe est conjugué au passé composé de l'indicatif. ❸ b. Le verbe étant conjugué à un temps passé, seule la deuxième réponse convient.

Entraînement

1 ▶ Copiez ces phrases, soulignez les verbes conjugués à un temps simple et encadrez ceux conjugués à un temps composé.

Vous avez garni le réfrigérateur. – Les animaux ne sont pas admis dans ce restaurant. – Tiendras-tu tes promesses ? – Vous multipliez les essais. – J'avais souscrit un abonnement annuel. – Nous remplirons le questionnaire. – La côte bretonne sera polluée sur plusieurs kilomètres. – Les lézards paressaient au soleil. – Nous avons oublié les noms de tous les empereurs romains. – Ce tireur étonna ses amis par son adresse. – Tu seras certainement arrivé avant moi. – Je meublerai ma chambre.

2 ▶ Indiquez les personnes auxquelles les verbes sont conjugués.

Ex. : Elles **cherchaient** un renseignement. → *3e personne du pluriel*

À cause du soleil, je ferme les yeux. – Ces maisons sont en vente à des prix dérisoires. – Tu retires de l'argent au distributeur. – Le TGV roule à plus de trois cents kilomètres à l'heure. – Vous pédaliez de bon cœur. – Des incidents ont perturbé la retransmission de ce match. – Nous composerons le numéro de téléphone indiqué sur la notice. – Pour des raisons de sécurité, on doit toujours respecter les limitations de vitesse.

3 ▶ Complétez ces phrases avec les expressions ci-dessous et indiquez s'il s'agit du passé, du présent ou du futur ; il y a parfois plusieurs possibilités.

Samedi prochain – En ce moment – L'été dernier – Jadis – Hier – Demain – Actuellement – Aujourd'hui – À l'avenir – Au temps des pharaons

..., des avions transporteront peut-être plus de mille personnes. – ..., des esclaves bâtissaient de gigantesques pyramides. – ..., les boutiques du centre commercial proposent des promotions exceptionnelles. – ..., nous partirons en week-end à Biarritz. – ..., il pleut, mais, ..., il fera beau ; c'est du moins ce qu'annonce la météo. – ..., on s'éclairait avec des chandelles. – ..., la famille Durand a passé ses vacances dans le Périgord. – ..., j'essaie de brancher mon lecteur de DVD. – ..., tu as loué une voiture électrique.

solutions p. 84

3 LE PRÉSENT DE L'INDICATIF : *avoir – être – 1er groupe*

Le présent de l'indicatif indique généralement le moment actuel, mais il a aussi d'autres valeurs.

Les valeurs du présent de l'indicatif

- Le présent indique une action qui se déroule au moment où l'on parle.
  Tu **regardes** la télévision.
- Il peut exprimer une habitude, une action ou un fait souvent répétés.
  Ce magasin **ouvre** tous les jours à 9 heures.
- Il peut présenter une vérité générale, un fait permanent.
  Qui ne **risque** rien n'**a** rien.
- Il exprime des actions passées que l'on place dans le présent pour les rendre plus vivantes (présent de narration).
  En 1492, Christophe Colomb **découvre** l'Amérique.
- Il peut avoir une valeur de passé récent ou de futur très proche.
  Je **viens** juste de lui téléphoner. Demain, j'**arrive** vers 15 heures.

Tableaux de conjugaison

Auxiliaires		1er groupe
avoir	**être**	**parler**
j'**ai**	je **suis**	je parl**e**
tu **as**	tu **es**	tu parl**es**
il/elle **a**	il/elle **est**	il/elle parl**e**
nous **avons**	nous **sommes**	nous parl**ons**
vous **avez**	vous **êtes**	vous parl**ez**
ils/elles **ont**	ils/elles **sont**	ils/elles parl**ent**

Remarques

1 Certaines formes des auxiliaires sont homophones (elles ont la même prononciation).

Tu [ɛ] frileux.	2e pers. sing.	→ **es** (*être*)
Il [ɛ] frileux.	3e pers. sing.	→ **est** (*être*)
J'[ɛ] froid.	1re pers. sing.	→ **ai** (*avoir*)
Tu [a] froid.	2e pers. sing.	→ **as** (*avoir*)
Elle [a] froid.	3e pers. sing.	→ **a** (*avoir*)

2 Pour les verbes du 1er groupe, quatre terminaisons sont muettes :

je parl**e** – tu parl**es** – il parl**e** – elles parl**ent**

Il faut donc bien chercher la personne à laquelle le verbe est conjugué pour placer la terminaison correcte.

3 Le pronom personnel précédant le verbe n'est pas obligatoirement le sujet du verbe : ce peut être un pronom personnel complément.

Tu *me* donn**es** un as. → Tu donn**es** un as.

4 Les verbes du 3e groupe comme *ouvrir, couvrir, découvrir, recouvrir, entrouvrir, offrir, souffrir, cueillir, recueillir, saillir, défaillir, assaillir, tressaillir* se conjuguent comme les verbes du 1er groupe au présent de l'indicatif.

j'ouvre – tu découvres – il souffre – nous cueillons – vous défaillez – elles tressaillent

Quiz

❶ Quelles formes verbales complètent cette phrase ?

Ces maisons ... belle allure et elles ... à vendre dès maintenant.

a. ont – sont b. sont – ont c. sommes – avons

❷ Pour les verbes du 1er groupe au présent de l'indicatif, quelle est l'affirmation exacte ?

a. À la 3e personne du singulier, la terminaison est toujours *-es*.

b. Aux 1re et 2e personnes du singulier, les terminaisons sont identiques.

c. À la 1re personne du pluriel, la terminaison est toujours *-ons*.

❸ Quelles formes verbales complètent cette phrase ?

Ce roman policier te ..., et tu m'en ... la lecture.

a. passionnes – recommande b. passionne – recommandes

c. passionnent – recommandent

❶ a. On dit *avoir belle allure* et *être à vendre*. ❷ c. ❸ b. Le premier verbe est à la 3e personne du singulier et le second à la 2e personne du singulier.

Entraînement

1 Conjuguez les verbes de ces expressions au présent de l'indicatif.

rencontrer des difficultés **écouter** de la musique **garder** son calme
examiner les documents **signaler** sa présence **savourer** un dessert

2 Écrivez les verbes en gras au présent de l'indicatif.

Nous **regarder** le feuilleton du vendredi soir. – La porte **pivoter** sans bruit. – Tu **résister** à la tentation. – Certains **risquer** leur vie dans des ascensions périlleuses. – Vous **indiquer** le trajet aux touristes égarés. – Les anciens du quartier **organiser** un tournoi de pétanque. – Je vous **remercier** de votre aide. – Ce livre te **captiver**. – Tu **donner** ta réponse et tu la **justifier**. – Nous **déposer** nos bagages sur le tapis roulant. – Les feux tricolores ne **fonctionner** plus depuis une heure. – Ce bricoleur de génie **perfectionner** son invention. – Je **trier** de vieilles photographies. – Vous n'**avoir** pas à vous plaindre : vous **être** bien servis.

3 Écrivez les verbes en gras au présent de l'indicatif avec les sujets proposés.

être sur le parking et **chercher** une place

Tu ... **Nous ...** **M. Laurent ...** **Les automobilistes ...**

avoir le hoquet et **avaler** un verre d'eau

J'... **Farid ...** **Vous ...** **Ces enfants ...**

4 Complétez ces phrases avec des sujets (noms ou pronoms) de votre choix en respectant les accords.

... posez de bonnes questions. – ... relie ces deux villes. – ... note ses élèves avec bienveillance. – ... ponctue correctement mon texte. – ... enfilent leur maillot avant de pénétrer sur le terrain. – ... sont actuellement sans ressources. – ... paralyse la circulation sur le boulevard périphérique. – ... fouillons dans notre placard. – ... fredonnes ton air préféré. – ... arrêtent les chauffards. – ... flaire la piste du gibier. – ... montez au quatrième étage. – ... revendiquent de meilleures conditions de travail.

solutions pp. 84-85

4 LE PRÉSENT DE L'INDICATIF : 2e et 3e groupes

Au présent de l'indicatif, les terminaisons des verbes des 2e et 3e groupes sont identiques.

Tableaux de conjugaison

2e groupe	3e groupe	
réussir	**courir**	**rompre**
je réussis	je cours	je romps
tu réussis	tu cours	tu romps
il/elle réussit	il/elle court	il/elle rompt
nous réussissons	nous courons	nous rompons
vous réussissez	vous courez	vous rompez
ils/elles réussissent	ils/elles courent	ils/elles rompent

Remarques

1 Certains verbes du 3e groupe (et leurs dérivés) perdent la dernière lettre de leur radical aux personnes du singulier.

vivre	je vis	tu vis	on vit
mettre	je mets	tu mets	il met
battre	je bats	tu bats	elle bat
dormir	je dors	tu dors	il dort
sentir	je sens	tu sens	on sent
partir	je pars	tu pars	elle part
sortir	je sors	tu sors	il sort
mentir	je mens	tu mens	elle ment
paraître	je parais	tu parais	il paraît*

* Pour les verbes terminés par ***-aître*** à l'infinitif – ainsi que *plaire* –, on conserve l'accent circonflexe quand le ***i*** du radical est suivi d'un ***t***.

2 Il existe plusieurs formes homophones. Pour éviter les erreurs, il faut chercher le verbe, le groupe et la personne avant de placer la terminaison.

réussir → je réussis – tu réussis – il réussit
courir → je cours – tu cours – elle court – ils courent

3 Pour certains verbes terminés par ***-dre***, il n'y a pas de terminaison à la 3e personne du singulier.

j'attends – il attend

4 Il ne faut pas confondre les verbes du 1er groupe avec d'autres verbes homophones du 3e groupe à certaines personnes. Pour éviter les fautes d'orthographe, il faut chercher l'infinitif qui indique le groupe auquel appartient chaque verbe.

Vous [fɛt] un tour en ville.
3e groupe → faites (*faire*)
Tu [fɛt] ton anniversaire.
1er groupe → fêtes (*fêter*)

5 Pour les personnes du pluriel des verbes du 2e groupe, on intercale l'élément ***-ss-*** entre le radical et la terminaison. Cet élément permet de distinguer les verbes en ***-ir*** du 2e groupe de ceux également en ***-ir*** du 3e groupe.

6 Les formes conjuguées du verbe *croître* conservent l'accent circonflexe quand elles peuvent être confondues avec les formes conjuguées du verbe *croire*.

croître → Je croîs. L'arbre croît.
croire → Je crois. Il me croit.

7 Le verbe *vêtir* (et ses dérivés) conserve l'accent circonflexe à toutes les personnes.

revêtir → je revêts – tu revêts – elle revêt – nous revêtons – vous revêtez – ils revêtent

Quiz

1 Quelle est la forme correcte ?

Le beurre ... dans la poêle.

a. fonds — b. font — c. fond

2 Quelle forme verbale au présent complète cette phrase ?

Des phares trop puissants ... les autres conducteurs.

a. éblouient — b. éblouissent — c. éblouirent

3 Quelles formes verbales complètent cette phrase ?

Lorsque tu ..., tu ... et tu te ... à trembler.

a. ment – rougit – met — b. mens – rougis – mets

c. ments – rougie – metts

1 **c.** Il s'agit du verbe *fondre* à la 3e personne du singulier. 2 **b.** *Éblouir* est un verbe du 2e groupe qui intercale l'élément -*ss*- entre le radical et la terminaison de la 3e personne du pluriel. *Éblouirent* est la forme du passé simple. 3 **b.** La deuxième réponse est la seule où les trois verbes se terminent par la lettre *s*, marque de la 2e personne du singulier pour les verbes des 2e et 3e groupes.

Entraînement

1 Conjuguez les verbes de ces expressions au présent de l'indicatif.

bondir de joie — **accomplir** un exploit — **sortir** une carte bancaire

farcir une volaille — **exclure** un tricheur — **démentir** une information

2 Écrivez les verbes en gras au présent de l'indicatif avec les sujets proposés.

courir ventre à terre, puis **reprendre** des forces

Je ... — **Tu ...** — **Caramel ...** — **Nous ...** — **Vous ...** — **Les lévriers ...**

3 Écrivez les verbes en gras au présent de l'indicatif.

Les vendeurs nous **garantir** la qualité de ces appareils. – Une panne d'électricité **interrompre** la séance. – Comme tu **prendre** ton parapluie, j'en **déduire** que le ciel **s'assombrir**. – Pourquoi **vivre**-vous au jour le jour ? – Nous **admettre** un nouveau joueur dans notre équipe. – Ces hommes généreux **combattre** sans relâche les injustices. – Tu **sentir** la bonne odeur du chocolat chaud. – Ces deux pays **conclure** un traité de paix. – Le cosmonaute **revêtir** un scaphandre spécial.

4 Écrivez les verbes en gras au présent de l'indicatif.

Le chien de garde **mordre** les voleurs. – Ces personnes ne **faire** pas leur âge. – Le taxi **serrer** de trop près la voiture qui le précède. – Cette organisation **servir** la cause des populations déplacées. – L'escrimeur **parer** tous les assauts de son adversaire. – Cet avion **partir** pour une destination lointaine. – Tu **dormir** comme un loir, même s'il y a du bruit. – Pour les restaurer, on **dorer** les cadres des tableaux. – À la fin de son discours, l'orateur **s'écrier** : « Vive la République ! »

5 Complétez ces phrases avec les verbes suivants au présent de l'indicatif.

paraître – connaître – naître – apparaître – disparaître – méconnaître

Je ne ... pas d'endroit plus reposant que ce hameau. – À la vue des chasseurs, le chevreuil ... dans un fourré. – Il ... évident que ce texte n'a pas été écrit au XIIe siècle. – Tu ne ... pas les dangers que représente une telle expédition. – Le rideau se lève, et le chanteur ... enfin devant son public. – Toutes les secondes, il ... un enfant en Chine.

solutions p. 85

5 LE PRÉSENT DE L'INDICATIF : verbes irréguliers

Au présent de l'indicatif, certains verbes du 3e groupe ont des formes irrégulières qu'il faut retenir.

Quelques verbes irréguliers

aller	je vais	elle va	nous allons	ils vont
faire	tu fais	nous faisons	vous faites	elles font
venir	je viens	elle vient	nous venons	ils viennent
pouvoir	je peux	il peut	nous pouvons	elles peuvent
valoir	tu vaux	elle vaut	vous valez	ils valent
dire	je dis	elle dit	vous dites	elles disent
devoir	tu dois	il doit	nous devons	ils doivent
voir	il voit	nous voyons	vous voyez	elles voient
lire	je lis	elle lit	nous lisons	ils lisent
mourir	tu meurs	il meurt	vous mourez	elles meurent
asseoir*	j'assois j'assieds	elle assoit elle assied	nous assoyons nous asseyons	ils assoient ils asseyent
acquérir	j'acquiers	il acquiert	vous acquérez	ils acquièrent
écrire	tu écris	elle écrit	nous écrivons	elles écrivent
vaincre	tu vaincs	elle vainc	vous vainquez	ils vainquent
fuir	je fuis	nous fuyons	vous fuyez	elles fuient
peindre	je peins	il peint	nous peignons	ils peignent
conduire	tu conduis	elle conduit	vous conduisez	elles conduisent
résoudre	je résous	il résout	vous résolvez	ils résolvent
coudre	tu couds	il coud	nous cousons	elles cousent

* Les deux conjugaisons sont acceptées, même si la première est d'un niveau moins soutenu.

Remarques

1 Les verbes dont l'infinitif se termine par ***-indre***, comme *peindre, joindre, craindre*, perdent le ***d*** du radical aux personnes du singulier. Aux personnes du pluriel, le radical est modifié.

2 Le radical des verbes dont l'infinitif se termine par ***-uire***, comme *conduire*, est modifié aux personnes du pluriel : ajout du ***s***.

3 Les verbes *résoudre* et *dissoudre* perdent le ***d*** aux trois personnes du singulier. Leur radical est modifié aux trois personnes du pluriel.

4 Les verbes *coudre, découdre, moudre* conservent le ***d*** aux trois personnes du singulier.

5 Le verbe *falloir* ne s'utilise qu'à la 3e personne du singulier.
Il **faut** préserver l'environnement.

Quiz

❶ Quel est l'infinitif du verbe de cette phrase ?

Tu ne te souviens plus de la date exacte de la bataille de Waterloo.

a. se souvent b. se souvenir c. se soulever

❷ Quelles formes verbales complètent cette phrase ?

Les spectateurs ... les pilotes du rallye qui ... à vive allure.

a. voient – conduisent b. voyent – conduirons c. voit – conduit

❸ Quelles formes verbales complètent cette phrase ?

Ce mathématicien ... tous les problèmes ; il ... des milliers de formules.

a. résouds – connaîs b. résoud – connais c. résout – connaît

❶ b. Le verbe est à la forme pronominale. ❷ a. La forme *voyent* est un barbarisme à rejeter absolument. ❸ c. Les verbes terminés par *-soudre* perdent le *d* de l'infinitif à toutes les personnes du singulier. À la 3e personne du singulier du présent, la terminaison n'est jamais s.

Entraînement

1 Complétez ces phrases avec des sujets (groupes nominaux ou pronoms personnels) qui conviennent.

... ne **concevons** pas un long voyage en voiture sans une pause. – ... **rejoignent** le peloton. – ... **résolvez** cette énigme. – ... **recouds** l'ourlet de ma robe. – ... **entrevoyons** peut-être une issue au conflit. – ... **souscris** une assurance pour ta nouvelle moto. – **Croyez**-... à l'existence du monstre du loch Ness ? – ... **faut** renouveler votre carte d'identité. – ... **prédisent** parfois l'avenir. – ... **moud** les grains de café. – ... **restreignons** notre consommation de chocolat. – De par ma maladresse, ... ne **vaux** pas grand-chose au basket. – ... **vont** décoller dans quelques minutes.

2 Conjuguez les verbes de ces expressions au présent de l'indicatif.

relire des notes
obtenir un bon résultat
boire un verre de lait
éteindre les lumières
écrire avec un stylo feutre
s'inscrire au concours

3 Écrivez les verbes en gras au présent de l'indicatif.

Vous **fuir** les bavards. – Joris **vaincre** sa peur. – Nous nous **asseoir** à la terrasse d'un restaurant. – Les marins **maudire** les vents contraires. – En t'entraînant, tu **acquérir** une forme extraordinaire. – Les génies ne **mourir** jamais : ils **survivre** dans la mémoire des hommes. – Ces meubles anciens **valoir** une fortune. – Je ne **devoir** pas m'inquiéter. – Vous vous **satisfaire** d'une place dans la tribune latérale. – La température **se maintenir** au-dessus de zéro. – En vue de la représentation, nous **apprendre** nos rôles par cœur. – Avant de poser l'affiche, j'**enduire** le mur de colle.

4 Complétez ces phrases avec les verbes de la liste suivante conjugués au présent de l'indicatif.

revenir – se souvenir – advenir – parvenir – devenir – intervenir – survenir

Nous ... à dominer notre colère. – Lors de la mise à feu de la fusée, un incident ... . – Après réflexion, je ... sur ma première décision. – Tu ne ... plus du mot de passe de ton ordinateur : c'est ennuyeux. – Ces jeunes musiciens ... des virtuoses ! – Qu'...-il des maquettes de bateaux ? – Vous ... peu au cours de la discussion.

solutions pp. 85-86

6 L'IMPARFAIT DE L'INDICATIF : 1er, 2e et 3e groupes

L'imparfait de l'indicatif est un temps du passé.

Les valeurs de l'imparfait de l'indicatif

- L'imparfait de l'indicatif marque un fait situé dans le passé.
  Avant de découvrir cette région, je n'**aimais** pas la campagne.
- Il indique une action qui a duré, qui n'est peut-être pas achevée, qui n'est pas délimitée dans le temps.
  La mer **se déchaînait** et le bateau **tanguait** dangereusement.
- C'est aussi le temps de la description (paysages, scènes) et de l'expression de faits habituels dans le passé.
  Le dimanche, nous **mangions** chez nos parents.

Tableaux de conjugaison

1er groupe	2e groupe	3e groupe	
parler	**agir**	**vendre**	**revenir**
je parl**ais**	j'agiss**ais**	je vend**ais**	je reven**ais**
tu parl**ais**	tu agiss**ais**	tu vend**ais**	tu reven**ais**
il/elle parl**ait**	il/elle agiss**ait**	il/elle vend**ait**	il/elle reven**ait**
nous parl**ions**	nous agiss**ions**	nous vend**ions**	nous reven**ions**
vous parl**iez**	vous agiss**iez**	vous vend**iez**	vous reven**iez**
ils/elles parl**aient**	ils/elles agiss**aient**	ils/elles vend**aient**	ils/elles reven**aient**

Remarques

1 À l'imparfait, tous les verbes prennent les mêmes terminaisons.

2 Pour les verbes du 2e groupe, on intercale l'élément ***-ss-*** entre le radical et la terminaison.

3 Pour tous les verbes, quatre terminaisons sont homophones.

je recul**ais** – tu recul**ais** – il recul**ait** – elles recul**aient**

Il faut donc bien chercher la personne à laquelle le verbe est conjugué pour placer la terminaison correcte.

4 Pour les verbes du 1er groupe en ***-gner, -iller, -ier, -yer***, les terminaisons des 1re et 2e personnes du pluriel ont une prononciation quasiment identique au présent et à l'imparfait. Il ne faut donc pas oublier d'ajouter un ***i*** à l'imparfait.

nous gagnons – nous gagn**ions**
vous travaillez – vous travaill**iez**
nous skions – nous ski**ions**
vous balayez – vous balay**iez**

Pour bien faire la distinction, on remplace par une forme du singulier.

Aujourd'hui, nous skions.
Aujourd'hui, elle skie. → présent
Hier, nous ski**ions**.
Hier, elle ski**ait**. → imparfait

5 Certains verbes du 3e groupe (*rire, cueillir, bouillir, fuir, voir, asseoir, croire, craindre, peindre*...) se conjuguent avec cette même particularité.

nous ri**ions** – vous cueill**iez**
nous bouill**ions** – vous fuy**iez**
nous voy**ions** – vous assoy**iez**
vous assey**iez** – nous croy**ions**
vous craign**iez** – nous peign**ions**

Quiz

❶ Quelle est la seule forme verbale qui n'appartient pas à un verbe du 2e groupe ?

a. ils rebondissaient b. ils disparaissaient c. ils envahissaient

❷ Dans quelle phrase le verbe n'est-il pas conjugué à l'imparfait de l'indicatif ?

a. Nous apprécions le chocolat.
b. Vous releviez les erreurs.
c. La fusée survolait la Terre.

❸ Quelles formes verbales complètent cette phrase ?

Grégory ... les verres, puis il les ... sur un plateau et ... tout le monde.

a. remplissais – disposais – servais
b. remplissait – disposait – servait
c. remplis – disposaient – servis

❶ **b.** On recherche les infinitifs : *rebondir, disparaître, envahir.* ❷ **a.** L'infinitif du verbe de la première phrase est *apprécier*. À l'imparfait, on doit avoir *nous appréciions*, avec deux *i*. ❸ **b.** Les trois verbes sont conjugués à la 3e personne du singulier à l'imparfait ; la terminaison est toujours *-ait*.

Entraînement

1 ▶ Conjuguez les verbes de ces expressions à l'imparfait de l'indicatif.

investir de l'argent
consulter Internet
admettre une erreur
détenir un carnet de chèques
courir en tous sens
présenter des certificats

2 ▶ Écrivez les verbes en gras à l'imparfait de l'indicatif.

L'éleveur ne **nourrir** ses volailles qu'avec des grains de maïs. – Tu **éblouir** tes amis par tes connaissances musicales. – J'**enfouir** les bulbes de tulipes. – Avant chaque course, vous vous **concentrer** longuement. – Cette personne **intervenir** sans cesse, même si le présentateur ne lui **donner** pas la parole. – Quand tu **vivre** en banlieue, tu **mettre** une heure pour te rendre sur ton lieu de travail. – J'**éviter** d'emprunter ce sentier boueux. – Après les pluies, les rivières **envahir** les champs. – Chaque fois qu'il **jouer** au loto, M. Blanc **perdre**. – Les Égyptiens **bâtir** de gigantesques mausolées. – Sans mon portable, je ne **parvenir** pas à joindre mon amie Fatou.

3 ▶ Les verbes en gras sont conjugués au présent de l'indicatif ; écrivez-les à l'imparfait de l'indicatif.

Nous **convions** nos amis à partager notre repas. – Dans ce pré, les chevaux **galopent** en toute liberté. – Chaque séance **débute** par la projection d'un documentaire. – D'où **proviennent** ces coquillages ? Nous l'**ignorons**. – J'**obéis** à tous les ordres que vous **voulez** bien me donner. – Tu **gravis** avec peine les six étages de cet immeuble. – Les assiégés **défendent** âprement leur position. – Ce panneau nous **avertit** d'un danger ; nous **modérons** notre vitesse. – Vous **vous réjouissez** à l'idée d'assister à ce concert. – Tu ne **t'éternises** jamais dans les vestiaires ; tu **te rhabilles** en deux minutes. – Des travaux **perturbent** la circulation. – Je **progresse** chaque jour dans la connaissance de ce logiciel.

solutions p. 86

7 L'IMPARFAIT DE L'INDICATIF : *avoir* – *être* – verbes irréguliers

À l'imparfait de l'indicatif, quelques verbes modifient leur radical (on dit que ces verbes sont irréguliers), mais la forme de ce radical est la même pour toutes les personnes.

être – avoir

avoir	j'avais	il/elle avait	nous avions	ils/elles avaient
être	j'étais	il/elle était	nous étions	ils/elles étaient

Quelques verbes irréguliers

faire	je faisais	il faisait	nous faisions	ils faisaient
aller	tu allais	elle allait	vous alliez	elles allaient
dire	je disais	il disait	nous disions	ils disaient
prédire	tu prédisais	elle prédisait	vous prédisiez	elles prédisaient
maudire	je maudissais	il maudissait	nous maudissions	ils maudissaient
lire	tu lisais	elle lisait	vous lisiez	elles lisaient
écrire	j'écrivais	il écrivait	nous écrivions	ils écrivaient
conduire	tu conduisais	elle conduisait	vous conduisiez	elles conduisaient
boire	je buvais	il buvait	nous buvions	ils buvaient
vaincre	tu vainquais	elle vainquait	vous vainquiez	elles vainquaient
prendre	je prenais	il prenait	nous prenions	ils prenaient
éteindre	tu éteignais	elle éteignait	vous éteigniez	elles éteignaient
coudre	je cousais	il cousait	nous cousions	ils cousaient
résoudre	tu résolvais	elle résolvait	vous résolviez	elles résolvaient
paraître	je paraissais	il paraissait	nous paraissions	ils paraissaient
taire	tu taisais	elle taisait	vous taisiez	elles taisaient
plaire	je plaisais	il plaisait	nous plaisions	ils plaisaient
haïr	tu haïssais	elle haïssait	vous haïssiez	elles haïssaient

Remarques

1 Les terminaisons sont les mêmes pour tous les verbes : ***-ais, -ais, -ait, -ions, -iez, -aient.***

2 Le radical sur lequel on forme l'imparfait de l'indicatif est le même que celui de la 1re personne du pluriel du présent de l'indicatif pour tous les verbes (sauf *être*).

présent → nous **fais**ons
imparfait → je **fais**ais

présent → nous **conduis**ons
imparfait → tu **conduis**ais

présent → nous **buv**ons
imparfait → ils **buv**aient

présent → nous **résolv**ons
imparfait → vous **résolv**iez

3 Le verbe *falloir* ne se conjugue qu'à la 3e personne du singulier.

Il fallait procéder à des modifications.

Quiz

❶ Quelles formes verbales complètent cette phrase ?

Quand vous ... à la salle de musculation, vous ... le choix entre plusieurs appareils.

a. étiez – aviez b. aviez – étiez c. éteriez – avez

❷ Quelles formes verbales complètent cette phrase ?

Avant 1848, seuls les gens riches ... les députés ; les pauvres n'... pas le droit de vote.

a. éliraient – auraient b. élirait – avait c. élisaient – avaient

❸ Quelles formes verbales complètent cette phrase ?

Tu ... souvent au bureau et tu ne ... pas de travailler de longues heures durant.

a. t'asseyais – craignais b. t'asseyerais – craindrais

c. t'asseyait – craindait

❶ a. L'ordre des verbes n'est pas le bon dans la deuxième réponse. *Éteriez* n'existe pas. ❷ c. Ce sont les formes de l'imparfait de l'indicatif des verbes *élire* et *avoir*, à la 3e personne du pluriel. ❸ a. Les formes *t'asseyerais* et *craindait* sont incorrectes.

Entraînement

1 Conjuguez ces verbes aux temps de l'indicatif et aux personnes demandés.

	Présent	Imparfait		
plaire	nous ...	je ...	elle ...	vous ...
conduire	nous ...	tu ...	nous ...	elles ...
écrire	nous ...	on ...	vous ...	ils ...
coudre	nous ...	je ...	nous ...	vous ...
séduire	nous ...	elle ...	nous ...	ils ...

2 Conjuguez les verbes de ces expressions à l'imparfait de l'indicatif. Pour les troisièmes personnes, vous choisirez des noms sujets.

avoir un chien — **vaincre** une peur — **convaincre** l'auditoire
haïr la violence — **être** sur le trottoir — **aller** de l'avant

3 Écrivez les verbes en gras à l'imparfait de l'indicatif.

Autrefois, on **résoudre** les problèmes sans l'aide d'une calculatrice. – Tu **décrire** avec précision l'incident. – Avec ces médicaments, nous **proscrire** toute consommation d'alcool. – L'analyse des prélèvements **contredire** l'hypothèse initiale. – Les précepteurs **instruire** les enfants des familles nobles. – Vous **redire** toujours la même histoire, telle que vous l'**avoir** entendue. – Au Moyen Âge, les paysans **maudire** le passage des soldats. – Dès son enfance, on **prédire** un brillant avenir à Mozart.

4 Écrivez les verbes en gras à l'imparfait de l'indicatif.

Le chauffeur de l'autobus **fait** des détours pour éviter les encombrements. – Tous les matins, je **bois** un verre de jus de fruits ; cela me **fait** le plus grand bien. – Vous vous **inscrivez** à tous les concours de mots croisés. – Peu sûre de moi, je **relis** plusieurs fois mes lettres avant de les poster. – Les films violents vous **déplaisent**. – La couche de glace **paraît** épaisse, mais elle **est** fragile. – Dans cette usine, on **produit** des fenêtres. – Les parasites **nuisent** à la bonne réception des conversations.

solutions pp. 86-87

8 LE FUTUR SIMPLE : *avoir – être –* 1er et 2e groupes

Le futur simple s'emploie généralement pour exprimer une action à venir, mais il a aussi d'autres valeurs.

Les valeurs du futur simple

• Le futur simple indique une action qui se fera, avec plus ou moins de certitude, dans l'avenir par rapport au moment où l'on parle.
Pour votre anniversaire, vous **inviterez** tous vos amis.

• Il exprime l'ordre à la place de l'impératif.
Vous **nettoierez** votre bureau avant de partir.

• Il peut aussi prendre la valeur du présent pour atténuer le ton de certains propos ou marquer une nuance de politesse, essentiellement aux 1res personnes du singulier et du pluriel.
Je te **demanderai** de rouler moins vite. Nous **solliciterons** un bref entretien.

• Lorsqu'on utilise le présent de narration dans un récit, tous les faits postérieurs au moment où se situe l'action racontée seront au futur simple.
Jeanne d'Arc **affirme** qu'elle **délivrera** Orléans.
présent de narration / futur simple

Tableaux de conjugaison

Auxiliaires		1er groupe	2e groupe
être	**avoir**	**rester**	**finir**
je ser**ai**	j'aur**ai**	je rester**ai**	je finir**ai**
tu ser**as**	tu aur**as**	tu rester**as**	tu finir**as**
il/elle ser**a**	il/elle aur**a**	il/elle rester**a**	il/elle finir**a**
nous ser**ons**	nous aur**ons**	nous rester**ons**	nous finir**ons**
vous ser**ez**	vous aur**ez**	vous rester**ez**	vous finir**ez**
ils/elles ser**ont**	ils/elles aur**ont**	ils/elles rester**ont**	ils/elles finir**ont**

Remarques

1 Au futur simple, les terminaisons sont les mêmes pour tous les verbes.

2 Le futur des verbes des 1er et 2e groupes (hormis quelques verbes, leçon 13) se forme à partir de l'infinitif complet auquel on ajoute les terminaisons : ***-ai, -as, -a, -ons, -ez, -ont***.

3 Certaines terminaisons sont homophones ; pour ne pas les confondre, il faut bien identifier la personne à laquelle le verbe est conjugué.
Tu rester[a]. 2e pers. sing. → **as**
Elle rester[a]. 3e pers. sing. → **a**
Nous finir[ɔ̃]. 1re pers. plur. → **ons**
Elles finir[ɔ̃]. 3e pers. plur. → **ont**

4 Quand on écrit un verbe du 1er groupe au futur simple, il faut bien penser à l'infinitif pour éviter d'oublier le ***e*** muet.
jouer → je jou**e**rai – nous jou**e**rons
skier → je ski**e**rai – nous ski**e**rons
créer → je cré**e**rai – nous cré**e**rons

5 Le verbe *cueillir* (et ses dérivés), du 3e groupe, se conjugue comme un verbe du 1er groupe.
je cueill**e**rai – nous cueill**e**rons

Quiz

❶ Quelles formes verbales complètent cette phrase ?

Quand ils ... en forme, ces coureurs ... leurs performances.

a. seront – amélioreront b. serons – amélioront c. seraient – améliorons

❷ Quelles formes verbales complètent cette phrase ?

Tu ... la mangeoire, et tes canaris ... de quoi manger.

a. rempliera – aurons b. rempliras – auront c. remplirat – auraient

❸ Quelles formes verbales complètent cette phrase ?

Le charpentier ... un lourd marteau et il ... les clous dans les chevrons.

a. saisira – enfoncera b. saisirat – enfonçera c. saisiera – enfonceras

❶ a. Les deux verbes sont à la 3e personne du pluriel ; la terminaison est *-ont*. ❷ b. Ce sont des formes du futur simple des verbes *remplir* et *avoir*. ❸ a. Les verbes sont à la 3e personne du singulier ; la terminaison est toujours -a. Dans la deuxième réponse, la cédille est superflue puisque le c est suivi d'un e.

Entraînement

1 **Conjuguez les verbes de ces expressions au futur simple.**

rebrousser chemin — **franchir** les obstacles — **trier** des fiches
respecter le règlement — **avoir** un baladeur MP3 — **être** au rendez-vous

2 **Écrivez les verbes en gras au futur simple.**

Ce sculpteur **créer** des réalisations insolites. – Personne ne veut faire la vaisselle ; alors tu **se dévouer**. – Mon petit frère espère que le Père Noël **exaucer** tous ses désirs de cadeaux. – Selon les experts, le niveau de l'eau **se situer** au-dessous de la cote d'alerte. – Pour la fête du quartier, nous **fleurir** nos balcons. – Le hors-la-loi ne **narguer** pas longtemps le shérif qui l'**arrêter** bientôt. – À votre place, j'**agir** calmement pour déplacer cette armoire. – Vous **garnir** le congélateur avec les truites pêchées ce matin. – Tu **s'entraîner** sérieusement et tu **établir** un nouveau record. – Cette chanson **se classer** parmi les premières du palmarès.

3 **Les verbes en gras sont au présent de l'indicatif ; écrivez-les au futur simple.**

Les pourparlers **aboutissent** à la signature d'un accord. – Vous **acceptez** volontiers notre invitation à dîner. – Je **cherche** une place libre sur le parking. – Avec ce régime, nous **maigrissons** de quelques kilos. – Les merguez **grillent** sur le barbecue. – Avec ce costume ridicule, tu **es** la risée de tous les passants. – Le cratère **vomit** des coulées de lave incandescente. – Je **bénéficie** d'une importante réduction sur ce chemisier. – Vous **surlignez** les passages essentiels de cet article de presse.

4 **Écrivez les verbes en gras au futur simple.**

Cet été, vous **louer** un chalet dans les Pyrénées. – Encore un petit effort et tu **accentuer** ton avance. – Tant que je ne l'**avoir** pas vu, je **continuer** à douter de l'existence de Batman. – L'assurance **allouer** une indemnité aux personnes sinistrées. – Nous **plier** les tentes au petit matin. – Les derniers ours blancs **se réfugier** sur la banquise. – Avant d'acheter ce terrain, vous **négocier** le prix. – En cas d'absence, l'adjoint **suppléer** le maire pour célébrer le mariage. – Nous **unir** nos efforts pour nettoyer le garage. – Tu **recueillir** un oiseau tombé du nid.

solutions p. 87

9 LE FUTUR SIMPLE : 3e groupe – verbes irréguliers

Les terminaisons du futur simple des verbes du 3e groupe sont les mêmes que celles des verbes des 1er et 2e groupes.

Quelques verbes irréguliers

faire	je **fer**ai	il **fer**a	nous **fer**ons	ils **fer**ont
aller	tu **ir**as	elle **ir**a	vous **ir**ez	elles **ir**ont
venir	je **viendr**ai	il **viendr**a	nous **viendr**ons	ils **viendr**ont
tenir	tu **tiendr**as	elle **tiendr**a	vous **tiendr**ez	elles **tiendr**ont
acquérir	j'**acquerr**ai	il **acquerr**a	nous **acquerr**ons	ils **acquerr**ont
mourir	tu **mourr**as	elle **mourr**a	vous **mourr**ez	elles **mourr**ont
courir	je **courr**ai	il **courr**a	nous **courr**ons	ils **courr**ont
pouvoir	tu **pourr**as	elle **pourr**a	vous **pourr**ez	elles **pourr**ont
devoir	je **devr**ai	il **devr**a	nous **devr**ons	ils **devr**ont
vouloir	tu **voudr**as	elle **voudr**a	vous **voudr**ez	elles **voudr**ont
voir	je **verr**ai	il **verr**a	nous **verr**ons	ils **verr**ont
recevoir	tu **recevr**as	elle **recevr**a	vous **recevr**ez	elles **recevr**ont
savoir	je **saur**ai	il **saur**a	nous **saur**ons	ils **saur**ont
valoir	tu **vaudr**as	elle **vaudr**a	vous **vaudr**ez	elles **vaudr**ont
asseoir	j'**assoir**ai tu **assiér**as	il **assoir**a elle **assiér**a	nous **assoir**ons vous **assiér**ez	ils **assoir**ont elles **assiér**ont

Remarques

1 Au futur simple, les verbes du 3e groupe, dont l'infinitif se termine par ***-e***, perdent cette lettre.

descendre → je descendr**ai**
combattre → tu combattr**as**
rire → nous rir**ons**

2 Avant d'écrire un verbe du 3e groupe au futur simple, il faut chercher son infinitif pour ne pas oublier une lettre muette ou en placer une superflue.

Le ministre **saluera** le président.
saluer ; 1er groupe → présence d'un ***e***
Le ministre **conclura** son discours.
conclure ; 3e groupe → pas de ***e***

3 Le futur proche s'exprime à l'aide du verbe *aller* au présent de l'indicatif suivi de l'infinitif.

Dans un instant, je **vais prendre** le TGV.

4 *Revoir* et *entrevoir* (ainsi qu'*envoyer*) se conjuguent comme *voir*.

Nous vous **reverrons** demain.
Tu **entreverras** une solution.

Mais *pourvoir* et *prévoir* se conjuguent sur un autre radical.

Nous **pourvoirons** à vos besoins.
Tu **prévoiras** une trousse de secours.

5 Au futur simple, les formes des verbes *être* et *savoir* ont des prononciations proches. Pour ne pas les confondre, il faut bien examiner le sens de la phrase ou changer de temps.

Je **serai** sous un abri. Je **saurai** où m'abriter.
Je **suis** sous un abri. Je **sais** où m'abriter.

Quiz

1 Dans quelle phrase le verbe *mourir* est-il correctement orthographié ?

a. S'il n'est pas arrosé régulièrement, cet arbuste moura.
b. S'il n'est pas arrosé régulièrement, cet arbuste mourira.
c. S'il n'est pas arrosé régulièrement, cet arbuste mourra.

2 Quelles formes verbales complètent cette phrase ?

Quand il ... le feu se propager dans la forêt, M. Franco ... les pompiers.

a. vera – préviendras b. verra – préviendra c. voiras – prévenira

3 Quelles formes verbales complètent cette phrase ?

Quand Sonia ... devant son ordinateur, elle ... un message à son amie Delphine.

a. s'asseoira – envoyera b. s'assiéras – envoira c. s'assiéra – enverra

1 **c.** Le verbe *mourir* prend deux *r* pour toutes les personnes du futur simple. La forme *mourira* est un barbarisme à proscrire. 2 **b.** Le radical des verbes *voir* et *prévenir* est modifié au futur simple. À la 3e personne du singulier, la terminaison est toujours -a. 3 **c.** Bien que du 1er groupe, le verbe *envoyer* se conjugue comme un verbe du 3e groupe qui double le *r*. Le verbe *s'asseoir* a deux formes correctes : *s'assiéra* ou *s'assoira.*

Entraînement

1 Conjuguez les verbes de ces expressions au futur simple.

revenir dans une heure — **revoir** la maison familiale — **faire** des économies
envoyer un texto — **prévoir** une solution — **aller** jusqu'à la rivière

2 Écrivez les verbes en gras au futur simple.

Nous ne **savoir** jamais quelle est la fin de ce film. – Si je suis malade, j'**obtenir** une semaine de congé. – À l'appel de leur maître, les chiens **accourir**. – Tu **vouloir** probablement prendre un dessert. – Michel **tenir** sa promesse ; je **pouvoir** l'accompagner sur le terrain de golf. – Dès les premières notes, je **reconnaître** la musique du film *La Forme de l'eau.* – Nous **être** à l'initiative de l'organisation de la kermesse.

3 Les verbes en gras sont au présent de l'indicatif ; écrivez-les au futur simple.

Il **faut** changer les pneus dans cinq mille kilomètres. – Vous **répondez** à tous les appels téléphoniques. – L'espion **vend** des renseignements à une puissance ennemie. – Tu ne **perds** pas de temps en discussions inutiles. – Nous nous **satisfaisons** d'un simple plat de pâtes. – Je me **souviens** de la visite de ce merveilleux château. – Vous ne **croyez** pas un mot de cette histoire invraisemblable. – On **détruit** cette bicoque pour bâtir un centre commercial. – Les éleveurs **tondent** leurs moutons.

4 Réécrivez ces phrases en transformant le futur proche en futur simple.

Tu **ne vas pas confondre** ces deux numéros de téléphone. – Je **vais m'asseoir** au fond de la salle. – Ce jeune couple **va acquérir** un appartement dans le quartier de la Buire. – Il y a une fuite ; nous **allons prévenir** le plombier. – Mon cousin Farid **va s'inscrire** à la faculté de sciences. – Vous **allez prendre** une perceuse pour fixer les tringles des rideaux. – Dans la navette spatiale, les cosmonautes **vont vivre** une expérience exceptionnelle. – Cette imprimante **va reproduire** le courrier en plusieurs exemplaires. – Si tu viens trop tôt, tu **vas me surprendre** encore au lit.

solutions pp. 87-88

10 LE PASSÉ SIMPLE : *avoir – être – 1er groupe*

Le passé simple est un temps du passé, le plus souvent utilisé dans la langue écrite.

Les valeurs du passé simple

• Le passé simple exprime des faits passés, complètement achevés, qui ont eu lieu à un moment précis, sans idée d'habitude et sans lien avec le présent.
Le train **arriva** à l'heure.

• Il marque la succession des faits ; c'est le temps du récit écrit par excellence.
Karine **surmonta** son trac, **écarta** le rideau et **entra** en scène.

• Il exprime une action brève dans le passé, soudaine, à la différence de l'imparfait, temps de la description, qui marque une action qui dure ou des faits habituels.
Géraldine **regardait** un film à la télévision lorsque le téléphone **sonna**.
→ action qui dure : imparfait → action brève : passé simple

Remarque

Aujourd'hui, le passé simple, qui est essentiellement un **temps du récit**, est surtout employé aux troisièmes personnes du singulier et du pluriel dont les formes sont plus aisées à mémoriser. Pour les deux premières personnes du pluriel, on lui préférera le passé composé.

Tableaux de conjugaison

Auxiliaires		1er groupe
avoir	être	sonner
j'**eus**	je **fus**	je sonn**ai**
tu **eus**	tu **fus**	tu sonn**as**
il/elle **eut***	il/elle **fut***	il/elle sonn**a**
nous **eûmes**	nous **fûmes**	nous sonn**âmes**
vous **eûtes**	vous **fûtes**	vous sonn**âtes**
ils/elles **eurent**	ils/elles **furent**	ils/elles sonn**èrent**

* Ces formes ne prennent jamais d'accent circonflexe au passé simple.

Remarques

1 Au passé simple, les terminaisons sont les mêmes pour tous les verbes du 1er groupe : ***-ai, -as, -a, -âmes, -âtes, -èrent***.

2 Le verbe *aller*, même s'il appartient au 3e groupe, se conjugue au passé simple comme un verbe du 1er groupe.
j'all**ai** – nous all**âmes** – ils all**èrent**

3 Au passé simple et à l'imparfait de l'indicatif, les terminaisons des verbes du 1er groupe, à la 1re personne du singulier, ont pratiquement la même prononciation. Pour entendre la différence, on remplace par la 2e personne du singulier.
Souvent, j'hésit**ais** à parler.
Souvent, tu hésit**ais** à parler. → imparfait
Soudain, j'hésit**ai** à parler.
Soudain, tu hésit**as** à parler. → passé simple

Quiz

❶ Dans quelle phrase a-t-on commis une erreur ?

a. J'écoutai attentivement la chanson.

b. Comme il pleuvait, elles décidèrent de rentrer.

c. En colère, tu ne desserra pas les dents.

❷ Quelles formes verbales complètent cette phrase ?

Les déménageurs ... le piano et le ... avec peine dans le camion.

a. soulevèrent – hissèrent b. soulèva – hisserent c. souléveront – hissâtes

❸ Quel est le seul verbe correctement orthographié au passé simple ?

a. ils se calmâtes b. elle respirat c. nous résistâmes

❶ **c.** À la 2e personne du singulier, la terminaison est -as. ❷ **a.** Trois terminaisons sont incorrectes (accents mal placés ou absents) et la quatrième correspond à la 2e personne du pluriel. ❸ **c.** Les formes correctes des deux premières réponses sont : *ils se calmèrent* et *elle respira.*

Entraînement

1 ▶ Conjuguez les verbes de ces expressions au passé simple. Pour les troisièmes personnes, vous choisirez des noms sujets.

n'**avoir** rien à dire **être** une minute sans réaction **composer** une chanson
s'en aller au plus vite **viser** le centre de la cible **apporter** une modification

2 ▶ Complétez les verbes avec les terminaisons du passé simple.

À la surprise générale, la partie se sold... par un match nul. – Vous renou... avec des amis perdus de vue. – Les admirateurs se ru... vers la sortie des vestiaires pour féliciter les joueurs. – Nous programm... notre ordinateur pour recevoir des messages. – Les gendarmes contrôl... les automobilistes. – Tu apprivois... un boa. – Les avions de chasse survol... la plaine en rase-mottes. – Je me barricad... derrière la porte d'entrée. – Le cuisinier assaisonn... la sauce béchamel. – Les manifestants défil... de la place de la Nation à la porte d'Italie. – Nous affront... la pluie et les rafales de vent.

3 ▶ Écrivez les verbes en gras au passé simple.

L'accusé **proclamer** son innocence devant le tribunal. – D'un bond, tu **sauter** sur le cheval d'arçon. – J'**achever** mon travail dans les délais. – Nous **dévorer** ces tranches de gigot de bon appétit. – Vous nous **proposer** de vous accompagner à la patinoire. – Les employés **désigner** leurs délégués pour siéger au comité d'entreprise. – Tu **agrafer** les feuillets deux par deux. – À l'issue de la partie, tu **totaliser** cinquante-deux points. – Surpris par une racine, vous **trébucher**. – Tu **consolider** le mur.

4 ▶ Les verbes en gras sont au présent de l'indicatif ; écrivez-les au passé simple.

Nous **déballons** nos vêtements en toute hâte. – Les grêlons **crépitent** sur le toit en tôle. – Le médecin **ausculte** longuement le malade. – Tu **te comportes** en citoyen responsable en secourant les blessés. – J'**emporte** seulement le strict nécessaire pour traverser le désert marocain. – Vous **demeurez** sans voix. – Les hirondelles **volent** au ras de l'eau. – Tu **restes** coincée dans l'ascenseur et tu **as** la peur de ta vie. – Le portier **contrôle** les entrées de tous les visiteurs. – Ces joueurs n'**abusent** pas de leur force : ils **laissent** leurs adversaires marquer quelques points.

solutions p. 88

11 LE PASSÉ SIMPLE : 2e et 3e groupes en *-i-*

Au passé simple, les verbes du 2e groupe et certains verbes du 3e groupe ont les mêmes terminaisons : ***-is, -is, -it, -îmes, -îtes, -irent***.

Tableaux de conjugaison

2e groupe	3e groupe		
rougir	**sourire**	**sortir**	**entendre**
je rougis	je souris	je sortis	j'entendis
tu rougis	tu souris	tu sortis	tu entendis
il/elle rougit	il/elle sourit	il/elle sortit	il/elle entendit
nous rougîmes	nous sourîmes	nous sortîmes	nous entendîmes
vous rougîtes	vous sourîtes	vous sortîtes	vous entendîtes
ils/elles rougirent	ils/elles sourirent	ils/elles sortirent	ils/elles entendirent

Remarques

1 Au passé simple, pour les personnes du singulier, les terminaisons des verbes du 2e groupe sont les mêmes que celles du présent de l'indicatif. Pour distinguer ces deux temps, il faut chercher les indicateurs temporels ou observer les formes des autres verbes de la phrase.
Passé simple :
L'avion **arrivait** de Mexico et, à l'approche de Roissy, il **ralentit** et **atterrit**.
Présent de l'indicatif :
L'avion **arrive** de Mexico et, à l'approche de Roissy, il **ralentit** et **atterrit**.

2 À la 3e personne du singulier, il n'y a jamais d'accent sur la voyelle qui précède le ***t***.
il rougit – on sourit – il sortit – on entendit

3 Tous les verbes du 3e groupe n'ont pas une terminaison en *-i-* au passé simple (voir leçon 12).

4 Les deux premières personnes du pluriel, aux formes désuètes, ne sont plus employées aujourd'hui.

Quelques verbes irréguliers

faire	je fis	il fit	nous fîmes	ils firent
prendre	tu pris	elle prit	vous prîtes	elles prirent
voir	je vis	il vit	nous vîmes	ils virent
mettre	tu mis	elle mit	vous mîtes	elles mirent
dire	je dis	il dit	nous dîmes	ils dirent
conduire	tu conduisis	elle conduisit	vous conduisîtes	elles conduisirent
asseoir	j'assis	il assit	nous assîmes	ils assirent
écrire	tu écrivis	elle écrivit	vous écrivîtes	elles écrivirent
peindre	je peignis	il peignit	nous peignîmes	ils peignirent
naître	tu naquis	elle naquit	vous naquîtes	elles naquirent
vaincre	je vainquis	il vainquit	nous vainquîmes	ils vainquirent
acquérir	tu acquis	elle acquit	vous acquîtes	elles acquirent

Quiz

❶ Quel est le seul verbe conjugué au passé simple ?

a. Ils conduisirent très prudemment.
b. Tu ressentiras une petite douleur.
c. Je me plaisais au bord de la mer.

❷ Quel est l'infinitif du verbe de cette phrase ?

Jeanne d'Arc naquit à Domrémy, pendant la guerre de Cent Ans.

a. naquer b. naître c. naquir

❸ Quelles formes verbales complètent cette phrase ?

Le capitaine ... ses ordres aux joueurs qui ... aussitôt.

a. transmis – obéissait b. transmit – obéirent
c. transmettras – obéisse

❶ **a.** *Tu ressentiras* est au futur simple et *je me plaisais* à l'imparfait de l'indicatif. ❷ **b.** *Naître* est un verbe irrégulier du 3e groupe. ❸ **b.** À la 3e personne du singulier, la terminaison ne peut pas être *-s*. Pour la 3e personne du pluriel, la terminaison ne peut être que *-nt*.

Entraînement

1 ▶ Écrivez, aux quatre temps simples de l'indicatif (présent, futur simple, imparfait et passé simple), les verbes de ces expressions aux trois personnes du singulier.

rétablir la vérité **admettre** une opinion **servir** les invités
surgir brusquement **détruire** les frelons **brandir** un fanion

2 ▶ Écrivez les verbes en gras au passé simple.

Pour réparer le rayonnage, j'**enduire** les deux morceaux avec une colle spéciale, mais elle **durcir** plus vite que je ne l'avais prévu. – Grâce à des heures d'entraînement, ce violoniste **acquérir** une maîtrise exceptionnelle de son instrument. – Afin d'endiguer la famine, Parmentier **introduire** la culture de la pomme de terre sous le règne de Louis XVI. – Tu **naître** exactement un an et un jour après ta sœur. – Lorsque nous **perdre** notre jeune chaton, nous **ressentir** une immense tristesse. – Le comédien **vaincre** son trac en buvant un grand verre d'eau. – Je **consentir** à vous laisser la parole, et vous ne me **contredire** pas. – Pendant des années, la Lorraine **produire** un acier d'excellente qualité. – La publication de son premier roman **suffire** à J.-M.G. Le Clézio pour devenir célèbre.

3 ▶ Les verbes en gras sont au futur simple ; écrivez-les au passé simple.

Je **ferai** une copie de ce logiciel afin de le sauvegarder. – Lorsque tu **apprendras** la bonne nouvelle, tu **t'assoiras** pour reprendre tes esprits. – La récolte de colza **pâtira** d'un printemps trop sec. – Après une brève accalmie, les prix du pétrole **repartiront** à la hausse. – Je ne **mettrai** que quelques minutes pour changer la roue arrière de ma voiture. – Face à la menace d'inondation, les riverains **entreprendront** le renforcement de la digue. – Devant les pitreries du clown, le public **rira** aux éclats. – Cet éboulement imprévisible nous **contraindra** à un long détour. – Avant de sortir, j'**éteindrai** toutes les lumières. – Pour calmer mon anxiété, je **prendrai** un léger calmant.

solutions pp. 88-89

12 LE PASSÉ SIMPLE : 3e groupe en *-u-* et en *-in-*

Au passé simple, les verbes du 3e groupe se terminent par ***-s, -s, -t, -mes, -tes, -rent***. Ces terminaisons peuvent être précédées de ***-u-*** ou ***-in-***.

Tableaux de conjugaison

courir	vouloir	venir	tenir
je cour**us**	je voul**us**	je v**ins**	je t**ins**
tu cour**us**	tu voul**us**	tu v**ins**	tu t**ins**
il/elle cour**ut**	il/elle voul**ut**	il/elle v**int**	il/elle t**int**
nous cour**ûmes**	nous voul**ûmes**	nous v**înmes**	nous t**înmes**
vous cour**ûtes**	vous voul**ûtes**	vous v**întes**	vous t**întes**
ils/elles cour**urent**	ils/elles voul**urent**	ils/elles v**inrent**	ils/elles t**inrent**

Remarques

1 Pour trouver la terminaison des verbes du 3e groupe, on ne peut pas se référer à l'infinitif ni à d'autres formes conjuguées.

mourir → il meurt (présent)
il mourut (passé simple)
venir → il vient (présent)
il vint (passé simple)

Il faut retenir par cœur les formes du passé simple pour ces verbes.

2 Les verbes des mêmes familles que *venir* et *tenir* prennent les mêmes terminaisons.

venir : advenir – survenir – revenir – devenir – prévenir – intervenir – provenir – convenir – se souvenir – redevenir – contrevenir

tenir : appartenir – obtenir – détenir – entretenir – retenir – contenir – soutenir – maintenir – s'abstenir

Quelques verbes irréguliers

connaître	je **conn**us	il **conn**ut	nous **conn**ûmes	ils **conn**urent
savoir	tu **s**us	elle **s**ut	vous **s**ûtes	elles **s**urent
valoir	je **val**us	il **val**ut	nous **val**ûmes	ils **val**urent
pouvoir	tu **p**us	elle **p**ut	vous **p**ûtes	elles **p**urent
devoir	je **d**us	il **d**ut	nous **d**ûmes	ils **d**urent
vivre	tu **véc**us	elle **véc**ut	vous **véc**ûtes	elles **véc**urent
boire	je **b**us	il **b**ut	nous **b**ûmes	ils **b**urent
croire*	tu **cr**us	elle **cr**ut	vous **cr**ûtes	elles **cr**urent
croître*	je **cr**û̲s	il **cr**û̲t	nous **cr**û̲mes	ils **cr**û̲rent
plaire	tu **pl**us	elle **pl**ut	vous **pl**ûtes	elles **pl**urent
taire	je **t**us	il **t**ut	nous **t**ûmes	ils **t**urent
résoudre	tu **résol**us	elle **résol**ut	vous **résol**ûtes	elles **résol**urent
pourvoir	je **pourv**us	il **pourv**ut	nous **pourv**ûmes	ils **pourv**urent

* Le verbe *croître (grandir)* prend un accent circonflexe à toutes les personnes pour ne pas être confondu avec le verbe *croire* qui ne le prend qu'aux deux premières personnes du pluriel.

Quiz

❶ Quel est le seul verbe conjugué au passé simple ?

a. Je lus la totalité de l'article. b. Nous lisons des consignes.
c. Ils liront leurs messages sur leur iPhone.

❷ Quelles formes verbales complètent cette phrase ?

Cet ingénieur ... une machine révolutionnaire et il ... riche et célèbre.

a. conçut – devint b. concut – devenint c. concit – devenut

❸ Quelles formes verbales complètent cette phrase ?

Les acteurs ... le suspense, et personne ne ... imaginer la fin du film.

a. entretenirent – pus b. entretinrent – put c. entretenurent – purent

❶ a. Dans la deuxième phrase, le verbe est au présent de l'indicatif et, dans la troisième, il est au futur simple. ❷ a. Les formes des deuxième et troisième réponses sont incorrectes. ❸ b. Les formes du verbe *entretenir* des première et troisième réponses sont incorrectes. De plus, la terminaison du verbe *pouvoir* à la 3e personne du singulier est *-ut*.

Entraînement

1 **Conjuguez les verbes de ces expressions au passé simple.**

boire de l'eau de source — **se résoudre** à déménager — **obtenir** un rendez-vous — ne **se souvenir** de rien — **détenir** un objet rare — ne pas **vouloir** renoncer

2 **Écrivez les verbes en gras au passé simple.**

Pour être en forme, tu **s'astreindre** à un entraînement intensif. – Il **falloir** décharger la cargaison au plus vite. – Du Guesclin **mourir** devant Châteauneuf-de-Randon. – Tu **s'abstenir** de prendre position dans cette querelle stérile. – N'ayant rien à ajouter à vos propos, je **se taire**. – Les différents rebondissements **tenir** le public en haleine. – L'émission était ennuyeuse, et Ingrid **retenir** difficilement un bâillement. – La mi-temps **survenir** alors que le score était nul.

3 **Les verbes en gras sont au présent de l'indicatif ; écrivez-les au passé simple.**

Les vulcanologues **préviennent** la population de l'imminence d'une éruption. – Arrêté pour excès de vitesse, le chauffard **comparaît** devant le tribunal. – Les sauveteurs **secourent** les victimes du tremblement de terre. – Je **dois** changer le câble de l'accélérateur. – Tu **relis** le compte rendu de la finale de la Coupe de France. – Des barrières **contiennent** les curieux loin du lieu de l'accident. – Ce disque **promeut** le chanteur de rap au sommet du Top 50. – Les meilleures places **échoient** à ceux qui **ont** le courage de faire la queue.

4 **Écrivez les verbes en gras au passé simple.**

On ne **savoir** jamais ce qu'il **advenir** de l'épave du *Géant des mers*. – Pour répondre à des commandes urgentes, cette usine **accroître** sa production. – Au carnaval de Nice, je **vivre** des jours exceptionnels. – Tu ne **croire** pas un mot de cette histoire et tu **avoir** raison : ce n'était qu'une invention. – Charles Lindbergh **connaître** la gloire en traversant le premier l'Atlantique en avion. – Avec cette lessive, les taches de graisse **disparaître** au premier lavage. – L'épreuve **être** rude, mais tu **survivre** grâce à ton courage. – Le dernier film de ce réalisateur lui **valoir** une récompense.

solutions p. 89

13 LES TEMPS SIMPLES : verbes en *-yer*, *-eler* et *-eter*

Les verbes du 1er groupe en *-yer*, *-eler* et *-eter* présentent des spécificités.

Verbes en *-yer*

payer		nettoyer	
présent	futur simple	présent	futur simple
je paie	je paierai	tu nettoies	tu nettoieras
nous payons	nous paierons	vous nettoyez	vous nettoierez
ils/elles paient	ils/elles paieront	ils/elles nettoient	ils/elles nettoieront

Remarques

1 Pour les verbes en ***-ayer, -oyer, -uyer***, le ***y*** se transforme en ***i*** devant les terminaisons commençant par un ***e*** muet au présent et au futur simple de l'indicatif.

2 Pour les verbes en ***-ayer***, le maintien du ***y*** devant le ***e*** muet est toléré. Mais, pour mieux retenir l'ensemble des conjugaisons des verbes en ***-yer***, il est préférable de transformer le ***y*** en ***i*** pour tous les verbes, quelle que soit la voyelle qui précède le ***y*** à l'infinitif.

3 Les verbes *envoyer* et *renvoyer* ont une conjugaison particulière au futur simple.

j'enverrai – ils renverront

Verbes en *-eler* et *-eter*

appeler		jeter	
présent	futur simple	présent	futur simple
j'appelle	j'appellerai	tu jettes	tu jetteras
nous appelons	nous appellerons	vous jetez	vous jetterez
ils/elles appellent	ils/elles appelleront	ils/elles jettent	ils/elles jetteront

Remarques

1 La plupart des verbes en ***-eler*** et ***-eter*** doublent le ***l*** ou le ***t*** devant les terminaisons commençant par un ***e*** muet.

2 Seuls quelques verbes en ***-eler*** (*peler – geler* et ses composés – *écarteler – marteler – modeler – démanteler*) et en ***-eter*** (*acheter – crocheter – haleter – fureter*) ne doublent pas le ***l*** ou le ***t*** devant les terminaisons commençant par un ***e*** muet. Ils s'écrivent avec un accent grave sur le ***e*** qui précède le ***l*** ou le ***t***.

je pèle – nous pelons
tu achèteras – vous achèterez

3 À l'imparfait et au passé simple de l'indicatif, les terminaisons, pour l'ensemble des personnes, ne commencent jamais par un ***e*** muet ; on conserve donc le ***y*** des verbes en ***-yer***, on ne double pas la consonne des verbes en ***-eler*** et ***-eter*** et on ne place pas d'accent grave.

4 Les verbes comme *interpeller* et *regretter* qui ont deux ***l*** ou deux ***t*** à l'infinitif les conservent à toutes les personnes.

j'interpelle – nous interpellons
tu regrettes – vous regrettez

Quiz

❶ À quels temps les verbes en italique sont-ils conjugués ?

Si le mauvais temps *persiste*, la neige *s'amoncellera* devant les portes.

a. passé simple de l'indicatif – imparfait de l'indicatif
b. présent de l'indicatif – futur simple
c. imparfait de l'indicatif – passé simple

❷ Quelles formes verbales complètent cette phrase ?

S'il ..., M. Louvet ... un magazine en attendant son tour.

a. s'ennuie – feuillettera
b. s'ennuye – feuilleterat
c. s'ennuyes – feuilleteras

❸ Quelles formes verbales complètent cette phrase ?

Les aigles ... au-dessus de la prairie et ils ... les petits rongeurs.

a. tournoient – effraient
b. tournoyent – effraye
c. tournoye – effraie

❶ b. Présent de l'indicatif de *persister* ; *s'amonceler* double le *l* au futur simple. ❷ a. Le verbe *ennuyer* est au présent de l'indicatif ; le *y* se transforme en *i* devant un *e* muet. *Feuilleter* est au futur simple ; le *t* doit être doublé devant un *e* muet. ❸ a. Si le maintien du *y* devant un *e* muet est admis pour les verbes en *-ayer*, il est proscrit pour ceux en *-oyer*.

Entraînement

1 Conjuguez les verbes au présent, puis au futur simple de l'indicatif.

épeler chaque mot
déceler une erreur
nettoyer le pare-brise
essuyer une tempête
atteler les chevaux
acheter des tickets

2 Écrivez les verbes en gras au présent de l'indicatif.

Sous le choc, tu **chanceler** et tu **essayer** de reprendre tes esprits. – Le sous-sol de ce pays africain **receler** des minerais rares. – En général, les grands-parents **choyer** leurs petits-enfants. – Je **regretter** que tu ne puisses pas m'accompagner. – L'apprenti **modeler** ses gestes sur ceux du compagnon ébéniste. – Seul le diamant **rayer** le verre. – Le chef de rayon **étiqueter** les vêtements soldés. – Pourquoi **bégayer**-tu ?

3 Écrivez les verbes en gras au futur simple.

Le sol ne **dégeler** qu'en fin d'après-midi. – Vous **payer** tous vos achats avec votre carte bancaire. – Comme tu attends une réponse, tu **décacheter** ton courrier. – Nous **employer** les grands moyens pour déménager le piano. – Je ne **jeter** pas cet emballage : il peut resservir. – Tous les lecteurs **renouveler**-ils leur abonnement ? – D'une voix puissante, l'orateur **marteler** ses propos. – Au camping, on **côtoyer** des gens venus de toute l'Europe. – Si ce maillot ne te convient pas, tu le **renvoyer**.

4 Écrivez les verbes en gras au présent de l'indicatif.

Je **balayais** le sol du garage. – Tu **furetais** partout à la recherche de tes clés. – Nous **empaquetions** les cadeaux de Noël avec des rubans dorés. – La frêle embarcation **louvoyait** entre les récifs à la recherche d'un abri. – Tu **amoncelais** des dizaines de documents sans aucune valeur. – La vaisselle d'argent **flamboyait** à la lueur des bougies. – Vous **vous apitoyiez** sur le sort des poulets élevés en batterie. – Mme Sarda **congelait** des barquettes de sauce tomate. – Le vendeur **interpellait** les rares passants.

solutions pp. 89-90

14 LES TEMPS SIMPLES : verbes en *-cer, -ger, -guer* et *-quer*

Les verbes du 1er groupe en ***-cer***, ***-ger***, ***-guer*** et ***-quer*** observent certaines règles qu'il faut connaître.

Verbes en *-cer*

Présent	Imparfait	Passé simple
je m'enfonce	tu t'enfonçais	je m'enfonçai
nous nous enfonçons	vous vous enfonciez	nous nous enfonçâmes

Remarques

1 Pour conserver le son [s], les verbes en ***-cer*** prennent une cédille sous le ***c*** devant les voyelles ***o*** ou ***a***.

2 Au futur simple, l'infinitif des verbes en ***-cer*** se retrouve en entier à toutes les personnes ; le son [s] est ainsi toujours conservé.

tu t'**enfonce**ras – nous nous **enfonce**rons

3 Quelques verbes du 3e groupe (*apercevoir, percevoir, concevoir, décevoir, recevoir*) s'écrivent avec un ***ç*** devant les voyelles ***o*** et ***u*** au présent et au passé simple.

j'aperçois – il aperçoit
j'aperçus – ils aperçurent
tu conçus – vous conçûtes

Verbes en *-ger*

Présent	Imparfait	Passé simple
je nage	tu nageais	je nageai
nous nageons	vous nagiez	nous nageâmes

Remarques

1 Les verbes en ***-ger*** prennent un ***e*** après le ***g*** devant les voyelles ***o*** ou ***a*** pour conserver le son [ʒ].

2 Au futur simple, l'infinitif des verbes en ***-ger*** se retrouve en entier à toutes les personnes ; le son [ʒ] est ainsi toujours conservé.

je **nager**ai – nous **nager**ons

Verbes en *-guer* et *-quer*

Présent	Imparfait	Passé simple
je me fatigue	je me fatiguais	je me fatiguai
nous nous fatiguons	nous nous fatiguions	nous nous fatiguâmes

Remarques

1 Pour tous les temps simples et à toutes les personnes, les verbes en ***-guer*** conservent le ***u*** de leur radical, même s'il n'est pas indispensable pour maintenir le son [g].

2 Il en est de même pour les verbes en ***-quer***, qui conservent toujours le ***u*** du radical.

nous débarq**u**ons – elle débarq**u**ait – je débarq**ue**rai – vous débarq**u**âtes

Quiz

❶ Quelles formes verbales complètent cette phrase ?

Alors que nous ... dans le noir, un hurlement sinistre nous ... le sang.

a. avancions – glaça b. avancons – glaca c. avançions – glaçat

❷ Quelles formes verbales complètent cette phrase ?

Nous ... le bleu avec un peu de blanc et nous ... à étaler cette peinture.

a. mélangeont – commencons b. mélangons – commençont

c. mélangeons – commençons

❸ Quelle forme verbale complète cette phrase ?

Au mépris des interdictions, certains ... les murs du boulevard périphérique.

a. tagaient b. taguaient c. taguait

❶ a. Les formes des deuxième et troisième réponses sont incorrectes : cédille mal placée (ou absence de cédille) ; terminaison de la 3e personne du singulier erronée. ❷ c. Les verbes sont au présent de l'indicatif, et la terminaison de la 1re personne du pluriel est toujours *-ons*. De plus, il manque une cédille dans la première réponse et un e dans la deuxième. ❸ b. Le *u* du verbe *taguer* est maintenu quels que soient le temps et la personne ; le verbe *taguer* est conjugué à la 3e personne du pluriel de l'imparfait de l'indicatif.

Entraînement

1 ▶ Conjuguez les verbes aux quatre temps simples de l'indicatif.

changer les piles **remplacer** l'ampoule **prodiguer** des conseils
renoncer à ce déplacement **marquer** un essai **rédiger** un message

2 ▶ Écrivez les verbes en gras au présent de l'indicatif.

En ce lundi, nous **vaquer** à nos occupations habituelles. – Vous **devancer** notre intention en allumant les spots. – Nous **partager** avec beaucoup de personnes une passion pour la musique. – La piqûre est douloureuse ; nous **grimacer**. – À la vue du mauvais temps, tu **juger** plus prudent de ne pas aller skier. – Nous **envisager** de nous installer à Bobigny. – Je **pratiquer** l'escrime à la salle de sport. – Nous **naviguer** à bord d'un catamaran. – Comme le TGV est complet, nous **voyager** assis sur des strapontins.

3 ▶ Écrivez les verbes en gras à l'imparfait de l'indicatif.

Le service d'ordre **endiguer** le flot des spectateurs. – Le pilote de l'Airbus **amorcer** un virage. – Les marins grecs **naviguer** sans boussole. – Des associations **financer** des actions humanitaires. – Chaque matin, tu **déneiger** le trottoir devant chez toi. – Mal graissée, la poulie **grincer**. – Plusieurs candidats **briguer** la succession du Premier ministre. – Les habitants de l'île de Pâques **ériger** des statues monumentales. – Toutes les fois que le silence **se prolonger**, je **relancer** la conversation.

4 ▶ Écrivez les verbes en gras au passé simple.

Tu **recharger** la batterie de ton ordinateur portable. – Le médicament **soulager** immédiatement le malade. – Je **recevoir** mon carnet de chèques par la poste. – Le professeur **prodiguer** des conseils aux jeunes concertistes. – Vous **dénoncer** l'absence de liaisons régulières entre ces deux villes. – Le commissaire **convoquer** les témoins pour les écouter une dernière fois. – La soudaine panne d'électricité nous **obliger** à progresser à tâtons. – Les éclairagistes **braquer** leurs projecteurs sur la scène. – Le sélectionneur **remarquer** un gardien de but de grande classe.

solutions pp. 90-91

15 LES TEMPS SIMPLES : verbes comme *semer* et *céder*

Dans certaines formes de leur conjugaison, les verbes comme *semer* et *céder* voient leur radical changer : du ***e*** en ***é*** et du ***é*** en ***è***.

Verbes comme *semer*

Présent	Futur simple	Imparfait	Passé simple
je sème	tu sèmeras	je semais	tu semas
nous semons	vous sèmerez	nous semions	vous semâtes

Remarques

1 Pour les verbes du 1er groupe qui ont un ***e*** muet dans l'avant-dernière syllabe de leur infinitif, on place un accent grave sur ce ***e*** devant une terminaison commençant par un ***e*** muet.

2 Pour l'imparfait et le passé simple de l'indicatif, il n'existe pas de terminaisons commençant par un ***e*** muet ; le radical n'est donc jamais modifié. En prononçant les formes verbales à haute voix, on entend la différence.

Verbes comme *céder*

Présent	Futur simple	Imparfait	Passé simple
je cède	tu céderas/tu cèderas	je cédais	tu cédas
nous cédons	vous céderez/vous cèderez	nous cédions	vous cédâtes

Remarques

1 Pour les verbes du 1er groupe qui ont un ***é*** dans l'avant-dernière syllabe de leur infinitif, l'accent aigu devient un **accent grave** devant un ***e*** muet.

2 Pour le futur simple, la règle est que l'on conserve le ***é*** devant la terminaison muette. Cependant, l'usage autorise d'appliquer la même règle qu'au présent de l'indicatif, d'autant que la prononciation actuelle appelle l'accent grave.

3 Pour l'imparfait et le passé simple de l'indicatif, il n'existe pas de terminaisons commençant par un ***e*** muet ; le radical n'est donc jamais modifié. En prononçant les formes verbales à haute voix, on entend la différence.

4 On applique la même règle de transformation du ***é*** en ***è*** devant un ***e*** muet pour les verbes du 1er groupe en ***-éguer*** ou en ***-égner***.

présent de l'indicatif :
je délègue – nous déléguons
tu règnes – vous régnez

futur simple :
il déléguera / il délèguera
je régnerai / je règnerai

5 Les verbes en ***-éer*** conservent l'accent aigu dans toute leur conjugaison. Attention ! il ne faut pas oublier le ***e*** muet au futur simple.

je crée – tu créais – elle créa – nous créerons

Quiz

❶ Quelle forme verbale complète cette phrase ?

Carola ... le rôle de Marianne dans cette pièce de théâtre.

a. interprêtes b. interprète c. interprétes

❷ Quelles formes verbales complètent cette phrase ?

Je ... le questionnaire, puis je ... le nombre de réponses exactes.

a. complète – relève b. complètes – relèves c. compléte – reléve

❸ Quelles formes verbales complètent cette phrase ?

Tu ... la grille et tu ... tes clés tombées dans le caniveau.

a. souléves – récupéres b. soulèveras – récupèreras
c. soulèvas – récupèras

❶ **b.** À la 3e personne du singulier du présent de l'indicatif, la terminaison ne peut être -s. Verbe *interpréter* : le é devient è devant une terminaison commençant par un -e muet. ❷ **a.** Les accents sont incorrects dans la troisième réponse. Les verbes du 1er groupe étant conjugués à la 1re personne du singulier, la terminaison ne peut être -s. ❸ **b.** Pour les verbes de la première réponse (présent de l'indicatif), il fallait placer des accents graves dans les terminaisons et, pour la troisième (passé simple), ne pas placer d'accent (*tu soulevas*) ou conserver l'accent aigu (*tu récupéras*).

Entraînement

1 Conjuguez les verbes au présent, puis au futur simple de l'indicatif.

soupeser le pour et le contre — **accéder** au dernier étage — **se lever** de bonne heure — ne pas **s'inquiéter** — **prélever** un échantillon — **se sécher** au soleil

2 Écrivez les verbes en gras au présent de l'indicatif.

Tu **malmener** le boîtier de commande, et l'appareil ne **fonctionner** plus. – Si le programme vous **agréer**, vous pourrez retenir des places pour le concert. – Les chiens **se pourlécher** les babines. – Je ne **digérer** pas les piments verts. – Les cerises **macérer** dans l'eau-de-vie. – Les ordres **être** les ordres, et nous **obtempérer** immédiatement. – Nous **enlever** les poils laissés par le chat sur le fauteuil. – Vous **se promener** sur les berges de la Seine. – L'odeur du cigare **imprégner** les vêtements des fumeurs.

3 Écrivez chaque phrase avec les sujets proposés. Vous conjuguerez les verbes aux quatre temps simples de l'indicatif.

se démener comme un beau diable et **achever** le travail dans les temps
Je ... Tu ... Thierry ... Nous ... Vous ... Les employés ...

modérer son allure et ne pas **accélérer** en agglomération
Je ... Tu ... M. Mazon ... Nous ... Vous ... Les routiers ...

soulever le pied de la table et **insérer** un morceau de bois pour la caler
Je ... Tu ... Mado ... Nous ... Vous ... Les déménageurs ...

4 Écrivez les verbes en gras au futur simple de l'indicatif.

Vous **pénétrer** dans la salle du palais de justice. – Nous **créer** un site Internet pour raconter nos aventures. – Cette femme **léguer** toute sa fortune à des associations d'enfants handicapés. – Les ravisseurs **libérer** leur prisonnier contre une rançon. – J'**opérer** un demi-tour et je **relever** la visière de mon casque. – Tu **gérer** cette affaire avec compétence. – Cet achat inconsidéré **grever** votre budget.

solutions pp. 91-92

16 LE PASSÉ COMPOSÉ DE L'INDICATIF

Le passé composé est un temps du passé, souvent utilisé aussi bien à l'écrit qu'à l'oral.

Les valeurs du passé composé

• Il exprime des faits achevés à un moment donné du passé, en relation avec le présent ou dont les conséquences sont encore sensibles dans le présent.
Tu reviens de l'hôpital ; tu **as rendu** visite à ta sœur.

• Aujourd'hui, il est souvent employé à la place du passé simple. Il indique alors un événement dans le passé sans relation avec le présent.
Il **s'est levé** et il **a quitté** la table.

Tableaux de conjugaison

Auxiliaire *avoir*	Auxiliaire *être*	
rêver	**venir**	**se lever**
j'**ai rêvé**	je **suis venu(e)**	je me **suis levé(e)**
tu **as rêvé**	tu **es venu(e)**	tu t'**es levé(e)**
il/elle **a rêvé**	il/elle **est venu(e)**	il/elle s'**est levé(e)**
nous **avons rêvé**	nous **sommes venu(e)s**	nous nous **sommes levé(e)s**
vous **avez rêvé**	vous **êtes venu(e)s**	vous vous **êtes levé(e)s**
ils/elles **ont rêvé**	ils/elles **sont venu(e)s**	ils/elles se **sont levé(e)s**

Remarques

1 Pour former le passé composé, on place l'auxiliaire conjugué au présent de l'indicatif devant le participe passé. Beaucoup de verbes, en particulier les verbes transitifs, se conjuguent avec l'auxiliaire *avoir*. Quelques verbes intransitifs (*aller, partir, arriver, entrer, rester, venir*...), ainsi que les verbes pronominaux se conjuguent avec l'auxiliaire *être*.

2 Tous les participes passés des verbes du 1er groupe se terminent par ***-é***.
affirmer : affirm**é** *rester* : rest**é**

Tous les participes passés des verbes du 2e groupe se terminent par ***-i***.
remplir : rempl**i** *maigrir* : maigr**i**

Les participes passés des verbes du 3e groupe se terminent généralement par ***-i*** ou ***-u***.
sourire : sour**i** *vendre* : vend**u**

Mais il existe des formes particulières.
naître : né, née *devoir* : dû, due
plaire : plu *pouvoir* : pu
savoir : su, sue *voir* : vu, vue
vivre : vécu, vécue *vaincre* : vaincu, vaincue

Certains participes passés se terminent par une lettre muette : ***t*** ou ***s***. Le féminin du participe passé permet souvent de trouver la lettre muette.
asseoir : assi**s**, assi**s**e *prendre* : pri**s**, pri**s**e
mourir : mor**t**, mor**t**e *faire* : fai**t**, fai**t**e
ouvrir : ouver**t**, ouver**t**e *dire* : di**t**, di**t**e

Pour l'accord des participes passés, voir leçons 17 et 18.

3 Les verbes *avoir* et *être* se conjuguent tous les deux avec l'auxiliaire *avoir*.

J'**ai eu** du courage. J'**ai été** courageux(euse).

4 Aux 1re et 2e personnes, seule la personne qui écrit sait quel accord il faut faire.

Soit le masculin : Je suis parti. Nous sommes parti**s**.
Soit le féminin : Tu es parti**e**. Vous êtes parti**es**.

Quiz

❶ Quel est l'infinitif du verbe conjugué au passé composé ?

Vous avez su utiliser ce nouveau logiciel de traitement de texte.

a. savoir b. suffire c. avoir

❷ Quelles formes verbales complètent cette phrase ?

Je ... à la patinoire où j'... un ami d'enfance.

a. suis été – ai retrouvé b. suis allée – ai retrouvé
c. ai été – es retrouvée

❸ Quelles formes verbales complètent cette phrase ?

Le mage ... sa boule de cristal et il ... un avenir radieux à Sarah.

a. a consulté – a prédit b. es consulté – a prédite
c. a consulter – est prédit

❶ a. Un changement de temps permet de retrouver facilement l'infinitif (Vous *savez* utiliser [...]). ❷ b. Le verbe *être* se conjugue avec l'auxiliaire *avoir* ; la première réponse est incorrecte. La bonne réponse est formée du passé composé des verbes *aller* et *retrouver*. ❸ a. Ces deux verbes (*consulter* et *prédire*) se conjuguent avec l'auxiliaire *avoir* au passé composé. Le participe passé de *prédire* prend un t final.

Entraînement

1 Conjuguez les verbes de ces expressions au passé composé. Pour les troisièmes personnes, vous choisirez des noms sujets.

aller au restaurant **venir** acheter des chaussures **rebrousser** chemin
signer un courrier **se heurter** à un refus **se doucher** à l'eau froide

2 Écrivez les verbes en gras au passé composé.

Tu **revenir** plusieurs fois à la charge pour faire valoir tes droits. – Vous **tomber** par hasard sur un article relatant le naufrage du *Titanic*. – Pendant la Révolution, beaucoup de personnes **mourir** guillotinées. – Nous **rentrer** en taxi. – J'**surmonter** ma peur et j'**saisir** la couleuvre. – Le journaliste **interroger** de nombreux témoins, puis il **rédiger** son article. – Tu **cligner** des yeux sous les rayons du soleil. – Vous **découvrir** l'origine de la panne et vous **rétablir** le courant. – Les hirondelles **se nicher** sous le toit de la grange. – Tu n'**avoir** pas à te plaindre des soins dispensés dans cette clinique. – J'**être** surpris par votre réaction et j'**bredouiller** une vague réponse.

3 Les verbes en gras sont au passé simple ; écrivez-les au passé composé.

Christophe Colomb **partit** vers l'ouest pour atteindre les Indes, mais il **arriva** en Amérique. – Le pharmacien **prévint** le patient ; ce médicament pouvait avoir des effets secondaires. – Par tes pitreries, tu **divertis** tes amis. – À la vue des dégâts, tu **téléphonas** à ton assureur. – La station spatiale **émit** un faible signal et **disparut** derrière une masse nuageuse. – Les portes **coulissèrent** dans un bruit d'enfer.

4 Écrivez les verbes en gras au passé composé avec les sujets proposés.

Ce matin, je **reçois** le catalogue tant attendu. Je le **feuillette** longuement, puis j'**examine** et **compare** les qualités des différents articles. Finalement, après bien des hésitations, je **me décide** pour un pull en cachemire et un pantalon en acrylique. Je **rédige** alors le bon de commande que je **place** dans une enveloppe.

Hier, **il** ... – Hier, **tu** ... – Hier, **Karène** ... – Hier, **nous** ... – Hier, **vous** ...

solutions pp. 92-93

17 L'ACCORD DU PARTICIPE PASSÉ EMPLOYÉ AVEC *AVOIR*

Le participe passé employé avec l'auxiliaire *avoir* ne s'accorde jamais avec le sujet du verbe.

Le moniteur a conseillé les stagiaires.
Les moniteurs ont conseillé les stagiaires.
La monitrice a conseillé les stagiaires.
Les monitrices ont conseillé les stagiaires.

L'accord du participe passé avec *avoir*

• Le participe passé employé avec l'auxiliaire *avoir* s'accorde en genre et en nombre avec le complément d'objet direct (COD) du verbe, seulement si celui-ci est placé avant le participe passé.

• Pour trouver le COD, on pose la question « Quoi ? » ou « Qui ? » après le verbe et l'on cherche le nom que remplace le **pronom personnel** ou **relatif**.

J'ai déball**é** mes provisions.
J'ai déballé quoi ? **mes provisions**
COD placé après le verbe, **pas d'accord**

Mes provisions, je les ai déball**ées**.
J'ai déballé quoi ? **les** mis pour **mes provisions**
COD placé avant le verbe, **accord**

Je place au réfrigérateur les provisions que j'ai déball**ées**.
J'ai déballé quoi ? **que** mis pour **mes provisions**
COD placé avant le verbe, **accord**

Remarques

1 Il ne faut pas confondre le complément d'objet indirect (COI), qui peut être placé avant le participe passé, avec le COD.

Les candidats étaient impatients ;
l'examinateur leur a distribué les questions.
L'examinateur a distribué à qui → à **leur** (mis pour **Les candidats**) → COI.
Comme le COD (**les questions**) est placé après le participe passé, il n'y a pas d'accord.

2 Si, dans une question, le COD est placé avant le participe passé, celui-ci s'accorde.

Quelles personnes avez-vous reconnues ?
COD → **Quelles personnes**
Combien d'euros avez-vous dépensés ?
COD → **Combien d'euros**

Les participes passés invariables avec *avoir*

• Le participe passé *fait* suivi d'un infinitif est toujours invariable.

Nous fréquentons la salle que la mairie a **fait** aménager.

Dans un souci de cohérence, il est préférable – même si l'accord est possible dans quelques cas – d'appliquer la même règle pour le participe passé *laissé* suivi d'un infinitif.

Mes adversaires, je les ai **laissé** gagner.

• Le participe passé précédé de ***en*** est invariable.

Des tableaux, Picasso en a **peint** plusieurs milliers.

• Lorsque le COD est le pronom neutre ***l'*** (représentant une idée ou une proposition), le participe passé reste invariable.

Cette ascension me parut plus difficile que je ne l'avais **imaginé**.

Quiz

❶ Quels participes passés complètent cette phrase ?

Amandine a ... les pêches après qu'elle les eut soigneusement ... .

a. dégusté – pelé b. dégustées – pelées c. dégusté – pelées

❷ Quel participe passé complète cette phrase ?

Nathalie a reçu de nombreux messages, mais elle n'en a ... que trois.

a. lu b. lus c. lue

❸ Quel participe passé complète cette phrase ?

Quelle histoire as-tu ... ?

a. préférés b. préféré c. préférée

❶ **c.** Le premier COD (*les pêches*) est placé après le participe passé : donc pas d'accord. Le second (*les*, mis pour *les pêches*) est placé avant le participe : donc accord. ❷ **a.** Le COD du verbe est le pronom *en* : il n'y a pas d'accord. ❸ **c.** Le COD (*Quelle histoire*) est placé avant le participe passé et il est féminin singulier.

Entraînement

1 Accordez, si nécessaire, les participes passés des verbes en gras.

Combien de tours le pistard a-t-il déjà **accomplir** ? – Les terrassiers ont **creuser** une tranchée pour y placer les tuyaux. – Vos disques, où les avez-vous **ranger** ? – Le malade est satisfait : les traitements l'ont **guérir**. – La petite chatte que j'ai **laisser** sortir par inadvertance a **disparaître** ; je ne l'ai jamais **retrouver**. – Ta chance, tu ne l'as pas **saisir** quand il le fallait ; maintenant tu le regrettes. – Quelle boisson le consommateur a-t-il **commander** ?

2 Écrivez les verbes en gras au passé composé.

Ces objets, l'antiquaire les **examiner**, puis il les **expertiser**. – La loi que les députés **voter** constitue un progrès social. – L'épreuve de code du permis de conduire, Jessy l'**réviser** à l'aide d'un logiciel. – Pour imiter les hommes politiques, ce comique **contrefaire** sa voix. – Les adresses que j'**confondre** étaient celles de mes amis. – La partie **prendre** fin dans la confusion ; l'arbitre **devoir** expulser deux joueurs.

3 Réécrivez chaque phrase en remplaçant les mots en gras par ceux proposés et faites les transformations nécessaires.

L'appartement que vous avez occupé a été reloué après votre départ.

Les locaux ... **Les salles ...** **La maison ...** **Le pavillon ...**

Le vêtement que la vendeuse m'a proposé était trop grand pour moi.

Les chaussures ... **Le blouson ...** **Les gants ...** **La robe ...**

4 Écrivez les verbes en gras au passé composé.

Cette viande est moins tendre que je ne l'**prévoir**. – En vacances sur la côte basque, Charlène y **faire** de la planche à voile. – Ces monuments, nous les **visiter** à de nombreuses reprises. – La moto dont tu **changer** la selle et que tu **repeindre** est désormais comme neuve ! – Prudents, les campeurs **planter** leur tente loin du torrent. – Les tours de magie que le prestidigitateur **réaliser enthousiasmer** les jeunes spectateurs. – Les ampoules qu'il **falloir** remplacer ne **durer** pas longtemps. – M. Charles **songer** avec nostalgie aux séjours qu'il **effectuer** en Namibie.

solutions p. 93

18 L'ACCORD DU PARTICIPE PASSÉ EMPLOYÉ AVEC *ÊTRE*

Le participe passé employé avec l'auxiliaire *être* s'accorde en genre et en nombre avec le sujet du verbe.

Le local est resté sans surveillance.
Les locaux sont resté**s** sans surveillance.
L'entrée est resté**e** sans surveillance.
Les entrées sont resté**es** sans surveillance.

L'accord du participe passé avec *être*

• Lorsque le verbe a plus d'un sujet, l'accord se fait au masculin pluriel si au moins l'un des sujets est masculin.
Le local et l'entrée sont resté**s** sans surveillance.
L'entrée et la sortie sont resté**es** sans surveillance.

• À la voix passive (voir leçon 25), les verbes sont conjugués avec l'auxiliaire *être* (qui peut être conjugué à un temps composé) et le participe passé s'accorde en genre et en nombre avec le sujet.
Les recherches sont abandonn**ées** par les policiers.
Les recherches ont été abandonn**ées** par les policiers.
Les recherches avaient été abandonn**ées** par les policiers.

Remarques

1 Quelques verbes, selon le sens (intransitif ou transitif), peuvent être conjugués avec *être* ou *avoir*.
Ils sont descendu**s**.
Ils ont descendu les marches.
Elle est sorti**e**.
Elle a sorti son mouchoir.

2 Lorsque la 2e personne du pluriel correspond à un *vous* de politesse, le participe passé ne s'accorde qu'en genre.
Madame, vous êtes arrivé**e** à destination.
Monsieur, vous êtes arrivé à destination.

Les participes passés des verbes pronominaux

• Le participe passé des verbes uniquement pronominaux s'accorde avec le sujet.
Les voyageurs se sont réfugié**s** sous l'Abribus.
Mélissa s'est absenté**e** un instant.
Les verbes *se réfugier* et *s'absenter* n'existent qu'à la forme pronominale.

• Les participes passés des verbes occasionnellement pronominaux qui n'ont jamais de COD demeurent invariables.
Les essais de mise en service se sont succédé, sans résultat.
Ces deux personnes se sont plu immédiatement.

Remarque

Le participe passé des verbes occasionnellement pronominaux s'accorde avec le COD (qui peut être un pronom personnel) quand celui-ci est placé avant le participe passé.
Laurette s'est préparé**e** pour sortir.
COD : **s'** (Laurette a préparé elle-même)

Laurette s'est préparé des sandwichs.
COD : **des sandwichs** → pas d'accord

Voici les sandwichs que Laurette s'est préparé**s**.
COD : **que (des sandwichs)** → accord

Quiz

1 Quelle forme verbale complète cette phrase ?

Julie et Mathias ... nettoyer le garage.

a. sont allées b. sont aller c. sont allés

2 Quel participe passé complète cette phrase ?

Les concurrents du marathon de Paris se sont ... rendez-vous sur la ligne de départ.

a. donnée b. donnés c. donné

3 Quels participes passés complètent cette phrase ?

Les faux papiers que l'espion s'est ... sont grossièrement ... .

a. fabriqué – imité b. fabriqués – imités c. fabriqué – imités

1 c. L'un des deux sujets est masculin : donc *allés*. 2 c. Il y a un COD (*rendez-vous*) après le participe passé : donc on ne fait pas l'accord. 3 b. Pour le premier participe passé, présence d'un COD (*que*, mis pour *faux papiers*) avant le participe : donc accord. Le second participe s'accorde avec le sujet.

Entraînement

1 Conjuguez les verbes de ces expressions au passé composé. Pour les deux premières personnes, vous choisirez le genre et, pour les troisièmes personnes, vous choisirez des noms sujets.

venir à l'improviste **rentrer** à l'aube **intervenir** promptement
tomber des nues **aller** au musée du Louvre **partir** en congé

2 Accordez, si nécessaire, les participes passés des verbes en gras.

Ces jumeaux sont **naître** avant terme et ils ont été **placer** en couveuse. – Ces anciens esclaves ont été **affranchir** pour bons et loyaux services. – Ces malfaiteurs ont été **trahir** par leurs empreintes et ils ont été **arrêter** dans la soirée. – D'Artagnan ne s'est jamais **départir** d'une loyale attitude envers le roi. – La forêt amazonienne est **détruire** par des aventuriers sans scrupules. – D'importantes quantités de pétrole sont **transporter** sur toutes les mers du monde.

3 Écrivez les verbes en gras au passé composé.

Les acteurs **entrer** en scène sous les applaudissements. – Le centre commercial était fermé ; alors je **repartir**. – Les poids lourds **arriver** au marché de Rungis. – Après une longue course, vous **se reposer**. – Vous **rester** bouche bée devant l'audace des cascadeurs. – La doyenne de la cité **mourir** à l'âge de cent dix ans. – Cette chanteuse **devenir** célèbre. – Tu **sortir** de la gare et tu **se diriger** vers la station de taxis. – L'intérêt des journalistes pour cette affaire **retomber** en quelques jours.

4 Observez le modèle et mettez ces phrases à la voix passive. Attention à l'accord des participes passés !

Ex. : Le vent secoue les antennes. → Les antennes sont secouées par le vent.

La mésange couve les œufs. – Ces parieurs touchent le quinté. – Une machine perfectionnée rabote les planches. – La fermière prépare les fromages de chèvre. – L'avant-centre marque les deux premiers buts de son équipe. – Le directeur de l'usine engage deux jeunes apprentis. – Les palefreniers soignent les chevaux. – Un marinier expérimenté pilote la péniche. – Deux cadenas ferment la porte du hangar.

solutions pp. 93-94

19 LE PLUS-QUE-PARFAIT DE L'INDICATIF

Le plus-que-parfait est un temps composé du passé.

Les valeurs du plus-que-parfait

• Le plus-que-parfait de l'indicatif exprime des faits accomplis dont la durée est indéterminée et qui se situent avant une autre action passée exprimée, le plus souvent, à l'imparfait, au passé composé ou au passé simple.
Béatrice lisait les lettres qu'elle **avait reçues**.
Béatrice a lu les lettres qu'elle **avait reçues**.
Béatrice lut les lettres qu'elle **avait reçues**.
C'est après avoir reçu les lettres que Béatrice a pu les lire.

• Le plus-que-parfait peut aussi exprimer, dans le passé, des faits répétés ou habituels.
Pendant des mois, Mathilde **avait cherché** du travail : en vain.

• Il s'emploie également pour exprimer un fait passé par rapport au moment présent.
Je suis en panne et, ça, je ne l'**avais** pas **prévu**.

• Il peut aussi être employé seul ; il présente un fait totalement accompli au moment où l'on parle.
Tu **avais** longuement **réfléchi** avant de t'exprimer.
J'**étais restée** pour vous aider.

• Dans les propositions de supposition, il exprime un fait qui ne s'est pas réalisé dans le passé.
Si j'**avais été** plus attentif, j'aurais retenu le nom de cet acteur.

Tableaux de conjugaison

Auxiliaire *avoir*	Auxiliaire *être*	
résister	**intervenir**	**s'arrêter**
j'**avais résisté**	j'**étais intervenu(e)**	je m'**étais arrêté(e)**
tu **avais résisté**	tu **étais intervenu(e)**	tu t'**étais arrêté(e)**
il/elle **avait résisté**	il/elle **était intervenu(e)**	il/elle s'**était arrêté(e)**
nous **avions résisté**	nous **étions intervenu(e)s**	nous nous **étions arrêté(e)s**
vous **aviez résisté**	vous **étiez intervenu(e)s**	vous vous **étiez arrêté(e)s**
ils/elles **avaient résisté**	ils/elles **étaient intervenu(e)s**	ils/elles s'**étaient arrêté(e)s**

Remarques

1 Pour former le plus-que-parfait d'un verbe, on place l'un des auxiliaires, conjugué à l'imparfait de l'indicatif, devant le participe passé.

2 Aux temps composés, l'adverbe, ainsi que la seconde partie de la négation se placent entre l'auxiliaire et le participe passé.

L'émission s'était **brusquement** interrompue.
L'émission **ne** s'était **jamais** interrompue.

Quiz

❶ Quelle forme verbale complète cette phrase ?

Heureusement que les touristes ... de l'eau, sinon ils seraient morts de soif !

a. avaient emporté b. avions emporté c. aurons emporté

❷ Quelles formes verbales complètent cette phrase ?

Aussitôt monté dans le TGV, tu ... à la place que tu ... .

a. t'avais installé – avais réservé
b. t'étais installé – avais réservée
c. t'était installé – avait réservé

❸ Quelles formes verbales complètent cette phrase ?

Le maçon ... les dimensions que l'architecte lui ... .

a. avait respecté – avait données
b. est respecté – a donné
c. avaient respecté – est donné

❶ a. Le verbe est à la 3e personne du pluriel ; une seule réponse possible. ❷ b. Le verbe pronominal *s'installer* est conjugué à la 2e personne du singulier. Le participe passé *réservée* s'accorde avec le COD *l'*, mis pour *la place*. ❸ a. Les deux verbes se conjuguent avec l'auxiliaire *avoir* et le second participe passé s'accorde avec le COD *que*, mis pour *les dimensions*.

Entraînement

1 Écrivez les verbes en gras au plus-que-parfait de l'indicatif.

Nous **commander** une voiture rouge, et le concessionnaire nous en **livrer** une blanche ! – Les secrets que je vous **confier**, pourquoi les avez-vous divulgués à d'autres personnes ? – Pour le carnaval, Juliette **se costumer** en princesse, et toutes ses amies l'**féliciter**. – L'espion **coder** son message, et ses adversaires ne purent le déchiffrer. – La tour de contrôle **modifier** le plan de vol, et le pilote n'en **avoir** connaissance qu'au dernier moment.

2 Réécrivez chaque phrase en remplaçant les mots en gras par les sujets proposés et faites les transformations qui conviennent.

Le photographe avait pris des risques lorsqu'**il** s'était aventuré en zone de combat.
Vous … **Les reporters …** **Tu …** **La journaliste …**
J'étais restée paralysée et **je** n'avais pu faire aucun mouvement.
Tu … **Les explorateurs …** **Alexandra …** **Nous …**
Tu avais observé les indices et **tu** avais résolu aisément cette énigme.
Vous … **Les enquêteurs …** **Sherlock Holmes …** **La police …**

3 Écrivez les verbes en gras au plus-que-parfait de l'indicatif.

Afin de présenter des résultats lisibles, nous **arrondir** tous les quotients. – Pour améliorer son jeu, le pianiste **passer** des heures devant son clavier. – Le gardien de l'immeuble **se plaindre** du bruit car des motards **envahir** le parking. – Vous **revenir** parce que la situation **prendre** une tournure inquiétante. – Ce cheval **sauter** les trois premières haies lorsqu'il chuta sur la quatrième. – Au soir d'une journée de ski, nous **se réchauffer** devant un feu de cheminée. – Nous **tomber** sur plus forts que nous et nous **perdre** la partie. – Ces cerises, nous les **cueillir** parce qu'elles étaient mûres.

solutions p. 94

20 LE PASSÉ ANTÉRIEUR ET LE FUTUR ANTÉRIEUR

Le passé antérieur

• Le passé antérieur exprime des faits accomplis, généralement brefs, dont la durée est déterminée et qui se situent avant une autre action passée exprimée au passé simple. On dit que c'est le **passé du passé**. Il se rencontre, généralement, dans les propositions subordonnées après une conjonction de temps (*quand, lorsque, aussitôt que, dès que, après que...*).

Après qu'il **eut atteint** le col, Philippe **se reposa**.
Quand les coureurs **furent arrivés** au sommet du col, ils **se désaltérèrent**.

• Il s'emploie, parfois, dans une proposition indépendante pour exprimer une action brève dans le passé. Il est alors accompagné d'un adverbe de temps (*bientôt, vite, enfin, en un instant...*).

Les jeunes gens **eurent** bientôt **aménagé** leur nouvel appartement.
Le boxeur **se fut** rapidement **relevé**.

• Au passé antérieur, l'auxiliaire (*être* ou *avoir*) est conjugué au passé simple.

Auxiliaire *avoir*	Auxiliaire *être*	
refuser	rester	se servir
j'eus refusé	je fus resté(e)	je me fus servi(e)
tu eus refusé	tu fus resté(e)	tu te fus servi(e)
il/elle eut refusé	il/elle fut resté(e)	il/elle se fut servi(e)
nous eûmes refusé	nous fûmes resté(e)s	nous nous fûmes servi(e)s
vous eûtes refusé	vous fûtes resté(e)s	vous vous fûtes servi(e)s
ils/elles eurent refusé	ils/elles furent resté(e)s	ils/elles se furent servi(e)s

Le futur antérieur

• Le futur antérieur exprime une action qui sera achevée à un moment donné du futur. On dit que c'est le **passé du futur**. On peut le trouver dans des propositions subordonnées ou des propositions indépendantes.

Nous relirons ce que nous **aurons écrit**. Le bus **sera parti** dans dix minutes.

• Au futur antérieur, l'auxiliaire (*avoir* ou *être*) est conjugué au futur simple de l'indicatif.

Auxiliaire *avoir*	Auxiliaire *être*	
refuser	rester	se servir
j'aurai refusé	je serai resté(e)	je me serai servi(e)
tu auras refusé	tu seras resté(e)	tu te seras servi(e)
il/elle aura refusé	il/elle sera resté(e)	il/elle se sera servi(e)
nous aurons refusé	nous serons resté(e)s	nous nous serons servi(e)s
vous aurez refusé	vous serez resté(e)s	vous vous serez servi(e)s
ils/elles auront refusé	ils/elles seront resté(e)s	ils/elles se seront servi(e)s

Quiz

❶ Quel est le seul verbe conjugué au futur antérieur ?

a. Je suis tombé sur les genoux.
b. Tu avais acheté un jean à la mode.
c. J'aurai fini ce travail avant la nuit.

❷ Quelle proposition complète cette phrase ?

..., il resserrera les boulons.

a. Dès que le mécanicien aura pris sa clé à molette
b. Si le mécanicien aurait pris sa clé à molette
c. Lorsque le mécanicien ont pris sa clé à molette

❸ Quelles formes verbales complètent cette phrase ?

Quand il ... la pierre de Rosette, Champollion ... le secret des hiéroglyphes.

a. eut déchiffré – découvrit
b. aura déchiffré – aurait découvert
c. a déchiffré – découvrira

❶ c. Le premier verbe est au passé composé et le deuxième au plus-que-parfait de l'indicatif. ❷ a. La deuxième proposition est incorrecte, et, dans la troisième, le verbe n'est pas accordé à la 3e personne du singulier. ❸ a. Dans la proposition subordonnée, le verbe *déchiffrer* est au passé antérieur ; le verbe de la principale est au passé simple. La première action (le déchiffrement) est antérieure à la seconde (la découverte).

Entraînement

1 Écrivez les verbes en gras au passé antérieur.

Quand les convives **achever** l'entrée, on leur servit le poulet aux morilles. – Lorsque tu **revenir** sur tes pas, tu constatas que le vent avait effacé tes traces. – Aussitôt que j'**parler**, le silence se fit dans l'assistance. – Quelques instants après que le professeur **entrer**, les étudiants se penchèrent sur leur travail. – Après que les marchands forains **s'installer** sur la place, la vente des vêtements put commencer. – Lorsque j'**visiter** cette maison, je me décidai immédiatement et je la louai. – Après que le président **dissoudre** l'Assemblée nationale, les électeurs se rendirent aux urnes.

2 Écrivez les verbes en gras au futur antérieur.

Tout à l'heure, j'**finir** mon travail et je me reposerai. – Quand nous **lire** la notice, nous monterons les étagères et nous rangerons les livres. – Aussitôt que les conditions météorologiques **s'améliorer**, les marins prendront la mer. – Quand tu **gonfler** les pneus de ton VTT, tu partiras en randonnée. – Lorsqu'ils **revêtir** leur scaphandre, les cosmonautes sortiront dans l'espace. – Dès que le promoteur **conclure** l'achat des terrains, il prendra contact avec l'architecte.

3 Écrivez les verbes soulignés au passé simple et les verbes en gras au passé antérieur.

Après qu'ils **palabrer** pendant des heures, ces deux maquignons <u>se mettre</u> enfin d'accord sur un prix. – Dès que les défenseurs **capituler**, les assaillants <u>pénétrer</u> dans la ville. – Quand le gardien **programmer** l'alarme, il <u>regagner</u> le local de surveillance. – Aussitôt que tu **ferrer** la truite, tu <u>voir</u> qu'elle était de belle taille. – Tu <u>poser</u> le papier peint après que tu **encoller** les murs de la salle à manger. – Lorsque les ouvriers **assécher** le canal, ils <u>découvrir</u> des carcasses de voitures abandonnées.

solutions pp. 94-95

21 LE PRÉSENT DU CONDITIONNEL

Le présent du conditionnel exprime, généralement, des faits dont la réalisation est soumise à une condition.

Les valeurs du présent du conditionnel

• Le présent du conditionnel a valeur de **mode** lorsque l'action est :
– la conséquence possible d'un fait supposé, d'une condition ;
S'il pleuvait plus souvent, la pelouse **reverdirait**.
– une éventualité ;
Quelques plaisanteries **détendraient** peut-être l'atmosphère.
– un souhait ;
J'**aimerais** voyager à travers le monde.
– un fait dont on n'est pas certain, une supposition.
Par hasard, **ressemblerait**-il à son cousin ?

• Le présent du conditionnel, pour certains emplois, est considéré comme un temps de l'indicatif. C'est un **futur hypothétique du passé**.
Je pensais (ai pensé) que tu **attendrais** le prochain métro.
Dans ce cas, le présent du conditionnel s'impose parce que le verbe de la principale est au passé.
Si le verbe de la principale est au présent de l'indicatif, le verbe de la subordonnée est au futur simple.
Je pense que tu **attendras** le prochain métro.

Tableaux de conjugaison

camper	faiblir	dormir	vivre
je camperais	je faiblirais	je dormirais	je vivrais
tu camperais	tu faiblirais	tu dormirais	tu vivrais
il/elle camperait	il/elle faiblirait	il/elle dormirait	il/elle vivrait
nous camperions	nous faiblirions	nous dormirions	nous vivrions
vous camperiez	vous faibliriez	vous dormiriez	vous vivriez
ils/elles camperaient	ils/elles faibliraient	ils/elles dormiraient	ils/elles vivraient

Remarques

1 Au présent du conditionnel, tous les verbes ont les mêmes terminaisons : celles de l'imparfait de l'indicatif. Le radical est le même que celui qui permet de former le futur simple.

2 Pour les verbes des 1er et 2e groupes, on retrouve l'infinitif en entier.

3 Pour les verbes du 1er groupe en ***-ouer, -uer, -ier, -éer***, il ne faut pas oublier de placer le ***e***.
je jouerais – tu tuerais – elle épierait – il créerait

4 Les verbes du 3e groupe, dont l'infinitif se termine par ***-e***, perdent cette lettre.

5 Pour certains verbes du 3e groupe, le radical a une forme particulière (voir leçon 22).

6 Il faut retenir les formes de *être* et *avoir*.
être : je ser**ais** – nous ser**ions**
avoir : j'aur**ais** – nous aur**ions**

Quiz

❶ À quels temps les verbes en italique sont-ils conjugués ?

Si je *possédais* une moto, je *porterais* toujours un casque intégral.

a. présent de l'indicatif – présent du conditionnel
b. présent du conditionnel – passé antérieur
c. imparfait de l'indicatif – présent du conditionnel

❷ Quelles formes verbales complètent cette phrase ?

Si tu ... un parapluie, tu ne te ... pas.

a. avais – mouillerais   b. avait – mouilleras   c. a – mouillera

❸ Quelles formes verbales complètent cette phrase ?

Si Malika ... ce raccourci, elle ... moins de dix minutes pour nous rejoindre.

a. prenais – mettrais   b. prend – avait mis   c. prenait – mettrait

❶ **c.** Les terminaisons sont identiques à l'imparfait et au conditionnel présent. Pour les verbes du 1er groupe, au conditionnel présent, elles s'accolent à l'infinitif en entier. ❷ **a.** Les deux verbes sont conjugués à la 2e personne du singulier : les terminaisons sont toujours -*s* ; ce qui écarte les deux dernières réponses. ❸ **c.** Les verbes sont conjugués à la 3e personne du singulier. Le premier verbe (*prendre*) est à l'imparfait de l'indicatif et le second (*mettre*) au présent du conditionnel.

Entraînement

1 ▸ Conjuguez les verbes de ces expressions au présent du conditionnel.

aimer aller au Brésil
choisir un numéro au hasard
changer peut-être de vêtements
souhaiter un peu de fraîcheur

2 ▸ Écrivez les verbes en gras au présent du conditionnel.

Avoir-vous la gentillesse de m'aider ? – En cas de fort coup de vent, les marins **affaler** la grande voile. – Je crus que tu **obéir** aux ordres du moniteur, mais il n'en a rien été. – Même si nous avions des bottes, nous ne **traverser** pas sans nous mouiller. – En empruntant cette déviation, il était à peu près certain que tu **rejoindre** la route nationale. – Même si je connaissais la fin de l'histoire, je n'en **dire** rien à personne. – Le routier décida qu'il **s'arrêter** sur la prochaine aire de l'autoroute.

3 ▸ Réécrivez chaque phrase en remplaçant les mots en gras par les sujets proposés, mais en conservant les temps.

Si **tu** consultais Internet, **tu** y trouverais l'adresse de nombreux hôtels.
Si **nous** …   Si **Mme Joubert** …   Si **je** …   Si **vous** …
Si **j'**avais un moment de libre, **je** rangerais mes placards.
Si **Adrien** …   Si **vous** …   Si **tu** …   Si **nous** …

4 ▸ Écrivez les verbes en gras au présent du conditionnel.

S'il y avait un défaut, le vendeur **accepter** immédiatement un échange. – Nous **passer** l'aspirateur s'il y avait de la poussière sous les meubles. – Pourquoi ne **lire**-vous pas ce roman policier ? – L'ingénieur pensait que les piles du pont **supporter** des charges importantes sans se déformer. – Si je voulais changer les rideaux, je **prendre** toutes les mesures nécessaires. – Le règlement précisait que chaque concurrent ne **disposer** que de trois essais ; s'il les ratait tous les trois, il **être** éliminé.

solutions p. 95

22 LE PRÉSENT DU CONDITIONNEL : verbes irréguliers

Pour un certain nombre de verbes, on retrouve, au présent du conditionnel, les mêmes irrégularités de formes du radical qu'au futur simple. Les terminaisons sont toujours celles de l'imparfait de l'indicatif.

Formes particulières du 1er groupe

nettoyer	je nettoierais	il nettoierait	nous nettoierions	ils nettoieraient
envoyer	tu enverrais	elle enverrait	vous enverriez	elles enverraient
appeler	j'appellerais	il appellerait	nous appellerions	ils appelleraient
modeler	tu modèlerais	elle modèlerait	vous modèleriez	elles modèleraient
jeter	je jetterais	il jetterait	nous jetterions	ils jetteraient
acheter	tu achèterais	elle achèterait	vous achèteriez	elles achèteraient
achever	j'achèverais	il achèverait	nous achèverions	ils achèveraient
libérer*	tu libérerais	elle libérerait	vous libéreriez	elles libéreraient

* La règle prévoit que l'on conserve le ***é*** devant la terminaison muette, mais l'usage autorise d'appliquer la même règle qu'au présent de l'indicatif, d'autant que la prononciation actuelle appelle l'accent grave.

Quelques verbes irréguliers du 3e groupe

aller	j'irais	il irait	nous irions	ils iraient
faire	tu ferais	elle ferait	vous feriez	elles feraient
tenir (venir)	je tiendrais	il tiendrait	nous tiendrions	ils tiendraient
courir	tu courrais	elle courrait	vous courriez	elles courraient
pouvoir	je pourrais	il pourrait	nous pourrions	ils pourraient
voir	tu verrais	elle verrait	vous verriez	elles verraient
vouloir	je voudrais	il voudrait	nous voudrions	ils voudraient
valoir	tu vaudrais	elle vaudrait	vous vaudriez	elles vaudraient
asseoir	j'assiérais tu assoirais	il assiérait elle assoirait	nous assiérions vous assoiriez	ils assiéraient elles assoiraient
savoir	je saurais	il saurait	nous saurions	ils sauraient

Remarques

1 Pour les verbes qui doublent le ***r*** au présent du conditionnel (*accourir, parcourir, concourir, secourir, mourir, acquérir, requérir, conquérir*...), il ne faut pas confondre les formes de l'imparfait de l'indicatif et celles du présent du conditionnel.

Avant, il **courait** vite.
S'il s'entraînait, il **courrait** vite.

2 Les verbes *cueillir, accueillir, se recueillir* se conjuguent comme des verbes du 1er groupe.

tu cueillerais – il accueillerait – elles se recueilleraient

3 Le verbe *falloir* ne s'emploie qu'à la 3e personne du singulier.

Il **faudrait** baisser le son.

Quiz

❶ Quelles formes verbales complètent cette phrase ?

Si elle ... authentique, cette pièce de monnaie ... une petite fortune.

a. était – vaudrait b. est – valerait c. étais – valoirait

❷ Quelles formes verbales complètent cette phrase ?

Si nous ... un chat abandonné, nous le ... et nous le ... .

a. trouvions – recueillerions – nourririons
b. trouvont – recueillirons – nourrissont
c. trouveront – recueilliront – nourriront

❸ Quelles formes verbales complètent cette phrase ?

Si on vous ... de donner votre sang, vous le ... volontiers.

a. demandiez – feriez b. demandait – fairez c. demandait – feriez

❶ a. Les deux dernières formes du verbe *valoir* sont incorrectes. ❷ a. Le premier verbe (*trouver*) est à l'imparfait de l'indicatif et les deux autres (*recueillir* et *nourrir*) sont au présent du conditionnel. Tous les verbes sont à la 1re personne du pluriel. ❸ c. Le sujet du verbe de la subordonnée de condition (*demander*) est à la 3e personne du singulier ; on peut donc écarter la première réponse. Comme ce premier verbe est à l'imparfait de l'indicatif, celui de la principale est au présent du conditionnel. Il s'agit du verbe *faire* avec changement du radical et terminaison *-iez*.

Entraînement

1 ▶ Écrivez les verbes en gras au présent du conditionnel.

Si mes amis tardaient à répondre, ils me **décevoir**. – Comment **obtenir**-vous un visa pour vous rendre en Mongolie ? – Le pilote se demandait si le beau temps **se maintenir** pendant tout le vol. – **Savoir**-tu me donner l'adresse d'un bon garagiste ? – Affamés, nous **se satisfaire** d'un sandwich. – Si les charpentiers disposaient d'une grue, ils **procéder** à l'installation des poutres. – Si tu filtrais l'eau de cette source, tu **pouvoir** la boire sans crainte. – Si la jument était plus docile, le palefrenier l'**atteler**. – J'étais sûr que ce marcheur **parcourir** les cent kilomètres sans faiblir.

2 ▶ Réécrivez chaque phrase en remplaçant les mots en gras par les sujets proposés, mais en conservant les temps.

Si **tu** avais des nouvelles de Daphné, **tu** l'accueillerais.

Si **je ...** Si **Armelle ...** Si **nous ...** Si **vous ...**

Si **vous** fréquentiez la salle de gymnastique, **vous** entretiendriez votre forme.

Si **tu ...** Si **ces garçons ...** Si **Dolorès ...** Si **je ...**

3 ▶ Écrivez les verbes en gras au présent du conditionnel.

Pourquoi **jeter**-vous cet appareil qui peut être réparé à moindre frais ? – Si ce blouson était à ma taille, je l'**acheter** immédiatement. – Si nous le commandions par correspondance, nous **recevoir** ce mixeur dans les dix jours. – Les habitants du lotissement **voir**-ils d'un bon œil l'installation d'une usine métallurgique près de chez eux ? – Si tu voulais enfoncer un clou, tu **employer** un marteau et non un tournevis ! – En cas de besoin, le conducteur **régler** ses phares à la bonne hauteur. – Qu'**advenir**-il si la planète se réchauffait de plusieurs degrés ? – Si M. Combe roulait trop vite, il **encourir** une forte amende et un retrait de permis de conduire. – Avant de lancer le moteur, il **falloir** mettre de l'essence dans le réservoir !

solutions pp. 95-96

23 FUTUR SIMPLE OU PRÉSENT DU CONDITIONNEL ?

À l'oral ou à l'écrit, il n'est pas rare d'hésiter entre le futur simple et le présent du conditionnel. Il faut donc savoir distinguer ces deux temps.

Confusion due à la prononciation

Les terminaisons de la première personne du singulier du futur simple et du présent du conditionnel ont **la même prononciation**.
Le 23 mars, je souhaiter[ɛ] l'anniversaire de mon ami Hervé.
Le 23 mars, je souhaiter[ɛ] que l'anniversaire d'Hervé soit une grande fête.

Comment éviter toute confusion ?

• Pour distinguer ces deux terminaisons, on peut examiner le sens de la phrase.
Le 23 mars, je souhaiter[ɛ] l'anniversaire de mon ami Hervé.
C'est une quasi-certitude. → futur simple → terminaison : ***-ai***.
Le 23 mars, je souhaiter[ɛ] que l'anniversaire d'Hervé soit une grande fête.
C'est une possibilité, un désir. → présent du conditionnel → terminaison : ***-ais***.

• On peut aussi remplacer la 1re personne du singulier par une autre personne ; on entend alors la différence :
– futur simple ;
Le 23 mars, je souhaiter[ɛ] l'anniversaire de mon ami Hervé.
Le 23 mars, nous souhaiter**ons** l'anniversaire de notre ami Hervé.
– présent du conditionnel.
Le 23 mars, je souhaiter[ɛ] que l'anniversaire d'Hervé soit une grande fête.
Le 23 mars, nous souhaiter**ions** que l'anniversaire d'Hervé soit une grande fête.

Concordance des temps

• Si le verbe de la proposition subordonnée, introduite par ***si***, est au présent de l'indicatif, le verbe de la proposition principale est au futur simple.
Si Hervé m'appelle, je lui souhaiter**ai** son anniversaire.
Si Hervé nous appelle, nous lui souhaiter**ons** son anniversaire.

• Si le verbe de la proposition subordonnée, introduite par ***si***, est à l'imparfait de l'indicatif, le verbe de la proposition principale est au présent du conditionnel.
Si Hervé m'appel**ait**, je lui souhaiter**ais** son anniversaire.
Si Hervé nous appel**ait**, nous lui souhaiter**ions** son anniversaire.

⚠ Remarque

Le verbe de la subordonnée introduite par la conjonction ***si*** ne s'écrit jamais au présent du conditionnel.

« Si j'a~~chèter~~ais un téléphone portable... » est un barbarisme.

La proposition correcte est :
Si j'achetais un téléphone portable, j'**adopterais** une sonnerie originale.

Ou bien :
Si j'achète un téléphone portable, j'**adopterai** une sonnerie originale.

Quiz

1 Quelle est la forme verbale correcte ?

Si je possédais une parabole, je ... beaucoup de chaînes.

a. captera b. capterai c. capterais

2 Quelle est la forme verbale correcte ?

Si j'avale ce médicament, je ... peut-être moins.

a. souffrirait b. souffrirais c. souffrirai

3 Quelles formes verbales complètent cette phrase ?

Si on me ... le nom de ce chanteur, je ne ... pas répondre.

a. demandait – serai b. demandait – saurais c. demandait – serais

1 c. Le verbe de la proposition subordonnée (*possédais*) étant à l'imparfait de l'indicatif, celui de la proposition principale (*capterais*) doit être au présent du conditionnel. **2 c.** Le verbe de la proposition subordonnée (*avale*) étant au présent de l'indicatif, celui de la proposition principale (*souffrirai*) doit être au futur. **3 b.** Le second verbe est le verbe *savoir*. Ne pas confondre les formes de ce verbe au présent du conditionnel avec celles de l'auxiliaire *être*.

Entraînement

1 Écrivez les verbes en gras au futur simple ou au présent du conditionnel.

Si vous mélangez ces vêtements dans votre machine, ils **déteindre**. – Si vous conduisiez en Australie, vous **circuler** sur la voie de gauche. – Si la peinture s'écaille, je la **poncer**. – Si tu remuais la pâte, des grumeaux ne se **former** pas. – Si le niveau des eaux monte, les agriculteurs **essayer** de renforcer les digues. – Si elle présente sa candidature, je la **soutenir**. – Si j'étais essoufflée, je **prendre** le temps de respirer. – Si l'occasion se présentait, je **saisir** ma chance. – Si cet appartement me plaisait, je le **louer**. – S'il fait froid, j'**allumer** un feu de cheminée.

2 Écrivez les verbes en gras à la 1re personne du singulier en respectant les temps et en effectuant les transformations nécessaires.

Elles **aimeraient** voyager dans l'espace. – Nous **reprendrons** le chemin du retour à vingt heures. – En cas d'avis de tempête, le navigateur **changerait** de cap. – Vous ne **récolterez** que ce que vous **avez** semé. – Nous **respecterions** les consignes si elles étaient plus claires. – Ils **prouveront** sans difficulté leur bonne foi. – En entrant au supermarché, tu **constateras** qu'il y a beaucoup de monde. – Ce n'est pas toi qui **risquerais** ta vie en sautant dans le vide. – Dans quelques minutes, l'avion **s'envolera** pour le Maroc. – Vous **surprendriez** vos voisins en repeignant votre chalet en orange.

3 Écrivez les verbes en gras au futur simple ou au présent du conditionnel.

Si je verrouillais les portes, je ne **craindre** pas une intrusion inopinée. – Si je trouve un studio et des musiciens, j'**enregistrer** un disque. – Si je lisais plus souvent, je **connaître** mieux ce sujet. – Si je bois un café bien serré, je ne m'**endormir** pas. – Si je voyageais fréquemment, je **prendre** une carte demi-tarif. – Si les poules avaient des dents, elles **être** peut-être carnivores. – Si le chasseur à réaction perd de l'altitude, le pilote **s'éjecter**. – Si mon ami Michel se rend au golf, je l'**accompagner**. – Si vous vouliez déplacer ce conteneur, il **falloir** une grue. – Si je n'ai pas de monnaie, je **payer** avec un chèque. – Si je connaissais un raccourci, je le **prendre**. – Si le couloir n'est pas éclairé, je **se méfier** et je **s'avancer** à tâtons.

solutions p. 96

24 LES TEMPS COMPOSÉS DU CONDITIONNEL

Les temps composés du conditionnel sont le passé 1re forme et le passé 2e forme.

Le passé 1re forme du conditionnel

• Le passé 1re forme du conditionnel indique qu'un fait situé dans le passé serait accompli dans un moment à venir.
Je savais que la séance **aurait pris** fin quand minuit sonnerait.
Le chef de gare déclara que le train ne **serait** pas **parti** à 16 heures.

• Le passé 1re forme du conditionnel est composé de l'auxiliaire *être* ou *avoir* au présent du conditionnel et du participe passé du verbe conjugué.

apprécier	aller	partir
j'aurais apprécié	je serais allé(e)	je serais parti(e)
il/elle aurait apprécié	il/elle serait allé(e)	il/elle serait parti(e)
nous aurions apprécié	nous serions allé(e)s	nous serions parti(e)s
ils/elles auraient apprécié	ils/elles seraient allé(e)s	ils/elles seraient parti(e)s

Remarque

Si le verbe de la subordonnée, introduite par ***si***, est au plus-que-parfait de l'indicatif, celui de la principale est au conditionnel passé.

Si tu avais vu ce film, tu l'**aurais apprécié**.
Si j'en avais eu l'occasion, je **serais parti**.

Le passé 2e forme du conditionnel

• On donne parfois, au plus-que-parfait du subjonctif (voir leçon 31), le nom de « passé 2e forme du conditionnel ». Ce sont des temps recherchés, littéraires, qu'on ne rencontre qu'exceptionnellement à l'oral.

• Le passé 2e forme du conditionnel est composé de l'auxiliaire *être* ou *avoir* à l'imparfait du subjonctif et du participe passé du verbe conjugué.

apprécier	aller	partir
j'eusse apprécié	je fusse allé(e)	je fusse parti(e)
il/elle eût apprécié	il/elle fût allé(e)	il/elle fût parti(e)
nous eussions apprécié	vous fussiez allé(e)s	nous fussions parti(e)s
ils/elles eussent apprécié	ils/elles fussent allé(e)s	ils/elles fussent parti(e)s

Remarque

Pour ne pas confondre la 3e personne du singulier du passé 2e forme du conditionnel avec la 3e personne du singulier du passé antérieur de l'indicatif, qui ne se différencient que par la présence d'un accent circonflexe au conditionnel, on remplace par le passé 1re forme du conditionnel.

Il sortit après qu'il **eut pris** son parapluie.
S'il avait prévu la pluie, il **eût pris** son parapluie.
(S'il avait prévu la pluie, il **aurait pris** son parapluie. → passé du conditionnel)

Quiz

❶ À quels temps sont les verbes de cette phrase ?

S'il *s'était alimenté*, le coureur italien n'*eût* pas *subi* une terrible défaillance.

a. imparfait de l'indicatif – présent du conditionnel
b. plus-que-parfait de l'indicatif – passé 2e forme du conditionnel
c. passé 1re forme du conditionnel – passé antérieur de l'indicatif

❷ Quelles formes verbales complètent cette phrase ?

Si tu ... de mettre de l'essence, tu ... en panne.

a. n'avais pas oublié – ne serais pas tombé
b. n'avait pas oublié – ne serait pas tombé
c. n'a pas oublié – ne sera pas tombé

❸ Quelles formes verbales complètent cette phrase ?

Les automobilistes ... les bouchons s'ils ... les conseils de Bison futé !

a. auraient évité – avaient écouté
b. ont évité – auraient écouté
c. aurait évité – auront écouté

❶ **b.** À la 3e personne du singulier, le passé antérieur et le passé 2e forme du conditionnel ne se distinguent que par la présence d'un accent circonflexe sur l'auxiliaire du second. ❷ **a.** Comme les verbes sont à la 2e personne du singulier, la terminaison des auxiliaires est -s. ❸ **a.** Le verbe de la subordonnée de condition n'est jamais au conditionnel ; la deuxième réponse est donc à écarter. Dans la 3e réponse, le premier verbe n'est pas conjugué à la 3e personne du pluriel.

Entraînement

1 ▶ Écrivez les verbes en gras au passé 1re forme du conditionnel.

Si tu avais changé la cartouche, tu **pouvoir** imprimer toutes les pages. – S'il avait fait beau, nous **aller** ramasser des coquillages. – Si les trois coups avaient été frappés, l'actrice **quitter** sa loge et **entrer** en scène. – Si je t'avais écouté, j'**commander** une pizza. – Si les poulets n'avaient pas été enfermés, ils ne **contracter** pas une maladie. – Si tu avais bien suivi les instructions, le montage de la bibliothèque ne **poser** pas de problème. – Si Paul avait réfléchi, il **sauvegarder** ses données sur une clé USB. – J'**parier** que ce judoka parviendrait à remporter son combat.

2 ▶ Écrivez les verbes en gras au passé 2e forme du conditionnel.

Si l'autobus n'avait pas eu de retard, Amélie **arriver** à l'heure. – Si une piste cyclable avait été aménagée, vous l'**emprunter**. – Tu **préférer** une place dans la tribune centrale. – M. Laurent **devoir** mieux refermer le réservoir d'essence de son véhicule. – Si les limitations de vitesse avaient été respectées, il n'y **avoir** pas tant d'accidents. – Je **se contenter** d'un plat de spaghettis, s'il avait été accompagné de sauce bolognaise. – Si les blés avaient mûri normalement, la moisson **débuter** à la mi-juillet.

3 ▶ Réécrivez chaque phrase en remplaçant les mots en gras par les sujets proposés, mais en conservant les temps.

Si **nous** avions consulté les panneaux, **nous** ne nous serions pas égarés.

Si **les conducteurs** … Si **j'**… Si **tu** … Si **le promeneur** …

Vous auriez souhaité une réduction sur le prix de ce téléviseur.

Tu … **Les clients** … **J'**… **Nous** …

solutions p. 96

25 LA VOIX PASSIVE – LES VERBES TRANSITIFS/INTRANSITIFS

Une phrase qui passe de la voix active à la voix passive exprime toujours la même idée avec une construction différente. Cette transformation n'est possible qu'avec des verbes qui peuvent être suivis d'un COD (verbes transitifs).

Voix active – Voix passive

- Un verbe est à la voix active lorsque le sujet fait l'action.
Ce réalisateur **tourne** un nouveau film.
- Un verbe est à la voix passive lorsque le sujet subit l'action.
Un nouveau film **est tourné** par ce réalisateur.

C'est le temps de l'auxiliaire *être* (simple ou composé) qui donne le temps de la forme verbale passive.

Un nouveau film **est** tourné par ce réalisateur.	**est** → présent de l'indicatif
Un nouveau film **sera** tourné par ce réalisateur.	**sera** → futur simple
Un nouveau film **a été** tourné par ce réalisateur.	**a été** → passé composé
Il faut que ce film **soit** tourné par ce réalisateur.	**soit** → présent du subjonctif

Remarques

1 La voix passive se construit exclusivement avec l'auxiliaire *être*. Le participe passé s'accorde donc avec le sujet du verbe.

Un film est tourné par ce réalisateur.
Une série est tourné**e** par ce réalisateur.

2 Attention aux temps composés des verbes qui se conjuguent avec l'auxiliaire *être* !

Ce réalisateur est resté sur le plateau.
→ voix active – verbe au passé composé

3 De la voix active à la voix passive, le COD devient le sujet du verbe et le sujet devient le **complément d'agent**. Celui-ci est, le plus souvent, introduit par la préposition *par*.

Ce film est coupé **par** des messages publicitaires.

Parfois, il est simplement sous-entendu.
Voix active : On a tourné un film.
Voix passive : Un film a été tourné.
(sous-entendu « **par on** »)

Verbes transitifs – Verbes intransitifs

- Les verbes qui sont suivis d'un complément d'objet direct peuvent, le plus souvent, être mis à la forme passive. Ce sont des **verbes transitifs** directs.
- Les **verbes intransitifs** ne sont jamais accompagnés d'un COD ; ils ne peuvent donc pas être à la voix passive ; mais, selon le sens, un verbe peut être transitif ou intransitif.

Le satellite **tourne** autour de la Terre.	→ verbe intransitif
Ce jeune réalisateur **tourne** un nouveau film.	→ verbe transitif

Remarque

Il ne faut pas confondre le verbe à la voix passive avec le verbe *être* suivi d'un participe passé marquant l'état ; le participe passé est alors attribut.

La lumière **est éteinte par Samuel**.
→ voix passive
La lumière **est éteinte**.
→ verbe *être* + attribut

Quiz

❶ Quel est le seul verbe intransitif de cette liste ?

écrire – monter – arriver – entendre – pêcher

a. écrire b. arriver c. entendre

❷ Donnez le mode, le temps et la voix du verbe en italique

Mme Bertin *aurait*-elle *inscrit* par erreur son nom sur le fichier ?

a. conditionnel – passé 1re forme – voix active
b. conditionnel – passé 2e forme – voix passive
c. indicatif – futur simple – voix passive

❸ Quelle phrase à la voix passive correspond à cette phrase à la voix active ?

Une flaque d'huile a provoqué la chute du motard sur la chaussée.

a. La chute du motard a provoqué une flaque d'huile sur la chaussée.
b. La chute du motard sur la chaussée a été provoquée par une flaque d'huile.
c. Une flaque d'huile a été provoquée par la chute du motard sur la chaussée.

❶ b. On ne peut pas placer de COD avec le verbe *arriver*. ❷ a. *Par erreur* n'est pas un complément d'agent, mais un complément circonstanciel de manière. ❸ b. Seule la deuxième phrase respecte le sens de la phrase à la voix active.

Entraînement

1 ▸ Conjuguez les verbes de ces expressions au présent de l'indicatif. Pour les troisièmes personnes, vous choisirez des noms sujets.

être saisi par la panique
être guidé par le système GPS
être défavorisé par le sort
être apprécié par tous
être exclu par l'arbitre
être ausculté par un médecin
être contrôlé par les douaniers
être préoccupé par la situation

2 ▸ Écrivez ces phrases à la voix active en respectant les temps.

La route est coupée par une avalanche. – Les sentinelles sont désignées par le sergent. – J'ai été griffée par mon chat. – Vous avez été surprises par ce bruit. – Le poteau électrique a été renversé par un chauffard. – Un apprenti est embauché par un patron. – Le record du monde du 5 000 mètres est égalé par un coureur kényan. – La mission spéciale fut exécutée par un agent secret. – Le pape est élu par les cardinaux réunis en conclave. – Le transport des marchandises est assuré par deux convois.

3 ▸ Écrivez ces phrases à la voix passive en respectant les temps.

M. Blanc a installé une parabole sur son balcon. – Une vipère avait mordu le ramasseur de champignons. – Le brigadier de gendarmerie dresse un procès-verbal – Un violent cyclone a détruit la récolte d'ananas. – Trois turbines produisent l'électricité nécessaire à l'alimentation de cette région. – Les habitants de ce village alsacien fleuriront les balcons dès le printemps venu. – Une équipe d'employés municipaux nettoie les abords du parking. – Le sonar a détecté une épave près du récif corallien. – Les députés français ont aboli la peine de mort en 1981. – Une cordée japonaise a gravi la face nord de l'Eiger. – Les Apaches domestiquaient les chevaux sauvages. – Une pointe d'ail relève le gigot.

solutions pp. 96-97

26 LE PRÉSENT DU SUBJONCTIF

Le subjonctif s'emploie, généralement, dans les propositions subordonnées.

Les valeurs du subjonctif

Le subjonctif exprime, généralement, un désir, un souhait, un ordre, un doute, un regret, un conseil, une supposition... Les verbes au subjonctif sont, assez souvent, inclus dans une proposition subordonnée introduite par la conjonction *que*.

Je souhaite **que** tu **réussisses**.
La fragilité de ce moteur exige **que** le réglage **soit** parfait.
Nous doutons **qu**'il **retrouve** son chemin.

Remarques

1 Le subjonctif peut être employé dans une proposition indépendante ou dans une proposition relative.

Qu'il **soit** prêt à l'heure !
Il n'y a que toi qui **réussisses** ce tour de magie.

2 Les conjonctions *que* et *quoi* peuvent se trouver en tête de phrase dans des exclamations marquant l'ordre, l'étonnement, l'indignation. Le verbe est alors au subjonctif.

Que personne ne **sorte** !
Que tu te **perdes** ! Ce n'est pas possible.
Quoi que vous **mangiez**, vous ne serez pas rassasiés.

Tableaux de conjugaison

avoir	être	jouer	obéir	rire
que j'**aie**	que je **sois**	que je jou**e**	que j'obéi<u>ss</u>**e**	que je ri**e**
que tu **aies**	que tu **sois**	que tu jou**es**	que tu obéi<u>ss</u>**es**	que tu ri**es**
qu'il/elle **ait**	qu'il/elle **soit**	qu'il/elle jou**e**	qu'il/elle obéi<u>ss</u>**e**	qu'il/elle ri**e**
que nous **ayons**	que nous **soyons**	que nous jou**ions**	que nous obéi<u>ss</u>**ions**	que nous ri**ions**
que vous **ayez**	que vous **soyez**	que vous jou**iez**	que vous obéi<u>ss</u>**iez**	que vous ri**iez**
qu'ils/elles **aient**	qu'ils/elles **soient**	qu'ils/elles jou**ent**	qu'ils/elles obéi<u>ss</u>**ent**	qu'ils/elles ri**ent**

Remarques

1 Au présent du subjonctif, tous les verbes (sauf *être* et *avoir*) prennent les mêmes terminaisons : ***-e, -es, -e, -ions, -iez, -ent***.

2 Pour les verbes du 2e groupe, l'élément ***-ss-*** est toujours intercalé entre le radical et la terminaison.

Il faut que je fini**ss**e.
Il faut que nous réfléchi**ss**ions.

3 Pour certains verbes du 1er groupe, on retrouve les mêmes modifications du radical devant un **e** muet.

appeler : Il faut que j'appe**ll**e.
feuilleter : Il faut qu'elles feuille**tt**ent.
acheter : Il faut que tu ach**è**tes.
geler : Il faut qu'il g**è**le.
payer : Il faut que tu pa**i**es.
se lever : Il faut qu'il se l**è**ve.
accélérer : Il faut qu'ils accél**è**rent.

Quiz

① Quelle forme verbale complète cette phrase ?

Il faut que nous ... à régler le téléviseur pour capter toutes les chaînes.

a. parvenons b. parvenions c. parviendrons

② Quelles formes verbales complètent cette phrase ?

Vous ... déguster ces champignons, à supposer qu'ils ... comestibles.

a. pourriez – sont b. pourrez – soient c. pourrez – étaient

③ Quelles formes verbales complètent cette phrase ?

Comme elle ... des dons, le professeur ... qu'Aurélie ... l'apprentissage du piano.

a. a – veut – poursuive b. aura – voulais – poursuit

c. ait – veux – poursuis

① b. Avec le verbe *falloir* dans la principale, on doit mettre le verbe de la subordonnée au subjonctif. ② b. Le verbe de la subordonnée doit être au subjonctif (supposition). ③ a. Seuls les verbes de la première réponse sont correctement accordés.

Entraînement

1 Conjuguez les verbes de ces expressions au présent du subjonctif en commençant votre phrase par « Il faut que... ».

arriver avant dix heures **ranger** des affaires **s'arrêter** au stop
saisir l'occasion **étendre** le linge **se protéger** les yeux

2 Écrivez les verbes en gras au présent du subjonctif.

Il arrive que l'on **cueillir** des violettes dès le mois de février. – Il faut que j'**appuyer** sur la touche « ✳ » pour obtenir le service des réclamations. – Il me tarde que l'avion **atterrir** car j'ai mal au cœur. – Ses parents sont d'avis que Victoria **poursuivre** sa formation de laborantine. – Quelle que **être** l'amplitude de la marée, les chalutiers sortiront. – Il convient que Joris **peler** sa pomme avant de la manger. – Rien ne s'oppose à ce que vous **utiliser** une tronçonneuse ; il suffira de prendre des précautions.

3 Remplacez le verbe de la principale par celui entre parenthèses et effectuez les changements que cela entraîne dans la subordonnée.

Le professeur **pense** (**vouloir**) que je poursuivrai l'apprentissage du violon. – Les techniciens **assurent** (**douter**) que la fusée partira normalement. – Le coureur **précise** (**exiger**) que ses pneus seront gonflés au maximum. – Il **est** (**ne pas être**) certain que le cavalier accomplira un exploit en franchissant ce mur. – Nous n'**ignorons** pas (**refuser**) que les mauvaises herbes envahiront la pelouse. – Il **est clair** (**être indispensable**) que ce jeune chien obéira à son maître.

4 Écrivez les verbes en gras au présent du subjonctif.

Il est naturel que tu **réagir** de cette manière. – Ce siège est vraiment confortable à condition que nous y **placer** un coussin. – Bien que Romane **suspendre** ses vêtements au-dessus du radiateur, ils ne seront pas secs avant ce soir. – Il me tarde que nous **accueillir** nos amis venus de Bulgarie. – Je crains que le daltonien **confondre** ces deux couleurs. – L'agriculteur accepte que vous **camper** dans son pré. – Il est surprenant que cette cuisinière **garnir** l'oie d'une farce au porto.

solutions p. 97

27 LE PRÉSENT DU SUBJONCTIF : verbes irréguliers

Au présent du subjonctif, le radical d'un certain nombre de verbes du 3e groupe est modifié, mais les terminaisons sont toujours les mêmes : ***-e, -es, -e, -ions, -iez, -ent***.

Quelques verbes irréguliers

faire	que je fasse	qu'il fasse	que nous fassions	qu'ils fassent
aller	que tu ailles	qu'elle aille	que vous alliez	qu'elles aillent
venir	que je vienne	qu'il vienne	que nous venions	qu'ils viennent
tenir	que tu tiennes	qu'elle tienne	que vous teniez	qu'elles tiennent
dire	que je dise	qu'il dise	que nous disions	qu'ils disent
écrire	que tu écrives	qu'elle écrive	que vous écriviez	qu'elles écrivent
lire	que je lise	qu'il lise	que nous lisions	qu'ils lisent
mourir	que tu meures	qu'elle meure	que vous mouriez	qu'elles meurent
haïr	que je haïsse	qu'il haïsse	que nous haïssions	qu'ils haïssent
devoir	que tu doives	qu'elle doive	que vous deviez	qu'elles doivent
savoir	que je sache	qu'il sache	que nous sachions	qu'ils sachent
voir	que tu voies	qu'elle voie	que vous voyiez	qu'elles voient
asseoir	que j'assoie que tu asseyes	qu'il assoie qu'elle asseye	que nous assoyions que vous asseyiez	qu'ils assoient qu'elles asseyent
vouloir	que je veuille	qu'il veuille	que nous voulions	qu'ils veuillent
recevoir	que tu reçoives	qu'elle reçoive	que vous receviez	qu'elles reçoivent
valoir	que je vaille	qu'il vaille	que nous valions	qu'ils vaillent
prendre	que tu prennes	qu'elle prenne	que vous preniez	qu'elles prennent
conduire	que je conduise	qu'il conduise	que nous conduisions	qu'ils conduisent
vaincre	que tu vainques	qu'elle vainque	que vous vainquiez	qu'elles vainquent
craindre	que je craigne	qu'il craigne	que nous craignions	qu'ils craignent
plaire	que tu plaises	qu'elle plaise	que vous plaisiez	qu'elles plaisent
se taire	que je me taise	qu'il se taise	que nous nous taisions	qu'ils se taisent
paraître	que tu paraisses	qu'elle paraisse	que vous paraissiez	qu'elles paraissent

⚠ Remarque

Le verbe *falloir* ne s'emploie qu'à la 3e personne du singulier.

Il se peut qu'il **faille** démonter la roue.

Quiz

❶ Quelle forme verbale complète cette phrase ?

Il est urgent que Douglas ... chez le coiffeur.

a. va b. aye c. aille

❷ Quelles formes verbales complètent cette phrase ?

Il ... nécessaire que l'automobiliste ... le plein d'essence.

a. ait – fait b. est – fasse c. es – ferait

❸ Quelles formes verbales complètent cette phrase ?

Mon oncle d'Alençon ... que je ne ... pas lui rendre visite.

a. regrettes – peux b. regrette – peut c. regrette – puisse

❶ c. Le verbe *aller* doit être au présent du subjonctif ; *va* est un présent de l'indicatif, et *aye* n'existe pas. ❷ b. Le premier verbe est au présent de l'indicatif et le second au présent du subjonctif. Les autres réponses conduisent à des barbarismes. ❸ c. Le premier verbe est au présent de l'indicatif et le second au présent du subjonctif.

Entraînement

1 Conjuguez les verbes en gras au présent du subjonctif. Pour les troisièmes personnes, vous choisirez des noms sujets.

Il n'est pas question que ... **s'asseoir** sur une chaise bancale.
Il est normal que ... **haïr** le racisme et la xénophobie.
Il est temps que ... **dire** la vérité sur ces événements.
Il faut que ... **conduire** beaucoup moins vite.
Il est dommage que ... **ne pas s'inscrire** à ce concours de mots croisés.

2 Écrivez les verbes en gras au présent du subjonctif.

Il faut que je **vaincre** mon trac. – Il n'est pas exclu que le crocodile **feindre** de dormir pour mieux tromper sa proie. – Yacine consent à ce que tu **relire** la lettre qu'il vient d'écrire. – Lors de ce colloque, il est de règle que chacun **intervenir** pendant deux minutes. – Voici un serre-tête afin que tu **pouvoir** te coiffer correctement. – Les défenseurs de la nature refusent que certaines espèces **disparaître**. – Quoi que Rayan **faire**, il sera critiqué pour son attitude inamicale. – Si Katy parle trop, je crains qu'elle **se contredire**. – Il s'en faut de beaucoup que ce meuble en sapin **valoir** une fortune. – M. Marchand attend que le mécanicien lui **décrire** l'origine de la panne. – Il se peut que cette exposition ne **plaire** pas aux visiteurs qui n'apprécient pas l'art moderne.

3 Écrivez les verbes en gras au présent du subjonctif.

Il est rare qu'un arbre fruitier, bien greffé, **mourir**. – Je m'étonne que tu ne **savoir** pas faire fonctionner cette machine à laver. – Il est vital que le caravanier **boire** une gorgée d'eau. – Où que j'**aller**, j'emporte toujours un vêtement de rechange. – Il est dommage que ce spectacle ne **tenir** pas toutes ses promesses. – Le maire est d'accord pour que M. Porta **construire** un pavillon dans ce lotissement. – La distance empêche que Valérie **rejoindre** le groupe. – En cette circonstance, il n'est pas certain que la même cause **produire** le même effet. – Avant de plonger, il faut que Marjorie **taire** son appréhension. – Si l'ingénieur a une idée, qu'il la **soumettre** au bureau d'études. – Il n'est pas exclu que tu **devoir** consulter un spécialiste de l'audition.

solutions p. 98

28 PRÉSENT DE L'INDICATIF OU PRÉSENT DU SUBJONCTIF ?

À l'oral ou à l'écrit, il n'est pas rare d'hésiter entre le présent de l'indicatif et le présent du subjonctif. Il faut donc savoir distinguer ces deux temps.

Confusion due à la prononciation

• Pour certains verbes du 3e groupe, les formes des personnes du singulier du présent de l'indicatif et celles du présent du subjonctif sont homophones.

On sait que tu **cours** [kuʀ] les brocantes chaque dimanche.
On doute que tu **coures** [kuʀ] les brocantes chaque dimanche.

• Pour les verbes du 1er groupe, les terminaisons des trois personnes du singulier et de la 3e personne du pluriel sont les mêmes au présent de l'indicatif et au présent du subjonctif.

On sait que je **fréquente** les brocantes chaque dimanche.
On doute que je **fréquente** les brocantes chaque dimanche.

Comment éviter toute confusion ?

Pour ne pas confondre présent de l'indicatif et présent du subjonctif, il faut :
– remplacer par la 1re ou la 2e personne du pluriel ;

On sait que vous **courez** les brocantes chaque dimanche. → indicatif
On doute que vous **couriez** les brocantes chaque dimanche. → subjonctif

– employer un autre verbe du 3e groupe avec lequel on entend la différence.

On sait que je **fais** les brocantes chaque dimanche. → indicatif
On doute que je **fasse** les brocantes chaque dimanche. → subjonctif

Cas particuliers

• Pour les verbes du 1er groupe en ***-yer, -ier, -iller, -gner***, aux deux premières personnes du pluriel du présent du subjonctif, il ne faut pas oublier, même si on ne l'entend pas distinctement, le ***i*** de la terminaison.

Il faut que vous renvoy**i**ez le bon de commande rempli correctement.
Il faut que nous nous réfugi**i**ons sous un auvent.
Il faut que vous verrouill**i**ez toutes les portes.
Il faut que nous regagn**i**ons rapidement notre place.

• Il en est de même pour quelques verbes du 3e groupe.

Il est rare que nous voy**i**ons des vents aussi violents.
Il convient que vous souri**i**ez devant la caméra.

⚠ Remarques

1 *Après que* est suivi de l'indicatif (c'est une certitude).

Nous allumons le téléviseur après que nous **avons** mis nos écouteurs.

Avant que est suivi du subjonctif (il demeure un doute).

Nous allumons le téléviseur avant que nous **ayons** mis nos écouteurs.

2 Les verbes *être* et *avoir*, aux deux premières personnes du pluriel, ne prennent pas de ***i*** après le ***y***.

Il se peut que nous **ayons** du temps libre.
Il faut que vous **soyez** libres rapidement.

Quiz

❶ Quelle forme verbale complète cette phrase ?

Il n'est pas normal que le directeur de l'usine ... ses responsabilités.

a. fuit b. fuie c. fuis

❷ Quelles formes verbales complètent cette phrase ?

Le juge d'instruction ... que le commissaire ... un peu trop vite son enquête.

a. constate – conclut b. constatait – conclue c. constates – conclues

❸ Quelles formes verbales complètent cette phrase ?

Il est possible que le jeune public ... puis ... les comédiens.

a. rie – applaudisse b. rit – applaudit c. ris – applaudissent

❶ **b.** On remplace le verbe par *prendre* et on entend la terminaison du subjonctif : « Il n'est pas normal que le directeur de l'usine *prenne* ses responsabilités. » ❷ **a.** On remplace le second verbe par *faire* et on entend la terminaison de l'indicatif : « Le juge d'instruction constate que le commissaire *fait* un peu trop vite son enquête. » ❸ **a.** On remplace le premier verbe par *sortir* et on entend la terminaison du subjonctif : « Il est possible que le jeune public *sorte* [...]. »

Entraînement

1 ▶ Écrivez les verbes en gras au présent de l'indicatif ou au présent du subjonctif.

Il est certain que ce savant **venir** de rendre un immense service à la science médicale. – Il est possible que ce médicament **venir** révolutionner le traitement de certaines maladies. – Je suis sûre que le train de Strasbourg n'**être** pas encore arrivé à la gare du Nord. – Je suis inquiète que Fanny ne **être** pas encore arrivée à notre rendez-vous. – Il est juste que le malfaiteur **encourir** une condamnation. – Auteur d'une agression caractérisée contre son voisin, ce pays **encourir** des représailles. – En attendant que l'alpiniste **entrevoir** une possibilité de bivouaquer, il vérifie l'état de son matériel.

2 ▶ Remplacez le verbe de la principale par celui entre parenthèses et effectuez les changements que cela entraîne dans la subordonnée.

J'**affirme** (**regretter**) que le bûcheron abat un chêne centenaire. – Nous **savons** (**ne pouvoir croire**) que Maryline meurt de peur à la simple vue d'un minuscule insecte. – Le journaliste **précise** (**douter**) que cette information est fiable. – Le libraire **constate** (**s'étonner**) que le client parcourt les rayons à la recherche d'un livre rare. – Il **est prouvé** (**être regrettable**) que cet atelier contrefait des articles de luxe. – Il **paraît** (**être de règle**) que le fabricant garantit cet appareil pendant cinq ans.

3 ▶ Écrivez les verbes en gras au présent de l'indicatif ou au présent du subjonctif.

Il faut que l'ouvrier **revêtir** une combinaison spéciale pour entrer dans l'atelier. – Dans la mesure où le condamné **se pourvoir** en appel, la sentence est suspendue. – Il faut que le service de la voirie **pourvoir** au déneigement des trottoirs. – Nul ne souhaite que la lave **se répandre** sur les flancs habités de ce volcan. – Il est surprenant que l'on **extraire** du pétrole de cette région antarctique. – Tu n'oublies pas que ton car **repartir** à onze heures. – L'expert affirme que cette collection de cartes postales **valoir** une petite fortune. – Au premier coup de fusil, le lièvre **s'enfuir**. – Il n'est pas étonnant que la gazelle **s'enfuir** à la vue de la lionne. – La mère de cet enfant ne croit pas qu'il **falloir** l'aider à s'habiller.

solutions pp. 98-99

29 L'IMPARFAIT DU SUBJONCTIF

Comme le présent du subjonctif, l'imparfait du subjonctif exprime, généralement, un souhait, un ordre, un doute, un regret, un conseil, un désir, une supposition...

L'emploi de l'imparfait du subjonctif

• L'imparfait du subjonctif s'emploie lorsque le verbe de la principale est à un temps passé de l'indicatif ou au conditionnel.
Il faut que ce garçon **s'endorme.** → présent du subjonctif
Il fallait (Il faudrait) que ce garçon **s'endormît.** → imparfait du subjonctif

• L'imparfait du subjonctif est un temps qu'on ne rencontre que dans les textes littéraires, essentiellement à la 3e personne du singulier. Ce temps n'est plus employé à l'oral. À l'écrit, il est, aujourd'hui, admis que l'on puisse remplacer l'imparfait du subjonctif par le présent du subjonctif.

Tableaux de conjugaison

avoir	être	écouter	faiblir
que j'eusse	que je fusse	que j'écoutasse	que je faiblisse
que tu eusses	que tu fusses	que tu écoutasses	que tu faiblisses
qu'il/elle eût	qu'il/elle fût	qu'il/elle écoutât	qu'il/elle faiblît
que nous eussions	que nous fussions	que nous écoutassions	que nous faiblissions
que vous eussiez	que vous fussiez	que vous écoutassiez	que vous faiblissiez
qu'ils/elles eussent	qu'ils/elles fussent	qu'ils/elles écoutassent	qu'ils/elles faiblissent

faire	aller	venir	pouvoir
que je fisse	que j'allasse	que je vinsse	que je pusse
que tu fisses	que tu allasses	que tu vinsses	que tu pusses
qu'il/elle fît	qu'il/elle allât	qu'il/elle vînt	qu'il/elle pût
que nous fissions	que nous allassions	que nous vinssions	que nous pussions
que vous fissiez	que vous allassiez	que vous vinssiez	que vous pussiez
qu'ils/elles fissent	qu'ils/elles allassent	qu'ils/elles vinssent	qu'ils/elles pussent

Remarques

1 L'imparfait du subjonctif se forme avec la même voyelle dans la terminaison que celle du passé simple.

2 Pour les verbes du 2e groupe, les formes sont identiques à celles du présent du subjonctif, sauf pour la 3e personne du singulier.

3 À la 3e personne du singulier, il faut toujours placer un accent circonflexe sur la voyelle qui précède le ***t***. C'est une forme différente des cinq autres personnes.

Quiz

❶ Quelle forme verbale complète cette phrase ?

Le médecin regrettait que M. Paglia ne ... pas régulièrement son traitement.

a. prennent — b. prît — c. prit

❷ Quelles formes verbales complètent cette phrase ?

Quels que ... ses adversaires, ce joueur d'échecs les ... tous.

a. fût – battra — b. fus – battit — c. fussent – battait

❸ Quelles formes verbales complètent cette phrase ?

Il n'... pas question que le routier ... des heures sans s'arrêter.

a. était – conduisît — b. est – conduit — c. était – conduisit

❶ **b.** On peut opérer un changement de temps pour trouver le mode du verbe (subjonctif) : « Le médecin *regrette* que M. Paglia ne *prenne* pas [...] son traitement. » L'imparfait du subjonctif est dicté par l'imparfait de l'indicatif du 1er verbe (concordance des temps). ❷ **c.** Le premier verbe est à la 3e personne du pluriel ; une seule réponse est donc possible. ❸ **a.** Si le verbe de la principale est au présent de l'indicatif (2e réponse), celui de la subordonnée doit être au présent du subjonctif : « Il n'*est* pas question que le routier *conduise* [...] » (et non pas *conduit*). S'il est à l'imparfait de l'indicatif (première et dernière réponses), celui de la subordonnée doit être à l'imparfait du subjonctif, avec un accent circonflexe sur le *i* (1re réponse).

Entraînement

1 Écrivez les verbes en gras à l'imparfait du subjonctif.

Il faudrait que ce boxeur **éviter** mieux les coups de son adversaire. – Manuel attendait que tu **choisir** le film que vous deviez voir ensemble. – Au départ de la descente, les concurrents craignaient que la neige **geler**. – On n'imaginait pas que ce café **perdre** de sa saveur. – Il arrivait que les jonquilles **fleurir** avant le 15 avril. – Il faudrait que M. Varlet **rabattre** la banquette arrière pour placer tous ses bagages. – Les feux de signalisation exigeaient que la rame TGV **attendre**. – Mme Revol aimerait que cette voiture lui **laisser** la priorité, comme elle le doit. – Le médecin tenait à ce que le malade **observer** strictement le traitement prescrit. – Plus rien n'empêchait que le président du bureau de vote **proclamer** les résultats de l'élection.

2 Écrivez les verbes en gras à l'imparfait du subjonctif.

Il eût fallu que j'**écrire** les titres en lettres capitales. – La recette exigeait que les aubergines **être** coupées en fines lamelles. – Marion évitait que son petit chat **jouer** avec les rideaux du salon. – Une barrière électrifiée s'opposait à ce que le troupeau de moutons **quitter** l'enclos qui lui était réservé. – Le boulanger déplorait que sa pâte ne **lever** pas comme il se devait. – Mme Glas ne refusait jamais qu'on lui **faire** un compliment sur sa coiffure. – Le bon sens voudrait que tu **résister** à la tentation de manger ton troisième chou à la crème. – Avant chaque prise de vue, le metteur en scène acceptait que son acteur vedette **s'isoler** pour préparer son rôle.

3 Conjuguez les verbes de ces expressions au présent, puis à l'imparfait du subjonctif.

Ex. : se reposer → Il faut que **je me repose**. / Il fallait que **je me reposasse**. – etc.

coordonner les actions	**répondre** au téléphone	**amortir** le choc
ne pas **trahir** le secret	**chiffrer** la dépense	**sortir** de la salle

solutions p. 99

30 PASSÉ SIMPLE OU IMPARFAIT DU SUBJONCTIF ?

À l'oral ou à l'écrit, il n'est pas rare d'hésiter entre le passé simple et l'imparfait du subjonctif. Il faut donc savoir distinguer ces deux temps.

Confusion due à la prononciation

Les terminaisons de la 3e personne du singulier du passé simple et de l'imparfait du subjonctif sont **homophones**.

• Pour les verbes du 1er groupe, à l'imparfait du subjonctif, on place un accent circonflexe sur le ***a*** qui précède le ***t***. Au passé simple, la terminaison est un simple ***a***.
Il était urgent que Luc **changeât** la batterie de la voiture.
Lorsqu'il vit qu'elle était usagée, Luc **changea** la batterie de la voiture.

• Pour les verbes des 2e et 3e groupes, seule la présence d'un accent circonflexe distingue l'imparfait du subjonctif du passé simple.

– 2e groupe :
Il était urgent que Luc **remplît** la batterie de la voiture.
Lorsqu'il vit qu'elle était usagée, Luc **remplit** la batterie de la voiture.

– 3e groupe :
Il était urgent que Luc **reprît** la batterie de la voiture.
Lorsqu'il vit qu'elle était usagée, Luc **reprit** la batterie de la voiture.

Comment éviter toute confusion ?

Pour ne pas confondre ces formes verbales, il faut :

– se rapporter au sens de l'action ou bien essayer de changer de personne ;
Il était urgent que tu **changeasses** la batterie de la voiture.
Lorsque tu vis qu'elle était usagée, tu **changeas** la batterie de la voiture.

Il était urgent que tu **remplisses** la batterie de la voiture.
Lorsque tu vis qu'elle était usagée, tu **remplis** la batterie de la voiture.

Il était urgent que tu **reprisses** la batterie de la voiture.
Lorsque tu vis qu'elle était usagée, tu **repris** la batterie de la voiture.

– essayer de changer de temps en remplaçant l'imparfait du subjonctif par un autre temps du subjonctif ou le passé simple par un autre temps de l'indicatif.
Il est urgent que Luc **change** la batterie de la voiture.
Lorsqu'il a vu qu'elle était usagée, Luc **a changé** la batterie de la voiture.

Il est urgent que Luc **remplisse** la batterie de la voiture.
Lorsqu'il a vu qu'elle était usagée, Luc **a rempli** la batterie de la voiture.

Il est urgent que Luc **reprenne** la batterie de la voiture.
Lorsqu'il a vu qu'elle était usagée, Luc **a repris** la batterie de la voiture.

Quiz

❶ Quelle forme verbale complète cette phrase ?

James Bond pénétra dans la pièce sans qu'on ... le moindre bruit.

a. entendit b. entendît c. entendes

❷ Quels sont les temps des verbes en italique ?

Lorsque le jazzman *prit* son saxophone, le public *se tut* et *attendit* les premières notes.

a. passé simple – imparfait du subjonctif – imparfait du subjonctif
b. passé simple – passé simple – passé simple
c. imparfait du subjonctif – passé simple – passé simple

❸ Quelles formes verbales complètent cette phrase ?

L'arbitre ... à ce que le joueur allemand ... le penalty.

a. tiens – retires b. tins – retiras c. tint – retirât

❶ b. On essaie un changement de temps pour trouver le mode du verbe (subjonctif) : « James Bond *pénètre* dans la pièce sans que l'on *entende* le moindre bruit. » Il s'agit bien du subjonctif. L'imparfait du subjonctif est dicté par le passé simple du 1er verbe (concordance des temps). ❷ b. On essaie un changement de temps : « Lorsque le jazzman *prend* son saxophone, le public *se tait* et *attend* les premières notes. » Il s'agit bien de l'indicatif pour les trois verbes. On note également que la voyelle précédant le t ne porte pas d'accent circonflexe. ❸ c. Les verbes sont conjugués à la 3e personne du singulier ; les terminaisons ne peuvent être -s.

Entraînement

1 Conjuguez les verbes de ces expressions au passé simple, puis à l'imparfait du subjonctif.

Ex. : *se rafraîchir* → **Je me rafraîchis**. / Il fallait que **je me rafraîchisse**. – etc.

traduire une lettre
remplir le réservoir
réparer la toiture
affranchir le courrier

2 Écrivez les verbes en gras au passé simple ou à l'imparfait du subjonctif.

Au centre de vacances de son enfance, Carla **découvrir** la vie collective ; elle **s'en souvenir** pendant longtemps. – La population craignait que l'épidémie **se propager** et qu'elle **faire** des milliers de victimes. – Quand il **voir** l'air menaçant du chien, le malfaiteur **prendre** la fuite. – Ce jeune musicien était fier qu'on le **traiter** comme un véritable virtuose. – Au moment le plus palpitant, les projecteurs **se braquer** sur le héros en mauvaise posture. – Alors que tout était calme, il **se produire** un événement exceptionnel : la foudre **tomber** sur le clocher. – Il n'était pas question que Patrick **s'engager** dans l'armée de l'air, car il était daltonien.

3 Écrivez les verbes soulignés au passé simple et ceux en gras aux temps qui conviennent.

Il <u>faut</u> que M. Rodriguez **prévienne** les pompiers. – Dès qu'il <u>voit</u> un départ de feu, M. Rodriguez **prévient** les pompiers. – Quand il <u>aperçoit</u> le drapeau à damiers, le pilote **sait** que l'arrivée **est** proche. – La chaleur <u>exige</u> que cet explorateur **emporte** une importante provision d'eau. – Lorsqu'il <u>part</u> en expédition, cet aventurier **emporte** une couverture de survie. – La réglementation ne <u>permet</u> pas que l'architecte **conçoive** un toit en terrasse.

solutions pp. 99-100

31 LES TEMPS COMPOSÉS DU SUBJONCTIF

Les temps composés du subjonctif sont le passé et le plus-que-parfait.

Le passé du subjonctif

On écrit le verbe de la subordonnée au passé du subjonctif si celui de la proposition principale est au présent ou au futur et si l'on veut exprimer un fait passé par rapport au fait de la principale ou par rapport à tel moment à venir.
Il n'est pas possible que le temps **ait changé** aussi rapidement.
Je regretterai vivement que mes amis **soient partis** sans me saluer.

bouger	réagir	naître
que j'**aie bougé**	que j'**aie réagi**	que je **sois né(e)**
qu'il/elle **ait bougé**	qu'il/elle **ait réagi**	qu'il/elle **soit né(e)**
que nous **ayons bougé**	que nous **ayons réagi**	que nous **soyons né(e)s**
qu'ils/elles **aient bougé**	qu'ils/elles **aient réagi**	qu'ils/elles **soient né(e)s**

Le plus-que-parfait du subjonctif

On écrit le verbe de la subordonnée au plus-que-parfait du subjonctif si celui de la proposition principale est au passé et si l'on veut exprimer un fait passé par rapport au fait de la principale.
Il n'était pas possible que le temps **eût changé** aussi rapidement.
J'ai vivement regretté que mes amis **fussent partis** sans me saluer.

Il est admis, aujourd'hui, d'utiliser le passé du subjonctif à la place du plus-que-parfait.

bouger	réagir	naître
que j'**eusse bougé**	que j'**eusse réagi**	que je **fusse né(e)**
qu'il/elle **eût bougé**	qu'il/elle **eût réagi**	qu'il/elle **fût né(e)**
que nous **eussions bougé**	que nous **eussions réagi**	que nous **fussions né(e)s**
qu'ils/elles **eussent bougé**	qu'ils/elles **eussent réagi**	qu'ils/elles **fussent né(e)s**

Remarques

1 Les formes du plus-que-parfait du subjonctif sont identiques à celles du passé 2ᵉ forme du conditionnel.

2 À la 3ᵉ personne du singulier, il ne faut pas confondre le plus-que-parfait du subjonctif avec le passé antérieur de l'indicatif.

Quand il **eut opéré** le malade, le chirurgien le conduisit en salle de réveil.

Mieux assisté, il se pouvait que le chirurgien **eût opéré** le malade plus tôt.

Pour faire la distinction, on peut changer de personne.

Quand ils **eurent opéré** le malade, les chirurgiens le conduisirent en salle de réveil.

Mieux assistés, il se pouvait que les chirurgiens **eussent opéré** le malade plus tôt.

Quiz

❶ Quelle forme verbale complète cette phrase ?

Les policiers regrettent que le témoin ... identifier l'agresseur de la vieille dame.

a. n'ait pas pu b. n'a pas pu c. n'avait pas pu

❷ Quelle forme verbale complète cette phrase ?

Quoique ce cosmonaute ... un sévère entraînement, il appréhende l'heure du départ.

a. a suivi b. ait suivi c. est suivi

❸ Quelles formes verbales complètent cette phrase ?

À condition que les passagers ... leur passeport, ils ... leurs bagages.

a. ait présenté – récupèrent b. aies présenté – récupérerons
c. aient présenté – récupéreront

❶ a. Le verbe *regretter* (verbe de sentiment) dans la principale entraîne toujours le subjonctif dans la subordonnée. Ici, le verbe est au subjonctif passé pour exprimer un fait passé par rapport au verbe de la principale. ❷ b. *Quoique* (équivalent de *bien que*) est toujours suivi du subjonctif. Ici, le verbe est au subjonctif passé pour exprimer un fait passé par rapport au verbe de la principale. ❸ c. Dans les deux premières réponses, les verbes ne sont pas correctement accordés à la 3e personne du pluriel. La troisième réponse s'impose donc.

Entraînement

1 ▸ Conjuguez les verbes en gras au passé du subjonctif.

Il faut que ... **flâner** pour arriver si tard.
Il faut que ... **arriver** avant le début de la représentation.
Il faut que ... **apprendre** à piloter avant de monter dans ce petit avion.
Il faut que ... **convertir** mes euros avant de partir au Japon.
Il faut que ... **rétablir** la situation pour espérer remporter le match.
Il faut que ... **charger** la tablette pour regarder ce film.

2 ▸ Écrivez les verbes en gras au plus-que-parfait du subjonctif.

Il fallait que j'**égarer** le plan pour me perdre. – Il aurait été souhaitable que le hérisson **échapper** aux roues de la voiture. – Mathias se réjouissait que ses parents **louer** un bungalow près de la Grande-Motte. – Nous étions surpris que le secrétariat ne **répondre** pas à notre demande de renseignement. – Il parut normal que l'expédition de ce colis pour la Pologne **coûter** plus de cent euros. – Le syndicat trouva étonnant que l'ouvrier **ne pas obtenir** l'augmentation qu'il méritait. – Ces câbles auraient dû être remplacés afin que le téléphérique **fonctionner** en toute sécurité.

3 ▸ Écrivez les verbes en gras au passé du subjonctif.

Tu veux que j'**repeindre** la porte du garage avant ce soir. – Pour démarrer, il faut que tu **desserrer** le frein à main. – Avant que nous **réaliser** ce qui se passait, la fusée avait déjà disparu. – Bien que l'incendie **se propager** rapidement, il n'y eut aucun blessé. – Nous étions heureux que vous **pouvoir** répondre à notre invitation. – J'ai eu peur qu'il **se tromper** dans les proportions de la recette. – Il vaudrait mieux que l'espion ne **percer** pas le secret de fabrication de cet appareil. – Attends que la colle **sécher** pour réutiliser ce vase. – Que je **aller** au bout de la jetée, cela ne fait aucun doute.

solutions p. 100

32 L'IMPÉRATIF

Le présent de l'impératif ne se conjugue qu'à trois personne : la 2e personne du singulier et les deux premières personnes du pluriel, sans sujet exprimé.

Les valeurs de l'impératif

Le présent de l'impératif est employé pour exprimer des ordres, des conseils, des souhaits, des recommandations, des demandes, des interdictions.

Ne t'**énerve** pas.
Ralentissons à l'entrée du village.
Traduis ce texte.
Respirez profondément.

Remarque

Le passé de l'impératif est formé de l'auxiliaire (*avoir* ou *être*) au présent de l'impératif et du participe passé du verbe conjugué. C'est un temps très peu employé.

Soyez partis lorsque minuit sonnera.

Tableaux de conjugaison

1er groupe	2e groupe	3e groupe		
jongler	**bondir**	**descendre**	**courir**	**s'inscrire**
jongle	bondis	descends	cours	inscris-toi
jonglons	bondissons	descendons	courons	inscrivons-nous
jonglez	bondissez	descendez	courez	inscrivez-vous

Remarques

1 Pour les verbes du 2e groupe, on intercale l'élément ***-ss-*** entre le radical et les terminaisons pour les personnes du pluriel.

2 À la 2e personne du singulier, les verbes du 1er groupe (ainsi que *ouvrir, offrir, souffrir, cueillir, aller* et *savoir*) ne prennent pas de ***s***. Néanmoins, pour faciliter la prononciation, ces verbes (ainsi que *aller*) prennent un ***s*** quand le mot qui suit est *en* ou *y*.

Ces chocolats, offres-en à tes amis.
N'hésite pas, vas-y franchement.

3 On place un trait d'union entre le verbe à l'impératif et le pronom personnel complément qui le suit.

Vos enfants, emmenez-les au cirque.
Laisse-nous terminer ce puzzle.

4 Les particularités rencontrées pour les verbes comme *nettoyer, appeler, acheter, céder* devant un **e** muet se retrouvent à la 2e personne du singulier du présent de l'impératif.

Nettoie-les.
Achète-la.
Appelle-moi.
Ne cède pas.

Formes particulières

avoir	être	aller	savoir	envoyer
aie	sois	va	sache	envoie
ayons	soyons	allons	sachons	envoyons
ayez	soyez	allez	sachez	envoyez

Quiz

❶ Quel est l'infinitif du verbe conjugué au présent de l'impératif ?

Sachez que la colère est mauvaise conseillère.

a. savoir b. savourer c. sauver

❷ Quelles formes verbales complètent cette phrase ?

Ne ... pas trop vite ; ... ton temps et ... ton impatience.

a. réagis – prends – calmes b. réagis – prends – calme
c. réagissez – prenez – calmez

❸ Quelles formes verbales complètent cette phrase ?

Même si tu ... la mer un peu froide, ne te ... pas : le soleil ... !

a. trouve – plaint – brille b. trouves – plains – brille
c. trouvais – plaignais – brillait

❶ a. ❷ b. La présence du déterminant possessif *ton* impose la 2e personne du singulier de l'impératif. Les verbes du 1er groupe ne prennent pas de s. ❸ b. Le premier verbe est au présent de l'indicatif ; la terminaison est donc -s. La troisième réponse ne convient pas puisque tous les verbes sont à l'imparfait de l'indicatif.

Entraînement

1 ▸ **Conjuguez les verbes de ces expressions au présent de l'impératif.**

éviter les obstacles — **prédire** l'avenir — ne pas **parler** trop fort
réclamer son dû — ne pas **tricher** au jeu — ne pas **claquer** la porte

2 ▸ **Écrivez les verbes en gras au présent de l'impératif.**

Choisir le modèle dont la couleur te plaît. – Même si tu en as envie, ne **se retourner** pas. – Pour votre sortie en mer, **prévoir** des cirés. – Ne **entreprendre** pas des travaux que vous n'êtes pas certains de terminer. – **Présenter** ton billet au contrôleur. – **Surmonter** notre appréhension et **sauter** dans le vide : l'élastique nous retiendra. – Lorsque vous parlerez devant un auditoire d'importance, **surveiller** votre langage. – **Savourer** ton dessert. – Ne **se ruiner** pas en achats coûteux : vous n'aurez plus rien pour payer votre loyer. – **Arroser** vos plantes à la tombée de la nuit. – Ne **s'abrutir** pas sur ce manuscrit indéchiffrable : tu perds ton temps. – **Unir** nos efforts pour hisser ces caisses dans le camion. – **Servir** le café à tes invités. – Si tu veux les garder, ne **trahir** pas tes amis. – **Avoir** le courage de reconnaître nos erreurs. – Avant d'éteindre ton ordinateur, n'**oublier** pas de sauvegarder tes documents. – Si tu ne t'entraînes pas, ne **prétendre** pas égaler les champions.

3 ▸ **Écrivez les verbes en gras à la 2e personne du singulier du présent de l'impératif. Dans chaque expression, l'un des verbes sera à la forme négative.**

Ex. : **être** franc, **dissimuler** la vérité → **Sois** franc, ne **dissimule** pas la vérité.

s'approcher, **avoir** peur
se laisser abattre, **réagir**
crier, **parler** posément
tergiverser, **aller** droit au but
rouler vite, **ralentir**
manger vite, **prendre** ton temps
écouter calmement, **se fâcher**
courir dans l'escalier, **marcher**
encoller le papier peint, **salir** le mur
relire les numéros, les **confondre**

solutions p. 101

33 PRÉSENT DE L'IMPÉRATIF OU PRÉSENT DE L'INDICATIF ?

À l'oral ou à l'écrit, il n'est pas rare d'hésiter entre le présent de l'impératif et le présent de l'indicatif. Il faut donc savoir distinguer ces deux temps.

Confusion due à la prononciation

• Pour les verbes du 1er groupe, il ne faut pas confondre la 2e personne du singulier du présent de l'impératif, qui n'a pas de sujet exprimé, avec la 2e personne du singulier du présent de l'indicatif.

Appell**e** ton ami au téléphone.	présent de l'impératif	→ **e**
Tu appell**es** ton ami au téléphone.	présent de l'indicatif	→ **es**

• Pour les verbes du 3e groupe comme *offrir, ouvrir, cueillir, accueillir, tressaillir, souffrir* ou *aller*, la 2e personne du singulier du présent de l'impératif, qui ne prend pas de ***s***, peut également être confondue avec une forme conjuguée du présent de l'indicatif.

Ouvr**e** ton courrier !	présent de l'impératif	→ **e**
Tu ouvr**es** ton courrier.	présent de l'indicatif	→ **es**
V**a** jusqu'aux grilles du stade.	présent de l'impératif	→ **a**
Tu v**as** jusqu'aux grilles du stade.	présent de l'indicatif	→ **as**

Cas particuliers des verbes pronominaux

• Pour les verbes pronominaux, la forme verbale du présent de l'impératif est suivie du pronom personnel réfléchi *toi*, qu'il ne faut pas confondre avec le pronom personnel de la forme interrogative *tu*.

Présent**e**-toi au plus vite au guichet de la poste !	présent de l'impératif	→ **e**
Pourquoi présent**es**-tu ton carnet au guichet ?	présent de l'indicatif	→ **es**

• Pour les deux personnes du pluriel du présent de l'impératif, il ne faut pas confondre les pronoms personnels réfléchis avec les pronoms personnels de la forme interrogative.

Contrôlons-**nous** pour être plus précis.	présent de l'impératif
Comment contrôlons-**nous** nos gestes ?	présent de l'indicatif
Contrôlez-**vous** pour être plus précis.	présent de l'impératif
Comment contrôlez-**vous** vos gestes ?	présent de l'indicatif

Comment éviter toute confusion ?

• Afin de bien distinguer présent de l'impératif et présent de l'indicatif, il faut être attentif(ive) à la recherche du pronom personnel.

• Pour bien différencier présent de l'impératif et présent de l'indicatif à la forme interrogative, on peut examiner la ponctuation. À la fin d'une phrase impérative, on trouve assez souvent un point d'exclamation ; à la fin d'une phrase interrogative, on trouve un point d'interrogation.

Quiz

❶ Quelle forme verbale complète cette phrase ?

Te ...-tu avec des nattes ou avec une frange ?

a. coiffe b. coiffez c. coiffes

❷ Quelles formes verbales complètent cette phrase ?

Si tu ... te nourrir sainement, ... un fruit à chaque repas.

a. veux – mange b. veut – manges c. veut – mangez

❸ Quelles formes verbales complètent cette phrase ?

Si tu ... fatiguée, ...-toi avant de reprendre le volant.

a. es – repose b. est – reposes c. ai – reposes

❶ **c.** La présence du pronom personnel sujet *tu* indique le présent de l'indicatif ; le verbe prend donc un *s*. ❷ **a.** Le premier verbe est à la 2e personne du singulier du présent de l'indicatif (présence du pronom *tu*) ; seule la première réponse convient. ❸ **a.** Le second verbe est à l'impératif, forme pronominale ; il n'y a donc pas de *s* à la 2e personne du singulier.

Entraînement

1 Écrivez les verbes en gras au présent de l'indicatif ou au présent de l'impératif.

Renforcer les charnières de ton armoire, et les portes se fermeront facilement. – **Confirmer** ta réservation dans les plus brefs délais. – Pour sauvegarder tes documents, **enregistrer**-les sous Word puis **copier**-les sur ta clé USB. – Ne **fumer** pas dans les lieux publics : la loi l'**interdire** et cela **nuire** à ta santé. – **S'assurer** que la profondeur est suffisante avant de plonger ; sinon tu risques de te blesser.

2 Conjuguez les verbes de ces expressions à la 2e personne du singulier du présent de l'impératif, puis du présent de l'indicatif, forme interrogative.

Ex. : **fermer** le robinet → **Ferme** le robinet ! → **Fermes**-tu le robinet ?

se plonger dans un livre — **nettoyer** le carrelage — **se lever** de bonne heure

3 Écrivez les verbes en gras au présent de l'indicatif ou au présent de l'impératif.

Ôter ta main du four : tu **risquer** de te brûler. – **Se retirer** sur la pointe des pieds, ton frère s'est endormi. – **Accéder** au dernier étage de la tour Montparnasse où tu **bénéficier** d'une vue magnifique. – **Être** réaliste : tu ne battras jamais le record du monde du saut en hauteur ; tu n'**être** pas assez grand. – Quand vous **doubler** des cyclistes, ne les **frôler** pas de trop près. – **Signer** l'accusé de réception et **renvoyer**-le à ton propriétaire. – Tu **partager** ton studio avec un ami ; alors **régler** le loyer ce mois-ci ; il paiera le prochain. – **Aérer** ta chambre chaque matin, c'**être** plus sain.

4 Écrivez les verbes en gras au présent de l'indicatif ou à celui de l'impératif. En fin de phrase, ponctuez correctement.

Il y a un concert des Faucons noirs à la salle des fêtes ; y **aller**-tu ... – **Aller** sans tarder chez le boulanger et **se presser** car il va fermer ... – **Se satisfaire** de ce que vous **posséder** et n'**envier** pas les autres ... – Pourquoi **saigner**-tu du nez aussi souvent ... – **Éplucher**-vous les légumes avec un instrument spécial ... – **Se renseigner** sur l'état de la route ... – **Se modérer**, sinon tu ne tiendras pas la distance ... – **Remarquer**-tu les détails de ce tableau ... – **Relever** la tête et **regarder** droit devant vous ...

solutions p. 101

34 LES FORMES VERBALES EN *-ANT*

Il existe trois formes verbales en ***-ant*** : le participe présent, le gérondif et l'adjectif verbal.

Participe présent et gérondif

• Le **participe présent** est une forme verbale terminée par *-ant*, qui marque une action en cours de déroulement. Il peut avoir un complément d'objet ou un complément circonstanciel. Le participe présent est **invariable**.

Souriant aux spectateurs, les chanteurs entrent en scène.
Souriant sous les projecteurs, la chanteuse entre en scène.

• Lorsque la forme verbale en *-ant* est précédée de la préposition *en*, c'est un **gérondif**.
Le gérondif précise les circonstances de l'action et fonctionne comme un adverbe. Il est **invariable**.

En souriant aux spectateurs, les chanteurs entrent en scène.

Participe présent et adjectif verbal

Le participe présent peut se transformer en adjectif lui aussi terminé par ***-ant***. Il s'agit de l'adjectif verbal. Cet adjectif s'accorde avec le nom (ou le pronom) auquel il se rapporte. Il peut être épithète ou attribut.

Les spectateurs ont face à eux des chanteurs **souriants**.

⚠ Remarques

1. Dans certains cas, il est difficile de distinguer le participe présent de l'adjectif verbal. Il faut alors remplacer le nom masculin par un nom féminin ; à l'oral, on entend la différence.

Souriant aux spectateurs, les chanteuses entrent en scène. → participe présent
Les spectateurs ont face à eux des chanteuses **souriantes**. → adjectif verbal

2. L'expression *soi-disant* est toujours invariable.

3. Certains adjectifs verbaux sont employés comme noms.

Seuls les **descendants** mâles régnaient.

4. Il ne faut pas confondre les participes présents et les adjectifs verbaux en ***-ant*** avec les adverbes terminés par ***-ant*** ou ***-ent***.

Auparavant, ces chanteuses étaient **souvent** éblouissantes.

Orthographe des participes présents et adjectifs verbaux

Participes présents	Adjectifs verbaux	Participes présents	Adjectifs verbaux
provoquant	provocant	excellant	excellent
convainquant	convaincant	négligeant	négligent
fatiguant	fatigant	adhérant	adhérent
naviguant	navigant	influant	influent
suffoquant	suffocant	précédant	précédent
vaquant	vacant	convergeant	convergent
intriguant	intrigant	différant	différent
communiquant	communicant	équivalant	équivalent

Quiz

❶ Quel mot complète cette phrase ?

En ... leurs commandes, ces consommateurs obtiendront de meilleurs prix.

a. différent b. différant c. différents

❷ Quel mot complète cette phrase ?

Y a-t-il des emplois ... dans cette entreprise ?

a. vaquant b. vacants c. vacant

❸ Quel mot complète cette phrase ?

Pourquoi dit-on que les ministres sont des hommes ... ?

a. influents b. influent c. influant

❶ b. Il s'agit du gérondif, invariable. ❷ b. En remplaçant *emplois* par *places*, on voit qu'il s'agit d'un adjectif verbal qui s'accorde (« des places *vacantes* »). ❸ a. En remplaçant *hommes* par *femmes*, on voit qu'il s'agit ici d'un adjectif verbal qui s'accorde (« des femmes *influentes* »).

Entraînement

1 **Écrivez les noms en gras au pluriel et transformez si nécessaire.**

Quoi de plus délicieux qu'un **chocolat** fondant sous la langue ! – Le gentil **fantôme**, agitant ses chaînes, effraie l'**esprit** malfaisant. – Le **sauveteur** effectue une ultime **tentative** de treuillage en espérant qu'elle soit suffisante pour repêcher le **naufragé** dérivant sur l'océan. – Méditant, le **bonze** conserve une immobilité absolue. – Méritant, cet **élève** réussira sans peine son **examen**, aussi éprouvant soit-il. – Dans cette région, le **vent** dominant souffle souvent du nord.

2 **Remplacez les verbes en gras par leur participe présent ou l'adjectif verbal que vous accorderez.**

Les diplomates obtiendront satisfaction en **assouplir** leur position. – Ces lessives **assouplir** donneront un linge agréable au toucher. – En **boucler** votre ceinture de sécurité, vous prenez vos précautions. – Le principe des vases **communiquer** préside au fonctionnement des écluses. – Ne **communiquer** que par une liaison satellite, le centre de contrôle ne peut joindre convenablement la station spatiale. – Les voyages en diligence étaient particulièrement **fatiguer**. – **Fatiguer** son cheval, le mousquetaire ne put rejoindre l'escorte de la reine. – Cette actrice porte une tenue **provoquer** pour l'ouverture du festival. – **Provoquer** du regard leurs adversaires, les All Blacks sont certains de leur force.

3 **Remplacez les expressions en gras par un participe présent ou un adjectif verbal que vous accorderez.**

Comme elle veut te faire plaisir, Claudine t'offre un splendide cadeau. – Ce camion possède des phares **qui éblouissent**. – Cette entreprise obtient des résultats **qui déçoivent** à l'exportation. – **Lorsqu'ils ont conçu** ce modèle d'hélicoptère, les ingénieurs n'imaginaient pas qu'il connaîtrait un tel succès. – Ne trempez pas la main dans cette eau **qui bout**. – M. Oresta étale une peinture **qui résiste** aux fortes chaleurs. – La soirée **consacrée à la danse** attire les jeunes. – Les moteurs de ces tracteurs **font du bruit**. – **Comme il multiplie** les recherches, l'enquêteur tombe enfin sur une piste. – Nous regardons une émission **qui nous séduit**.

solutions pp. 101-102

35 AI – AIE – AIES – AIT – AIENT – ES – EST ?

Plusieurs formes des verbes *avoir* et *être* sont homophones : *ai – aie – aies – ait – aient – es – est*. Il faut savoir les distinguer.

Ai – aie – aies – ait – aient – es – est ?

À l'oral et à l'écrit, il ne faut pas confondre :

– la 1re personne du singulier du présent de l'indicatif du verbe *avoir* ;
Pour remonter ce casse-tête, j'**ai** [ɛ] besoin de beaucoup de patience.

– la 1re personne du singulier du présent du subjonctif du verbe *avoir* ;
Pour remonter ce casse-tête, il faut que j'**aie** [ɛ] beaucoup de patience.

– la 2e personne du singulier du présent du subjonctif du verbe *avoir* ;
Pour remonter ce casse-tête, il faut que tu **aies** [ɛ] beaucoup de patience.

– la 3e personne du singulier du présent du subjonctif du verbe *avoir* ;
Pour remonter ce casse-tête, il faut qu'elle **ait** [ɛ] beaucoup de patience.

– la 3e personne du pluriel du présent du subjonctif du verbe *avoir* ;
Pour remonter ce casse-tête, il faut qu'ils **aient** [ɛ] beaucoup de patience.

– la 2e personne du singulier du présent de l'indicatif du verbe *être* ;
Tu **es** [ɛ] très patient car ce casse-tête présente bien des difficultés.

– la 3e personne du singulier du présent de l'indicatif du verbe *être*.
Germain **est** [ɛ] très patient car ce casse-tête présente bien des difficultés.

Comment éviter toute confusion ?

Pour différencier ces formes verbales et trouver leur mode et leur temps, on peut essayer de changer de personne, par exemple en conjuguant le verbe à la 1re personne du pluriel.

• Le présent de l'indicatif du verbe *avoir*.
Pour remonter ce casse-tête, j'**ai** besoin de patience.
→ Pour remonter ce casse-tête, nous **avons** besoin de patience.

• Le présent du subjonctif du verbe *avoir*.
Pour remonter ce casse-tête, il faut que j'**aie** de la patience.
Pour remonter ce casse-tête, il faut que tu **aies** de la patience.
Pour remonter ce casse-tête, il faut qu'elle **ait** de la patience.
Pour remonter ce casse-tête, il faut qu'ils **aient** de la patience.
→ Pour remonter ce casse-tête, il faut que nous **ayons** de la patience.

• Le présent de l'indicatif du verbe *être*.
Tu **es** très patient car ce casse-tête présente bien des difficultés.
Germain **est** très patient car ce casse-tête présente bien des difficultés.
→ Nous **sommes** très patients car ce casse-tête présente bien des difficultés.

Quiz

1 Quels mots complètent cette phrase ?

Comme la mer ... calme, tu ... tenté par une sortie en planche à voile.

a. est – es b. aie – est c. ai – aies

2 Quels mots complètent cette phrase ?

Il ... juste que les personnes qui travaillent la nuit ... des repos compensatoires.

a. ai – ai b. est – aient c. es – aies

3 Quels mots complètent cette phrase ?

Bien que j'... une raquette neuve, je n'... pas remporté ce tournoi de tennis !

a. ai – ai b. est – aient c. aie – ai

1 a. On est sûr de la réponse en faisant les substitutions : « Comme la mer *était* calme, tu *étais* tenté... »
2 b. On est sûr de la réponse en faisant les substitutions : « Il *était* juste que vous qui travaillez la nuit *ayez* (présent du subjonctif)... » 3 c. On est sûr de la réponse en faisant les substitutions : « Bien que vous *ayez* (présent du subjonctif) [...] vous n'*avez* pas (présent de l'indicatif)... »

Entraînement

1 Écrivez les verbes en gras au présent de l'indicatif.

J'**avoir** des fourmis dans les jambes car j'**avoir** gardé la même position trop longtemps. – Tu **être** sur le point de réaliser tes rêves les plus fous. – Cette semaine, la pharmacie du quartier **être** de garde. – Le terrain **être** encore en friche, mais l'agriculteur **avoir** l'intention de le labourer, puis de l'ensemencer. – Cet homme **être** modeste, car il **avoir** suivi tous les conseils que je lui **avoir** donnés. – La solution n'**être** pas évidente et tu **être** dans le doute. – Comme j'**avoir** un bon métier, je n'**avoir** aucun problème pour trouver du travail.

2 Écrivez les verbes en gras au présent du subjonctif.

De lourds nuages noirs couvrent le ciel sans que le guide **avoir** l'air de s'inquiéter. – Il paraît préférable que les pompiers **avoir** du matériel adapté à la lutte contre les feux de forêt. – Il est rare que j'**avoir** l'occasion de voir un aussi bon film. – Les événements se sont déroulés sans que j'**avoir** la possibilité d'intervenir. – Vérifie le gonflage de ta roue de secours de sorte que tu n'**avoir** pas de mauvaise surprise en cas de crevaison ! – L'avion décollera à condition que les passagers **avoir** tous bouclé leur ceinture et relevé leur siège. – Le contremaître tient à ce que tu **avoir** ta boîte à outils à ta disposition à tout moment.

3 Complétez ces phrases avec *es, est, ai, aie, aies, ait* ou *aient*.

Le chien ... dans sa niche, et nul ne se risquerait dans le parc. – L'enquête ... au point mort. – Si tu ... de bonne foi, tu n'auras aucune peine à me convaincre. – J'... utilisé une tronçonneuse pour abattre ce sapin, mais j'... pris soin de fixer le carter de protection qui ... vendu avec ce type d'engin. – La sentinelle ... au garde-à-vous devant le capitaine. – Tu ... sans voix : l'équipe de France ... en difficulté devant la modeste équipe du Salvador. – La soupière en faïence de Moustiers ... sur le buffet. – Il est surprenant que le niveau d'eau de ce lac ... baissé aussi rapidement. – Il ne s'agit pas que tu ... une défaillance au moment de tirer le penalty. – On ne peut admettre que les idées racistes ... encore une certaine audience aujourd'hui. – En été, j'... les épaules nues, pourvu que j'... appliqué auparavant un écran total.

solutions p. 102

36 EU – EUT – EÛT ? FUT – FÛT ?

Il faut savoir distinguer les formes homophones du verbe *avoir* : *eu – eut – eût* ainsi que les formes homophones du verbe *être* : *fut – fût*.

Eu – eut – eût ?

• Le participe passé du verbe *avoir*.
Damien a **eu** vingt ans.

• La 3e personne du singulier du verbe *avoir* au passé simple.
Quand Damien **eut** vingt ans, il partit à l'aventure au Brésil.

• La 3e personne du singulier du verbe *avoir* au passé 2e forme du conditionnel ou à l'imparfait du subjonctif.
Le Brésil, Damien ne l'**eût** pas visité s'il n'avait pas eu vingt ans.
Bien qu'il n'**eût** pas vingt ans, Damien était parti à l'aventure au Brésil.

Fut – fût ?

• La 3e personne du singulier du verbe *être* au passé simple de l'indicatif.
Quand Damien **fut** âgé de vingt ans, il partit à l'aventure au Brésil.

• La 3e personne du singulier du verbe *être* au passé 2e forme du conditionnel ou à l'imparfait du subjonctif.
Damien ne **fût** pas parti au Brésil s'il n'avait pas eu vingt ans.
Bien qu'il ne **fût** pas âgé de vingt ans, Damien était parti à l'aventure au Brésil.

Comment éviter toute confusion ?

Pour différencier ces formes verbales homophones, il faut se rapporter au sens de l'action. On peut également essayer de changer le temps du verbe.

• ***Eu – eut – eût***
Si l'on peut remplacer par :
– un autre participe passé, il s'agit du participe passé *eu* ;
Damien a **eu** (**fêté** ses) vingt ans.
– un temps de l'indicatif (*aura – avait*), il s'agit du passé simple *eut* ;
Quand Damien **eut** (**aura**) vingt ans, il partit (partira) à l'aventure au Brésil.
– le passé 1re forme du conditionnel (*aurait*), il s'agit du conditionnel *eût* ;
Le Brésil, Damien ne l'**eût** (l'**aurait**) pas visité s'il n'avait pas eu vingt ans.
– le présent du subjonctif (*ait*), il s'agit de l'imparfait du subjonctif *eût*.
Bien qu'il n'**eût** (n'**ait**) pas vingt ans, Damien était parti (est parti) à l'aventure.

• ***Fut – fût***
Si l'on peut remplacer par :
– un temps de l'indicatif (*sera – était*), il s'agit du passé simple *fut* ;
Quand Damien **fut** (**sera**) âgé de vingt ans, il partit (partira) à l'aventure.
– le passé 1re forme du conditionnel (*serait*), il s'agit du conditionnel *fût* ;
Damien ne **fût** (**serait**) pas parti au Brésil s'il n'avait pas eu vingt ans.
– le présent du subjonctif (*soit*), il s'agit de l'imparfait du subjonctif *eût*.
Bien qu'il ne **fût** (**soit**) pas âgé de vingt ans, Damien était (est) parti à l'aventure.

Quiz

❶ Quelles formes verbales complètent cette phrase ?

Je ... surpris que la façade de la cathédrale ... encore illuminée à minuit.

a. fut – fus b. fus – fût c. fût – fut

❷ Quelles formes verbales complètent cette phrase ?

M. Charles a ... le réflexe d'arrêter son véhicule lorsqu'il ... au bord de la falaise.

a. eu – fut b. eut – fût c. eût – fus

❸ Quelles formes verbales complètent cette phrase ?

Il n'y ... qu'un candidat cultivé qui ... capable de répondre à toutes les questions.

a. eut – fût b. eu – fut c. eus – fus

❶ **b.** On essaie un changement de temps : « Je *suis* surpris que la façade de la cathédrale *soit* encore illuminée à minuit. » Le premier verbe est à l'indicatif et le second au subjonctif. ❷ **a.** Précédée de *a*, auxiliaire *avoir*, la première forme verbale ne peut être que le participe passé *eu*. ❸ **a.** On essaie un changement de temps : « Il n'y a qu'un candidat cultivé qui *soit* capable de répondre à toutes les questions. » Le premier verbe est à l'indicatif et le second au subjonctif.

Entraînement

1 Complétez ces phrases avec *eu, eut* ou *eût*.

Avant que le public ... le temps de voir la balle, elle était déjà au fond des filets. – Le spectacle a tenu toutes ses promesses ; l'assistance en a ... pour son argent. – Si Sabine avait préparé son entretien, elle n'... pas hésité à répondre. – Les randonneurs n'ont pas ... de chance : il a plu pendant toute la semaine sur le massif de la Vanoise. – Après qu'il ... taillé ses rosiers, M. Clerc a mis un peu d'engrais. – Ce peintre a ... l'audace de choisir des couleurs inhabituelles pour son dernier tableau. – Lydia se serait volontiers baignée en admettant qu'elle ... un maillot de bain.

2 Complétez ces phrases avec *fut* ou *fût*.

Mme Traille ... heureuse d'apprendre que son contrat de travail était prolongé. – Il était pour le moins surprenant que le restaurant marocain du quartier ... fermé un dimanche. – Mme Tomkowiak ... bien la seule personne du groupe à comprendre les commentaires du guide qui s'exprimait uniquement en polonais. – Pourquoi le contrôleur avait-il refusé que ce billet ... remboursé ? – Dès qu'il ... mis en vente, ce modèle de portable connut un immense succès. – S'il avait eu son brevet de pilote, Jacky Delorme ... monté sans crainte dans ce petit avion de tourisme.

3 Complétez ces phrases avec *eu, eut, eût, fut* ou *fût*.

Dès qu'elle ... accouché, Mme Garcia choisit le prénom de sa fille : Audrey. – L'électricien tenait à ce que le courant ... coupé avant son intervention. – M. Pujol a ... l'assurance que les dégâts seraient intégralement remboursés. – Il ... fallu plus de détermination au marathonien pour qu'il ... en mesure de terminer dans les premiers. – Il serait inexact de dire que ce trajet ... plus court que celui-ci. – Philippe a ... la prudence de suivre les balises placées le long du sentier ; il ne s'est pas perdu. – Bien qu'on ... au mois de juin, il a neigé sur le plateau de Langres. – Lorsque l'alerte ... donnée, le bateau des sauveteurs prit immédiatement la mer. – Le patron du chalutier demanda que la cargaison ... déchargée dès l'arrivée au port. – Cette hôtesse de l'air a ... l'occasion de visiter pratiquement tous les aéroports du monde.

solutions p. 102

37 LA FORME IMPERSONNELLE

Les constructions impersonnelles sont nombreuses et variées.

Qu'est-ce qu'un verbe impersonnel ?

Un verbe impersonnel est un verbe dont le sujet ne représente ni une personne, ni un animal, ni une chose définie.
Les verbes impersonnels ne se conjuguent qu'à la 3e personne du singulier avec le sujet *il* (parfois *ce*, *ça* ou *cela*).

Il ne vous arrive que des ennuis.
Ça déborde de bons sentiments dans ce mélo !
Ce fut un heureux événement.
Cela se gâte : la querelle prend mauvaise tournure.

Les différentes constructions impersonnelles

• Il existe des verbes qui ne peuvent être employés qu'à la forme impersonnelle ; hormis *falloir*, ils expriment tous des phénomènes naturels ou météorologiques.

Il **faut** écouter les conseils.
Il **a neigé** une grande partie de la nuit.
Il **a plu** des cordes.
Il **tonnera** probablement avant la fin de la journée.

Le participe passé des verbes impersonnels est toujours invariable.

• Dans une tournure impersonnelle, *il* est le **sujet apparent**, celui avec lequel le verbe s'accorde. Le complément d'objet est le **sujet réel**, celui avec lequel le verbe ne s'accorde pas.

Il se passe de curieux événements dans ce hameau.
↑ (sujet apparent) — curieux événements : COD

De fait, le COD est le véritable agent de l'action exprimée par le verbe.

De curieux événements se passent dans ce hameau.

• Retenons certaines tournures présentatives dont le sujet *il* est neutre.

Il était une fois un génie malicieux... **Il** est trois heures.
Il y a des poissons dans cet étang.

Remarques

1 Certains verbes peuvent être exceptionnellement à la forme impersonnelle.

Des encombrements se forment à la sortie du tunnel. → forme personnelle
Il se forme des encombrements à la sortie du tunnel. → forme impersonnelle

2 Dans certaines tournures imagées, les verbes essentiellement impersonnels peuvent être employés comme des verbes personnels.

Sous une mêlée de rugby, les coups **pleuvent** parfois.

Règles et exercices

Quiz

❶ Quelle est la seule phrase à la forme impersonnelle ?

a. Avant le début du spectacle, il est rappelé au public d'éteindre les portables.

b. Avant le début du spectacle, le metteur en scène demande l'extinction des portables.

c. Avant le début du spectacle, les portables doivent être éteints.

❷ Quelle phrase correspond à cette phrase à la forme impersonnelle ?

Il arrive que l'ascenseur tombe en panne.

a. L'ascenseur tombe en panne à l'arrivée.

b. L'ascenseur ne tombe jamais en panne.

c. L'ascenseur tombe quelquefois en panne.

❸ Quelle phrase à la forme impersonnelle correspond à cette phrase ?

De nombreux candidats se sont présentés à ce poste.

a. Il se présente de nombreux candidats à ce poste.

b. Il s'est présenté de nombreux candidats à ce poste.

c. Ce poste présente de nombreux candidats.

❶ **a.** Le verbe *rappeler* est occasionnellement employé à la forme impersonnelle. ❷ **c.** *Il arrive que* est une tournure qui exprime la possibilité qu'un événement se produise. ❸ **b.** La première phrase est à la forme impersonnelle, mais le temps n'est pas le bon. La dernière phrase n'est pas à la forme impersonnelle, car le sujet est une chose définie.

Entraînement

1 **Écrivez les verbes en gras au présent de l'indicatif.**

Il lui **venir** des étourdissements comme s'il était ivre ; il devra consulter un médecin. – Il me **prendre** parfois l'envie de m'isoler. – Il **convenir** que les cyclistes empruntent les couloirs qui leur sont réservés. – Il **être** des propos qu'il **valoir** mieux ne jamais prononcer. – Ce matin, il **geler** à pierre fendre. – Il **faire** bon vivre dans cette région au climat tempéré. – Tous les matins, il **sortir** plus de cinquante autobus de ce dépôt. – À l'issue des débats, il **revenir** aux jurés de prononcer leur verdict.

2 **Écrivez les verbes en gras à l'imparfait de l'indicatif.**

À la cour des princes italiens de la Renaissance, il **être** des secrets qu'il **valoir** mieux ne pas connaître si vous **vouloir** rester en vie. – Certains soirs, il te **venir** des idées de voyages au long cours. – La semaine dernière, il **souffler** des vents violents sur la côte atlantique. – En visitant les caves où le roquefort est affiné, M. Galan a remarqué qu'il y **faire** frais. – Dans la cuisine, ça **sentir** bon le civet de lapin ! – Sur cette avenue, avant l'installation de feux tricolores, il **circuler** des centaines de véhicules à vive allure.

3 **Écrivez les verbes en gras au passé composé de l'indicatif.**

Il **se vendre** cinq tonnes de poissons à la criée de Douarnenez. – Il nous **venir** une idée : et si nous repeignions les murs de la salle de bains ? – Il **faire** si chaud que le macadam des routes **fondre**. – Il y **avoir** des manifestations de joie à la sortie du stade car l'équipe de France avait gagné. – Rapidement, il **apparaître** que tous les vêtements ne tiendraient pas dans cette valise. – Il **falloir** beaucoup de courage aux navigateurs du XVe siècle pour entreprendre des expéditions périlleuses.

solutions pp. 102-103

38 LA FORME NÉGATIVE – LA FORME INTERROGATIVE

Une phrase négative est, généralement, marquée par la négation *ne ... pas.*
Une phrase interrogative se termine toujours par un point d'interrogation.

La forme négative

Pour mettre un verbe à la forme négative, on ajoute une locution adverbiale de négation à la forme affirmative. Lorsque le verbe est conjugué à un temps composé, la seconde partie de la négation s'intercale entre l'auxiliaire et le participe passé.

Karine **ne** dira **rien** : le secret **ne** sera **pas** divulgué.
Je **ne** crois **plus** au Père Noël.
Le bruit **ne** m'a **guère** dérangé.
Le chat **ne** fait **aucun** bruit.
Il **n'**y a **jamais** de fumée sans feu.
Il **n'**y a **point** de solution.
On **n'**a **ni** ordinateur **ni** portable.

Remarques

1 La locution *ne ... que* signifie, généralement, *seulement.*

Tu **ne** possèdes **que** vingt euros.

2 Il ne faut pas oublier (même si elle ne s'entend pas) la première partie de la négation *n'* lorsque le sujet est *on* et que le verbe débute par une voyelle ou est précédé de *y* ou de *en.*

On **n'**entend pas la musique.
On **n'**y affiche jamais le programme.

3 Le second terme de la locution négative peut être placé avant *ne.*

Jamais on **n'**ira au centre de la Terre.

4 Parfois la négation est réduite au seul premier terme *ne.*

On **ne** peut laisser circuler de fausses nouvelles.
Obtenir un prix ? Samir **n'**ose y croire.

La forme interrogative

• Lorsque le sujet du verbe est un pronom, il se place après le verbe ou après l'auxiliaire pour les temps composés. Dans ce cas, on lie le verbe au pronom par un trait d'union.

Réaliseras-**tu** ton projet ? Avez-**vous** versé un acompte ?

• Pour formuler une interrogation, on peut également (surtout si le pronom sujet est *je*) faire précéder le verbe de l'expression *Est-ce que...* .

Est-ce que le vent souffle ? **Est-ce que** je t'accompagne ?

Remarques

1 Pour éviter la rencontre de deux voyelles, on place un ***t*** euphonique entre les terminaisons ***a*** et ***e*** des verbes et les pronoms de la 3e personne du singulier.

Compare-**t-il** ces produits ?
Acheta-**t-elle** ces produits ?
Échange-**t-on** nos places ?

2 Lorsque le sujet du verbe est un nom, on place, après le verbe, un pronom personnel (dit « de reprise ») de la 3e personne.

Le score est-**il** définitif ?
Les joueurs quitteront-**ils** le terrain ?

3 L'interrogation peut aussi être marquée par des mots interrogatifs.

Qui est là ? **Où** es-tu ? **Quelle** heure est-il ?

Quiz

❶ Quel mot manque dans cette phrase ?

Ces logiciels sont pas adaptés à une utilisation familiale.

a. ne b. n' c. peu

❷ Quels mots faut-il ajouter pour mettre cette phrase à la forme négative ?

Le soir, les rues du quartier sont éclairées.

a. n' – pas b. ne – guère c. ne – aucune

❸ Quelle question entraîne cette réponse : « Le karaté est un sport de combat. » ?

a. Quelle est la nature du karaté ?

b. Quel sport le karaté combat-il ?

c. Le karaté est-il un sport collectif ?

❶ a. *Ne* est la première partie de la négation, trop souvent omise, surtout à l'oral. On doit dire : « Ces logiciels *ne* sont *pas* adaptés [...]. » ❷ b. *Ne* ... *guère* : « Le soir, les rues du quartier *ne* sont *guère* éclairées. » La première réponse ne peut convenir puisque la première partie de la négation est élidée. La dernière réponse donne une phrase incorrecte. ❸ a. La deuxième proposition est un contresens, et la dernière entraîne la réponse suivante : « Le karaté est un sport individuel », ou bien : « Le karaté n'est pas un sport collectif ».

Entraînement

1 ▸ Conjuguez les verbes de ces expressions à la forme négative au présent, puis au passé composé de l'indicatif.

accepter le défi **présenter** un projet **accueillir** des amis
articuler des paroles **se vexer** pour un rien **braver** la tempête

2 ▸ Conjuguez les verbes de ces expressions à la forme négative à l'imparfait, puis au plus-que-parfait de l'indicatif.

répondre vivement **rayer** les mots inutiles **craindre** les efforts
se garer sur le trottoir **gaspiller** l'énergie **boire** plus que de raison

3 ▸ Répondez négativement à ces questions.

Ex. : L'ailier a-t-il marqué l'essai ? Non, il ne l'a pas marqué.

Es-tu capable de traduire ce texte ? – Gaëlle a-t-elle aimé cette émission ? – Nagez-vous le crawl ? – Les touristes se rendent-ils nombreux en Libye ? – M. Couturier pêche-t-il souvent dans cet étang ? – Y avait-il encore de la tarte aux pommes ? – Avez-vous trouvé quelque chose d'intéressant en lisant cet article de presse ? – Delphine apprécie-t-elle les randonnées en montagne et les croisières en mer ? – Tous les sièges du premier rang seront-ils occupés ? – Ces chiens ont-ils déjà désobéi à leur maître ? – Extrait-on encore du charbon des mines de Lorraine ?

4 ▸ Écrivez ces phrases à la forme interrogative.

En fin de journée, le maçon nettoie soigneusement sa bétonnière. – Mme Eyraud se soignera par acupuncture. – Vous placez le linge dans la machine à laver. – Cet entrepreneur a embauché des ouvriers. – Les biologistes ont découvert un nouveau médicament pour lutter contre le paludisme. – L'architecte conçoit un bâtiment parfaitement intégré au paysage. – Des doubles vitrages isoleraient mieux votre maison. – Les rois de France gouvernaient selon leur bon plaisir.

solutions pp. 103-104

CORRIGÉS DES EXERCICES

1 Les verbes

1 je vérifi/ais – nous cri/ons – tu déjeuner/as – elle respir/a – vous éteign/ez – ils fond/ent – je répondr/ais – vous conduis/ez – avanc/ez – nous attend/ions – elles disparaiss/ent – tu blêmi/s – on navigu/ait – il pleuvr/a – nous maigriss/ons – ils concl/urent – j'admet/s – nous travers/ons – tu applaudiss/ais – vous surviv/ez

2 **1er groupe** : trébucher – barbouiller – annuler – triompher – souligner – préconiser – gesticuler – espionner / **2e groupe** : subir – aboutir – resplendir – atterrir – réfléchir – approfondir – garantir – avertir / **3e groupe** : traduire – pleuvoir – plaire – apparaître – intervenir – parcourir – entendre – enfreindre

3 revenir – devoir – pouvoir – envoyer – craindre – boire – faire – plaire

4 **Verbes pronominaux** : se servir – se détendre – se souvenir – s'enrichir – s'éteindre – se remplir – s'accomplir – s'évanouir – s'enfermer – se maquiller

2 Les temps – Les modes – Les personnes

1 **Temps simples** : tiendras – multipliez – remplirons – paressaient – étonna – meublerai
Temps composés : avez garni – sont admis – avais souscrit – sera polluée – avons oublié – seras arrivé

2 **je** ferme (1re pers. sing.) – **ces maisons** sont (3e pers. plur.). – **tu** retires (2e pers. sing.) – **le TGV** roule (3e pers. sing.) – **vous** pédaliez (2e pers. plur.) – **des incidents** ont perturbé (3e pers. plur.) – **nous** composerons (1re pers. plur.) – **on** doit (3e pers. sing.)

3 **À l'avenir**, des avions (Futur). – **Au temps des pharaons**, des esclaves (Passé). – **Actuellement**, les boutiques (Présent). – **Samedi prochain**, nous partirons (Futur). – **Aujourd'hui**, il pleut (Présent) – **demain**, il fera beau (Futur). – **Jadis**, on s'éclairait (Passé). – **L'été dernier**, la famille Durand (Passé). – **En ce moment**, j'essaie (Présent). – **Hier**, tu as loué (Passé).

3 Le présent de l'indicatif : *avoir* – *être* – 1er groupe

1 Je rencontre des difficultés, tu rencontres, il/elle rencontre, nous rencontrons, vous rencontrez, ils/elles rencontrent. – J'écoute de la musique, tu écoutes, il/elle écoute, nous écoutons, vous écoutez, ils/elles écoutent. – Je garde mon calme, tu gardes ton calme, il/elle garde son calme, nous gardons notre calme, vous gardez votre calme, ils/elles gardent leur calme. – J'examine les documents, tu examines, il/elle examine, nous examinons, vous examinez, ils/elles examinent. – Je signale ma présence, tu signales ta présence, il/elle signale sa présence, nous signalons notre présence, vous signalez votre présence, ils/elles signalent leur présence. – Je savoure un dessert, tu savoures, il/elle savoure, nous savourons, vous savourez, ils/elles savourent.

2 Nous **regardons** […]. – La porte **pivote** […]. – Tu **résistes** […]. – Certains **risquent** […]. – Vous **indiquez** […]. – Les anciens du quartier **organisent** […]. – Je vous **remercie** […]. – Ce livre te **captive**. – Tu **donnes** […] et tu la **justifies**. – Nous **déposons** […]. – Les feux tricolores ne **fonctionnent** plus […]. – Ce bricoleur de génie **perfectionne** […]. – Je **trie** […]. – Vous n'**avez** pas […] vous **êtes** […].

3 Tu **es** sur le parking et tu **cherches** une place. – Nous **sommes** [...] nous **cherchons** [...]. – M. Laurent **est** [...] il **cherche** [...]. – Les automobilistes **sont** [...] ils **cherchent** [...].
J'**ai** le hoquet et j'**avale** un verre d'eau. – Farid **a** [...] il **avale** [...]. – Vous **avez** [...] vous **avalez** [...]. – Ces enfants **ont** [...] ils **avalent** [...].

4 **Vous** posez [...]. – **L'autoroute** relie [...]. – **Le professeur** note [...]. – **Je** ponctue [...]. – **Les joueurs** enfilent [...]. – **Ces familles** sont [...]. – **Un accident** paralyse [...]. – **Nous** fouillons [...]. – **Tu** fredonnes [...]. – **Les gendarmes** arrêtent [...]. – **Le chien** flaire [...]. – **Vous** montez [...]. – **Les ouvriers** revendiquent [...].

4 Le présent de l'indicatif : 2e et 3e groupes

1 Je bondis de joie, tu bondis, il/elle bondit, nous bondissons, vous bondissez, ils/elles bondissent. – J'accomplis un exploit, tu accomplis, il/elle accomplit, nous accomplissons, vous accomplissez, ils/elles accomplissent. – Je sors une carte bancaire, tu sors, il/elle sort, nous sortons, vous sortez, ils/elles sortent. – Je farcis une volaille, tu farcis, il/elle farcit, nous farcissons, vous farcissez, ils/elles farcissent. – J'exclus un tricheur, tu exclus, il/elle exclut, nous excluons, vous excluez, ils/elles excluent. – Je démens une information, tu démens, il/elle dément, nous démentons, vous démentez, ils/elles démentent.

2 Je **cours** ventre à terre, puis je **reprends** des forces. – Tu **cours** [...] tu **reprends** [...]. – Caramel **court** [...] il **reprend** [...]. – Nous **courons** [...] nous **reprenons** [...]. – Vous **courez** [...] vous **reprenez** [...]. – Les lévriers **courent** [...] ils **reprennent** [...].

3 Les vendeurs nous **garantissent** [...]. – Une panne d'électricité **interrompt** [...]. – [...] tu **prends** [...] j'en **déduis** que le ciel **s'assombrit**. – [...] **vivez**-vous [...] ? – Nous **admettons** [...]. – Ces hommes généreux **combattent** [...]. – Tu **sens** [...]. – Ces deux pays **concluent** [...]. – Le cosmonaute **revêt** [...].

4 Le chien méchant **mord** [...]. – Ces personnes ne **font** pas [...]. – Le taxi **serre** [...]. – Cette organisation **sert** [...]. – L'escrimeur **pare** [...]. – Cet avion **part** [...]. – Tu **dors** [...]. – [...] on **dore** [...]. – [...] l'orateur **s'écrie** [...].

5 Je ne **connais** pas [...]. – [...] le chevreuil **disparaît** [...]. – Il **paraît** [...]. – Tu ne **méconnais** pas [...]. – [...] le chanteur **apparaît** [...]. – [...] il **naît** [...].

5 Le présent de l'indicatif : verbes irréguliers

1 **Nous** ne concevons pas [...]. – **Les retardataires** rejoignent [...]. – **Vous** résolvez [...]. – **Je** recouds [...]. – **Nous** entrevoyons [...]. – **Tu** souscris [...]. – Croyez-**vous** [...]. – **Il** faut renouveler [...]. – **Les mages** prédisent [...]. – **Le moulin** moud [...]. – **Nous** restreignons [...]. – [...] **je** ne vaux pas [...]. – **Les avions** vont décoller [...].

2 Je relis des notes, tu relis, il/elle relit, nous relisons, vous relisez, ils/elles relisent. – J'obtiens un bon résultat, tu obtiens, il/elle obtient, nous obtenons, vous obtenez, ils/elles obtiennent. – Je bois un verre de lait, tu bois, il/elle boit, nous buvons, vous buvez, ils/elles boivent. – J'éteins les lumières, tu éteins, il/elle éteint, nous éteignons, vous éteignez, ils/elles éteignent. – J'écris avec un stylo feutre, tu écris, il/elle écrit,

nous écrivons, vous écrivez, ils/elles écrivent. – Je m'inscris au concours, tu t'inscris, il/elle s'inscrit, nous nous inscrivons, vous vous inscrivez, ils/elles s'inscrivent.

3 ▶ Vous **fuyez** [...]. – Joris **vainc** [...]. – Nous nous **asseyons (assoyons)** [...]. – Les marins **maudissent** [...]. – [...] tu **acquiers** [...]. – Les génies ne **meurent** jamais : ils **survivent** [...]. – Ces meubles anciens **valent** [...]. – Je ne **dois** pas [...]. – Vous vous **satisfaites** [...]. – La température **se maintient** [...]. – [...] nous **apprenons** [...]. – [...] j'**enduis** [...].

4 ▶ Nous **parvenons** [...]. – [...] un incident **survient**. – [...] je **reviens** [...]. – Tu ne **te souviens** plus [...]. – Ces jeunes musiciens **deviennent** [...]. – Qu'**advient**-il [...] ? – Vous **intervenez** peu [...].

6 L'imparfait de l'indicatif : 1er, 2e et 3e groupes

1 ▶ J'investissais de l'argent, tu investissais, il/elle investissait, nous investissions, vous investissiez, ils/elles investissaient. – Je détenais un carnet de chèques, tu détenais, il/elle détenait, nous détenions, vous déteniez, ils/elles détenaient. – Je consultais Internet, tu consultais, il/elle consultait, nous consultions, vous consultiez, ils/elles consultaient. – Je courais en tous sens, tu courais, il/elle courait, nous courions, vous couriez, ils/elles couraient. – J'admettais une erreur, tu admettais, il/elle admettait, nous admettions, vous admettiez, ils/elles admettaient. – Je présentais des certificats, tu présentais, il/elle présentait, nous présentions, vous présentiez, ils/elles présentaient.

2 ▶ L'éleveur ne **nourrissait** [...]. – Tu **éblouissais** [...]. – J'**enfouissais** [...]. – [...] vous vous **concentriez** [...]. – Cette personne **intervenait** [...] le présentateur ne lui **donnait** pas [...]. – [...] tu **vivais** [...] tu **mettais** [...]. – J'**évitais** [...]. – [...] les rivières **envahissaient** [...]. – [...] il **jouait** [...] M. Blanc **perdait**. – Les Égyptiens **bâtissaient** [...]. – [...] Je ne **parvenais** pas [...].

3 ▶ Nous **conviions** [...]. – [...] les chevaux **galopaient** [...]. – Chaque séance **débutait** [...]. – D'où **provenaient** ces coquillages ? Nous l'**ignorions**. – J'**obéissais** [...] vous **vouliez** [...]. – Tu **gravissais** [...]. – Les assiégés **défendaient** [...]. – Ce panneau nous **avertissait** [...] nous **modérions** [...]. – Vous vous **réjouissiez** [...]. – Tu ne t'**éternisais** jamais [...] tu te **rhabillais** [...]. – Des travaux **perturbaient** [...]. – Je **progressais** [...].

7 L'imparfait de l'indicatif : *avoir* – *être* – verbes irréguliers

1 ▶ **Présent** : nous plaisons – nous conduisons – nous écrivons – nous cousons – nous séduisons.
Imparfait : je plaisais, elle plaisait, vous plaisiez – tu conduisais, nous conduisions, elles conduisaient – on écrivait, vous écriviez, ils écrivaient – je cousais, nous cousions, vous cousiez – elle séduisait, nous séduisions, ils séduisaient

2 ▶ J'avais un chien, tu avais, Loris avait, nous avions, vous aviez, mes voisines avaient. – Je vainquais une peur, tu vainquais, le parachutiste vainquait, nous vainquions, vous vainquiez, les cascadeurs vainquaient. – Je convainquais l'auditoire, tu convainquais, l'avocat convainquait, nous convainquions, vous convainquiez, les témoins convainquaient. – Je haïssais la violence, tu haïssais, mon frère haïssait, nous haïssions, vous haïssiez, mes parents haïssaient. – J'étais sur le trottoir, tu étais, le

piéton était, nous étions, vous étiez, les passants étaient. – J'allais de l'avant, tu allais, le joueur allait, nous allions, vous alliez, les attaquants allaient.

3 [...] on **résolvait** [...]. – Tu **décrivais** [...]. – [...] nous **proscrivions** [...]. – L'analyse [...] **contredisait** [...]. – Les précepteurs **instruisaient** [...]. – Vous **redisiez** [...] vous l'**aviez** entendue. – [...] les paysans **maudissaient** [...]. – [...] on **prédisait** [...].

4 Le chauffeur de l'autobus **faisait** [...]. – [...] je **buvais** [...] cela me **faisait** [...]. – Vous vous **inscriviez** [...]. – [...] je **relisais** [...]. – Les films violents vous **déplaisaient**. – La couche de glace **paraissait** [...] elle **était** [...]. – [...] on **produisait** [...]. – Les parasites **nuisaient** [...].

8 Le futur simple : *avoir* – *être* – 1er et 2e groupes

1 Je rebrousserai chemin, tu rebrousseras, il/elle rebroussera, nous rebrousserons, vous rebrousserez, ils/elles rebrousseront. – Je franchirai les obstacles, tu franchiras, il/elle franchira, nous franchirons, vous franchirez, ils/elles franchiront. – Je trierai des fiches, tu trieras, il/elle triera, nous trierons, vous trierez, ils/elles trieront. – Je respecterai le règlement, tu respecteras, il/elle respectera, nous respecterons, vous respecterez, ils/elles respecteront. – J'aurai un baladeur MP3, tu auras, il/elle aura, nous aurons, vous aurez, ils/elles auront. – Je serai au rendez-vous, tu seras, il/elle sera, nous serons, vous serez, ils/elles seront.

2 Ce sculpteur **créera** [...]. – [...] tu **te dévoueras**. – [...] le Père Noël **exaucera** [...]. – [...] le niveau de l'eau **se situera** [...]. – [...] nous **fleurirons** [...]. – Le hors-la-loi ne **narguera** pas [...] le shérif qui l'**arrêtera** [...]. – [...] j'**agirai** [...]. – Vous **garnirez** [...]. – Tu **t'entraîneras** [...] et tu **établiras** [...]. – Cette chanson **se classera** [...].

3 Les pourparlers **aboutiront** [...]. – Vous **accepterez** [...]. – Je **chercherai** [...]. – [...] nous **maigrirons** [...]. – Les merguez **grilleront** [...]. – [...] tu **seras** [...]. – Le cratère **vomira** [...]. – Je **bénéficierai** [...]. – Vous **surlignerez** [...].

4 [...] vous **louerez** [...]. – [...] tu **accentueras** [...]. – Tant que je ne l'**aurai** pas vu, je **continuerai** [...]. – L'assurance **allouera** [...]. – Nous **plierons** [...]. – Les derniers ours blancs **se réfugieront** [...]. – [...] vous **négocierez** [...]. – [...] l'adjoint **suppléera** [...]. – Nous **unirons** [...]. – Tu **recueilleras** [...].

9 Le futur simple : 3e groupe – verbes irréguliers

1 Je reviendrai dans une heure, tu reviendras, il/elle reviendra, nous reviendrons, vous reviendrez, ils/elles reviendront. – Je reverrai la maison familiale, tu reverras, il/elle reverra, nous reverrons, vous reverrez, ils reverront. – Je ferai des économies, tu feras, il/elle fera, nous ferons, vous ferez, ils/elles feront. – J'enverrai un texto, tu enverras, il/elle enverra, nous enverrons, vous enverrez, ils/elles enverront. – Je prévoirai une solution, tu prévoiras, il/elle prévoira, nous prévoirons, vous prévoirez, ils/elles prévoiront. – J'irai jusqu'à la rivière, tu iras, il/elle ira, nous irons, vous irez, ils/elles iront.

2 Nous ne **saurons** jamais [...]. – [...] j'**obtiendrai** [...]. – [...] les chiens **accourront**. – Tu **voudras** [...]. – Michel **tiendra** [...] je **pourrai** [...]. – [...] je **reconnaîtrai** [...]. – Nous **serons** [...].

3 ▶ Il **faudra** [...]. – Vous **répondrez** [...]. – L'espion **vendra** [...]. – Tu ne **perdras** pas [...]. – Nous nous **satisferons** [...]. – Je me **souviendrai** [...]. – Vous ne **croirez** pas [...]. – On **détruira** [...]. – Les éleveurs **tondront** [...].

4 ▶ Tu ne **confondras pas** [...]. – Je **m'assoirai (assiérai)** [...]. – Ce jeune couple **acquerra** [...]. – [...] nous **préviendrons** [...]. – Mon cousin Farid **s'inscrira** [...]. – Vous **prendrez** [...]. – [...] les cosmonautes **vivront** [...]. – Cette imprimante **reproduira** [...]. – [...] tu me **surprendras** [...].

10 Le passé simple : *avoir* – *être* – 1er groupe

1 ▶ Je n'eus rien à dire, tu n'eus, le secrétaire n'eut, nous n'eûmes, vous n'eûtes, les enfants n'eurent. – Je fus une minute sans réaction, tu fus, Zohra fut, nous fûmes, vous fûtes, les spectateurs furent. – Je composai une chanson, tu composas, Renaud composa, nous composâmes, vous composâtes, les musiciens composèrent. – Je m'en allai au plus vite, tu t'en allas, Sandra s'en alla, nous nous en allâmes, vous vous en allâtes, les cigognes s'en allèrent. – Je visai le centre de la cible, tu visas, Gabriel visa, nous visâmes, vous visâtes, les archers visèrent. – J'apportai une modification, tu apportas, le rédacteur apporta, nous apportâmes, vous apportâtes, les ingénieurs apportèrent.

2 ▶ [...] la partie se sold**a** [...]. – Vous renou**âtes** [...]. – Les admirateurs se ru**èrent** [...]. – Nous programm**âmes** [...]. – Les gendarmes contrôl**èrent** [...]. – Tu apprivois**as** [...]. – Les avions de chasse survol**èrent** [...]. – Je me barricad**ai** [...]. – Le cuisinier assaisonn**a** [...]. – Les manifestants défil**èrent** [...]. – Nous affront**âmes** [...].

3 ▶ L'accusé **proclama** [...]. – [...] tu **sautas** [...]. – **J'achevai** [...]. – Nous **dévorâmes** [...]. – Vous nous **proposâtes** [...]. – Les employés **désignèrent** [...]. – Tu **agrafas** [...]. – [...] tu **totalisas** [...]. – [...] vous **trébuchâtes**. – Tu **consolidas** [...].

4 ▶ Nous **déballâmes** [...]. – Les grêlons **crépitèrent** [...]. – Le médecin **ausculta** [...]. – Tu **te comportas** [...]. – **J'emportai** [...]. – Vous **demeurâtes** [...]. – Les hirondelles **volèrent** [...]. – Tu **restas** [...] tu **eus** [...]. – Le portier **contrôla** [...]. – Ces joueurs n'**abusèrent** pas [...] ils **laissèrent** [...].

11 Le passé simple : 2e et 3e groupes en *-i-*

1 ▶ **Présent** : Je rétablis la vérité, tu rétablis, il/elle rétablit. – J'admets une opinion, tu admets, il/elle admet. – Je sers les invités, tu sers, il/elle sert. – Je surgis brusquement, tu surgis, il/elle surgit. – Je détruis les frelons, tu détruis, il/elle détruit. – Je brandis un fanion, tu brandis, il/elle brandit.
Futur simple : Je rétablirai la vérité, tu rétabliras, il/elle rétablira. – J'admettrai une opinion, tu admettras, il/elle admettra. – Je servirai les invités, tu serviras, il/elle servira. – Je surgirai brusquement, tu surgiras, il/elle surgira. – Je détruirai les frelons, tu détruiras, il/elle détruira. – Je brandirai un fanion, tu brandiras, il/elle brandira.
Imparfait : Je rétablissais la vérité, tu rétablissais, il/elle rétablissait. – J'admettais une opinion, tu admettais, il/elle admettait. – Je servais les invités, tu servais, il/elle servait. – Je surgissais brusquement, tu surgissais, il/elle surgissait. – Je détruisais les frelons, tu détruisais, il/elle détruisait. – Je brandissais un fanion, tu brandissais, il/elle brandissait.
Passé simple : Je rétablis la vérité, tu rétablis, il/elle rétablit. – J'admis une opinion, tu

admis, il/elle admit. – Je servis les invités, tu servis, il/elle servit. – Je surgis brusquement, tu surgis, il/elle surgit. – Je détruisis les frelons, tu détruisis, il/elle détruisit. – Je brandis un fanion, tu brandis, il/elle brandit.

2 [...] j'**enduisis** [...] elle **durcit** [...]. – [...] ce violoniste **acquit** [...]. – [...] Parmentier **introduisit** [...]. – Tu **naquis** [...]. – [...] nous **perdîmes** [...] nous **ressentîmes** [...]. – Le comédien **vainquit** [...]. – Je **consentis** [...] vous ne me **contredîtes** pas. – [...] la Lorraine **produisit** [...]. – La publication de son premier roman **suffit** [...].

3 Je **fis** [...]. – [...] tu **appris** [...] tu t'**assis** [...]. – La récolte de colza **pâtit** [...]. – [...] les prix du pétrole **repartirent** [...]. – Je ne **mis** [...]. – [...] les riverains **entreprirent** [...]. – [...] le public **rit** [...]. – Cet éboulement [...] **contraignit** [...]. – [...] j'**éteignis** [...]. – [...] je **pris** [...].

12 Le passé simple : 3e groupe en *-u-* et en *-in-*

1 Je bus de l'eau de source, tu bus, il/elle but, nous bûmes, vous bûtes, ils/elles burent. – Je me résolus à déménager, tu te résolus, il/elle se résolut, nous nous résolûmes, vous vous résolûtes, ils/elles se résolurent. – J'obtins un rendez-vous, tu obtins, il/elle obtint, nous obtînmes, vous obtîntes, ils/elles obtinrent. – Je ne me souvins de rien, tu ne te souvins, il/elle ne se souvint, nous ne nous souvînmes, vous ne vous souvîntes, ils/elles ne se souvinrent. – Je détins un objet rare, tu détins, il/elle détint, nous détînmes, vous détîntes, ils/elles détinrent. – Je ne voulus pas renoncer, tu ne voulus pas, il/elle ne voulut pas, nous ne voulûmes pas, vous ne voulûtes pas, ils/elles ne voulurent pas.

2 [...] tu **t'astreignis** [...]. – Il **fallut** [...]. – Du Guesclin **mourut** [...]. – Tu **t'abstins** [...]. – [...] je **me tus**. – Les [...] rebondissements **tinrent** [...]. – [...] Ingrid **retint** [...]. – La mi-temps **survint** [...].

3 Les vulcanologues **prévinrent** [...]. – [...] le chauffard **comparut** [...]. – Les sauveteurs **secoururent** [...]. – Je **dus** [...]. – Tu **relus** [...]. – Des barrières **continrent** [...]. – Ce disque **promut** [...]. – Les meilleures places **échurent** à ceux qui **eurent** [...].

4 On ne **sut** [...] il **advint** [...]. – [...] cette usine **accrut** [...]. – [...] je **vécus** [...]. – Tu ne **crus** pas [...] tu **eus** raison [...]. – Charles Lindbergh **connut** [...]. – [...] les taches de graisse **disparurent** [...]. – L'épreuve **fut** [...] tu **survécus** [...]. – Le dernier film [...] **valut** [...].

13 Les temps simples : verbes en *-yer*, *-eler* et *-eter*

1 **Présent** : J'épelle chaque mot, tu épelles, il/elle épelle, nous épelons, vous épelez, ils/elles épellent. – Je décèle une erreur, tu décèles, il/elle décèle, nous décelons, vous décelez, ils/elles décèlent. – Je nettoie le pare-brise, tu nettoies, il/elle nettoie, nous nettoyons, vous nettoyez, ils/elles nettoient. – J'essuie une tempête, tu essuies, il/elle essuie, nous essuyons, vous essuyez, ils/elles essuient. – J'attelle les chevaux, tu attelles, il/elle attelle, nous attelons, vous attelez, ils/elles attellent. – J'achète des tickets, tu achètes, il/elle achète, nous achetons, vous achetez, ils/elles achètent.

Futur simple : J'épellerai chaque mot, tu épelleras, il/elle épellera, nous épellerons, vous épellerez, ils/elles épelleront. – Je décèlerai une erreur, tu décèleras, il/elle décèlera, nous décèlerons, vous décèlerez, ils/elles décèleront. – Je nettoierai le pare-brise, tu nettoieras, il/elle nettoiera, nous nettoierons, vous nettoierez, ils/elles nettoieront. – J'essuierai une tempête, tu essuieras, il/elle essuiera, nous essuierons, vous essuierez, ils/elles essuieront. – J'attellerai les chevaux, tu attelleras, il/elle attellera, nous attellerons, vous attellerez, ils/elles attelleront. – J'achèterai des tickets, tu achèteras, il/elle achètera, nous achèterons, vous achèterez, ils/elles achèteront.

2 [...] tu **chancelles** et tu **essaies** [...]. – Le sous-sol [...] **recèle** [...]. – [...] les grands-parents **choient** [...]. – Je **regrette** [...]. – L'apprenti **modèle** [...]. – Seul le diamant **raie** [...]. – Le chef de rayon **étiquette** [...]. – Pourquoi **bégaies**-tu ?

3 Le sol ne **dégèlera** [...]. – Vous **paierez** [...]. – [...] tu **décachetteras** [...]. – Nous **emploierons** [...]. – Je ne **jetterai** pas [...]. – Tous les lecteurs **renouvelleront**-ils [...] ? – [...] l'orateur **martèlera** [...]. – [...] on **côtoiera** [...]. – [...] tu le **renverras**.

4 Je **balaie** [...]. – Tu **furètes** [...]. – Nous **empaquetons** [...]. – La frêle embarcation **louvoie** [...]. – Tu **amoncelles** [...]. – La vaisselle d'argent **flamboie** [...]. – Vous **vous apitoyez** [...]. – Mme Sarda **congèle** [...]. – Le vendeur **interpelle** [...].

14 Les temps simples : verbes en *-cer, -ger, -guer* et *-quer*

1 **Présent** : Je change les piles, tu changes, il/elle change, nous changeons, vous changez, ils/elles changent. – Je remplace l'ampoule, tu remplaces, il/elle remplace, nous remplaçons, vous remplacez, ils/elles remplacent. – Je prodigue des conseils, tu prodigues, il/elle prodigue, nous prodiguons, vous prodiguez, ils/elles prodiguent. – Je renonce à ce déplacement, tu renonces, il/elle renonce, nous renonçons, vous renoncez, ils/elles renoncent. – Je marque un essai, tu marques, il/elle marque, nous marquons, vous marquez, ils/elles marquent. – Je rédige un message, tu rédiges, il/elle rédige, nous rédigeons, vous rédigez, ils/elles rédigent.
Imparfait : Je changeais les piles, tu changeais, il/elle changeait, nous changions, vous changiez, ils/elles changeaient. – Je remplaçais l'ampoule, tu remplaçais, il/elle remplaçait, nous remplacions, vous remplaciez, ils/elles remplaçaient. – Je prodiguais des conseils, tu prodiguais, il/elle prodiguait, nous prodiguions, vous prodiguiez, ils/elles prodiguaient. – Je renonçais à ce déplacement, tu renonçais, il/elle renonçait, nous renoncions, vous renonciez, ils/elles renonçaient. – Je marquais un essai, tu marquais, il/elle marquait, nous marquions, vous marquiez, ils/elles marquaient. – Je rédigeais un message, tu rédigeais, il/elle rédigeait, nous rédigions, vous rédigiez, ils/elles rédigeaient.
Passé simple : Je changeai les piles, tu changeas, il/elle changea, nous changeâmes, vous changeâtes, ils/elles changèrent. – Je remplaçai l'ampoule, tu remplaças, il/elle remplaça, nous remplaçâmes, vous remplaçâtes, ils/elles remplacèrent. – Je prodiguai des conseils, tu prodiguas, il/elle prodigua, nous prodiguâmes, vous prodiguâtes, ils/elles prodiguèrent. – Je renonçai à ce déplacement, tu renonças, il/elle renonça, nous renonçâmes, vous renonçâtes, ils/elles renoncèrent. – Je marquai un essai, tu marquas, il/elle marqua, nous marquâmes, vous marquâtes, ils/elles marquèrent. – Je rédigeai un message, tu rédigeas, il/elle rédigea, nous rédigeâmes, vous rédigeâtes, ils/elles rédigèrent.
Futur simple : Je changerai les piles, tu changeras, il/elle changera, nous changerons, vous changerez, ils/elles changeront. – Je remplacerai l'ampoule, tu remplaceras, il/elle

remplacera, nous remplacerons, vous remplacerez, ils remplaceront. – Je prodiguerai des conseils, tu prodigueras, il/elle prodiguera, nous prodiguerons, vous prodiguerez, ils/elles prodigueront. – Je renoncerai à ce déplacement, tu renonceras, il/elle renoncera, nous renoncerons, vous renoncerez, ils/elles renonceront. – Je marquerai un essai, tu marqueras, il/elle marquera, nous marquerons, vous marquerez, ils/elles marqueront. – Je rédigerai un message, tu rédigeras, il/elle rédigera, nous rédigerons, vous rédigerez, ils/elles rédigeront.

2 [...] nous **vaquons** [...]. – Vous **devancez** [...]. – Nous **partageons** [...]. – [...] nous **grimaçons**. – [...] tu **juges** [...]. – Nous **envisageons** [...]. – Je **pratique** [...]. – Nous **naviguons** [...]. – [...] nous **voyageons** [...].

3 Le service d'ordre **endiguait** [...]. – Le pilote de l'*Airbus* **amorçait** [...]. – Les marins grecs **naviguaient** [...]. – Des associations **finançaient** [...]. – [...] tu **déneigeais** [...]. – [...] la poulie **grinçait**. – Plusieurs candidats **briguaient** [...]. – Les habitants de l'île de Pâques **érigeaient** [...]. – [...] le silence **se prolongeait**, je **relançais** [...].

4 Tu **rechargeas** [...]. – Le médicament **soulagea** [...]. – Je **reçus** [...]. – Le professeur **prodigua** [...]. – Vous **dénonçâtes** [...]. – Le commissaire **convoqua** [...]. – La soudaine panne [...] **obligea** [...]. – Les éclairagistes **braquèrent** [...]. – Le sélectionneur **remarqua** [...].

15 Les temps simples : verbes comme *semer* et *céder*

1 **Présent** : Je soupèse le pour et le contre, tu soupèses, il/elle soupèse, nous soupesons, vous soupesez, ils/elles soupèsent. – J'accède au dernier étage, tu accèdes, il/elle accède, nous accédons, vous accédez, ils/elles accèdent. – Je me lève de bonne heure, tu te lèves, il/elle se lève, nous nous levons, vous vous levez, ils/elles se lèvent. – Je ne m'inquiète pas, tu ne t'inquiètes pas, il/elle ne s'inquiète pas, nous ne nous inquiétons pas, vous ne vous inquiétez pas, ils/elles ne s'inquiètent pas. – Je prélève un échantillon, tu prélèves, il/elle prélève, nous prélevons, vous prélevez, ils/elles prélèvent. – Je me sèche au soleil, tu te sèches, il/elle se sèche, nous nous séchons, vous vous séchez, ils/elles se sèchent.
Futur simple : Je soupèserai le pour et le contre, tu soupèseras, il/elle soupèsera, nous soupèserons, vous soupèserez, ils/elles soupèseront. – J'accèderai au dernier étage, tu accèderas, il/elle accèdera, nous accèderons, vous accèderez, ils/elles accèderont. – Je me lèverai de bonne heure, tu te lèveras, il/elle se lèvera, nous nous lèverons, vous vous lèverez, ils/elles se lèveront. – Je ne m'inquièterai pas, tu ne t'inquièteras pas, il/elle ne s'inquiètera pas, nous ne nous inquièterons pas, vous ne vous inquièterez pas, ils/elles ne s'inquièteront pas. – Je prélèverai un échantillon, tu prélèveras, il/elle prélèvera, nous prélèverons, vous prélèverez, ils/elles prélèveront. – Je me sècherai au soleil, tu te sècheras, il/elle se sèchera, nous nous sècherons, vous vous sècherez, ils/elles se sècheront.

2 Tu **malmènes** [...] l'appareil ne **fonctionne** plus. – Si le programme vous **agrée** [...]. – Les chiens **se pourlèchent** [...]. – Je ne **digère** pas [...]. – Les cerises **macèrent** [...]. – Les ordres **sont** [...] nous **obtempérons** [...]. – Nous **enlevons** [...]. – Vous **vous promenez** [...]. – L'odeur du cigare **imprègne** [...].

3 Je **me démène** (**me démenais – me démenai – me démènerai**) comme un beau diable et j'**achève** (**achevais – achevai – achèverai**) le travail dans les temps. – Tu **te**

démènes (**te démenais** – **te démenas** – **te démèneras**) […] tu **achèves** (**achevais** – **achevas** – **achèveras**) […]. – Thierry **se démène** (**se démenait** – **se démena** – **se démènera**) […] il **achève** (**achevait** – **acheva** – **achèvera**) […]. – Nous **nous démenons** (**nous démenions** – **nous démenâmes** – **nous démènerons**) […] nous **achevons** (**achevions** – **achevâmes** – **achèverons**) […]. – Vous **vous démenez** (**vous démeniez** – **vous démenâtes** – **vous démènerez**) […] vous **achevez** (**acheviez** – **achevâtes** – **achèverez**) […]. – Les employés **se démènent** (**se démenaient** – **se démenèrent** – **se démèneront**) […] ils **achèvent** (**achevaient** – **achevèrent** – **achèveront**) […].

Je **modère** (**modérais** – **modérai** – **modèrerai**) **mon** allure et je **n'accélère** (**n'accélérais** – **n'accélérai** – **n'accélèrerai**) pas en agglomération. – Tu **modères** (**modérais** – **modéras** – **modèreras**) **ton** allure et tu **n'accélères** (**n'accélérais** – **n'accéléras** – **n'accélèreras**) […]. – M. Mazon **modère** (**modérait** – **modéra** – **modèrera**) **son** allure et il **n'accélère** (**n'accélérait** – **n'accéléra** – **n'accélèrera**) […]. – Nous **modérons** (**modérions** – **modérâmes** – **modèrerons**) **notre** allure et nous **n'accélérons** (**n'accélérions** – **n'accélérâmes** – **n'accélèrerons**) […]. – Vous **modérez** (**modériez** – **modérâtes** – **modèrerez**) **votre** allure et vous **n'accélérez** (**n'accélériez** – **n'accélérâtes** – **n'accélèrerez**) […]. – Les routiers **modèrent** (**modéraient** – **modérèrent** – **modèreront**) **leur** allure et ils **n'accélèrent** (**n'accéléraient** – **n'accélérèrent** – **n'accélèreront**) […].

Je **soulève** (**soulevais** – **soulevai** – **soulèverai**) le pied de la table et j'**insère** (**insérais** – **insérai** – **insèrerai**) un morceau de bois pour la caler. – Tu **soulèves** (**soulevais** – **soulevas** – **soulèveras**) […] et tu **insères** (**insérais** – **inséras** – **insèreras**) […]. – Mado **soulève** (**soulevait** – **souleva** – **soulèvera**) […] et elle **insère** (**insérait** – **inséra** – **insèrera**) […]. – Nous **soulevons** (**soulevions** – **soulevâmes** – **soulèverons**) […] et nous **insérons** (**insérions** – **insérâmes** – **insèrerons**) […]. – Vous **soulevez** (**souleviez** – **soulevâtes** – **soulèverez**) […] et vous **insérez** (**insériez** – **insérâtes** – **insèrerez**) […]. – Les déménageurs **soulèvent** (**soulevaient** – **soulevèrent** – **soulèveront**) […] et ils **insèrent** (**inséraient** – **insérèrent** – **insèreront**) […].

4 Vous **pénètrerez** […]. – Nous **créerons** […]. – Cette femme **lèguera** […]. – Les ravisseurs **libèreront** […]. – **J'opèrerai** […] et je **relèverai** […]. – Tu **gèreras** […]. – Cet achat inconsidéré **grèvera** […].

16 Le passé composé de l'indicatif

1 Je suis allé(e) au restaurant, tu es allé(e), Hamid est allé, nous sommes allé(e)s, vous êtes allé(e)s, mes amis sont allés. – Je suis venu(e) acheter des chaussures, tu es venu(e), Déborah est venue, nous sommes venu(e)s, vous êtes venu(e)s, les footballeurs sont venus. – J'ai rebroussé chemin, tu as rebroussé, Pierre a rebroussé, nous avons rebroussé, vous avez rebroussé, les randonneurs ont rebroussé. – J'ai signé un courrier, tu as signé, la secrétaire a signé, nous avons signé, vous avez signé, les acheteurs ont signé. – Je me suis heurté(e) à un refus, tu t'es heurté(e), Laura s'est heurtée, nous nous sommes heurté(e)s, vous vous êtes heurté(e)s, les retardataires se sont heurtés. – Je me suis douché(e) à l'eau froide, tu t'es douché(e), Vicky s'est douchée, nous nous sommes douché(e)s, vous vous êtes douché(e)s, les rugbymen se sont douchés.

2 Tu **es revenu(e)** […]. – Vous **êtes tombé(e)s** […]. – […] beaucoup de personnes **sont mortes** […]. – Nous **sommes rentré(e)s** […]. – **J'ai surmonté** […] **j'ai saisi** […]. – Le journaliste **a interrogé** […] il **a rédigé** […]. – Tu **as cligné** […]. – Vous **avez découvert** […] vous **avez rétabli** […]. – Les hirondelles **se sont nichées** […]. – Tu **n'as pas eu** […]. – **J'ai été** surpris […] **j'ai bredouillé** […].

3 Christophe Colomb **est parti** [...] il **est arrivé** [...]. – Le pharmacien **a prévenu** [...]. – [...] tu **as diverti** [...]. – [...] tu **as téléphoné** [...]. – La station spatiale **a émis** [...] et **a disparu** [...]. – Les portes **ont coulissé** [...].

4 Hier, il **a reçu** [...]. Il l'**a feuilleté** [...] il **a examiné** et **a comparé** [...] il **s'est décidé** [...]. Il **a rédigé** [...] il **a placé** [...]. – Hier, tu **as reçu** [...]. Tu l'**as feuilleté** [...] tu **as examiné** et **as comparé** [...] tu **t'es décidé(e)** [...]. Tu **as rédigé** [...] tu **as placé** [...]. – Hier, Karène **a reçu** [...]. Elle l'**a feuilleté** [...] elle **a examiné** et **a comparé** [...] elle **s'est décidée** [...]. Elle **a rédigé** [...] elle **a placé** [...]. – Hier, nous **avons reçu** [...]. Nous l'**avons feuilleté** [...] nous **avons examiné** et **avons comparé** [...] nous **nous sommes décidé(e)s** [...]. Nous **avons rédigé** [...] nous **avons placé** [...]. – Hier, vous **avez reçu** [...]. Vous l'**avez feuilleté** [...] vous **avez examiné** et **avez comparé** [...] vous **vous êtes décidé(e)s** [...]. Vous **avez rédigé** [...] vous **avez placé** [...].

17 L'accord du participe passé employé avec *avoir*

1 Combien de tours [...] a-t-il déjà **accomplis** ? – Les terrassiers ont **creusé** [...]. – [...] où les avez-vous **rangés** ? – [...] les traitements l'ont **guéri**. – La petite chatte que j'ai **laissée** [...] a **disparu** ; je ne l'ai jamais **retrouvée**. – Ta chance, tu ne l'as pas **saisie** [...]. – Quelle boisson [...] a-t-il **commandée** ?

2 Ces objets, l'antiquaire les **a examinés**, puis il les **a expertisés**. – La loi que les députés **ont votée** [...]. – L'épreuve de code [...], Jessy l'**a révisée** [...]. – [...] ce comique **a contrefait** sa voix. – Les adresses que j'**ai confondues** [...]. – La partie **a pris** fin [...] ; l'arbitre **a dû** [...].

3 Les locaux que vous avez **occupés ont été reloués** [...]. – Les salles que vous avez **occupées ont été relouées** [...]. – La maison que vous avez **occupée a été relouée** [...]. – Le pavillon que vous avez **occupé a été reloué** [...].
Les chaussures que la vendeuse m'a **proposées étaient** trop **grandes** [...]. – Le blouson que la vendeuse m'a **proposé était** trop **grand** [...]. – Les gants que la vendeuse m'a **proposés étaient** trop **grands** [...]. – La robe que la vendeuse m'a **proposée était** trop **grande** [...].

4 [...] moins tendre que je ne l'**ai prévu**. – [...] Charlène y **a fait** [...]. – Ces monuments, nous les **avons visités** [...]. – La moto dont tu **as changé** la selle et que tu **as repeinte** [...] ! – [...] les campeurs **ont planté** leur tente [...]. – Les tours de magie que le prestidigitateur **a réalisés ont enthousiasmé** [...]. – Les ampoules qu'il **a fallu** remplacer n'**ont** pas **duré** [...]. – M. Charles **a songé** [...] aux séjours qu'il **a effectués** [...].

18 L'accord du participe passé employé avec *être*

1 Je suis venue à l'improviste, tu es venue, Edwige est venue, nous sommes venus, vous êtes venus, mes cousins sont venus. – Je suis rentrée à l'aube, tu es rentrée, Karl est rentré, nous sommes rentrés, vous êtes rentrés, les sauveteurs sont rentrés. – Je suis intervenue promptement, tu es intervenue, le médecin est intervenu, nous sommes intervenus, vous êtes intervenus, les pompiers sont intervenus. – Je suis tombée des nues, tu es tombée, Tarik est tombé, nous sommes tombés, vous êtes tombés, les chercheurs sont tombés. – Je suis allée au musée du Louvre, tu es allée, Mariette est allée,

nous sommes allés, vous êtes allés, les touristes japonais sont allés. – Je suis partie en congé, tu es partie, Janique est partie, nous sommes partis, vous êtes partis, les employés sont partis.

2 ▸ Ces jumeaux sont **nés** [...] et ils ont été **placés** [...]. – Ces anciens esclaves ont été **affranchis** [...]. – Ces malfaiteurs ont été **trahis** [...] et ils ont été **arrêtés** [...]. – D'Artagnan ne s'est jamais **départi** [...]. – La forêt amazonienne est **détruite** [...]. – D'importantes quantités de pétrole sont **transportées** [...].

3 ▸ Les acteurs **sont entrés** [...]. – [...] je **suis reparti(e)**. – Les poids lourds **sont arrivés** [...]. – [...] vous **vous êtes reposé(e)s**. – Vous **êtes resté(e)s** [...]. – La doyenne [...] **est morte** [...]. – Cette chanteuse **est devenue** [...]. – Tu **es sorti(e)** [...] et tu **t'es dirigé(e)** [...]. – L'intérêt des journalistes [...] **est retombé** [...].

4 ▸ Les œufs **sont couvés** par la mésange. – Le quinté **est touché** par ces parieurs. – Les planches **sont rabotées** par une machine perfectionnée. – Les fromages de chèvre **sont préparés** par la fermière. – Les deux premiers buts de son équipe **sont marqués** par l'avant-centre. – Deux jeunes apprentis **sont engagés** par le directeur de l'usine. – Les chevaux **sont soignés** par les palefreniers. – La péniche **est pilotée** par un marinier expérimenté. – La porte du hangar **est fermée** par deux cadenas.

19 Le plus-que-parfait de l'indicatif

1 ▸ Nous **avions commandé** [...] le concessionnaire nous en **avait livré** [...] ! – Les secrets que je vous **avais confiés** [...] ? – Pour le carnaval, Juliette **s'était costumée** [...] toutes ses amies l'**avaient félicitée**. – L'espion **avait codé** [...]. – La tour de contrôle **avait modifié** [...] le pilote n'en **avait eu** connaissance [...].

2 ▸ Vous **aviez pris** des risques lorsque vous **vous étiez aventuré(e)s** en zone de combat. – Les reporters **avaient pris** [...] ils **s'étaient aventurés** [...]. – Tu **avais pris** [...] tu **t'étais aventuré(e)** [...]. – La journaliste **avait pris** [...] elle **s'était aventurée** [...].
Tu **étais resté(e) paralysé(e)** et tu n'**avais pu** faire aucun mouvement. – Les explorateurs **étaient restés paralysés** et ils n'**avaient pu** [...] – Alexandra **était restée paralysée** et elle n'**avait pu** [...]. – Nous **étions resté(e)s paralysé(e)s** et nous n'**avions pu** [...].
Vous **aviez observé** les indices et vous **aviez résolu** aisément cette énigme. – Les enquêteurs **avaient observé** [...] ils **avaient résolu** [...]. – Sherlock Holmes **avait observé** [...] il **avait résolu** [...]. – La police **avait observé** [...] elle **avait résolu** [...].

3 ▸ [...] nous **avions arrondi** [...]. – [...] le pianiste **avait passé** [...]. – Le gardien de l'immeuble **s'était plaint** [...] des motards **avaient envahi** [...]. – Vous **étiez revenu(e)s** [...] la situation **avait pris** [...]. – Ce cheval **avait sauté** [...]. – [...] nous **nous étions réchauffé(e)s** [...]. – Nous **étions tombés** [...] nous **avions perdu** la partie. – Ces cerises, nous les **avions cueillies** [...].

20 Le passé antérieur et le futur antérieur

1 ▸ Quand les convives **eurent achevé** [...]. – Lorsque tu **fus revenu(e)** [...]. – Aussitôt que j'**eus parlé** [...]. – Quelques instants après que le professeur **fut entré** [...]. – Après que les marchands forains **se furent installés** [...]. – Lorsque j'**eus visité** cette maison [...]. – Après que le président **eut dissous** [...].

2 ▶ Tout à l'heure, j'**aurai fini** [...]. – Quand nous **aurons lu** [...]. – Aussitôt que les conditions météorologiques **se seront améliorées** [...]. – Quand tu **auras gonflé** [...]. – Lorsqu'ils **auront revêtu** [...]. – Dès que le promoteur **aura conclu** [...].

3 ▶ Après qu'ils **eurent palabré** [...], ces deux maquignons **se mirent** enfin d'accord [...]. – Dès que les défenseurs **eurent capitulé**, les assaillants **pénétrèrent** [...]. – Quand le gardien **eut programmé** l'alarme, il **regagna** [...]. – Aussitôt que tu **eus ferré** la truite, tu **vis** [...]. – Tu **posas** le papier peint après que tu **eus encollé** [...]. – Lorsque les ouvriers **eurent asséché** le canal, ils **découvrirent** [...].

21 Le présent du conditionnel

1 ▶ J'aimerais aller au Brésil, tu aimerais, il/elle aimerait, nous aimerions, vous aimeriez, ils/elles aimeraient. – Je changerais peut-être de vêtements, tu changerais, il/elle changerait, nous changerions, vous changeriez, ils/elles changeraient. – Je choisirais un numéro au hasard, tu choisirais, il/elle choisirait, nous choisirions, vous choisiriez, ils/elles choisiraient. – Je souhaiterais un peu de fraîcheur, tu souhaiterais, il/elle souhaiterait, nous souhaiterions, vous souhaiteriez, ils/elles souhaiteraient.

2 ▶ **Auriez**-vous la gentillesse [...] ? – [...] les marins **affaleraient** [...]. – [...] tu **obéirais** [...]. – [...] nous ne **traverserions** pas [...]. – [...] tu **rejoindrais** [...]. – [...] je n'en **dirais** rien [...]. – [...] il **s'arrêterait** [...].

3 ▶ Si nous **consultions** Internet, nous y **trouverions** l'adresse de nombreux hôtels. – Si Mme Joubert **consultait** [...] elle y **trouverait** [...]. – Si je **consultais** [...] j'y **trouverais** [...]. – Si vous **consultiez** [...] vous y **trouveriez** [...].
Si Adrien **avait** un moment de libre, il **rangerait ses** placards. – Si vous **aviez** [...] vous **rangeriez** vos placards. – Si tu **avais** [...] tu **rangerais** tes placards. – Si nous **avions** [...] nous **rangerions** nos placards.

4 ▶ [...] le vendeur **accepterait** [...]. – Nous **passerions** [...]. – Pourquoi ne **liriez**-vous pas [...] ? – [...] les piles du pont **supporteraient** [...]. – [...] je **prendrais** [...]. – [...] chaque concurrent ne **disposerait** [...] il **serait** éliminé.

22 Le présent du conditionnel : verbes irréguliers

1 ▶ [...] ils me **décevraient**. – Comment **obtiendriez**-vous [...] ? – [...] le beau temps se **maintiendrait** [...]. – **Saurais**-tu [...] ? – [...] nous nous **satisferions** [...]. – [...] ils **procéderaient** [...]. – [...] tu **pourrais** [...]. – [...] le palefrenier l'**attellerait**. – [...] ce marcheur **parcourrait** [...].

2 ▶ Si **j'avais** des nouvelles de Daphné, je l'**accueillerais**. – Si Armelle **avait** [...] elle l'**accueillerait**. – Si nous **avions** [...] nous l'**accueillerions**. – Si vous **aviez** [...] vous l'**accueilleriez**.
Si tu **fréquentais** la salle de gymnastique, tu **entretiendrais ta** forme. – Si ces garçons **fréquentaient** [...] ils **entretiendraient leur** forme. – Si Dolorès **fréquentait** [...] elle **entretiendrait sa** forme. – Si je **fréquentais** [...] j'**entretiendrais ma** forme.

3 ▶ Pourquoi **jetteriez**-vous [...] ? – [...] je l'**achèterais** [...]. – [...] nous **recevrions** [...]. – Les habitants du lotissement **verraient**-ils [...] ? – [...] tu **emploierais** [...] ! –

[...] le conducteur **réglerait** [...]. – Qu'**adviendrait**-il [...] ? – [...] il **encourrait** [...]. – [...] il **faudrait** [...] !

23 Futur simple ou présent du conditionnel ?

1 [...] ils **déteindront**. – [...] vous **circuleriez** [...]. – [...] je la **poncerai**. – [...] des grumeaux ne se **formeraient** pas. – [...] les agriculteurs **essaieront** [...]. – [...] je la **soutiendrai**. – [...] je **prendrais** [...]. – [...] je **saisirais** [...]. – [...] je le **louerais**. – [...] j'**allumerai** [...].

2 J'**aimerais** [...]. – Je **reprendrai** [...]. – [...] je **changerais** [...]. – Je ne **récolterai** que ce que **j'ai semé**. – Je **respecterais** [...]. – Je **prouverai** [...] **ma** bonne foi. – [...] je **constaterai** [...]. – Ce n'est pas **moi** qui **risquerais ma** vie [...]. – [...] je **m'envolerai** [...]. – Je **surprendrais mes** voisins en repeignant **mon** chalet [...].

3 [...] je ne **craindrais** pas [...]. – [...] j'**enregistrerai** [...]. – [...] je **connaîtrais** [...]. – [...] je ne m'**endormirai** pas. – [...] je **prendrais** [...]. – [...] elles **seraient** [...]. – [...] le pilote **s'éjectera**. – [...] je l'**accompagnerai**. – [...] il **faudrait** [...]. – [...] je **paierai** [...]. – [...] je le **prendrais** [...]. – [...] je **me méfierai** et je **m'avancerai** [...].

24 Les temps composés du conditionnel

1 [...] tu **aurais pu** imprimer [...]. – [...] nous **serions allé(e)s** ramasser [...]. – [...] l'actrice **aurait quitté** sa loge et **serait entrée** en scène. – [...] j'**aurais commandé** [...]. – [...] ils **n'auraient pas contracté** [...]. – [...] le montage de la bibliothèque **n'aurait pas posé** de problème. – [...] il **aurait sauvegardé** ses données [...]. – **J'aurais parié** [...].

2 [...] Amélie **fût arrivée** à l'heure. – [...] vous l'**eussiez empruntée**. – Tu **eusses préféré** [...]. – M. Laurent **eût dû** mieux refermer [...]. – [...] il n'y **eût** pas **eu** [...]. – Je **me fusse contenté(e)** [...]. – [...] la moisson **eût débuté** [...].

3 Si les conducteurs **avaient consulté** les panneaux, ils ne **se seraient** pas **égarés**. – Si j'**avais consulté** [...] je ne **me serais** pas **égaré(e)**. – Si tu **avais consulté** [...] tu ne **te serais** pas **égaré(e)**. – Si le promeneur **avait consulté** [...] il ne **se serait** pas **égaré**. Tu **aurais souhaité** une réduction sur le prix de ce téléviseur. – Les clients **auraient souhaité** [...]. – **J'aurais souhaité** [...]. – Nous **aurions souhaité** [...].

25 La voix passive – Les verbes transitifs/intransitifs

1 Je suis saisi(e) par la panique, tu es saisi(e), Tristan est saisi, nous sommes saisi(e)s, vous êtes saisi(e)s, les spectateurs sont saisis. – Je suis exclu(e) par l'arbitre, tu es exclu(e), Xavier est exclu, nous sommes exclu(e)s, vous êtes exclu(e)s, les tricheurs sont exclus. – Je suis guidé(e) par le système GPS, tu es guidé(e), M. Lambert est guidé, nous sommes guidé(e)s, vous êtes guidé(e)s, les automobilistes sont guidés. – Je suis ausculté(e) par un médecin, tu es ausculté(e), Béatrice est auscultée, nous sommes ausculté(e)s, vous êtes ausculté(e)s, les malades sont auscultés. – Je suis défavorisé(e) par le sort, tu es défavorisé(e), Aïcha est défavorisée, nous sommes défavorisé(e)s, vous êtes défavorisé(e)s, les perdants sont défavorisés. – Je suis contrôlé(e) par les douaniers, tu es contrôlé(e), le bagage est contrôlé, nous sommes

contrôlé(e)s, vous êtes contrôlé(e)s, les voyageurs sont contrôlés. – Je suis apprécié(e) par tous, tu es apprécié(e), le cadeau est apprécié, nous sommes apprécié(e)s, vous êtes apprécié(e)s, les modestes sont appréciés. – Je suis préoccupé(e) par la situation, tu es préoccupé(e), le maire est préoccupé, nous sommes préoccupé(e)s, vous êtes préoccupé(e)s, les savants sont préoccupés.

2 Une avalanche coupe la route. – Le sergent désigne les sentinelles. – Mon chat m'a griffée. – Ce bruit vous a surprises. – Un chauffard a renversé le poteau électrique. – Un patron embauche un apprenti. – Un coureur kényan égale le record du monde du 5 000 mètres. – Un agent secret exécuta la mission spéciale. – Les cardinaux, réunis en conclave, élisent le pape. – Deux convois assurent le transport des marchandises.

3 Une parabole a été installée par M. Blanc [...]. – Le ramasseur [...] avait été mordu par une vipère. – Un procès-verbal est dressé par le brigadier [...]. – La récolte [...] a été détruite par un [...] cyclone. – L'électricité [...] est produite par trois turbines. – Les balcons seront fleuris par les habitants [...]. – Les abords [...] sont nettoyés par une équipe [...]. – Une épave a été détectée par le sonar [...]. – La peine de mort a été abolie par les députés [...]. – La face [...] a été gravie par une cordée [...]. – Les chevaux [...] étaient domestiqués par les Apaches. – Le gigot est relevé par une pointe d'ail.

26 Le présent du subjonctif

1 Il faut que j'arrive avant dix heures, que tu arrives, qu'il/elle arrive, que nous arrivions, que vous arriviez, qu'ils/elles arrivent. – Il faut que je range des affaires, que tu ranges, qu'il/elle range, que nous rangions, que vous rangiez, qu'ils/elles rangent. – Il faut que je m'arrête au stop, que tu t'arrêtes, qu'il/elle s'arrête, que nous nous arrêtions, que vous vous arrêtiez, qu'ils/elles s'arrêtent. – Il faut que je saisisse l'occasion, que tu saisisses, qu'il/elle saisisse, que nous saisissions, que vous saisissiez, qu'ils/elles saisissent. – Il faut que j'étende le linge, que tu étendes, qu'il/elle étende, que nous étendions, que vous étendiez, qu'ils/elles étendent. – Il faut que je me protège les yeux, que tu te protèges, qu'il/elle se protège, que nous nous protégions, que vous vous protégiez, qu'ils/elles se protègent.

2 Il arrive que l'on **cueille** des violettes [...]. – Il faut que j'**appuie** sur la touche [...]. – Il me tarde que l'avion **atterrisse** [...]. – Ses parents sont d'avis que Victoria **poursuive** sa formation [...]. – Quelle que **soit** l'amplitude de la marée [...]. – Il convient que Joris **pèle** sa pomme [...]. – Rien ne s'oppose à ce que vous **utilisiez** [...].

3 Le professeur **veut** que je **poursuive** l'apprentissage [...]. – Les techniciens **doutent** que la fusée **parte** [...]. – Le coureur **exige** que ses pneus **soient** gonflés [...]. – Il **n'est pas certain** que le cavalier **accomplisse** un exploit [...]. – Nous **refusons** que les mauvaises herbes **envahissent** [...]. – Il **est indispensable** que ce jeune chien **obéisse** [...].

4 Il est naturel que tu **réagisses** [...]. – Ce siège est vraiment confortable à condition que nous y **placions** un coussin. – Bien que Romane **suspende** ses vêtements [...]. – Il me tarde que nous **accueillions** nos amis [...]. – Je crains que le daltonien **confonde** [...]. – L'agriculteur accepte que vous **campiez** [...]. – Il est surprenant que cette cuisinière **garnisse** l'oie [...].

27 Le présent du subjonctif : verbes irréguliers

1 Il n'est pas question que je **m'assoie (m'asseye)** sur une chaise bancale. – [...] que tu **t'assoies (t'asseyes)** [...]. – [...] que Didier **s'assoie (s'asseye)** [...]. – [...] que nous **nous assoyions (nous asseyions)** [...]. – [...] que vous **vous assoyiez (vous asseyiez)** [...]. – [...] que les invités **s'assoient (s'asseyent)** [...].
Il est normal que je **haïsse** le racisme et la xénophobie. – [...] que tu **haïsses** [...]. – [...] que Maya **haïsse** [...]. – [...] que nous **haïssions** [...]. – [...] que vous **haïssiez** [...]. – [...] que les démocrates **haïssent** [...].
Il est temps que je **dise** la vérité sur ces événements. – [...] que tu **dises** [...]. – [...] que le témoin **dise** [...]. – [...] que nous **disions** [...]. – [...] que vous **disiez** [...]. – [...] que les journalistes **disent** [...].
Il faut que je **conduise** beaucoup moins vite. – [...] que tu **conduises** [...]. – [...] que Mme Richaud **conduise** [...]. – [...] que nous **conduisions** [...]. – [...] que vous **conduisiez** [...]. – [...] que les routiers **conduisent** [...].
Il est dommage que je ne **m'inscrive** pas à ce concours de mots croisés. – [...] que tu ne **t'inscrives** pas [...]. – [...] que Caroline ne **s'inscrive** pas [...]. – [...] que nous ne **nous inscrivions** pas [...]. – [...] que vous ne **vous inscriviez** pas [...]. – [...] que les spécialistes ne **s'inscrivent** pas [...].

2 Il faut que je **vainque** [...]. – Il n'est pas exclu que le crocodile **feigne** de dormir [...]. – Yacine consent à ce que tu **relises** la lettre [...]. – [...] il est de règle que chacun **intervienne** [...]. – Voici un serre-tête afin que tu **puisses** te coiffer [...]. – Les défenseurs de la nature refusent que certaines espèces **disparaissent**. – Quoi que Rayan **fasse** [...]. – [...] je crains qu'elle se **contredise**. – Il s'en faut de beaucoup que ce meuble [...] **vaille** une fortune. – M. Marchand attend que le mécanicien lui **décrive** [...]. – Il se peut que cette exposition ne **plaise** pas aux visiteurs [...].

3 Il est rare qu'un arbre [...] **meure**. – Je m'étonne que tu ne **saches** pas [...]. – Il est vital que le caravanier **boive** [...]. – Où que j'**aille** [...]. – Il est dommage que ce spectacle ne **tienne** pas [...]. – Le maire est d'accord pour que M. Porta **construise** [...]. – La distance empêche que Valérie **rejoigne** le groupe. – [...] il n'est pas certain que la même cause **produise** le même effet. – [...] il faut que Marjorie **taise** [...]. – [...] qu'il la **soumette** [...]. – Il n'est pas exclu que tu **doives** consulter [...].

28 Présent de l'indicatif ou présent du subjonctif ?

1 Il est certain que ce savant **vient** [...]. – Il est possible que ce médicament **vienne** [...]. – Je suis sûre que le train de Strasbourg n'**est** pas encore arrivé [...]. – Je suis inquiète que Fanny ne **soit** pas encore arrivée [...]. – Il est juste que le malfaiteur **encoure** [...]. – Auteur d'une agression [...] ce pays **encourt** [...]. – En attendant que l'alpiniste **entrevoie** [...].

2 Je **regrette** que le bûcheron **abatte** [...]. – Nous **ne pouvons croire** que Maryline **meure** de peur [...]. – Le journaliste **doute** que cette information **soit** fiable. – Le libraire **s'étonne** que le client **parcoure** les rayons [...]. – Il **est regrettable** que cet atelier **contrefasse** [...]. – Il **est de règle** que le fabricant **garantisse** [...].

3 Il faut que l'ouvrier **revête** [...]. – Dans la mesure où le condamné **se pourvoit** en appel, [...]. – Il faut que le service de la voirie **pourvoie** [...]. – Nul ne souhaite que la lave se **répande** […]. – Il est surprenant que l'on **extraie** […]. – Tu n'oublies pas que ton train **repart** […]. – L'expert affirme que cette collection […] **vaut** […]. – […] le lièvre **s'enfuit**. – Il n'est pas étonnant que la gazelle **s'enfuie** […]. – La mère de cet enfant ne croit pas qu'il **faille** […].

29 L'imparfait du subjonctif

1 Il faudrait que ce boxeur **évitât** […]. – Manuel attendait que tu **choisisses** […]. – […] les concurrents craignaient que la neige **gelât**. – On n'imaginait pas que ce café **perdît** […]. – Il arrivait que les jonquilles **fleurissent** […]. – Il faudrait que M. Varlet **rabattît** […]. – Les feux […] exigeaient que la rame TGV **attendît**. – Mme Revol aimerait que cette voiture lui **laissât** […]. – Le médecin tenait à ce que le malade **observât** […]. – Plus rien n'empêchait que le président […] **proclamât** […].

2 Il eût fallu que j'**écrivisse** […]. – La recette exigeait que les aubergines **fussent** coupées […]. – Marion évitait que son petit chat **jouât** […]. – Une barrière électrifiée s'opposait à ce que le troupeau de moutons **quittât** […]. – Le boulanger déplorait que sa pâte ne **levât** pas […]. – Mme Glas ne refusait jamais qu'on lui **fît** […]. – Le bon sens voudrait que tu **résistasses** […]. – […] le metteur en scène acceptait que son acteur vedette **s'isolât** […].

3 **Présent du subjonctif** : Il faut que je coordonne les actions, que tu coordonnes, qu'il/elle coordonne, que nous coordonnions, que vous coordonniez, qu'ils/elles coordonnent. – Il faut que je réponde au téléphone, que tu répondes, qu'il/elle réponde, que nous répondions, que vous répondiez, qu'ils/elles répondent. – Il faut que j'amortisse le choc, que tu amortisses, qu'il/elle amortisse, que nous amortissions, que vous amortissiez, qu'ils/elles amortissent. – Il ne faut pas que je trahisse le secret, que tu trahisses, qu'il/elle trahisse, que nous trahissions, que vous trahissiez, qu'ils/elles trahissent. – Il faut que je chiffre la dépense, que tu chiffres, qu'il/elle chiffre, que nous chiffrions, que vous chiffriez, qu'ils/elles chiffrent. – Il faut que je sorte de la salle, que tu sortes, qu'il/elle sorte, que nous sortions, que vous sortiez, qu'ils/elles sortent.
Imparfait du subjonctif : Il fallait que je coordonnasse les actions, que tu coordonnasses, qu'il/elle coordonnât, que nous coordonnassions, que vous coordonnassiez, qu'ils/elles coordonnassent. – Il fallait que je répondisse au téléphone, que tu répondisses, qu'il/elle répondît, que nous répondissions, que vous répondissiez, qu'ils/elles répondissent. – Il fallait que j'amortisse le choc, que tu amortisses, qu'il/elle amortît, que nous amortissions, que vous amortissiez, qu'ils/elles amortissent. – Il ne fallait pas que je trahisse le secret, que tu trahisses, qu'il/elle trahît, que nous trahissions, que vous trahissiez, qu'ils/elles trahissent. – Il fallait que je chiffrasse la dépense, que tu chiffrasses, qu'il/elle chiffrât, que nous chiffrassions, que vous chiffrassiez, qu'ils/elles chiffrassent. – Il fallait que je sortisse de la salle, que tu sortisses, qu'il/elle sortît, que nous sortissions, que vous sortissiez, qu'ils/elles sortissent.

30 Passé simple ou imparfait du subjonctif ?

1 **Passé simple** : Je traduisis une lettre, tu traduisis, il/elle traduisit, nous traduisîmes, vous traduisîtes, ils traduisirent. – Je réparai la toiture, tu réparas, il/elle répara, nous réparâmes, vous réparâtes, ils/elles réparèrent. – Je remplis le réservoir, tu remplis, il/elle remplit, nous remplîmes, vous remplîtes, ils/elles remplirent. – J'affranchis le courrier, tu affranchis, il/elle affranchit, nous affranchîmes, vous affranchîtes, ils/elles affranchirent.

Imparfait du subjonctif : Il fallait que je traduisisse une lettre, que tu traduisisses, qu'il/elle traduisît, que nous traduisissions, que vous traduisissiez, qu'ils/elles traduisissent. – Il fallait que je réparasse la toiture, que tu réparasses, qu'il/elle réparât, que nous réparassions, que vous réparassiez, qu'ils/elles réparassent. – Il fallait que je remplisse le réservoir, que tu remplisses, qu'il/elle remplît, que nous remplissions, que vous remplissiez, qu'ils/elles remplissent. – Il fallait que j'affranchisse le courrier, que tu affranchisses, qu'il/elle affranchît, que nous affranchissions, que vous affranchissiez, qu'ils/elles affranchissent.

2 [...] Carla **découvrit** [...] elle s'en **souvint** [...]. – La population craignait que l'épidémie **se propageât** et qu'elle **fît** [...]. – Quand il **vit** [...], le malfaiteur **prit** [...]. – Ce jeune musicien était fier qu'on le **traitât** [...]. – [...] les projecteurs se **braquèrent** [...]. – [...] il se **produisit** [...] : la foudre **tomba** [...]. – Il n'était pas question que Patrick **s'engageât** [...].

3 Il **fallut** que M. Rodriguez **prévînt** [...]. – Dès qu'il **vit** un départ de feu, M. Rodriguez **prévint** [...]. – Quand il **aperçut** le drapeau [...] le pilote **sut** [...] **était** [...]. – La chaleur **exigea** que cet explorateur **emportât** [...]. – Lorsqu'il **partit** [...], cet aventurier **emporta** [...]. – La réglementation ne **permit** pas que l'architecte **conçût** [...].

31 Les temps composés du subjonctif

1 Il faut que j'aie flâné pour arriver si tard, que tu aies flâné, qu'il/elle ait flâné, que nous ayons flâné, que vous ayez flâné, qu'ils/elles aient flâné. – Il faut que je sois arrivé(e) avant le début de la représentation, que tu sois arrivé(e), qu'il/elle soit arrivé(e), que nous soyons arrivé(e)s, que vous soyez arrivé(e)s, qu'ils/elles soient arrivé(e)s. – Il faut que j'aie appris à piloter avant de monter dans ce petit avion, que tu aies appris, qu'il/elle ait appris, que nous ayons appris, que vous ayez appris, qu'ils/elles aient appris. – Il faut que j'aie converti mes euros avant de partir au Japon, que tu aies converti tes euros, qu'il/elle ait converti ses euros, que nous ayons converti nos euros, que vous ayez converti vos euros, qu'ils/elles aient converti leurs euros. – Il faut que j'aie rétabli la situation pour espérer remporter le match, que tu aies rétabli, qu'il/elle ait rétabli, que nous ayons rétabli, que vous ayez rétabli, qu'ils/elles aient rétabli. – Il faut que j'aie chargé la tablette pour regarder ce film, que tu aies chargé, qu'il/elle ait chargé, que nous ayons chargé, que vous ayez chargé, qu'ils/elles aient chargé.

2 Il fallait que j'**eusse égaré** [...]. – Il aurait été souhaitable que le hérisson **eût échappé** [...]. – Mathias se réjouissait que ses parents **eussent loué** [...]. – Nous étions surpris que le secrétariat n'**eût** pas **répondu** [...]. – Il parut normal que l'expédition de ce colis pour la Pologne **eût coûté** [...]. – Le syndicat trouva étonnant que l'ouvrier n'**eût** pas **obtenu** [...]. – Ces câbles auraient dû être remplacés afin que le téléphérique **eût fonctionné** [...].

3 Tu veux que j'**aie repeint** [...]. – [...] il faut que tu **aies desserré** [...]. – Avant que nous **ayons réalisé** [...]. – Bien que l'incendie **se soit propagé** [...]. – Nous étions heureux que vous **ayez pu** [...]. – J'ai eu peur qu'il **se soit trompé** [...]. – Il vaudrait mieux que l'espion n'**ait** pas **percé** [...]. – Attends que la colle **ait séché** [...]. – Que je **sois allé(e)** [...].

32 L'impératif

1 Évite les obstacles, évitons, évitez. – Prédis l'avenir, prédisons, prédisez. – Ne parle pas trop fort, ne parlons pas, ne parlez pas. – Réclame ton dû, réclamons, réclamez. – Ne triche pas au jeu, ne trichons pas, ne trichez pas. – Ne claque pas la porte, ne claquons pas, ne claquez pas.

2 **Choisis** [...]. – [...] ne **te retourne** pas. – [...] **prévoyez** [...]. – N'**entreprenez** pas [...]. – **Présente** [...]. – **Surmontons** [...] et **sautons** [...]. – [...] **surveillez** [...]. – **Savoure** [...]. – Ne **vous ruinez** pas [...]. – **Arrosez** [...]. – Ne **t'abrutis** pas [...]. – **Unissons** [...]. – **Sers** le café [...]. – [...] ne **trahis** pas tes amis. – **Ayons** le courage [...]. – [...] n'**oublie** pas [...]. – [...] ne **prétends** pas [...].

3 **Approche-toi**, n'**aie** pas peur. – Ne **mange** pas vite, **prends** ton temps. – Ne **te laisse** pas abattre, **réagis**. – **Écoute** calmement, ne **te fâche** pas. – Ne **crie** pas, **parle** posément. – Ne **cours** pas dans l'escalier, **marche**. – Ne **tergiverse** pas, **va** droit au but. – **Encolle** le papier peint, ne **salis** pas le mur. – Ne **roule** pas vite, **ralentis**. – **Relis** les numéros, ne les **confonds** pas.

33 Présent de l'impératif ou présent de l'indicatif ?

1 **Renforce** les charnières [...]. – **Confirme** ta réservation [...]. – Pour sauvegarder tes documents, **enregistre**-les [...] puis **copie**-les [...]. – Ne **fume** pas [...] la loi l'**interdit** et cela **nuit** à ta santé. – **Assure-toi** que la profondeur est suffisante [...].

2 **Plonge-toi** dans un livre ! **Te plonges**-tu dans un livre ? – **Nettoie** le carrelage ! **Nettoies**-tu le carrelage ? – **Lève-toi** de bonne heure ! **Te lèves**-tu de bonne heure ?

3 **Ôte** ta main du four : tu **risques** [...]. – **Retire-toi** sur la pointe des pieds [...]. – **Accède** au dernier étage [...] où tu **bénéficies** [...]. – **Sois** réaliste [...] tu n'**es** pas assez grand. – Quand vous **doublez** [...] ne les **frôlez** pas [...]. – **Signe** l'accusé de réception et **renvoie**-le [...]. – Tu **partages** ton studio [...] alors **règle** [...]. – **Aère** ta chambre [...] c'**est** plus sain.

4 [...] y **vas-tu** ? – **Va** (**Allons** – **Allez**) [...] et **presse-toi** (**pressons-nous** – **pressez-vous**) [...] ! – **Satisfaites-vous** de ce que vous **possédez** et n'**enviez** pas [...] ! – Pourquoi **saignes**-tu [...] ? – **Épluchez**-vous les légumes [...] ? – **Renseigne-toi** (**Renseignons-nous** – **Renseignez-vous**) [...] ! – **Modère-toi** [...] ! – **Remarques**-tu [...] ? – **Relevez** la tête et **regardez** [...] !

34 Les formes verbales en *-ant*

1 Quoi de plus délicieux que **des chocolats fondant** sous la langue ! – Les **gentils fantômes**, agitant **leurs** chaînes, effraient les **esprits malfaisants**. – Les **sauveteurs** effectuent d'**ultimes tentatives** de treuillage **en espérant** qu'elles soient suffisantes pour repêcher les **naufragés dérivant** sur l'océan. – **Méditant**, les **bonzes** conservent [...]. – **Méritants**, ces **élèves** réussiront [...] leurs **examens**, aussi **éprouvants** soient-ils. – [...] les **vents dominants** soufflent souvent [...].

2 ▶ Les diplomates obtiendront satisfaction en **assouplissant** [...]. – Ces lessives **assouplissantes** donneront [...]. – En **bouclant** votre ceinture [...]. – Le principe des vases **communicants** [...]. – Ne **communiquant** que par une liaison satellite [...]. – Les voyages en diligence étaient [...] **fatigants**. – **Fatiguant** son cheval [...]. – Cette actrice porte une tenue **provocante** [...]. – **Provoquant** du regard leurs adversaires [...].

3 ▶ **Voulant** te faire plaisir [...]. – [...] des phares **éblouissants**. – [...] des résultats **décevants** [...]. – **Concevant** ce modèle [...]. – [...] cette eau **bouillante**. – [...] une peinture **résistant** aux fortes chaleurs. – La soirée **dansante** [...]. – Les moteurs de ces tracteurs sont **bruyants**. – **En multipliant** les recherches [...]. – [...] une émission **séduisante**.

35 Ai - aie - aies - ait - aient - es - est ?

1 ▶ J'**ai** [...] car j'**ai** gardé [...]. – Tu **es** [...]. – [...] la pharmacie [...] **est** de garde. – Le terrain **est** [...] l'agriculteur **a** l'intention [...]. – Cet homme **est** [...] il **a** suivi tous les conseils que je lui **ai** donnés. – La solution n'**est** pas [...] tu **es** dans le doute. – Comme j'**ai** [...] je n'**ai** [...].

2 ▶ [...] sans que le guide **ait** l'air [...]. – Il paraît préférable que les pompiers **aient** [...]. – Il est rare que j'**aie** [...]. – [...] sans que j'**aie** [...]. – [...] de sorte que tu n'**aies** pas [...] ! – [...] à condition que les passagers **aient** [...]. – Le contremaître tient à ce que tu **aies** [...].

3 ▶ Le chien **est** [...]. – L'enquête **est** [...]. – Si tu **es** [...]. – J'**ai** utilisé [...] j'**ai** pris [...] le carter de protection **est** vendu [...]. – La sentinelle **est** [...]. – Tu **es** [...] l'équipe [...] **est** [...]. – La soupière [...] **est** [...]. – Il est surprenant que le niveau [...] **ait** baissé [...]. – Il ne s'agit pas que tu **aies** [...]. – On ne peut admettre que les idées racistes **aient** [...]. – [...] j'**ai** [...] pourvu que j'**aie** appliqué [...].

36 Eu - eut - eût ? Fut - fût ?

1 ▶ Avant que le public **eût** [...]. – [...] l'assistance en a **eu** [...]. – [...] elle n'**eût** pas [...]. – Les randonneurs n'ont pas **eu** [...]. – Après qu'il **eut** [...]. – Ce peintre a **eu** [...]. – [...] en admettant qu'elle **eût** [...].

2 ▶ Mme Traille **fut** [...]. – Il était pour le moins surprenant que le restaurant [...] **fût** [...]. – Mme Tomkowiak **fut** [...]. – Pourquoi [...] avait-il refusé que ce billet **fût** [...] ? – Dès qu'il **fut** [...]. – S'il avait eu son brevet de pilote, Jacky Delorme **fût** [...].

3 ▶ Dès qu'elle **eut** [...]. – L'électricien tenait à ce que le courant **fût** [...]. – M. Pujol a **eu** [...]. – Il **eût** fallu [...] pour qu'il **fût** [...]. – Il serait inexact de dire que ce trajet **fût** [...]. – Philippe a **eu** [...]. – Bien qu'on **fût** [...]. – Lorsque l'alerte **fut** [...]. – Le patron [...] demanda que la cargaison **fût** [...]. – Cette hôtesse de l'air a **eu** [...].

37 La forme impersonnelle

1 ▶ Il lui **vient** [...]. – Il me **prend** [...]. – Il **convient** [...]. – Il **est** des propos qu'il **vaut** mieux ne jamais prononcer. – [...] il **gèle** [...]. – Il **fait** [...]. – [...] il **sort** [...]. – [...] il **revient** [...].

2 [...] il **était** [...] il **valait** [...] vous **vouliez** [...]. – [...] il te **venait** [...]. – [...] il **soufflait** [...]. – [...] il y **faisait** frais. – [...] ça **sentait** [...] ! – [...] il **circulait** [...].

3 Il **s'est vendu** [...]. – Il nous **est venu** [...] ? – Il **a fait** [...] le macadam [...] **a fondu**. – Il y **a eu** [...]. – [...] il **est apparu** [...]. – Il **a fallu** [...].

38 La forme négative – La forme interrogative

1 **Présent** : Je n'accepte pas le défi, tu n'acceptes pas, il/elle n'accepte pas, nous n'acceptons pas, vous n'acceptez pas, ils/elles n'acceptent pas. – Je ne présente pas de projet, tu ne présentes pas, il/elle ne présente pas, nous ne présentons pas, vous ne présentez pas, ils/elles ne présentent pas. – Je n'accueille pas d'amis, tu n'accueilles pas, il/elle n'accueille pas, nous n'accueillons pas, vous n'accueillez pas, ils/elles n'accueillent pas. – Je n'articule pas de paroles, tu n'articules pas, il/elle n'articule pas, nous n'articulons pas, vous n'articulez pas, ils/elles n'articulent pas. – Je ne me vexe pas pour un rien, tu ne te vexes pas, il/elle ne se vexe pas, nous ne nous vexons pas, vous ne vous vexez pas, ils/elles ne se vexent pas. – Je ne brave pas la tempête, tu ne braves pas, il/elle ne brave pas, nous ne bravons pas, vous ne bravez pas, ils/elles ne bravent pas.
Passé composé : Je n'ai pas accepté le défi, tu n'as pas accepté, il/elle n'a pas accepté, nous n'avons pas accepté, vous n'avez pas accepté, ils/elles n'ont pas accepté. – Je n'ai pas présenté de projet, tu n'as pas présenté, il/elle n'a pas présenté, nous n'avons pas présenté, vous n'avez pas présenté, ils/elles n'ont pas présenté. – Je n'ai pas accueilli d'amis, tu n'as pas accueilli, il/elle n'a pas accueilli, nous n'avons pas accueilli, vous n'avez pas accueilli, ils/elles n'ont pas accueilli. – Je n'ai pas articulé de paroles, tu n'as pas articulé, il/elle n'a pas articulé, nous n'avons pas articulé, vous n'avez pas articulé, ils/elles n'ont pas articulé. – Je ne me suis pas vexé(e) pour un rien, tu ne t'es pas vexé(e), il/elle ne s'est pas vexé(e), nous ne nous sommes pas vexé(e)s, vous ne vous êtes pas vexé(e)s, ils/elles ne se sont pas vexé(e)s. – Je n'ai pas bravé la tempête, tu n'as pas bravé, il/elle n'a pas bravé, nous n'avons pas bravé, vous n'avez pas bravé, ils/elles n'ont pas bravé.

2 **Imparfait** : Je ne répondais pas vivement, tu ne répondais pas, il/elle ne répondait pas, nous ne répondions pas, vous ne répondiez pas, ils/elles ne répondaient pas. – Je ne rayais pas les mots inutiles, tu ne rayais pas, il/elle ne rayait pas, nous ne rayions pas, vous ne rayiez pas, ils/elles ne rayaient pas. – Je ne craignais pas les efforts, tu ne craignais pas, il/elle ne craignait pas, nous ne craignions pas, vous ne craigniez pas, ils/elles ne craignaient pas. – Je ne me garais pas sur le trottoir, tu ne te garais pas, il/elle ne se garait pas, nous ne nous garions pas, vous ne vous gariez pas, ils/elles ne se garaient pas. – Je ne gaspillais pas l'énergie, tu ne gaspillais pas, il/elle ne gaspillait pas, nous ne gaspillions pas, vous ne gaspilliez pas, ils/elles ne gaspillaient pas. – Je ne buvais pas plus que de raison, tu ne buvais pas, il/elle ne buvait pas, nous ne buvions pas, vous ne buviez pas, ils/elles ne buvaient pas.
Plus-que-parfait : Je n'avais pas répondu vivement, tu n'avais pas répondu, il/elle n'avait pas répondu, nous n'avions pas répondu, vous n'aviez pas répondu, ils/elles n'avaient pas répondu. – Je n'avais pas rayé les mots inutiles, tu n'avais pas rayé, il/elle n'avait pas rayé, nous n'avions pas rayé, vous n'aviez pas rayé, ils/elles n'avaient pas rayé. – Je n'avais pas craint les efforts, tu n'avais pas craint, il/elle n'avait pas craint, nous n'avions pas craint, vous n'aviez pas craint, ils/elles n'avaient pas craint. – Je ne

m'étais pas garé(e) sur le trottoir, tu ne t'étais pas garé(e), il/elle ne s'était pas garé(e), nous ne nous étions pas garé(e)s, vous ne vous étiez pas garé(e)s, ils/elles ne s'étaient pas garé(e)s. – Je n'avais pas gaspillé l'énergie, tu n'avais pas gaspillé, il/elle n'avait pas gaspillé, nous n'avions pas gaspillé, vous n'aviez pas gaspillé, ils/elles n'avaient pas gaspillé. – Je n'avais pas bu plus que de raison, tu n'avais pas bu, il/elle n'avait pas bu, nous n'avions pas bu, vous n'aviez pas bu, ils/elles n'avaient pas bu.

3 Non, tu n'en es pas capable. – Non, elle ne l'a pas aimée. – Non, vous ne le nagez pas. – Non, ils ne s'y rendent pas nombreux. – Non, il n'y pêche pas souvent. – Non, il n'y en avait plus. – Non, vous n'avez rien trouvé d'intéressant. – Non, elle ne les apprécie pas. – Non, ils ne seront pas tous occupés. – Non, ils ne leur ont jamais désobéi. – Non, on n'en extrait plus.

4 En fin de journée, le maçon nettoie-t-il soigneusement sa bétonnière ? – Mme Eyraud se soignera-t-elle par acupuncture ? – Placez-vous le linge dans la machine à laver ? – Cet entrepreneur a-t-il embauché des ouvriers ? – Les biologistes ont-ils découvert un nouveau médicament pour lutter contre le paludisme ? – L'architecte conçoit-il un bâtiment parfaitement intégré au paysage ? – Des doubles vitrages isoleraient-ils mieux votre maison ? – Les rois de France gouvernaient-ils selon leur bon plaisir ?

TABLEAUX DE CONJUGAISON TYPES

Comment trouver la conjugaison d'un verbe ?

Grâce à la **liste des verbes** et aux **tableaux de conjugaison types**, vous pouvez conjuguer tous les verbes de la langue française.

• Pour cela, il vous suffit de rechercher, dans la liste alphabétique (p. 194 à 255), celui que vous souhaitez conjuguer.

• Le numéro qui figure en face de ce verbe est celui de son modèle de conjugaison type. Vous trouverez ce modèle de conjugaison dans les pages qui suivent (p. 107 à 192) où les tableaux sont classés par numéros.

• Vous appliquerez au verbe que vous voulez conjuguer les variations du radical et les terminaisons du verbe modèle.

• Les difficultés particulières de chaque conjugaison sont indiquées par les lettres en couleur.

Exemples :

1. Comment s'écrit le verbe *sortir* à la 2e personne du singulier du présent de l'impératif ?
Sortir a pour numéro de conjugaison **22** (il se conjugue comme *dormir*).
À la 2e personne du singulier du présent de l'impératif, le verbe modèle s'écrit *dors* ; *sortir* s'écrira donc *sors.*

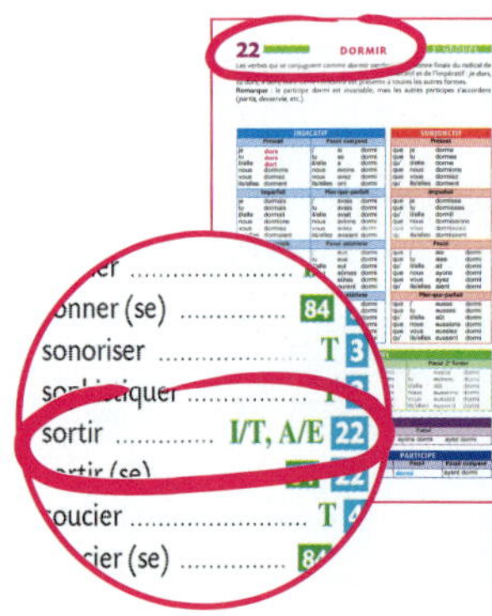

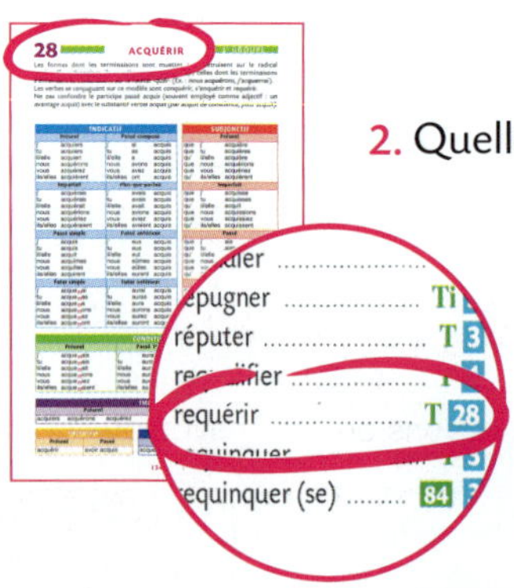

2. Quelle est la 3e personne du singulier du présent du subjonctif du verbe *requérir* ?
Requérir a pour numéro de conjugaison **28** (il se conjugue comme *acquérir*).
Acquérir fait *qu'il acquière* à la 3e personne du singulier du présent du subjonctif ; *requérir* fera donc *qu'il requière.*

1 AVOIR

Avoir est soit un verbe transitif *(Ils ont quatre enfants)*, soit un auxiliaire utilisé dans la conjugaison des temps composés (*Ils ont donné leur avis* : verbe *donner* au passé composé).
L'auxiliaire *avoir* sert à la conjugaison de la plupart des verbes à la voix active. C'est l'auxiliaire utilisé pour les temps composés de *avoir (j'ai eu)* et de *être (j'ai été)*.
Ravoir ne s'utilise qu'à l'infinitif.

INDICATIF

Présent		Passé composé		
j'	ai	j'	ai	eu
tu	as	tu	as	eu
il/elle	a	il/elle	a	eu
nous	avons	nous	avons	eu
vous	avez	vous	avez	eu
ils/elles	ont	ils/elles	ont	eu
Imparfait		**Plus-que-parfait**		
j'	avais	j'	avais	eu
tu	avais	tu	avais	eu
il/elle	avait	il/elle	avait	eu
nous	avions	nous	avions	eu
vous	aviez	vous	aviez	eu
ils/elles	avaient	ils/elles	avaient	eu
Passé simple		**Passé antérieur**		
j'	eus	j'	eus	eu
tu	eus	tu	eus	eu
il/elle	eut	il/elle	eut	eu
nous	eûmes	nous	eûmes	eu
vous	eûtes	vous	eûtes	eu
ils/elles	eurent	ils/elles	eurent	eu
Futur simple		**Futur antérieur**		
j'	aurai	j'	aurai	eu
tu	auras	tu	auras	eu
il/elle	aura	il/elle	aura	eu
nous	aurons	nous	aurons	eu
vous	aurez	vous	aurez	eu
ils/elles	auront	ils/elles	auront	eu

SUBJONCTIF

Présent			
que	j'	aie	
que	tu	aies	
qu'	il/elle	ait	
que	nous	ayons	
que	vous	ayez	
qu'	ils/elles	aient	
Imparfait			
que	j'	eusse	
que	tu	eusses	
qu'	il/elle	eût	
que	nous	eussions	
que	vous	eussiez	
qu'	ils/elles	eussent	
Passé			
que	j'	aie	eu
que	tu	aies	eu
qu'	il/elle	ait	eu
que	nous	ayons	eu
que	vous	ayez	eu
qu'	ils/elles	aient	eu
Plus-que-parfait			
que	j'	eusse	eu
que	tu	eusses	eu
qu'	il/elle	eût	eu
que	nous	eussions	eu
que	vous	eussiez	eu
qu'	ils/elles	eussent	eu

CONDITIONNEL

Présent		Passé 1re forme			Passé 2e forme		
j'	aurais	j'	aurais	eu	j'	eusse	eu
tu	aurais	tu	aurais	eu	tu	eusses	eu
il/elle	aurait	il/elle	aurait	eu	il/elle	eût	eu
nous	aurions	nous	aurions	eu	nous	eussions	eu
vous	auriez	vous	auriez	eu	vous	eussiez	eu
ils/elles	auraient	ils/elles	auraient	eu	ils/elles	eussent	eu

IMPÉRATIF

Présent			Passé		
aie	ayons	ayez	aie eu	ayons eu	ayez eu

INFINITIF

Présent	Passé
avoir	avoir eu

PARTICIPE

Présent	Passé	Passé composé
ayant	eu (e, s, es)	ayant eu

2 ÊTRE

Être est soit un verbe d'état *(Ils sont frères)*, soit un auxiliaire utilisé dans la conjugaison des temps composés de certains verbes intransitifs (*Ils sont arrivés* : verbe *arriver* au passé composé).
L'auxiliaire *être* sert à la conjugaison de quelques verbes à la voix active *(arriver, rester, partir...)*, de tous les verbes pronominaux *(Ils se sont donné la main)* et de tous les verbes à la voix passive *(Ils sont suivis par un inconnu)*.
Le participe passé *été* est toujours invariable.

INDICATIF

Présent		Passé composé		
je	suis	j'	ai	été
tu	es	tu	as	été
il/elle	est	il/elle	a	été
nous	sommes	nous	avons	été
vous	êtes	vous	avez	été
ils/elles	sont	ils/elles	ont	été

Imparfait		Plus-que-parfait		
j'	étais	j'	avais	été
tu	étais	tu	avais	été
il/elle	était	il/elle	avait	été
nous	étions	nous	avions	été
vous	étiez	vous	aviez	été
ils/elles	étaient	ils/elles	avaient	été

Passé simple		Passé antérieur		
je	fus	j'	eus	été
tu	fus	tu	eus	été
il/elle	fut	il/elle	eut	été
nous	fûmes	nous	eûmes	été
vous	fûtes	vous	eûtes	été
ils/elles	furent	ils/elles	eurent	été

Futur simple		Futur antérieur		
je	serai	j'	aurai	été
tu	seras	tu	auras	été
il/elle	sera	il/elle	aura	été
nous	serons	nous	aurons	été
vous	serez	vous	aurez	été
ils/elles	seront	ils/elles	auront	été

SUBJONCTIF

Présent		
que	je	sois
que	tu	sois
qu'	il/elle	soit
que	nous	soyons
que	vous	soyez
qu'	ils/elles	soient

Imparfait		
que	je	fusse
que	tu	fusses
qu'	il/elle	fût
que	nous	fussions
que	vous	fussiez
qu'	ils/elles	fussent

Passé			
que	j'	aie	été
que	tu	aies	été
qu'	il/elle	ait	été
que	nous	ayons	été
que	vous	ayez	été
qu'	ils/elles	aient	été

Plus-que-parfait			
que	j'	eusse	été
que	tu	eusses	été
qu'	il/elle	eût	été
que	nous	eussions	été
que	vous	eussiez	été
qu'	ils/elles	eussent	été

CONDITIONNEL

Présent		Passé 1re forme			Passé 2e forme		
je	serais	j'	aurais	été	j'	eusse	été
tu	serais	tu	aurais	été	tu	eusses	été
il/elle	serait	il/elle	aurait	été	il/elle	eût	été
nous	serions	nous	aurions	été	nous	eussions	été
vous	seriez	vous	auriez	été	vous	eussiez	été
ils/elles	seraient	ils/elles	auraient	été	ils/elles	eussent	été

IMPÉRATIF

Présent			Passé		
sois	soyons	soyez	aie été	ayons été	ayez été

INFINITIF

Présent	Passé
être	avoir été

PARTICIPE

Présent	Passé	Passé composé
étant	été	ayant été

3 CHANTER

1er GROUPE

Tous les verbes du 1er groupe ont les terminaisons du verbe modèle *chanter*.
Le radical *chant-* est utilisé pour tous les temps simples, sauf au futur simple et au présent du conditionnel, temps pour lesquels les formes se construisent sur le radical *chanter-*.
Remarque : La plupart des verbes de création récente appartiennent au 1er groupe et se conjuguent sur le modèle de *chanter* (Ex. : *tweeter, booster*).

INDICATIF

Présent		Passé composé		
je	chante	j'	ai	chanté
tu	chantes	tu	as	chanté
il/elle	chante	il/elle	a	chanté
nous	chantons	nous	avons	chanté
vous	chantez	vous	avez	chanté
ils/elles	chantent	ils/elles	ont	chanté
Imparfait		**Plus-que-parfait**		
je	chantais	j'	avais	chanté
tu	chantais	tu	avais	chanté
il/elle	chantait	il/elle	avait	chanté
nous	chantions	nous	avions	chanté
vous	chantiez	vous	aviez	chanté
ils/elles	chantaient	ils/elles	avaient	chanté
Passé simple		**Passé antérieur**		
je	chantai	j'	eus	chanté
tu	chantas	tu	eus	chanté
il/elle	chanta	il/elle	eut	chanté
nous	chantâmes	nous	eûmes	chanté
vous	chantâtes	vous	eûtes	chanté
ils/elles	chantèrent	ils/elles	eurent	chanté
Futur simple		**Futur antérieur**		
je	chanterai	j'	aurai	chanté
tu	chanteras	tu	auras	chanté
il/elle	chantera	il/elle	aura	chanté
nous	chanterons	nous	aurons	chanté
vous	chanterez	vous	aurez	chanté
ils/elles	chanteront	ils/elles	auront	chanté

SUBJONCTIF

Présent			
que	je	chante	
que	tu	chantes	
qu'	il/elle	chante	
que	nous	chantions	
que	vous	chantiez	
qu'	ils/elles	chantent	
Imparfait			
que	je	chantasse	
que	tu	chantasses	
qu'	il/elle	chantât	
que	nous	chantassions	
que	vous	chantassiez	
qu'	ils/elles	chantassent	
Passé			
que	j'	aie	chanté
que	tu	aies	chanté
qu'	il/elle	ait	chanté
que	nous	ayons	chanté
que	vous	ayez	chanté
qu'	ils/elles	aient	chanté
Plus-que-parfait			
que	j'	eusse	chanté
que	tu	eusses	chanté
qu'	il/elle	eût	chanté
que	nous	eussions	chanté
que	vous	eussiez	chanté
qu'	ils/elles	eussent	chanté

CONDITIONNEL

Présent		Passé 1re forme			Passé 2e forme		
je	chanterais	j'	aurais	chanté	j'	eusse	chanté
tu	chanterais	tu	aurais	chanté	tu	eusses	chanté
il/elle	chanterait	il/elle	aurait	chanté	il/elle	eût	chanté
nous	chanterions	nous	aurions	chanté	nous	eussions	chanté
vous	chanteriez	vous	auriez	chanté	vous	eussiez	chanté
ils/elles	chanteraient	ils/elles	auraient	chanté	ils/elles	eussent	chanté

IMPÉRATIF

Présent			Passé		
chante	chantons	chantez	aie chanté	ayons chanté	ayez chanté

INFINITIF

Présent	Passé
chanter	avoir chanté

PARTICIPE

Présent	Passé	Passé composé
chantant	chanté (e, s, es)	ayant chanté

4 CRIER 1er GROUPE

Les verbes en *-ier* sont tout à fait réguliers. Ils s'écrivent avec deux *i* consécutifs aux deux premières personnes du pluriel de l'imparfait de l'indicatif et du présent du subjonctif *(nous criions, vous criiez)* : le premier pour le radical *(cri-)*, le second pour la terminaison *(-ions, -iez)*.
On veillera à ne pas oublier le *e* muet du radical au futur simple et au présent du conditionnel (Ex. : *je lierai*, du verbe *lier*, 1er groupe, à bien distinguer de *je lirai*, du verbe *lire*, 3e groupe).

INDICATIF

Présent		Passé composé		
je	crie	j'	ai	crié
tu	cries	tu	as	crié
il/elle	crie	il/elle	a	crié
nous	crions	nous	avons	crié
vous	criez	vous	avez	crié
ils/elles	crient	ils/elles	ont	crié
Imparfait		**Plus-que-parfait**		
je	criais	j'	avais	crié
tu	criais	tu	avais	crié
il/elle	criait	il/elle	avait	crié
nous	criions	nous	avions	crié
vous	criiez	vous	aviez	crié
ils/elles	criaient	ils/elles	avaient	crié
Passé simple		**Passé antérieur**		
je	criai	j'	eus	crié
tu	crias	tu	eus	crié
il/elle	cria	il/elle	eut	crié
nous	criâmes	nous	eûmes	crié
vous	criâtes	vous	eûtes	crié
ils/elles	crièrent	ils/elles	eurent	crié
Futur simple		**Futur antérieur**		
je	crierai	j'	aurai	crié
tu	crieras	tu	auras	crié
il/elle	criera	il/elle	aura	crié
nous	crierons	nous	aurons	crié
vous	crierez	vous	aurez	crié
ils/elles	crieront	ils/elles	auront	crié

SUBJONCTIF

Présent			
que	je	crie	
que	tu	cries	
qu'	il/elle	crie	
que	nous	criions	
que	vous	criiez	
qu'	ils/elles	crient	
Imparfait			
que	je	criasse	
que	tu	criasses	
qu'	il/elle	criât	
que	nous	criassions	
que	vous	criassiez	
qu'	ils/elles	criassent	
Passé			
que	j'	aie	crié
que	tu	aies	crié
qu'	il/elle	ait	crié
que	nous	ayons	crié
que	vous	ayez	crié
qu'	ils/elles	aient	crié
Plus-que-parfait			
que	j'	eusse	crié
que	tu	eusses	crié
qu'	il/elle	eût	crié
que	nous	eussions	crié
que	vous	eussiez	crié
qu'	ils/elles	eussent	crié

CONDITIONNEL

Présent		Passé 1re forme			Passé 2e forme		
je	crierais	j'	aurais	crié	j'	eusse	crié
tu	crierais	tu	aurais	crié	tu	eusses	crié
il/elle	crierait	il/elle	aurait	crié	il/elle	eût	crié
nous	crierions	nous	aurions	crié	nous	eussions	crié
vous	crieriez	vous	auriez	crié	vous	eussiez	crié
ils/elles	crieraient	ils/elles	auraient	crié	ils/elles	eussent	crié

IMPÉRATIF

Présent			Passé		
crie	crions	criez	aie crié	ayons crié	ayez crié

INFINITIF

Présent	Passé
crier	avoir crié

PARTICIPE

Présent	Passé	Passé composé
criant	crié (e, s, es)	ayant crié

5 CRÉER — 1er GROUPE

Les verbes en *-éer* sont tout à fait réguliers. Ainsi, certaines formes s'écrivent avec le *é* qui termine le radical *(cré-)* immédiatement suivi d'un *e* de la terminaison (Ex. : *je crée, ils créent*).
Le participe passé masculin s'écrit avec deux *é* : *créé* ; le participe féminin avec deux *é* suivis d'un *e* : *créée*.
Béer s'écrit avec un seul *é* au participe passé : *bouche bée*.

INDICATIF

Présent		Passé composé		
je	crée	j'	ai	créé
tu	crées	tu	as	créé
il/elle	crée	il/elle	a	créé
nous	créons	nous	avons	créé
vous	créez	vous	avez	créé
ils/elles	créent	ils/elles	ont	créé
Imparfait		**Plus-que-parfait**		
je	créais	j'	avais	créé
tu	créais	tu	avais	créé
il/elle	créait	il/elle	avait	créé
nous	créions	nous	avions	créé
vous	créiez	vous	aviez	créé
ils/elles	créaient	ils/elles	avaient	créé
Passé simple		**Passé antérieur**		
je	créai	j'	eus	créé
tu	créas	tu	eus	créé
il/elle	créa	il/elle	eut	créé
nous	créâmes	nous	eûmes	créé
vous	créâtes	vous	eûtes	créé
ils/elles	créèrent	ils/elles	eurent	créé
Futur simple		**Futur antérieur**		
je	créerai	j'	aurai	créé
tu	créeras	tu	auras	créé
il/elle	créera	il/elle	aura	créé
nous	créerons	nous	aurons	créé
vous	créerez	vous	aurez	créé
ils/elles	créeront	ils/elles	auront	créé

SUBJONCTIF

Présent			
que	je	crée	
que	tu	crées	
qu'	il/elle	crée	
que	nous	créions	
que	vous	créiez	
qu'	ils/elles	créent	
Imparfait			
que	je	créasse	
que	tu	créasses	
qu'	il/elle	créât	
que	nous	créassions	
que	vous	créassiez	
qu'	ils/elles	créassent	
Passé			
que	j'	aie	créé
que	tu	aies	créé
qu'	il/elle	ait	créé
que	nous	ayons	créé
que	vous	ayez	créé
qu'	ils/elles	aient	créé
Plus-que-parfait			
que	j'	eusse	créé
que	tu	eusses	créé
qu'	il/elle	eût	créé
que	nous	eussions	créé
que	vous	eussiez	créé
qu'	ils/elles	eussent	créé

CONDITIONNEL

Présent		Passé 1re forme			Passé 2e forme		
je	créerais	j'	aurais	créé	j'	eusse	créé
tu	créerais	tu	aurais	créé	tu	eusses	créé
il/elle	créerait	il/elle	aurait	créé	il/elle	eût	créé
nous	créerions	nous	aurions	créé	nous	eussions	créé
vous	créeriez	vous	auriez	créé	vous	eussiez	créé
ils/elles	créeraient	ils/elles	auraient	créé	ils/elles	eussent	créé

IMPÉRATIF

Présent			Passé		
crée	créons	créez	aie créé	ayons créé	ayez créé

INFINITIF

Présent	Passé
créer	avoir créé

PARTICIPE

Présent	Passé	Passé composé
créant	créé (e, s, es)	ayant créé

6 PLACER — 1er GROUPE

Les verbes en *-cer* sont tout à fait réguliers. Mais, pour que le *c* garde le son [s] de l'infinitif, on met une cédille devant le *a* et le *o* des terminaisons (Ex. : *nous plaçons, je plaçais, vous plaçâtes, plaçant*).

INDICATIF

Présent		Passé composé		
je	place	j'	ai	placé
tu	places	tu	as	placé
il/elle	place	il/elle	a	placé
nous	plaçons	nous	avons	placé
vous	placez	vous	avez	placé
ils/elles	placent	ils/elles	ont	placé

Imparfait		Plus-que-parfait		
je	plaçais	j'	avais	placé
tu	plaçais	tu	avais	placé
il/elle	plaçait	il/elle	avait	placé
nous	placions	nous	avions	placé
vous	placiez	vous	aviez	placé
ils/elles	plaçaient	ils/elles	avaient	placé

Passé simple		Passé antérieur		
je	plaçai	j'	eus	placé
tu	plaças	tu	eus	placé
il/elle	plaça	il/elle	eut	placé
nous	plaçâmes	nous	eûmes	placé
vous	plaçâtes	vous	eûtes	placé
ils/elles	placèrent	ils/elles	eurent	placé

Futur simple		Futur antérieur		
je	placerai	j'	aurai	placé
tu	placeras	tu	auras	placé
il/elle	placera	il/elle	aura	placé
nous	placerons	nous	aurons	placé
vous	placerez	vous	aurez	placé
ils/elles	placeront	ils/elles	auront	placé

SUBJONCTIF

Présent		
que	je	place
que	tu	places
qu'	il/elle	place
que	nous	placions
que	vous	placiez
qu'	ils/elles	placent

Imparfait		
que	je	plaçasse
que	tu	plaçasses
qu'	il/elle	plaçât
que	nous	plaçassions
que	vous	plaçassiez
qu'	ils/elles	plaçassent

Passé			
que	j'	aie	placé
que	tu	aies	placé
qu'	il/elle	ait	placé
que	nous	ayons	placé
que	vous	ayez	placé
qu'	ils/elles	aient	placé

Plus-que-parfait			
que	j'	eusse	placé
que	tu	eusses	placé
qu'	il/elle	eût	placé
que	nous	eussions	placé
que	vous	eussiez	placé
qu'	ils/elles	eussent	placé

CONDITIONNEL

Présent		Passé 1re forme			Passé 2e forme		
je	placerais	j'	aurais	placé	j'	eusse	placé
tu	placerais	tu	aurais	placé	tu	eusses	placé
il/elle	placerait	il/elle	aurait	placé	il/elle	eût	placé
nous	placerions	nous	aurions	placé	nous	eussions	placé
vous	placeriez	vous	auriez	placé	vous	eussiez	placé
ils/elles	placeraient	ils/elles	auraient	placé	ils/elles	eussent	placé

IMPÉRATIF

Présent			Passé		
place	plaçons	placez	aie placé	ayons placé	ayez placé

INFINITIF

Présent	Passé
placer	avoir placé

PARTICIPE

Présent	Passé	Passé composé
plaçant	placé (e, s, es)	ayant placé

7 MANGER — 1er GROUPE

Les verbes en *-ger* sont tout à fait réguliers. Mais, pour que le *g* garde le son [ʒ] de l'infinitif, on met un *e* muet devant le *a* et le *o* des terminaisons (Ex. : *nous mang**e**ons, je mang**e**ais, mang**e**ant*).
Remarque : Pour les verbes en *-éger*, voir modèle **10**.

INDICATIF

Présent		Passé composé		
je	mange	j'	ai	mangé
tu	manges	tu	as	mangé
il/elle	mange	il/elle	a	mangé
nous	mangeons	nous	avons	mangé
vous	mangez	vous	avez	mangé
ils/elles	mangent	ils/elles	ont	mangé
Imparfait		**Plus-que-parfait**		
je	mangeais	j'	avais	mangé
tu	mangeais	tu	avais	mangé
il/elle	mangeait	il/elle	avait	mangé
nous	mangions	nous	avions	mangé
vous	mangiez	vous	aviez	mangé
ils/elles	mangeaient	ils/elles	avaient	mangé
Passé simple		**Passé antérieur**		
je	mangeai	j'	eus	mangé
tu	mangeas	tu	eus	mangé
il/elle	mangea	il/elle	eut	mangé
nous	mangeâmes	nous	eûmes	mangé
vous	mangeâtes	vous	eûtes	mangé
ils/elles	mangèrent	ils/elles	eurent	mangé
Futur simple		**Futur antérieur**		
je	mangerai	j'	aurai	mangé
tu	mangeras	tu	auras	mangé
il/elle	mangera	il/elle	aura	mangé
nous	mangerons	nous	aurons	mangé
vous	mangerez	vous	aurez	mangé
ils/elles	mangeront	ils/elles	auront	mangé

SUBJONCTIF

Présent			
que	je	mange	
que	tu	manges	
qu'	il/elle	mange	
que	nous	mangions	
que	vous	mangiez	
qu'	ils/elles	mangent	
Imparfait			
que	je	mangeasse	
que	tu	mangeasses	
qu'	il/elle	mangeât	
que	nous	mangeassions	
que	vous	mangeassiez	
qu'	ils/elles	mangeassent	
Passé			
que	j'	aie	mangé
que	tu	aies	mangé
qu'	il/elle	ait	mangé
que	nous	ayons	mangé
que	vous	ayez	mangé
qu'	ils/elles	aient	mangé
Plus-que-parfait			
que	j'	eusse	mangé
que	tu	eusses	mangé
qu'	il/elle	eût	mangé
que	nous	eussions	mangé
que	vous	eussiez	mangé
qu'	ils/elles	eussent	mangé

CONDITIONNEL

Présent		Passé 1re forme			Passé 2e forme		
je	mangerais	j'	aurais	mangé	j'	eusse	mangé
tu	mangerais	tu	aurais	mangé	tu	eusses	mangé
il/elle	mangerait	il/elle	aurait	mangé	il/elle	eût	mangé
nous	mangerions	nous	aurions	mangé	nous	eussions	mangé
vous	mangeriez	vous	auriez	mangé	vous	eussiez	mangé
ils/elles	mangeraient	ils/elles	auraient	mangé	ils/elles	eussent	mangé

IMPÉRATIF

Présent			Passé		
mange	mangeons	mangez	aie mangé	ayons mangé	ayez mangé

INFINITIF

Présent	Passé
manger	avoir mangé

PARTICIPE

Présent	Passé	Passé composé
mangeant	mangé (e, s, es)	ayant mangé

8 CONJUGUER 1er GROUPE

Les verbes en *-guer* gardent le *u* qui suit le *g* dans toute la conjugaison, même devant *a* et *o*, car la lettre *u* appartient au radical (Ex. : *nous conjug**u**ons, il conjug**u**a*).

INDICATIF

Présent		Passé composé		
je	conjugue	j'	ai	conjugué
tu	conjugues	tu	as	conjugué
il/elle	conjugue	il/elle	a	conjugué
nous	conjug**u**ons	nous	avons	conjugué
vous	conjuguez	vous	avez	conjugué
ils/elles	conjuguent	ils/elles	ont	conjugué
Imparfait		**Plus-que-parfait**		
je	conjug**u**ais	j'	avais	conjugué
tu	conjug**u**ais	tu	avais	conjugué
il/elle	conjug**u**ait	il/elle	avait	conjugué
nous	conjuguions	nous	avions	conjugué
vous	conjuguiez	vous	aviez	conjugué
ils/elles	conjug**u**aient	ils/elles	avaient	conjugué
Passé simple		**Passé antérieur**		
je	conjug**u**ai	j'	eus	conjugué
tu	conjug**u**as	tu	eus	conjugué
il/elle	conjug**u**a	il/elle	eut	conjugué
nous	conjug**u**âmes	nous	eûmes	conjugué
vous	conjug**u**âtes	vous	eûtes	conjugué
ils/elles	conjuguèrent	ils/elles	eurent	conjugué
Futur simple		**Futur antérieur**		
je	conjuguerai	j'	aurai	conjugué
tu	conjugueras	tu	auras	conjugué
il/elle	conjuguera	il/elle	aura	conjugué
nous	conjuguerons	nous	aurons	conjugué
vous	conjuguerez	vous	aurez	conjugué
ils/elles	conjugueront	ils/elles	auront	conjugué

SUBJONCTIF

Présent			
que	je	conjugue	
que	tu	conjugues	
qu'	il/elle	conjugue	
que	nous	conjuguions	
que	vous	conjuguiez	
qu'	ils/elles	conjuguent	
Imparfait			
que	je	conjug**u**asse	
que	tu	conjug**u**asses	
qu'	il/elle	conjug**u**ât	
que	nous	conjug**u**assions	
que	vous	conjug**u**assiez	
qu'	ils/elles	conjug**u**assent	
Passé			
que	j'	aie	conjugué
que	tu	aies	conjugué
qu'	il/elle	ait	conjugué
que	nous	ayons	conjugué
que	vous	ayez	conjugué
qu'	ils/elles	aient	conjugué
Plus-que-parfait			
que	j'	eusse	conjugué
que	tu	eusses	conjugué
qu'	il/elle	eût	conjugué
que	nous	eussions	conjugué
que	vous	eussiez	conjugué
qu'	ils/elles	eussent	conjugué

CONDITIONNEL

Présent		Passé 1re forme			Passé 2e forme		
je	conjuguerais	j'	aurais	conjugué	j'	eusse	conjugué
tu	conjuguerais	tu	aurais	conjugué	tu	eusses	conjugué
il/elle	conjuguerait	il/elle	aurait	conjugué	il/elle	eût	conjugué
nous	conjuguerions	nous	aurions	conjugué	nous	eussions	conjugué
vous	conjugueriez	vous	auriez	conjugué	vous	eussiez	conjugué
ils/elles	conjugueraient	ils/elles	auraient	conjugué	ils/elles	eussent	conjugué

IMPÉRATIF

Présent			Passé		
conjugue	conjug**u**ons	conjuguez	aie conjugué	ayons conjugué	ayez conjugué

INFINITIF

Présent	Passé
conjuguer	avoir conjugué

PARTICIPE

Présent	Passé	Passé composé
conjug**u**ant	conjugué (e, s, es)	ayant conjugué

9 CÉDER

1er GROUPE

Les verbes qui ont un *é* en avant-dernière syllabe changent ce *é* fermé [e] en *è* ouvert [ɛ] lorsque la terminaison contient un *e* muet (Ex. : *je cède*, *ils cèdent*). Mais, au futur simple et au présent du conditionnel, le *é* de l'infinitif se maintient à toutes les personnes (Ex. : *je céderai*, *nous céderions*).

Remarque : Par souci de cohérence, les rectifications orthographiques de 1990 préconisent toutefois les graphies en *è* au lieu de *é* à toutes les personnes du futur simple et du conditionnel présent (Ex. : *je cèderai* comme on écrit *je lèverai*).

INDICATIF

Présent		Passé composé		
je	cède	j'	ai	cédé
tu	cèdes	tu	as	cédé
il/elle	cède	il/elle	a	cédé
nous	cédons	nous	avons	cédé
vous	cédez	vous	avez	cédé
ils/elles	cèdent	ils/elles	ont	cédé

Imparfait		Plus-que-parfait		
je	cédais	j'	avais	cédé
tu	cédais	tu	avais	cédé
il/elle	cédait	il/elle	avait	cédé
nous	cédions	nous	avions	cédé
vous	cédiez	vous	aviez	cédé
ils/elles	cédaient	ils/elles	avaient	cédé

Passé simple		Passé antérieur		
je	cédai	j'	eus	cédé
tu	cédas	tu	eus	cédé
il/elle	céda	il/elle	eut	cédé
nous	cédâmes	nous	eûmes	cédé
vous	cédâtes	vous	eûtes	cédé
ils/elles	cédèrent	ils/elles	eurent	cédé

Futur simple			Futur antérieur		
je	céderai	(cèderai)	j'	aurai	cédé
tu	céderas	(cèderas)	tu	auras	cédé
il/elle	cédera	(cèdera)	il/elle	aura	cédé
nous	céderons	(cèderons)	nous	aurons	cédé
vous	céderez	(cèderez)	vous	aurez	cédé
ils/elles	céderont	(cèderont)	ils/elles	auront	cédé

SUBJONCTIF

Présent		
que	je	cède
que	tu	cèdes
qu'	il/elle	cède
que	nous	cédions
que	vous	cédiez
qu'	ils/elles	cèdent

Imparfait		
que	je	cédasse
que	tu	cédasses
qu'	il/elle	cédât
que	nous	cédassions
que	vous	cédassiez
qu'	ils/elles	cédassent

Passé			
que	j'	aie	cédé
que	tu	aies	cédé
qu'	il/elle	ait	cédé
que	nous	ayons	cédé
que	vous	ayez	cédé
qu'	ils/elles	aient	cédé

Plus-que-parfait			
que	j'	eusse	cédé
que	tu	eusses	cédé
qu'	il/elle	eût	cédé
que	nous	eussions	cédé
que	vous	eussiez	cédé
qu'	ils/elles	eussent	cédé

CONDITIONNEL

Présent			Passé 1re forme			Passé 2e forme		
je	céderais	(cèderais)	j'	aurais	cédé	j'	eusse	cédé
tu	céderais	(cèderais)	tu	aurais	cédé	tu	eusses	cédé
il/elle	céderait	(cèderait)	il/elle	aurait	cédé	il/elle	eût	cédé
nous	céderions	(cèderions)	nous	aurions	cédé	nous	eussions	cédé
vous	céderiez	(cèderiez)	vous	auriez	cédé	vous	eussiez	cédé
ils/elles	céderaient	(cèderaient)	ils/elles	auraient	cédé	ils/elles	eussent	cédé

IMPÉRATIF

Présent			Passé		
cède	cédons	cédez	aie cédé	ayons cédé	ayez cédé

INFINITIF

Présent	Passé
céder	avoir cédé

PARTICIPE

Présent	Passé	Passé composé
cédant	cédé (e, s, es)	ayant cédé

10 ASSIÉGER

1er GROUPE

Les verbes en *-éger* se conjuguent comme le verbe *manger* (voir modèle **7**) pour l'alternance *g/ge* et comme le verbe *céder* (voir modèle **9**) pour l'alternance *é/è*.

INDICATIF

Présent		Passé composé		
j'	assiège	j'	ai	assiégé
tu	assièges	tu	as	assiégé
il/elle	assiège	il/elle	a	assiégé
nous	assiégeons	nous	avons	assiégé
vous	assiégez	vous	avez	assiégé
ils/elles	assiègent	ils/elles	ont	assiégé

Imparfait		Plus-que-parfait		
j'	assiégeais	j'	avais	assiégé
tu	assiégeais	tu	avais	assiégé
il/elle	assiégeait	il/elle	avait	assiégé
nous	assiégions	nous	avions	assiégé
vous	assiégiez	vous	aviez	assiégé
ils/elles	assiégeaient	ils/elles	avaient	assiégé

Passé simple		Passé antérieur		
j'	assiégeai	j'	eus	assiégé
tu	assiégeas	tu	eus	assiégé
il/elle	assiégea	il/elle	eut	assiégé
nous	assiégeâmes	nous	eûmes	assiégé
vous	assiégeâtes	vous	eûtes	assiégé
ils/elles	assiégèrent	ils/elles	eurent	assiégé

Futur simple		Futur antérieur		
j'	assiégerai (assiègerai)	j'	aurai	assiégé
tu	assiégeras (assiègeras)	tu	auras	assiégé
il/elle	assiégera (assiègera)	il/elle	aura	assiégé
nous	assiégerons (assiègerons)	nous	aurons	assiégé
vous	assiégerez (assiègerez)	vous	aurez	assiégé
ils/elles	assiégeront (assiègeront)	ils/elles	auront	assiégé

SUBJONCTIF

Présent		
que	j'	assiège
que	tu	assièges
qu'	il/elle	assiège
que	nous	assiégions
que	vous	assiégiez
qu'	ils/elles	assiègent

Imparfait		
que	j'	assiégeasse
que	tu	assiégeasses
qu'	il/elle	assiégeât
que	nous	assiégeassions
que	vous	assiégeassiez
qu'	ils/elles	assiégeassent

Passé			
que	j'	aie	assiégé
que	tu	aies	assiégé
qu'	il/elle	ait	assiégé
que	nous	ayons	assiégé
que	vous	ayez	assiégé
qu'	ils/elles	aient	assiégé

Plus-que-parfait			
que	j'	eusse	assiégé
que	tu	eusses	assiégé
qu'	il/elle	eût	assiégé
que	nous	eussions	assiégé
que	vous	eussiez	assiégé
qu'	ils/elles	eussent	assiégé

CONDITIONNEL

Présent		Passé 1re forme			Passé 2e forme		
j'	assiégerais (assiègerais)	j'	aurais	assiégé	j'	eusse	assiégé
tu	assiégerais (assiègerais)	tu	aurais	assiégé	tu	eusses	assiégé
il/elle	assiégerait (assiègerait)	il/elle	aurait	assiégé	il/elle	eût	assiégé
nous	assiégerions (assiègerions)	nous	aurions	assiégé	nous	eussions	assiégé
vous	assiégeriez (assiègeriez)	vous	auriez	assiégé	vous	eussiez	assiégé
ils/elles	assiégeraient (assiègeraient)	ils/elles	auraient	assiégé	ils/elles	eussent	assiégé

IMPÉRATIF

Présent			Passé		
assiège	assiégeons	assiégez	aie assiégé	ayons assiégé	ayez assiégé

INFINITIF

Présent	Passé
assiéger	avoir assiégé

PARTICIPE

Présent	Passé	Passé composé
assiégeant	assiégé (e, s, es)	ayant assiégé

11 LEVER — 1er GROUPE

Les verbes qui ont un *e* muet dans l'avant-dernière syllabe de l'infinitif changent ce *e* en *è* ouvert [ɛ] lorsque la syllabe qui suit contient un *e* muet (Ex. : *je lève, ils lèvent, nous lèverons*).

INDICATIF

Présent		Passé composé		
je	lève	j'	ai	levé
tu	lèves	tu	as	levé
il/elle	lève	il/elle	a	levé
nous	levons	nous	avons	levé
vous	levez	vous	avez	levé
ils/elles	lèvent	ils/elles	ont	levé
Imparfait		**Plus-que-parfait**		
je	levais	j'	avais	levé
tu	levais	tu	avais	levé
il/elle	levait	il/elle	avait	levé
nous	levions	nous	avions	levé
vous	leviez	vous	aviez	levé
ils/elles	levaient	ils/elles	avaient	levé
Passé simple		**Passé antérieur**		
je	levai	j'	eus	levé
tu	levas	tu	eus	levé
il/elle	leva	il/elle	eut	levé
nous	levâmes	nous	eûmes	levé
vous	levâtes	vous	eûtes	levé
ils/elles	levèrent	ils/elles	eurent	levé
Futur simple		**Futur antérieur**		
je	lèverai	j'	aurai	levé
tu	lèveras	tu	auras	levé
il/elle	lèvera	il/elle	aura	levé
nous	lèverons	nous	aurons	levé
vous	lèverez	vous	aurez	levé
ils/elles	lèveront	ils/elles	auront	levé

SUBJONCTIF

Présent			
que	je	lève	
que	tu	lèves	
qu'	il/elle	lève	
que	nous	levions	
que	vous	leviez	
qu'	ils/elles	lèvent	
Imparfait			
que	je	levasse	
que	tu	levasses	
qu'	il/elle	levât	
que	nous	levassions	
que	vous	levassiez	
qu'	ils/elles	levassent	
Passé			
que	j'	aie	levé
que	tu	aies	levé
qu'	il/elle	ait	levé
que	nous	ayons	levé
que	vous	ayez	levé
qu'	ils/elles	aient	levé
Plus-que-parfait			
que	j'	eusse	levé
que	tu	eusses	levé
qu'	il/elle	eût	levé
que	nous	eussions	levé
que	vous	eussiez	levé
qu'	ils/elles	eussent	levé

CONDITIONNEL

Présent		Passé 1re forme			Passé 2e forme		
je	lèverais	j'	aurais	levé	j'	eusse	levé
tu	lèverais	tu	aurais	levé	tu	eusses	levé
il/elle	lèverait	il/elle	aurait	levé	il/elle	eût	levé
nous	lèverions	nous	aurions	levé	nous	eussions	levé
vous	lèveriez	vous	auriez	levé	vous	eussiez	levé
ils/elles	lèveraient	ils/elles	auraient	levé	ils/elles	eussent	levé

IMPÉRATIF

Présent			Passé		
lève	levons	levez	aie levé	ayons levé	ayez levé

INFINITIF

Présent	Passé
lever	avoir levé

PARTICIPE

Présent	Passé	Passé composé
levant	levé (e, s, es)	ayant levé

12 APPELER — 1er GROUPE

La plupart des verbes en *-eler* doublent le *l* devant un *e* muet (Ex. : *j'appe**ll**e, vous appe**ll**erez, ils appe**ll**eraient*).
Remarque : Quelques verbes en *-eler* ne doublent pas le *l*, mais prennent un accent grave : voir modèle **13**.

INDICATIF

Présent		Passé composé		
j'	appelle	j'	ai	appelé
tu	appelles	tu	as	appelé
il/elle	appelle	il/elle	a	appelé
nous	appelons	nous	avons	appelé
vous	appelez	vous	avez	appelé
ils/elles	appellent	ils/elles	ont	appelé
Imparfait		**Plus-que-parfait**		
j'	appelais	j'	avais	appelé
tu	appelais	tu	avais	appelé
il/elle	appelait	il/elle	avait	appelé
nous	appelions	nous	avions	appelé
vous	appeliez	vous	aviez	appelé
ils/elles	appelaient	ils/elles	avaient	appelé
Passé simple		**Passé antérieur**		
j'	appelai	j'	eus	appelé
tu	appelas	tu	eus	appelé
il/elle	appela	il/elle	eut	appelé
nous	appelâmes	nous	eûmes	appelé
vous	appelâtes	vous	eûtes	appelé
ils/elles	appelèrent	ils/elles	eurent	appelé
Futur simple		**Futur antérieur**		
j'	appellerai	j'	aurai	appelé
tu	appelleras	tu	auras	appelé
il/elle	appellera	il/elle	aura	appelé
nous	appellerons	nous	aurons	appelé
vous	appellerez	vous	aurez	appelé
ils/elles	appelleront	ils/elles	auront	appelé

SUBJONCTIF

Présent			
que	j'	appelle	
que	tu	appelles	
qu'	il/elle	appelle	
que	nous	appelions	
que	vous	appeliez	
qu'	ils/elles	appellent	
Imparfait			
que	j'	appelasse	
que	tu	appelasses	
qu'	il/elle	appelât	
que	nous	appelassions	
que	vous	appelassiez	
qu'	ils/elles	appelassent	
Passé			
que	j'	aie	appelé
que	tu	aies	appelé
qu'	il/elle	ait	appelé
que	nous	ayons	appelé
que	vous	ayez	appelé
qu'	ils/elles	aient	appelé
Plus-que-parfait			
que	j'	eusse	appelé
que	tu	eusses	appelé
qu'	il/elle	eût	appelé
que	nous	eussions	appelé
que	vous	eussiez	appelé
qu'	ils/elles	eussent	appelé

CONDITIONNEL

Présent		Passé 1re forme			Passé 2e forme		
j'	appellerais	j'	aurais	appelé	j'	eusse	appelé
tu	appellerais	tu	aurais	appelé	tu	eusses	appelé
il/elle	appellerait	il/elle	aurait	appelé	il/elle	eût	appelé
nous	appellerions	nous	aurions	appelé	nous	eussions	appelé
vous	appelleriez	vous	auriez	appelé	vous	eussiez	appelé
ils/elles	appelleraient	ils/elles	auraient	appelé	ils/elles	eussent	appelé

IMPÉRATIF

Présent			Passé		
appelle	appelons	appelez	aie appelé	ayons appelé	ayez appelé

INFINITIF

Présent	Passé
appeler	avoir appelé

PARTICIPE

Présent	Passé	Passé composé
appelant	appelé (e, s, es)	ayant appelé

GELER

Quelques verbes en *-eler* ne doublent pas le *l* devant un *e* muet ; on change simplement le *e* qui précède le *l* en *è*.
Ainsi se conjuguent *celer, ciseler, démanteler, écarteler, geler, marteler, modeler, peler* et les verbes de leur famille.

INDICATIF

Présent		Passé composé		
je	gèle	j'	ai	gelé
tu	gèles	tu	as	gelé
il/elle	gèle	il/elle	a	gelé
nous	gelons	nous	avons	gelé
vous	gelez	vous	avez	gelé
ils/elles	gèlent	ils/elles	ont	gelé
Imparfait		**Plus-que-parfait**		
je	gelais	j'	avais	gelé
tu	gelais	tu	avais	gelé
il/elle	gelait	il/elle	avait	gelé
nous	gelions	nous	avions	gelé
vous	geliez	vous	aviez	gelé
ils/elles	gelaient	ils/elles	avaient	gelé
Passé simple		**Passé antérieur**		
je	gelai	j'	eus	gelé
tu	gelas	tu	eus	gelé
il/elle	gela	il/elle	eut	gelé
nous	gelâmes	nous	eûmes	gelé
vous	gelâtes	vous	eûtes	gelé
ils/elles	gelèrent	ils/elles	eurent	gelé
Futur simple		**Futur antérieur**		
je	gèlerai	j'	aurai	gelé
tu	gèleras	tu	auras	gelé
il/elle	gèlera	il/elle	aura	gelé
nous	gèlerons	nous	aurons	gelé
vous	gèlerez	vous	aurez	gelé
ils/elles	gèleront	ils/elles	auront	gelé

SUBJONCTIF

Présent			
que	je	gèle	
que	tu	gèles	
qu'	il/elle	gèle	
que	nous	gelions	
que	vous	geliez	
qu'	ils/elles	gèlent	
Imparfait			
que	je	gelasse	
que	tu	gelasses	
qu'	il/elle	gelât	
que	nous	gelassions	
que	vous	gelassiez	
qu'	ils/elles	gelassent	
Passé			
que	j'	aie	gelé
que	tu	aies	gelé
qu'	il/elle	ait	gelé
que	nous	ayons	gelé
que	vous	ayez	gelé
qu'	ils/elles	aient	gelé
Plus-que-parfait			
que	j'	eusse	gelé
que	tu	eusses	gelé
qu'	il/elle	eût	gelé
que	nous	eussions	gelé
que	vous	eussiez	gelé
qu'	ils/elles	eussent	gelé

CONDITIONNEL

Présent		Passé 1re forme			Passé 2e forme		
je	gèlerais	j'	aurais	gelé	j'	eusse	gelé
tu	gèlerais	tu	aurais	gelé	tu	eusses	gelé
il/elle	gèlerait	il/elle	aurait	gelé	il/elle	eût	gelé
nous	gèlerions	nous	aurions	gelé	nous	eussions	gelé
vous	gèleriez	vous	auriez	gelé	vous	eussiez	gelé
ils/elles	gèleraient	ils/elles	auraient	gelé	ils/elles	eussent	gelé

IMPÉRATIF

Présent			Passé		
gèle	gelons	gelez	aie gelé	ayons gelé	ayez gelé

INFINITIF

Présent	Passé
geler	avoir gelé

PARTICIPE

Présent	Passé	Passé composé
gelant	gelé (e, s, es)	ayant gelé

14 JETER — 1er GROUPE

La plupart des verbes en *-eter* doublent le *t* devant un *e* muet (Ex. : *je jette, vous jetterez, tu jetterais*).
Remarque : Quelques verbes en *-eter* ne doublent pas le *t*, mais prennent un accent grave : voir modèle **15**.

INDICATIF

Présent		Passé composé		
je	jette	j'	ai	jeté
tu	jettes	tu	as	jeté
il/elle	jette	il/elle	a	jeté
nous	jetons	nous	avons	jeté
vous	jetez	vous	avez	jeté
ils/elles	jettent	ils/elles	ont	jeté
Imparfait		**Plus-que-parfait**		
je	jetais	j'	avais	jeté
tu	jetais	tu	avais	jeté
il/elle	jetait	il/elle	avait	jeté
nous	jetions	nous	avions	jeté
vous	jetiez	vous	aviez	jeté
ils/elles	jetaient	ils/elles	avaient	jeté
Passé simple		**Passé antérieur**		
je	jetai	j'	eus	jeté
tu	jetas	tu	eus	jeté
il/elle	jeta	il/elle	eut	jeté
nous	jetâmes	nous	eûmes	jeté
vous	jetâtes	vous	eûtes	jeté
ils/elles	jetèrent	ils/elles	eurent	jeté
Futur simple		**Futur antérieur**		
je	jetterai	j'	aurai	jeté
tu	jetteras	tu	auras	jeté
il/elle	jettera	il/elle	aura	jeté
nous	jetterons	nous	aurons	jeté
vous	jetterez	vous	aurez	jeté
ils/elles	jetteront	ils/elles	auront	jeté

SUBJONCTIF

Présent			
que	je	jette	
que	tu	jettes	
qu'	il/elle	jette	
que	nous	jetions	
que	vous	jetiez	
qu'	ils/elles	jettent	
Imparfait			
que	je	jetasse	
que	tu	jetasses	
qu'	il/elle	jetât	
que	nous	jetassions	
que	vous	jetassiez	
qu'	ils/elles	jetassent	
Passé			
que	j'	aie	jeté
que	tu	aies	jeté
qu'	il/elle	ait	jeté
que	nous	ayons	jeté
que	vous	ayez	jeté
qu'	ils/elles	aient	jeté
Plus-que-parfait			
que	j'	eusse	jeté
que	tu	eusses	jeté
qu'	il/elle	eût	jeté
que	nous	eussions	jeté
que	vous	eussiez	jeté
qu'	ils/elles	eussent	jeté

CONDITIONNEL

Présent		Passé 1re forme			Passé 2e forme		
je	jetterais	j'	aurais	jeté	j'	eusse	jeté
tu	jetterais	tu	aurais	jeté	tu	eusses	jeté
il/elle	jetterait	il/elle	aurait	jeté	il/elle	eût	jeté
nous	jetterions	nous	aurions	jeté	nous	eussions	jeté
vous	jetteriez	vous	auriez	jeté	vous	eussiez	jeté
ils/elles	jetteraient	ils/elles	auraient	jeté	ils/elles	eussent	jeté

IMPÉRATIF

Présent			Passé		
jette	jetons	jetez	aie jeté	ayons jeté	ayez jeté

INFINITIF

Présent	Passé
jeter	avoir jeté

PARTICIPE

Présent	Passé	Passé composé
jetant	jeté (e, s, es)	ayant jeté

15 ACHETER 1er GROUPE

Quelques verbes en *-eter* ne doublent pas le *t* devant un *e* muet ; on change simplement le *e* qui précède le *t* en *è*.
Ainsi se conjuguent *acheter, corseter, crocheter, fileter, fureter, haleter* et les verbes de leur famille.

INDICATIF

Présent		Passé composé		
j'	achète	j'	ai	acheté
tu	achètes	tu	as	acheté
il/elle	achète	il/elle	a	acheté
nous	achetons	nous	avons	acheté
vous	achetez	vous	avez	acheté
ils/elles	achètent	ils/elles	ont	acheté
Imparfait		**Plus-que-parfait**		
j'	achetais	j'	avais	acheté
tu	achetais	tu	avais	acheté
il/elle	achetait	il/elle	avait	acheté
nous	achetions	nous	avions	acheté
vous	achetiez	vous	aviez	acheté
ils/elles	achetaient	ils/elles	avaient	acheté
Passé simple		**Passé antérieur**		
j'	achetai	j'	eus	acheté
tu	achetas	tu	eus	acheté
il/elle	acheta	il/elle	eut	acheté
nous	achetâmes	nous	eûmes	acheté
vous	achetâtes	vous	eûtes	acheté
ils/elles	achetèrent	ils/elles	eurent	acheté
Futur simple		**Futur antérieur**		
j'	achèterai	j'	aurai	acheté
tu	achèteras	tu	auras	acheté
il/elle	achètera	il/elle	aura	acheté
nous	achèterons	nous	aurons	acheté
vous	achèterez	vous	aurez	acheté
ils/elles	achèteront	ils/elles	auront	acheté

SUBJONCTIF

Présent			
que	j'	achète	
que	tu	achètes	
qu'	il/elle	achète	
que	nous	achetions	
que	vous	achetiez	
qu'	ils/elles	achètent	
Imparfait			
que	j'	achetasse	
que	tu	achetasses	
qu'	il/elle	achetât	
que	nous	achetassions	
que	vous	achetassiez	
qu'	ils/elles	achetassent	
Passé			
que	j'	aie	acheté
que	tu	aies	acheté
qu'	il/elle	ait	acheté
que	nous	ayons	acheté
que	vous	ayez	acheté
qu'	ils/elles	aient	acheté
Plus-que-parfait			
que	j'	eusse	acheté
que	tu	eusses	acheté
qu'	il/elle	eût	acheté
que	nous	eussions	acheté
que	vous	eussiez	acheté
qu'	ils/elles	eussent	acheté

CONDITIONNEL

Présent		Passé 1re forme			Passé 2e forme		
j'	achèterais	j'	aurais	acheté	j'	eusse	acheté
tu	achèterais	tu	aurais	acheté	tu	eusses	acheté
il/elle	achèterait	il/elle	aurait	acheté	il/elle	eût	acheté
nous	achèterions	nous	aurions	acheté	nous	eussions	acheté
vous	achèteriez	vous	auriez	acheté	vous	eussiez	acheté
ils/elles	achèteraient	ils/elles	auraient	acheté	ils/elles	eussent	acheté

IMPÉRATIF

Présent			Passé		
achète	achetons	achetez	aie acheté	ayons acheté	ayez acheté

INFINITIF

Présent	Passé
acheter	avoir acheté

PARTICIPE

Présent	Passé	Passé composé
achetant	acheté (e, s, es)	ayant acheté

16 PAYER 1er GROUPE

Les verbes en *-ayer* changent le *y* de l'infinitif en *i* devant un *e* muet. Dans ce cas, le son [j] ne se fait pas entendre (Ex. : *je paie, ils paient, tu paieras*).

Remarques : 1. Les verbes en *-ayer* peuvent conserver le *y* dans toute la conjugaison, même devant un *e* muet (Ex. : *je paye*) ; mais il est préférable d'aligner la conjugaison de tous les verbes en *-yer* sur le même modèle. **2.** Ne pas oublier le *i* de la terminaison qui suit le *y* du radical aux deux premières personnes du pluriel à l'imparfait de l'indicatif et au présent du subjonctif (Ex. : *nous payions*).

INDICATIF

Présent		Passé composé		
je	paie	j'	ai	payé
tu	paies	tu	as	payé
il/elle	paie	il/elle	a	payé
nous	payons	nous	avons	payé
vous	payez	vous	avez	payé
ils/elles	paient	ils/elles	ont	payé
Imparfait		**Plus-que-parfait**		
je	payais	j'	avais	payé
tu	payais	tu	avais	payé
il/elle	payait	il/elle	avait	payé
nous	payions	nous	avions	payé
vous	payiez	vous	aviez	payé
ils/elles	payaient	ils/elles	avaient	payé
Passé simple		**Passé antérieur**		
je	payai	j'	eus	payé
tu	payas	tu	eus	payé
il/elle	paya	il/elle	eut	payé
nous	payâmes	nous	eûmes	payé
vous	payâtes	vous	eûtes	payé
ils/elles	payèrent	ils/elles	eurent	payé
Futur simple		**Futur antérieur**		
je	paierai	j'	aurai	payé
tu	paieras	tu	auras	payé
il/elle	paiera	il/elle	aura	payé
nous	paierons	nous	aurons	payé
vous	paierez	vous	aurez	payé
ils/elles	paieront	ils/elles	auront	payé

SUBJONCTIF

Présent			
que	je	paie	
que	tu	paies	
qu'	il/elle	paie	
que	nous	payions	
que	vous	payiez	
qu'	ils/elles	paient	
Imparfait			
que	je	payasse	
que	tu	payasses	
qu'	il/elle	payât	
que	nous	payassions	
que	vous	payassiez	
qu'	ils/elles	payassent	
Passé			
que	j'	aie	payé
que	tu	aies	payé
qu'	il/elle	ait	payé
que	nous	ayons	payé
que	vous	ayez	payé
qu'	ils/elles	aient	payé
Plus-que-parfait			
que	j'	eusse	payé
que	tu	eusses	payé
qu'	il/elle	eût	payé
que	nous	eussions	payé
que	vous	eussiez	payé
qu'	ils/elles	eussent	payé

CONDITIONNEL

Présent		Passé 1re forme			Passé 2e forme		
je	paierais	j'	aurais	payé	j'	eusse	payé
tu	paierais	tu	aurais	payé	tu	eusses	payé
il/elle	paierait	il/elle	aurait	payé	il/elle	eût	payé
nous	paierions	nous	aurions	payé	nous	eussions	payé
vous	paieriez	vous	auriez	payé	vous	eussiez	payé
ils/elles	paieraient	ils/elles	auraient	payé	ils/elles	eussent	payé

IMPÉRATIF

Présent			Passé		
paie	payons	payez	aie payé	ayons payé	ayez payé

INFINITIF

Présent	Passé
payer	avoir payé

PARTICIPE

Présent	Passé	Passé composé
payant	payé (e, s, es)	ayant payé

17 ESSUYER

1er GROUPE

Les verbes en *-uyer* changent le *y* de l'infinitif en *i* devant un *e* muet. Dans ce cas, le son [j] ne se fait pas entendre (Ex. : *j'essu**ie**, tu essu**ie**ras*).

Remarque : Ne pas oublier le *i* de la terminaison qui suit le *y* du radical aux deux premières personnes du pluriel à l'imparfait de l'indicatif et au présent du subjonctif (Ex. : *nous essuy**i**ons, vous essuy**i**ez*).

INDICATIF

Présent		Passé composé		
j'	essuie	j'	ai	essuyé
tu	essuies	tu	as	essuyé
il/elle	essuie	il/elle	a	essuyé
nous	essuyons	nous	avons	essuyé
vous	essuyez	vous	avez	essuyé
ils/elles	essuient	ils/elles	ont	essuyé
Imparfait		**Plus-que-parfait**		
j'	essuyais	j'	avais	essuyé
tu	essuyais	tu	avais	essuyé
il/elle	essuyait	il/elle	avait	essuyé
nous	essuyions	nous	avions	essuyé
vous	essuyiez	vous	aviez	essuyé
ils/elles	essuyaient	ils/elles	avaient	essuyé
Passé simple		**Passé antérieur**		
j'	essuyai	j'	eus	essuyé
tu	essuyas	tu	eus	essuyé
il/elle	essuya	il/elle	eut	essuyé
nous	essuyâmes	nous	eûmes	essuyé
vous	essuyâtes	vous	eûtes	essuyé
ils/elles	essuyèrent	ils/elles	eurent	essuyé
Futur simple		**Futur antérieur**		
j'	essuierai	j'	aurai	essuyé
tu	essuieras	tu	auras	essuyé
il/elle	essuiera	il/elle	aura	essuyé
nous	essuierons	nous	aurons	essuyé
vous	essuierez	vous	aurez	essuyé
ils/elles	essuieront	ils/elles	auront	essuyé

SUBJONCTIF

Présent			
que	j'	essuie	
que	tu	essuies	
qu'	il/elle	essuie	
que	nous	essuyions	
que	vous	essuyiez	
qu'	ils/elles	essuient	
Imparfait			
que	j'	essuyasse	
que	tu	essuyasses	
qu'	il/elle	essuyât	
que	nous	essuyassions	
que	vous	essuyassiez	
qu'	ils/elles	essuyassent	
Passé			
que	j'	aie	essuyé
que	tu	aies	essuyé
qu'	il/elle	ait	essuyé
que	nous	ayons	essuyé
que	vous	ayez	essuyé
qu'	ils/elles	aient	essuyé
Plus-que-parfait			
que	j'	eusse	essuyé
que	tu	eusses	essuyé
qu'	il/elle	eût	essuyé
que	nous	eussions	essuyé
que	vous	eussiez	essuyé
qu'	ils/elles	eussent	essuyé

CONDITIONNEL

Présent		Passé 1re forme			Passé 2e forme		
j'	essuierais	j'	aurais	essuyé	j'	eusse	essuyé
tu	essuierais	tu	aurais	essuyé	tu	eusses	essuyé
il/elle	essuierait	il/elle	aurait	essuyé	il/elle	eût	essuyé
nous	essuierions	nous	aurions	essuyé	nous	eussions	essuyé
vous	essuieriez	vous	auriez	essuyé	vous	eussiez	essuyé
ils/elles	essuieraient	ils/elles	auraient	essuyé	ils/elles	eussent	essuyé

IMPÉRATIF

Présent			Passé		
essuie	essuyons	essuyez	aie essuyé	ayons essuyé	ayez essuyé

INFINITIF

Présent	Passé
essuyer	avoir essuyé

PARTICIPE

Présent	Passé	Passé composé
essuyant	essuyé (e, s, es)	ayant essuyé

18 EMPLOYER — 1er GROUPE

Les verbes en *-oyer* changent le *y* de l'infinitif en *i* devant un *e* muet. Dans ce cas, le son [j] ne se fait pas entendre (Ex. : *j'emploierais, ils emploient*).

Remarques : 1. Ne pas oublier le *i* de la terminaison qui suit le *y* du radical aux deux premières personnes du pluriel à l'imparfait de l'indicatif et au présent du subjonctif (Ex. : *nous employions, vous employiez.*) **2.** *Envoyer* est irrégulier : voir modèle **19**.

INDICATIF

Présent		Passé composé		
j'	emploie	j'	ai	employé
tu	emploies	tu	as	employé
il/elle	emploie	il/elle	a	employé
nous	employons	nous	avons	employé
vous	employez	vous	avez	employé
ils/elles	emploient	ils/elles	ont	employé

Imparfait		Plus-que-parfait		
j'	employais	j'	avais	employé
tu	employais	tu	avais	employé
il/elle	employait	il/elle	avait	employé
nous	employions	nous	avions	employé
vous	employiez	vous	aviez	employé
ils/elles	employaient	ils/elles	avaient	employé

Passé simple		Passé antérieur		
j'	employai	j'	eus	employé
tu	employas	tu	eus	employé
il/elle	employa	il/elle	eut	employé
nous	employâmes	nous	eûmes	employé
vous	employâtes	vous	eûtes	employé
ils/elles	employèrent	ils/elles	eurent	employé

Futur simple		Futur antérieur		
j'	emploierai	j'	aurai	employé
tu	emploieras	tu	auras	employé
il/elle	emploiera	il/elle	aura	employé
nous	emploierons	nous	aurons	employé
vous	emploierez	vous	aurez	employé
ils/elles	emploieront	ils/elles	auront	employé

SUBJONCTIF

Présent		
que	j'	emploie
que	tu	emploies
qu'	il/elle	emploie
que	nous	employions
que	vous	employiez
qu'	ils/elles	emploient

Imparfait		
que	j'	employasse
que	tu	employasses
qu'	il/elle	employât
que	nous	employassions
que	vous	employassiez
qu'	ils/elles	employassent

Passé			
que	j'	aie	employé
que	tu	aies	employé
qu'	il/elle	ait	employé
que	nous	ayons	employé
que	vous	ayez	employé
qu'	ils/elles	aient	employé

Plus-que-parfait			
que	j'	eusse	employé
que	tu	eusses	employé
qu'	il/elle	eût	employé
que	nous	eussions	employé
que	vous	eussiez	employé
qu'	ils/elles	eussent	employé

CONDITIONNEL

Présent		Passé 1re forme			Passé 2e forme		
j'	emploierais	j'	aurais	employé	j'	eusse	employé
tu	emploierais	tu	aurais	employé	tu	eusses	employé
il/elle	emploierait	il/elle	aurait	employé	il/elle	eût	employé
nous	emploierions	nous	aurions	employé	nous	eussions	employé
vous	emploieriez	vous	auriez	employé	vous	eussiez	employé
ils/elles	emploieraient	ils/elles	auraient	employé	ils/elles	eussent	employé

IMPÉRATIF

Présent			Passé		
emploie	employons	employez	aie employé	ayons employé	ayez employé

INFINITIF

Présent	Passé
employer	avoir employé

PARTICIPE

Présent	Passé	Passé composé
employant	employé (e, s, es)	ayant employé

19 ENVOYER

1er GROUPE

Envoyer et *renvoyer* sont irréguliers au futur simple et au présent du conditionnel. Les terminaisons s'ajoutent non pas au radical de l'infinitif, mais à un autre radical : *enverr-* (et *renverr-*). Pour les autres temps, ils se conjuguent comme *employer* (voir modèle **18**).
Remarque : Ne pas oublier le *i* de la terminaison qui suit le *y* du radical aux deux premières personnes du pluriel à l'imparfait de l'indicatif et au présent du subjonctif (Ex. : *nous envoyions, vous envoyiez*).

INDICATIF

Présent		Passé composé		
j'	envoie	j'	ai	envoyé
tu	envoies	tu	as	envoyé
il/elle	envoie	il/elle	a	envoyé
nous	envoyons	nous	avons	envoyé
vous	envoyez	vous	avez	envoyé
ils/elles	envoient	ils/elles	ont	envoyé
Imparfait		**Plus-que-parfait**		
j'	envoyais	j'	avais	envoyé
tu	envoyais	tu	avais	envoyé
il/elle	envoyait	il/elle	avait	envoyé
nous	envoyions	nous	avions	envoyé
vous	envoyiez	vous	aviez	envoyé
ils/elles	envoyaient	ils/elles	avaient	envoyé
Passé simple		**Passé antérieur**		
j'	envoyai	j'	eus	envoyé
tu	envoyas	tu	eus	envoyé
il/elle	envoya	il/elle	eut	envoyé
nous	envoyâmes	nous	eûmes	envoyé
vous	envoyâtes	vous	eûtes	envoyé
ils/elles	envoyèrent	ils/elles	eurent	envoyé
Futur simple		**Futur antérieur**		
j'	**enverrai**	j'	aurai	envoyé
tu	**enverras**	tu	auras	envoyé
il/elle	**enverra**	il/elle	aura	envoyé
nous	**enverrons**	nous	aurons	envoyé
vous	**enverrez**	vous	aurez	envoyé
ils/elles	**enverront**	ils/elles	auront	envoyé

SUBJONCTIF

Présent			
que	j'	envoie	
que	tu	envoies	
qu'	il/elle	envoie	
que	nous	envoyions	
que	vous	envoyiez	
qu'	ils/elles	envoient	
Imparfait			
que	j'	envoyasse	
que	tu	envoyasses	
qu'	il/elle	envoyât	
que	nous	envoyassions	
que	vous	envoyassiez	
qu'	ils/elles	envoyassent	
Passé			
que	j'	aie	envoyé
que	tu	aies	envoyé
qu'	il/elle	ait	envoyé
que	nous	ayons	envoyé
que	vous	ayez	envoyé
qu'	ils/elles	aient	envoyé
Plus-que-parfait			
que	j'	eusse	envoyé
que	tu	eusses	envoyé
qu'	il/elle	eût	envoyé
que	nous	eussions	envoyé
que	vous	eussiez	envoyé
qu'	ils/elles	eussent	envoyé

CONDITIONNEL

Présent		Passé 1re forme			Passé 2e forme		
j'	**enverrais**	j'	aurais	envoyé	j'	eusse	envoyé
tu	**enverrais**	tu	aurais	envoyé	tu	eusses	envoyé
il/elle	**enverrait**	il/elle	aurait	envoyé	il/elle	eût	envoyé
nous	**enverrions**	nous	aurions	envoyé	nous	eussions	envoyé
vous	**enverriez**	vous	auriez	envoyé	vous	eussiez	envoyé
ils/elles	**enverraient**	ils/elles	auraient	envoyé	ils/elles	eussent	envoyé

IMPÉRATIF

Présent			Passé		
envoie	envoyons	envoyez	aie envoyé	ayons envoyé	ayez envoyé

INFINITIF

Présent	Passé
envoyer	avoir envoyé

PARTICIPE

Présent	Passé	Passé composé
envoyant	envoyé (e, s, es)	ayant envoyé

20 FINIR 2e GROUPE

Tous les verbes du 2e groupe ont les mêmes terminaisons que le verbe modèle *finir*. On intercale *-iss-* entre le radical et la terminaison pour certaines formes (Ex. : *nous finissons, je finissais, finissant*).

Remarque : Bien qu'ayant un infinitif en *-re*, *bruire* et *maudire* se conjuguent comme *finir*. *Bruire* ne s'emploie qu'à la 3e personne *(il bruit, elles bruissent)*. Le participe passé de *maudire* s'écrit avec un *t* : *maudit* (voir modèle **74**).

INDICATIF

Présent		Passé composé		
je	finis	j'	ai	fini
tu	finis	tu	as	fini
il/elle	finit	il/elle	a	fini
nous	finissons	nous	avons	fini
vous	finissez	vous	avez	fini
ils/elles	finissent	ils/elles	ont	fini

Imparfait		Plus-que-parfait		
je	finissais	j'	avais	fini
tu	finissais	tu	avais	fini
il/elle	finissait	il/elle	avait	fini
nous	finissions	nous	avions	fini
vous	finissiez	vous	aviez	fini
ils/elles	finissaient	ils/elles	avaient	fini

Passé simple		Passé antérieur		
je	finis	j'	eus	fini
tu	finis	tu	eus	fini
il/elle	finit	il/elle	eut	fini
nous	finîmes	nous	eûmes	fini
vous	finîtes	vous	eûtes	fini
ils/elles	finirent	ils/elles	eurent	fini

Futur simple		Futur antérieur		
je	finirai	j'	aurai	fini
tu	finiras	tu	auras	fini
il/elle	finira	il/elle	aura	fini
nous	finirons	nous	aurons	fini
vous	finirez	vous	aurez	fini
ils/elles	finiront	ils/elles	auront	fini

SUBJONCTIF

Présent		
que	je	finisse
que	tu	finisses
qu'	il/elle	finisse
que	nous	finissions
que	vous	finissiez
qu'	ils/elles	finissent

Imparfait		
que	je	finisse
que	tu	finisses
qu'	il/elle	finît
que	nous	finissions
que	vous	finissiez
qu'	ils/elles	finissent

Passé			
que	j'	aie	fini
que	tu	aies	fini
qu'	il/elle	ait	fini
que	nous	ayons	fini
que	vous	ayez	fini
qu'	ils/elles	aient	fini

Plus-que-parfait			
que	j'	eusse	fini
que	tu	eusses	fini
qu'	il/elle	eût	fini
que	nous	eussions	fini
que	vous	eussiez	fini
qu'	ils/elles	eussent	fini

CONDITIONNEL

Présent		Passé 1re forme			Passé 2e forme		
je	finirais	j'	aurais	fini	j'	eusse	fini
tu	finirais	tu	aurais	fini	tu	eusses	fini
il/elle	finirait	il/elle	aurait	fini	il/elle	eût	fini
nous	finirions	nous	aurions	fini	nous	eussions	fini
vous	finiriez	vous	auriez	fini	vous	eussiez	fini
ils/elles	finiraient	ils/elles	auraient	fini	ils/elles	eussent	fini

IMPÉRATIF

Présent			Passé		
finis	finissons	finissez	aie fini	ayons fini	ayez fini

INFINITIF

Présent	Passé
finir	avoir fini

PARTICIPE

Présent	Passé	Passé composé
finissant	fini (e, s, es)	ayant fini

21 HAÏR — 2e GROUPE

Haïr garde le tréma dans toute sa conjugaison, sauf aux personnes du singulier du présent de l'indicatif et de l'impératif : *je hais, tu hais, il hait, hais.* C'est le seul verbe du 2e groupe dont le passé simple singulier se distingue du présent de l'indicatif singulier, à la fois par la graphie – présence d'un tréma au passé simple – et la prononciation. La présence du tréma étant incompatible avec celle de l'accent circonflexe, on écrit *nous haïmes, vous haïtes* aux deux premières personnes du pluriel du passé simple et *qu'il haït* à la 3e personne du singulier de l'imparfait du subjonctif.

INDICATIF

Présent		Passé composé		
je	hais	j'	ai	haï
tu	hais	tu	as	haï
il/elle	hait	il/elle	a	haï
nous	haïssons	nous	avons	haï
vous	haïssez	vous	avez	haï
ils/elles	haïssent	ils/elles	ont	haï
Imparfait		**Plus-que-parfait**		
je	haïssais	j'	avais	haï
tu	haïssais	tu	avais	haï
il/elle	haïssait	il/elle	avait	haï
nous	haïssions	nous	avions	haï
vous	haïssiez	vous	aviez	haï
ils/elles	haïssaient	ils/elles	avaient	haï
Passé simple		**Passé antérieur**		
je	haïs	j'	eus	haï
tu	haïs	tu	eus	haï
il/elle	haït	il/elle	eut	haï
nous	haïmes	nous	eûmes	haï
vous	haïtes	vous	eûtes	haï
ils/elles	haïrent	ils/elles	eurent	haï
Futur simple		**Futur antérieur**		
je	haïrai	j'	aurai	haï
tu	haïras	tu	auras	haï
il/elle	haïra	il/elle	aura	haï
nous	haïrons	nous	aurons	haï
vous	haïrez	vous	aurez	haï
ils/elles	haïront	ils/elles	auront	haï

SUBJONCTIF

Présent			
que	je	haïsse	
que	tu	haïsses	
qu'	il/elle	haïsse	
que	nous	haïssions	
que	vous	haïssiez	
qu'	ils/elles	haïssent	
Imparfait			
que	je	haïsse	
que	tu	haïsses	
qu'	il/elle	haït	
que	nous	haïssions	
que	vous	haïssiez	
qu'	ils/elles	haïssent	
Passé			
que	j'	aie	haï
que	tu	aies	haï
qu'	il/elle	ait	haï
que	nous	ayons	haï
que	vous	ayez	haï
qu'	ils/elles	aient	haï
Plus-que-parfait			
que	j'	eusse	haï
que	tu	eusses	haï
qu'	il/elle	eût	haï
que	nous	eussions	haï
que	vous	eussiez	haï
qu'	ils/elles	eussent	haï

CONDITIONNEL

Présent		Passé 1re forme			Passé 2e forme		
je	haïrais	j'	aurais	haï	j'	eusse	haï
tu	haïrais	tu	aurais	haï	tu	eusses	haï
il/elle	haïrait	il/elle	aurait	haï	il/elle	eût	haï
nous	haïrions	nous	aurions	haï	nous	eussions	haï
vous	haïriez	vous	auriez	haï	vous	eussiez	haï
ils/elles	haïraient	ils/elles	auraient	haï	ils/elles	eussent	haï

IMPÉRATIF

Présent			Passé		
hais	haïssons	haïssez	aie haï	ayons haï	ayez haï

INFINITIF

Présent	Passé
haïr	avoir haï

PARTICIPE

Présent	Passé	Passé composé
haïssant	haï (e, s, es)	ayant haï

22 DORMIR

3e GROUPE

Les verbes qui se conjuguent comme *dormir* perdent la consonne finale du radical de l'infinitif aux personnes du singulier du présent de l'indicatif et de l'impératif : *je dors, tu dors, il dort, dors*. Cette consonne est présente à toutes les autres formes.

Remarque : Le participe *dormi* est invariable, mais les participes des autres verbes qui suivent ce modèle s'accordent (*parti**s**, desservi**e***, etc.).

INDICATIF

Présent	Passé composé
je **dors**	j' ai dormi
tu **dors**	tu as dormi
il/elle **dort**	il/elle a dormi
nous dormons	nous avons dormi
vous dormez	vous avez dormi
ils/elles dorment	ils/elles ont dormi
Imparfait	**Plus-que-parfait**
je dormais	j' avais dormi
tu dormais	tu avais dormi
il/elle dormait	il/elle avait dormi
nous dormions	nous avions dormi
vous dormiez	vous aviez dormi
ils/elles dormaient	ils/elles avaient dormi
Passé simple	**Passé antérieur**
je dormis	j' eus dormi
tu dormis	tu eus dormi
il/elle dormit	il/elle eut dormi
nous dormîmes	nous eûmes dormi
vous dormîtes	vous eûtes dormi
ils/elles dormirent	ils/elles eurent dormi
Futur simple	**Futur antérieur**
je dormirai	j' aurai dormi
tu dormiras	tu auras dormi
il/elle dormira	il/elle aura dormi
nous dormirons	nous aurons dormi
vous dormirez	vous aurez dormi
ils/elles dormiront	ils/elles auront dormi

SUBJONCTIF

Présent
que je dorme
que tu dormes
qu' il/elle dorme
que nous dormions
que vous dormiez
qu' ils/elles dorment
Imparfait
que je dormisse
que tu dormisses
qu' il/elle dormît
que nous dormissions
que vous dormissiez
qu' ils/elles dormissent
Passé
que j' aie dormi
que tu aies dormi
qu' il/elle ait dormi
que nous ayons dormi
que vous ayez dormi
qu' ils/elles aient dormi
Plus-que-parfait
que j' eusse dormi
que tu eusses dormi
qu' il/elle eût dormi
que nous eussions dormi
que vous eussiez dormi
qu' ils/elles eussent dormi

CONDITIONNEL

Présent	Passé 1re forme	Passé 2e forme
je dormirais	j' aurais dormi	j' eusse dormi
tu dormirais	tu aurais dormi	tu eusses dormi
il/elle dormirait	il/elle aurait dormi	il/elle eût dormi
nous dormirions	nous aurions dormi	nous eussions dormi
vous dormiriez	vous auriez dormi	vous eussiez dormi
ils/elles dormiraient	ils/elles auraient dormi	ils/elles eussent dormi

IMPÉRATIF

Présent			Passé		
dors	dormons	dormez	aie dormi	ayons dormi	ayez dormi

INFINITIF

Présent	Passé
dormir	avoir dormi

PARTICIPE

Présent	Passé	Passé composé
dormant	**dormi**	ayant dormi

23 VÊTIR

3e GROUPE

Il est recommandé d'appliquer à *vêtir* (*dévêtir* et *revêtir*) ce modèle de conjugaison, même si on le rencontre chez certains auteurs conjugué comme un verbe du 2e groupe.

INDICATIF

Présent		Passé composé		
je	vêts	j'	ai	vêtu
tu	vêts	tu	as	vêtu
il/elle	vêt	il/elle	a	vêtu
nous	vêtons	nous	avons	vêtu
vous	vêtez	vous	avez	vêtu
ils/elles	vêtent	ils/elles	ont	vêtu
Imparfait		**Plus-que-parfait**		
je	vêtais	j'	avais	vêtu
tu	vêtais	tu	avais	vêtu
il/elle	vêtait	il/elle	avait	vêtu
nous	vêtions	nous	avions	vêtu
vous	vêtiez	vous	aviez	vêtu
ils/elles	vêtaient	ils/elles	avaient	vêtu
Passé simple		**Passé antérieur**		
je	vêtis	j'	eus	vêtu
tu	vêtis	tu	eus	vêtu
il/elle	vêtit	il/elle	eut	vêtu
nous	vêtîmes	nous	eûmes	vêtu
vous	vêtîtes	vous	eûtes	vêtu
ils/elles	vêtirent	ils/elles	eurent	vêtu
Futur simple		**Futur antérieur**		
je	vêtirai	j'	aurai	vêtu
tu	vêtiras	tu	auras	vêtu
il/elle	vêtira	il/elle	aura	vêtu
nous	vêtirons	nous	aurons	vêtu
vous	vêtirez	vous	aurez	vêtu
ils/elles	vêtiront	ils/elles	auront	vêtu

SUBJONCTIF

Présent			
que	je	vête	
que	tu	vêtes	
qu'	il/elle	vête	
que	nous	vêtions	
que	vous	vêtiez	
qu'	ils/elles	vêtent	
Imparfait			
que	je	vêtisse	
que	tu	vêtisses	
qu'	il/elle	vêtît	
que	nous	vêtissions	
que	vous	vêtissiez	
qu'	ils/elles	vêtissent	
Passé			
que	j'	aie	vêtu
que	tu	aies	vêtu
qu'	il/elle	ait	vêtu
que	nous	ayons	vêtu
que	vous	ayez	vêtu
qu'	ils/elles	aient	vêtu
Plus-que-parfait			
que	j'	eusse	vêtu
que	tu	eusses	vêtu
qu'	il/elle	eût	vêtu
que	nous	eussions	vêtu
que	vous	eussiez	vêtu
qu'	ils/elles	eussent	vêtu

CONDITIONNEL

Présent		Passé 1re forme			Passé 2e forme		
je	vêtirais	j'	aurais	vêtu	j'	eusse	vêtu
tu	vêtirais	tu	aurais	vêtu	tu	eusses	vêtu
il/elle	vêtirait	il/elle	aurait	vêtu	il/elle	eût	vêtu
nous	vêtirions	nous	aurions	vêtu	nous	eussions	vêtu
vous	vêtiriez	vous	auriez	vêtu	vous	eussiez	vêtu
ils/elles	vêtiraient	ils/elles	auraient	vêtu	ils/elles	eussent	vêtu

IMPÉRATIF

Présent			Passé		
vêts	vêtons	vêtez	aie vêtu	ayons vêtu	ayez vêtu

INFINITIF

Présent	Passé
vêtir	avoir vêtu

PARTICIPE

Présent	Passé	Passé composé
vêtant	vêtu (e, s, es)	ayant vêtu

24 BOUILLIR 3e GROUPE

Le verbe *bouillir* perd *-ill-* [j] aux personnes du singulier du présent de l'indicatif et de l'impératif : *je bous, tu bous, il bout, bous.* On retrouve *-ill-* à toutes les autres formes.

INDICATIF

Présent		Passé composé		
je	**bous**	j'	ai	bouilli
tu	**bous**	tu	as	bouilli
il/elle	**bout**	il/elle	a	bouilli
nous	bouillons	nous	avons	bouilli
vous	bouillez	vous	avez	bouilli
ils/elles	bouillent	ils/elles	ont	bouilli
Imparfait		**Plus-que-parfait**		
je	bouillais	j'	avais	bouilli
tu	bouillais	tu	avais	bouilli
il/elle	bouillait	il/elle	avait	bouilli
nous	bouillions	nous	avions	bouilli
vous	bouilliez	vous	aviez	bouilli
ils/elles	bouillaient	ils/elles	avaient	bouilli
Passé simple		**Passé antérieur**		
je	bouillis	j'	eus	bouilli
tu	bouillis	tu	eus	bouilli
il/elle	bouillit	il/elle	eut	bouilli
nous	bouillîmes	nous	eûmes	bouilli
vous	bouillîtes	vous	eûtes	bouilli
ils/elles	bouillirent	ils/elles	eurent	bouilli
Futur simple		**Futur antérieur**		
je	bouillirai	j'	aurai	bouilli
tu	bouilliras	tu	auras	bouilli
il/elle	bouillira	il/elle	aura	bouilli
nous	bouillirons	nous	aurons	bouilli
vous	bouillirez	vous	aurez	bouilli
ils/elles	bouilliront	ils/elles	auront	bouilli

SUBJONCTIF

Présent			
que	je	bouille	
que	tu	bouilles	
qu'	il/elle	bouille	
que	nous	bouillions	
que	vous	bouilliez	
qu'	ils/elles	bouillent	
Imparfait			
que	je	bouillisse	
que	tu	bouillisses	
qu'	il/elle	bouillît	
que	nous	bouillissions	
que	vous	bouillissiez	
qu'	ils/elles	bouillissent	
Passé			
que	j'	aie	bouilli
que	tu	aies	bouilli
qu'	il/elle	ait	bouilli
que	nous	ayons	bouilli
que	vous	ayez	bouilli
qu'	ils/elles	aient	bouilli
Plus-que-parfait			
que	j'	eusse	bouilli
que	tu	eusses	bouilli
qu'	il/elle	eût	bouilli
que	nous	eussions	bouilli
que	vous	eussiez	bouilli
qu'	ils/elles	eussent	bouilli

CONDITIONNEL

Présent		Passé 1re forme			Passé 2e forme		
je	bouillirais	j'	aurais	bouilli	j'	eusse	bouilli
tu	bouillirais	tu	aurais	bouilli	tu	eusses	bouilli
il/elle	bouillirait	il/elle	aurait	bouilli	il/elle	eût	bouilli
nous	bouillirions	nous	aurions	bouilli	nous	eussions	bouilli
vous	bouilliriez	vous	auriez	bouilli	vous	eussiez	bouilli
ils/elles	bouilliraient	ils/elles	auraient	bouilli	ils/elles	eussent	bouilli

IMPÉRATIF

Présent			Passé		
bous	bouillons	bouillez	aie bouilli	ayons bouilli	ayez bouilli

INFINITIF

Présent	Passé
bouillir	avoir bouilli

PARTICIPE

Présent	Passé	Passé composé
bouillant	bouilli (e, s, es)	ayant bouilli

25 COURIR 3e GROUPE

Les verbes qui se conjuguent sur ce modèle ont la particularité de former leur futur simple et leur présent du conditionnel sur le radical *courr-*, et non sur celui de l'infinitif (Ex. : *je **courr**ai, vous **courr**iez*).
Tous les verbes de la famille de *courir* (*parcourir, encourir*, etc.) se conjuguent sur ce modèle.
Attention aux formes du singulier du présent de l'indicatif et du présent du subjonctif qui sont homophones, mais avec des terminaisons différentes !

INDICATIF

Présent		Passé composé		
je	cour**s**	j'	ai	couru
tu	cour**s**	tu	as	couru
il/elle	cour**t**	il/elle	a	couru
nous	courons	nous	avons	couru
vous	courez	vous	avez	couru
ils/elles	courent	ils/elles	ont	couru

Imparfait		Plus-que-parfait		
je	courais	j'	avais	couru
tu	courais	tu	avais	couru
il/elle	courait	il/elle	avait	couru
nous	courions	nous	avions	couru
vous	couriez	vous	aviez	couru
ils/elles	couraient	ils/elles	avaient	couru

Passé simple		Passé antérieur		
je	courus	j'	eus	couru
tu	courus	tu	eus	couru
il/elle	courut	il/elle	eut	couru
nous	courûmes	nous	eûmes	couru
vous	courûtes	vous	eûtes	couru
ils/elles	coururent	ils/elles	eurent	couru

Futur simple		Futur antérieur		
je	**courrai**	j'	aurai	couru
tu	**courras**	tu	auras	couru
il/elle	**courra**	il/elle	aura	couru
nous	**courrons**	nous	aurons	couru
vous	**courrez**	vous	aurez	couru
ils/elles	**courront**	ils/elles	auront	couru

SUBJONCTIF

Présent		
que	je	cour**e**
que	tu	cour**es**
qu'	il/elle	cour**e**
que	nous	courions
que	vous	couriez
qu'	ils/elles	courent

Imparfait		
que	je	courusse
que	tu	courusses
qu'	il/elle	courût
que	nous	courussions
que	vous	courussiez
qu'	ils/elles	courussent

Passé			
que	j'	aie	couru
que	tu	aies	couru
qu'	il/elle	ait	couru
que	nous	ayons	couru
que	vous	ayez	couru
qu'	ils/elles	aient	couru

Plus-que-parfait			
que	j'	eusse	couru
que	tu	eusses	couru
qu'	il/elle	eût	couru
que	nous	eussions	couru
que	vous	eussiez	couru
qu'	ils/elles	eussent	couru

CONDITIONNEL

Présent		Passé 1re forme			Passé 2e forme		
je	**courrais**	j'	aurais	couru	j'	eusse	couru
tu	**courrais**	tu	aurais	couru	tu	eusses	couru
il/elle	**courrait**	il/elle	aurait	couru	il/elle	eût	couru
nous	**courrions**	nous	aurions	couru	nous	eussions	couru
vous	**courriez**	vous	auriez	couru	vous	eussiez	couru
ils/elles	**courraient**	ils/elles	auraient	couru	ils/elles	eussent	couru

IMPÉRATIF

Présent			Passé		
cour**s**	courons	courez	aie couru	ayons couru	ayez couru

INFINITIF

Présent	Passé
courir	avoir couru

PARTICIPE

Présent	Passé	Passé composé
courant	couru (e, s, es)	ayant couru

26 MOURIR

3ᵉ GROUPE

Le verbe *mourir* a la particularité de former son futur simple et son présent du conditionnel sur le radical *mourr-*, et non sur celui de l'infinitif (Ex. : *je **mourr**ais, ils **mourr**ont*). Aux présents de l'indicatif, du subjonctif et de l'impératif, l'alternance des sons *eu/ou* [œ/u] se fait selon que la terminaison est muette ou non (Ex. : *je meur**s**, nous mour**ons***).
Remarques : 1. *Mourir* est le seul verbe à se conjuguer ainsi. **2.** Aux formes composées, il s'emploie toujours avec l'auxiliaire *être* ; participe passé : *mort*.

INDICATIF

Présent		Passé composé		
je	meurs	je	suis	mort(e)
tu	meurs	tu	es	mort(e)
il/elle	meurt	il/elle	est	mort(e)
nous	mourons	nous	sommes	mort(e)s
vous	mourez	vous	êtes	mort(e)s
ils/elles	meurent	ils/elles	sont	mort(e)s
Imparfait		**Plus-que-parfait**		
je	mourais	j'	étais	mort(e)
tu	mourais	tu	étais	mort(e)
il/elle	mourait	il/elle	était	mort(e)
nous	mourions	nous	étions	mort(e)s
vous	mouriez	vous	étiez	mort(e)s
ils/elles	mouraient	ils/elles	étaient	mort(e)s
Passé simple		**Passé antérieur**		
je	mourus	je	fus	mort(e)
tu	mourus	tu	fus	mort(e)
il/elle	mourut	il/elle	fut	mort(e)
nous	mourûmes	nous	fûmes	mort(e)s
vous	mourûtes	vous	fûtes	mort(e)s
ils/elles	moururent	ils/elles	furent	mort(e)s
Futur simple		**Futur antérieur**		
je	mourrai	je	serai	mort(e)
tu	mourras	tu	seras	mort(e)
il/elle	mourra	il/elle	sera	mort(e)
nous	mourrons	nous	serons	mort(e)s
vous	mourrez	vous	serez	mort(e)s
ils/elles	mourront	ils/elles	seront	mort(e)s

SUBJONCTIF

Présent			
que	je	meure	
que	tu	meures	
qu'	il/elle	meure	
que	nous	mourions	
que	vous	mouriez	
qu'	ils/elles	meurent	
Imparfait			
que	je	mourusse	
que	tu	mourusses	
qu'	il/elle	mourût	
que	nous	mourussions	
que	vous	mourussiez	
qu'	ils/elles	mourussent	
Passé			
que	je	sois	mort(e)
que	tu	sois	mort(e)
qu'	il/elle	soit	mort(e)
que	nous	soyons	mort(e)s
que	vous	soyez	mort(e)s
qu'	ils/elles	soient	mort(e)s
Plus-que-parfait			
que	je	fusse	mort(e)
que	tu	fusses	mort(e)
qu'	il/elle	fût	mort(e)
que	nous	fussions	mort(e)s
que	vous	fussiez	mort(e)s
qu'	ils/elles	fussent	mort(e)s

CONDITIONNEL

Présent		Passé 1ʳᵉ forme			Passé 2ᵉ forme		
je	mourrais	je	serais	mort(e)	je	fusse	mort(e)
tu	mourrais	tu	serais	mort(e)	tu	fusses	mort(e)
il/elle	mourrait	il/elle	serait	mort(e)	il/elle	fût	mort(e)
nous	mourrions	nous	serions	mort(e)s	nous	fussions	mort(e)s
vous	mourriez	vous	seriez	mort(e)s	vous	fussiez	mort(e)s
ils/elles	mourraient	ils/elles	seraient	mort(e)s	ils/elles	fussent	mort(e)s

IMPÉRATIF

Présent			Passé		
meurs	mourons	mourez	sois mort(e)	soyons mort(e)s	soyez mort(e)s

INFINITIF

Présent	Passé
mourir	être mort (e, s, es)

PARTICIPE

Présent	Passé	Passé composé
mourant	mort (e, s, es)	étant mort (e, s, es)

27 VENIR

3e GROUPE

Tous les verbes en *-enir* sont de la famille de *venir* ou de *tenir* et se conjuguent sur ce modèle.
Aux deux premières personnes du pluriel du passé simple et à la 3e personne du singulier de l'imparfait du subjonctif, ne pas oublier l'accent circonflexe sur le *i* bien qu'il soit placé devant deux consonnes.
Remarque : *Advenir* ne s'emploie qu'aux 3es personnes du singulier et du pluriel.

INDICATIF

Présent		Passé composé		
je	viens	je	suis	venu(e)
tu	viens	tu	es	venu(e)
il/elle	vient	il/elle	est	venu(e)
nous	venons	nous	sommes	venu(e)s
vous	venez	vous	êtes	venu(e)s
ils/elles	viennent	ils/elles	sont	venu(e)s
Imparfait		**Plus-que-parfait**		
je	venais	j'	étais	venu(e)
tu	venais	tu	étais	venu(e)
il/elle	venait	il/elle	était	venu(e)
nous	venions	nous	étions	venu(e)s
vous	veniez	vous	étiez	venu(e)s
ils/elles	venaient	ils/elles	étaient	venu(e)s
Passé simple		**Passé antérieur**		
je	vins	je	fus	venu(e)
tu	vins	tu	fus	venu(e)
il/elle	vint	il/elle	fut	venu(e)
nous	**vînmes**	nous	fûmes	venu(e)s
vous	**vîntes**	vous	fûtes	venu(e)s
ils/elles	vinrent	ils/elles	furent	venu(e)s
Futur simple		**Futur antérieur**		
je	viendrai	je	serai	venu(e)
tu	viendras	tu	seras	venu(e)
il/elle	viendra	il/elle	sera	venu(e)
nous	viendrons	nous	serons	venu(e)s
vous	viendrez	vous	serez	venu(e)s
ils/elles	viendront	ils/elles	seront	venu(e)s

SUBJONCTIF

Présent			
que	je	vienne	
que	tu	viennes	
qu'	il/elle	vienne	
que	nous	venions	
que	vous	veniez	
qu'	ils/elles	viennent	
Imparfait			
que	je	vinsse	
que	tu	vinsses	
qu'	il/elle	**vînt**	
que	nous	vinssions	
que	vous	vinssiez	
qu'	ils/elles	vinssent	
Passé			
que	je	sois	venu(e)
que	tu	sois	venu(e)
qu'	il/elle	soit	venu(e)
que	nous	soyons	venu(e)s
que	vous	soyez	venu(e)s
qu'	ils/elles	soient	venu(e)s
Plus-que-parfait			
que	je	fusses	venu(e)
que	tu	fusses	venu(e)
qu'	il/elle	fût	venu(e)
que	nous	fussions	venu(e)s
que	vous	fussiez	venu(e)s
qu'	ils/elles	fussent	venu(e)s

CONDITIONNEL

Présent		Passé 1re forme			Passé 2e forme		
je	viendrais	je	serais	venu(e)	je	fusse	venu(e)
tu	viendrais	tu	serais	venu(e)	tu	fusses	venu(e)
il/elle	viendrait	il/elle	serait	venu(e)	il/elle	fût	venu(e)
nous	viendrions	nous	serions	venu(e)s	nous	fussions	venu(e)s
vous	viendriez	vous	seriez	venu(e)s	vous	fussiez	venu(e)s
ils/elles	viendraient	ils/elles	seraient	venu(e)s	ils/elles	fussent	venu(e)s

IMPÉRATIF

Présent			Passé		
viens	venons	venez	sois venu(e)	soyons venu(e)s	soyez venu(e)s

INFINITIF

Présent	Passé
venir	être venu (e, s, es)

PARTICIPE

Présent	Passé	Passé composé
venant	venu (e, s, es)	étant venu (e, s, es)

28 ACQUÉRIR 3e GROUPE

Les formes dont les terminaisons sont muettes se construisent sur le radical *-quier-* (Ex. : *j'ac**quiers**, ils ac**quièr**ent, qu'il ac**quière***) ; celles dont les terminaisons s'entendent se construisent sur le radical *-quér-* (Ex. : *nous ac**quér**ons, j'ac**quer**rai*).
Les verbes se conjuguant sur ce modèle sont *conquérir, s'enquérir* et *requérir*.
Ne pas confondre le participe passé *acquis* (souvent employé comme adjectif : *un avantage acquis*) avec le substantif verbal *acquit (par acquit de conscience, pour acquit)*.

INDICATIF

Présent		Passé composé		
j'	acquiers	j'	ai	acquis
tu	acquiers	tu	as	acquis
il/elle	acquiert	il/elle	a	acquis
nous	acquérons	nous	avons	acquis
vous	acquérez	vous	avez	acquis
ils/elles	acquièrent	ils/elles	ont	acquis
Imparfait		**Plus-que-parfait**		
j'	acquérais	j'	avais	acquis
tu	acquérais	tu	avais	acquis
il/elle	acquérait	il/elle	avait	acquis
nous	acquérions	nous	avions	acquis
vous	acquériez	vous	aviez	acquis
ils/elles	acquéraient	ils/elles	avaient	acquis
Passé simple		**Passé antérieur**		
j'	acquis	j'	eus	acquis
tu	acquis	tu	eus	acquis
il/elle	acquit	il/elle	eut	acquis
nous	acquîmes	nous	eûmes	acquis
vous	acquîtes	vous	eûtes	acquis
ils/elles	acquirent	ils/elles	eurent	acquis
Futur simple		**Futur antérieur**		
j'	acquerrai	j'	aurai	acquis
tu	acquerras	tu	auras	acquis
il/elle	acquerra	il/elle	aura	acquis
nous	acquerrons	nous	aurons	acquis
vous	acquerrez	vous	aurez	acquis
ils/elles	acquerront	ils/elles	auront	acquis

SUBJONCTIF

Présent			
que	j'	acquière	
que	tu	acquières	
qu'	il/elle	acquière	
que	nous	acquérions	
que	vous	acquériez	
qu'	ils/elles	acquièrent	
Imparfait			
que	j'	acquisse	
que	tu	acquisses	
qu'	il/elle	acquît	
que	nous	acquissions	
que	vous	acquissiez	
qu'	ils/elles	acquissent	
Passé			
que	j'	aie	acquis
que	tu	aies	acquis
qu'	il/elle	ait	acquis
que	nous	ayons	acquis
que	vous	ayez	acquis
qu'	ils/elles	aient	acquis
Plus-que-parfait			
que	j'	eusse	acquis
que	tu	eusses	acquis
qu'	il/elle	eût	acquis
que	nous	eussions	acquis
que	vous	eussiez	acquis
qu'	ils/elles	eussent	acquis

CONDITIONNEL

Présent		Passé 1re forme			Passé 2e forme		
j'	acquerrais	j'	aurais	acquis	j'	eusse	acquis
tu	acquerrais	tu	aurais	acquis	tu	eusses	acquis
il/elle	acquerrait	il/elle	aurait	acquis	il/elle	eût	acquis
nous	acquerrions	nous	aurions	acquis	nous	eussions	acquis
vous	acquerriez	vous	auriez	acquis	vous	eussiez	acquis
ils/elles	acquerraient	ils/elles	auraient	acquis	ils/elles	eussent	acquis

IMPÉRATIF

Présent			Passé		
acquiers	acquérons	acquérez	aie acquis	ayons acquis	ayez acquis

INFINITIF

Présent	Passé
acquérir	avoir acquis

PARTICIPE

Présent	Passé	Passé composé
acquérant	acquis (e, es)	ayant acquis

29 OFFRIR

3ᵉ GROUPE

Les verbes qui se conjuguent sur ce modèle ont des terminaisons en *-e* au singulier du présent de l'indicatif et du présent de l'impératif, comme les verbes du 1ᵉʳ groupe. Se conjuguent sur ce modèle *ouvrir, entrouvrir, rouvrir, couvrir, recouvrir, découvrir, redécouvrir* et *souffrir.*
À noter la forme particulière des participes passés : *offert, ouvert, couvert,* souffert...

INDICATIF

Présent		Passé composé		
j'	offre	j'	ai	offert
tu	offres	tu	as	offert
il/elle	offre	il/elle	a	offert
nous	offrons	nous	avons	offert
vous	offrez	vous	avez	offert
ils/elles	offrent	ils/elles	ont	offert
Imparfait		**Plus-que-parfait**		
j'	offrais	j'	avais	offert
tu	offrais	tu	avais	offert
il/elle	offrait	il/elle	avait	offert
nous	offrions	nous	avions	offert
vous	offriez	vous	aviez	offert
ils/elles	offraient	ils/elles	avaient	offert
Passé simple		**Passé antérieur**		
j'	offris	j'	eus	offert
tu	offris	tu	eus	offert
il/elle	offrit	il/elle	eut	offert
nous	offrîmes	nous	eûmes	offert
vous	offrîtes	vous	eûtes	offert
ils/elles	offrirent	ils/elles	eurent	offert
Futur simple		**Futur antérieur**		
j'	offrirai	j'	aurai	offert
tu	offriras	tu	auras	offert
il/elle	offrira	il/elle	aura	offert
nous	offrirons	nous	aurons	offert
vous	offrirez	vous	aurez	offert
ils/elles	offriront	ils/elles	auront	offert

SUBJONCTIF

Présent			
que	j'	offre	
que	tu	offres	
qu'	il/elle	offre	
que	nous	offrions	
que	vous	offriez	
qu'	ils/elles	offrent	
Imparfait			
que	j'	offrisse	
que	tu	offrisses	
qu'	il/elle	offrît	
que	nous	offrissions	
que	vous	offrissiez	
qu'	ils/elles	offrissent	
Passé			
que	j'	aie	offert
que	tu	aies	offert
qu'	il/elle	ait	offert
que	nous	ayons	offert
que	vous	ayez	offert
qu'	ils/elles	aient	offert
Plus-que-parfait			
que	j'	eusse	offert
que	tu	eusses	offert
qu'	il/elle	eût	offert
que	nous	eussions	offert
que	vous	eussiez	offert
qu'	ils/elles	eussent	offert

CONDITIONNEL

Présent		Passé 1ʳᵉ forme			Passé 2ᵉ forme		
j'	offrirais	j'	aurais	offert	j'	eusse	offert
tu	offrirais	tu	aurais	offert	tu	eusses	offert
il/elle	offrirait	il/elle	aurait	offert	il/elle	eût	offert
nous	offririons	nous	aurions	offert	nous	eussions	offert
vous	offririez	vous	auriez	offert	vous	eussiez	offert
ils/elles	offriraient	ils/elles	auraient	offert	ils/elles	eussent	offert

IMPÉRATIF

Présent			Passé		
offre	offrons	offrez	aie offert	ayons offert	ayez offert

INFINITIF

Présent	Passé
offrir	avoir offert

PARTICIPE

Présent	Passé	Passé composé
offrant	offert (e, s, es)	ayant offert

30 CUEILLIR 3e GROUPE

Se conjuguent sur ce modèle *accueillir* et *recueillir*.
Ces verbes ont des terminaisons en *-e* au singulier du présent de l'indicatif et du présent de l'impératif, comme les verbes du 1er groupe.
Le futur simple et le présent du conditionnel sont formés sur un radical en *-e* (*je cueill**e**rai*), et non sur la forme de l'infinitif.

INDICATIF

Présent		Passé composé		
je	cueill**e**	j'	ai	cueilli
tu	cueill**es**	tu	as	cueilli
il/elle	cueill**e**	il/elle	a	cueilli
nous	cueillons	nous	avons	cueilli
vous	cueillez	vous	avez	cueilli
ils/elles	cueillent	ils/elles	ont	cueilli
Imparfait		**Plus-que-parfait**		
je	cueillais	j'	avais	cueilli
tu	cueillais	tu	avais	cueilli
il/elle	cueillait	il/elle	avait	cueilli
nous	cueillions	nous	avions	cueilli
vous	cueilliez	vous	aviez	cueilli
ils/elles	cueillaient	ils/elles	avaient	cueilli
Passé simple		**Passé antérieur**		
je	cueillis	j'	eus	cueilli
tu	cueillis	tu	eus	cueilli
il/elle	cueillit	il/elle	eut	cueilli
nous	cueillîmes	nous	eûmes	cueilli
vous	cueillîtes	vous	eûtes	cueilli
ils/elles	cueillirent	ils/elles	eurent	cueilli
Futur simple		**Futur antérieur**		
je	cueill**e**rai	j'	aurais	cueilli
tu	cueill**e**ras	tu	aurais	cueilli
il/elle	cueill**e**ra	il/elle	aurait	cueilli
nous	cueill**e**rons	nous	aurions	cueilli
vous	cueill**e**rez	vous	auriez	cueilli
ils/elles	cueill**e**ront	ils/elles	auraient	cueilli

SUBJONCTIF

Présent			
que	je	cueille	
que	tu	cueilles	
qu'	il/elle	cueille	
que	nous	cueillions	
que	vous	cueilliez	
qu'	ils/elles	cueillent	
Imparfait			
que	je	cueillisse	
que	tu	cueillisses	
qu'	il/elle	cueillît	
que	nous	cueillissions	
que	vous	cueillissiez	
qu'	ils/elles	cueillissent	
Passé			
que	j'	aie	cueilli
que	tu	aies	cueilli
qu'	il/elle	ait	cueilli
que	nous	ayons	cueilli
que	vous	ayez	cueilli
qu'	ils/elles	aient	cueilli
Plus-que-parfait			
que	j'	eusse	cueilli
que	tu	eusses	cueilli
qu'	il/elle	eût	cueilli
que	nous	eussions	cueilli
que	vous	eussiez	cueilli
qu'	ils/elles	eussent	cueilli

CONDITIONNEL

Présent		Passé 1re forme			Passé 2e forme		
je	cueill**e**rais	j'	aurais	cueilli	j'	eusse	cueilli
tu	cueill**e**rais	tu	aurais	cueilli	tu	eusses	cueilli
il/elle	cueill**e**rait	il/elle	aurait	cueilli	il/elle	eût	cueilli
nous	cueill**e**rions	nous	aurions	cueilli	nous	eussions	cueilli
vous	cueill**e**riez	vous	auriez	cueilli	vous	eussiez	cueilli
ils/elles	cueill**e**raient	ils/elles	auraient	cueilli	ils/elles	eussent	cueilli

IMPÉRATIF

Présent			Passé		
cueill**e**	cueillons	cueillez	aie cueilli	ayons cueilli	ayez cueilli

INFINITIF

Présent	Passé
cueillir	avoir cueilli

PARTICIPE

Présent	Passé	Passé composé
cueillant	cueilli (e, s, es)	ayant cueilli

31 ASSAILLIR

3e GROUPE

Se conjuguent sur ce modèle *tressaillir*, *saillir* (au sens de « dépasser ») et *défaillir*. Ces verbes ont la même conjugaison que *cueillir* (voir modèle **30**), sauf au futur simple et au présent du conditionnel qui sont en *-i* (Ex. : *j'assaillirai, je tressaillirai*).

INDICATIF

Présent		Passé composé		
j'	assaille	j'	ai	assailli
tu	assailles	tu	as	assailli
il/elle	assaille	il/elle	a	assailli
nous	assaillons	nous	avons	assailli
vous	assaillez	vous	avez	assailli
ils/elles	assaillent	ils/elles	ont	assailli
Imparfait		**Plus-que-parfait**		
j'	assaillais	j'	avais	assailli
tu	assaillais	tu	avais	assailli
il/elle	assaillait	il/elle	avait	assailli
nous	assaillions	nous	avions	assailli
vous	assailliez	vous	aviez	assailli
ils/elles	assaillaient	ils/elles	avaient	assailli
Passé simple		**Passé antérieur**		
j'	assaillis	j'	eus	assailli
tu	assaillis	tu	eus	assailli
il/elle	assaillit	il/elle	eut	assailli
nous	assaillîmes	nous	eûmes	assailli
vous	assaillîtes	vous	eûtes	assailli
ils/elles	assaillirent	ils/elles	eurent	assailli
Futur simple		**Futur antérieur**		
j'	assaillirai	j'	aurai	assailli
tu	assailliras	tu	auras	assailli
il/elle	assaillira	il/elle	aura	assailli
nous	assaillirons	nous	aurons	assailli
vous	assaillirez	vous	aurez	assailli
ils/elles	assailliront	ils/elles	auront	assailli

SUBJONCTIF

Présent			
que	j'	assaille	
que	tu	assailles	
qu'	il/elle	assaille	
que	nous	assaillions	
que	vous	assailliez	
qu'	ils/elles	assaillent	
Imparfait			
que	j'	assaillisse	
que	tu	assaillisses	
qu'	il/elle	assaillît	
que	nous	assaillissions	
que	vous	assaillissiez	
qu'	ils/elles	assaillissent	
Passé			
que	j'	aie	assailli
que	tu	aies	assailli
qu'	il/elle	ait	assailli
que	nous	ayons	assailli
que	vous	ayez	assailli
qu'	ils/elles	aient	assailli
Plus-que-parfait			
que	j'	eusse	assailli
que	tu	eusses	assailli
qu'	il/elle	eût	assailli
que	nous	eussions	assailli
que	vous	eussiez	assailli
qu'	ils/elles	eussent	assailli

CONDITIONNEL

Présent		Passé 1re forme			Passé 2e forme		
j'	assaillirais	j'	aurais	assailli	j'	eusse	assailli
tu	assaillirais	tu	aurais	assailli	tu	eusses	assailli
il/elle	assaillirait	il/elle	aurait	assailli	il/elle	eût	assailli
nous	assaillirions	nous	aurions	assailli	nous	eussions	assailli
vous	assailliriez	vous	auriez	assailli	vous	eussiez	assailli
ils/elles	assailliraient	ils/elles	auraient	assailli	ils/elles	eussent	assailli

IMPÉRATIF

Présent			Passé		
assaille	assaillons	assaillez	aie assailli	ayons assailli	ayez assailli

INFINITIF

Présent	Passé
assaillir	avoir assailli

PARTICIPE

Présent	Passé	Passé composé
assaillant	assailli (e, s, es)	ayant assailli

32 FAILLIR — 3e GROUPE

La conjugaison d'origine du 3e groupe *(je faux, tu faux, nous faillons, vous faillez...)* n'est plus employée aujourd'hui. Ce verbe se conjugue, désormais, comme un verbe du 2e groupe.
Le présent et l'imparfait de l'indicatif, le présent du subjonctif et l'impératif ne sont guère utilisés.
Le participe passé *failli* est invariable.

INDICATIF

Présent		Passé composé		
je	faillis	j'	ai	failli
tu	faillis	tu	as	failli
il/elle	faillit	il/elle	a	failli
nous	faillissons	nous	avons	failli
vous	faillissez	vous	avez	failli
ils/elles	faillissent	ils/elles	ont	failli
Imparfait		**Plus-que-parfait**		
je	faillissais	j'	avais	failli
tu	faillissais	tu	avais	failli
il/elle	faillissait	il/elle	avait	failli
nous	faillissions	nous	avions	failli
vous	faillissiez	vous	aviez	failli
ils/elles	faillissaient	ils/elles	avaient	failli
Passé simple		**Passé antérieur**		
je	faillis	j'	eus	failli
tu	faillis	tu	eus	failli
il/elle	faillit	il/elle	eut	failli
nous	faillîmes	nous	eûmes	failli
vous	faillîtes	vous	eûtes	failli
ils/elles	faillirent	ils/elles	eurent	failli
Futur simple		**Futur antérieur**		
je	faillirai	j'	aurai	failli
tu	failliras	tu	auras	failli
il/elle	faillira	il/elle	aura	failli
nous	faillirons	nous	aurons	failli
vous	faillirez	vous	aurez	failli
ils/elles	failliront	ils/elles	auront	failli

SUBJONCTIF

Présent			
que	je	faillisse	
que	tu	faillisses	
qu'	il/elle	faillisse	
que	nous	faillissions	
que	vous	faillissiez	
qu'	ils/elles	faillissent	
Imparfait			
que	je	faillisse	
que	tu	faillisses	
qu'	il/elle	faillît	
que	nous	faillissions	
que	vous	faillissiez	
qu'	ils/elles	faillissent	
Passé			
que	j'	aie	failli
que	tu	aies	failli
qu'	il/elle	ait	failli
que	nous	ayons	failli
que	vous	ayez	failli
qu'	ils/elles	aient	failli
Plus-que-parfait			
que	j'	eusse	failli
que	tu	eusses	failli
qu'	il/elle	eût	failli
que	nous	eussions	failli
que	vous	eussiez	failli
qu'	ils/elles	eussent	failli

CONDITIONNEL

Présent		Passé 1re forme			Passé 2e forme		
je	faillirais	j'	aurais	failli	j'	eusse	failli
tu	faillirais	tu	aurais	failli	tu	eusses	failli
il/elle	faillirait	il/elle	aurait	failli	il/elle	eût	failli
nous	faillirions	nous	aurions	failli	nous	eussions	failli
vous	failliriez	vous	auriez	failli	vous	eussiez	failli
ils/elles	failliraient	ils/elles	auraient	failli	ils/elles	eussent	failli

IMPÉRATIF

Présent			Passé		
faillis	faillissons	faillissez	aie failli	ayons failli	ayez failli

INFINITIF

Présent	Passé
faillir	avoir failli

PARTICIPE

Présent	Passé	Passé composé
faillissant	failli	ayant failli

33 FUIR

3e GROUPE

Seul le verbe *s'enfuir* se conjugue sur ce modèle.
Aux deux premières personnes du pluriel de l'imparfait de l'indicatif et du présent du subjonctif, ne pas oublier le *i* après le *y*.

INDICATIF

Présent		Passé composé		
je	fuis	j'	ai	fui
tu	fuis	tu	as	fui
il/elle	fuit	il/elle	a	fui
nous	fuyons	nous	avons	fui
vous	fuyez	vous	avez	fui
ils/elles	fuient	ils/elles	ont	fui
Imparfait		**Plus-que-parfait**		
je	fuyais	j'	avais	fui
tu	fuyais	tu	avais	fui
il/elle	fuyait	il/elle	avait	fui
nous	fuyions	nous	avions	fui
vous	fuyiez	vous	aviez	fui
ils/elles	fuyaient	ils/elles	avaient	fui
Passé simple		**Passé antérieur**		
je	fuis	j'	eus	fui
tu	fuis	tu	eus	fui
il/elle	fuit	il/elle	eut	fui
nous	fuîmes	nous	eûmes	fui
vous	fuîtes	vous	eûtes	fui
ils/elles	fuirent	ils/elles	eurent	fui
Futur simple		**Futur antérieur**		
je	fuirai	j'	aurai	fui
tu	fuiras	tu	auras	fui
il/elle	fuira	il/elle	aura	fui
nous	fuirons	nous	aurons	fui
vous	fuirez	vous	aurez	fui
ils/elles	fuiront	ils/elles	auront	fui

SUBJONCTIF

Présent			
que	je	fuie	
que	tu	fuies	
qu'	il/elle	fuie	
que	nous	fuyions	
que	vous	fuyiez	
qu'	ils/elles	fuient	
Imparfait			
que	je	fuisse	
que	tu	fuisses	
qu'	il/elle	fuît	
que	nous	fuissions	
que	vous	fuissiez	
qu'	ils/elles	fuissent	
Passé			
que	j'	aie	fui
que	tu	aies	fui
qu'	il/elle	ait	fui
que	nous	ayons	fui
que	vous	ayez	fui
qu'	ils/elles	aient	fui
Plus-que-parfait			
que	j'	eusse	fui
que	tu	eusses	fui
qu'	il/elle	eût	fui
que	nous	eussions	fui
que	vous	eussiez	fui
qu'	ils/elles	eussent	fui

CONDITIONNEL

Présent		Passé 1re forme			Passé 2e forme		
je	fuirais	j'	aurais	fui	j'	eusse	fui
tu	fuirais	tu	aurais	fui	tu	eusses	fui
il/elle	fuirait	il/elle	aurait	fui	il/elle	eût	fui
nous	fuirions	nous	aurions	fui	nous	eussions	fui
vous	fuiriez	vous	auriez	fui	vous	eussiez	fui
ils/elles	fuiraient	ils/elles	auraient	fui	ils/elles	eussent	fui

IMPÉRATIF

Présent			Passé		
fuis	fuyons	fuyez	aie fui	ayons fui	ayez fui

INFINITIF

Présent	Passé
fuir	avoir fui

PARTICIPE

Présent	Passé	Passé composé
fuyant	fui (e, s, es)	ayant fui

34 GÉSIR — 3e GROUPE

Le verbe *gésir* ne se conjugue qu'au présent et à l'imparfait de l'indicatif. On trouve également le participe présent et l'infinitif. L'emploi le plus connu du verbe est dans l'expression *ci-gît*.

Remarque : Afin d'harmoniser l'usage de l'accent circonflexe dans la conjugaison, les rectifications de l'orthographe de 1990 proposent de supprimer l'accent circonflexe sur le *i* à la 3e personne du singulier de l'indicatif. On peut ainsi écrire *ci-git*.

INDICATIF

Présent	Passé composé
je gis tu gis il/elle gît (git) nous gisons vous gisez ils/elles gisent	*inusité*
Imparfait	**Plus-que-parfait**
je gisais tu gisais il/elle gisait nous gisions vous gisiez ils/elles gisaient	*inusité*
Passé simple	**Passé antérieur**
inusité	*inusité*
Futur simple	**Futur antérieur**
inusité	*inusité*

SUBJONCTIF

Présent
inusité
Imparfait
inusité
Passé
inusité
Plus-que-parfait
inusité

CONDITIONNEL

Présent	Passé 1re forme	Passé 2e forme
inusité	*inusité*	*inusité*

IMPÉRATIF

Présent	Passé
inusité	*inusité*

INFINITIF

Présent	Passé
gésir	*inusité*

PARTICIPE

Présent	Passé	Passé composé
gisant	*inusité*	*inusité*

35 OUÏR

3e GROUPE

Le verbe *ouïr* n'est plus en usage (sauf dans un registre quelque peu affecté...) ; il est, désormais, remplacé par le verbe *entendre.*
La présence du tréma étant incompatible avec celle de l'accent circonflexe, on écrit *nous ouïmes, vous ouïtes* aux deux premières personnes du pluriel du passé simple et qu'*il ouït* à la 3e personne du singulier de l'imparfait du subjonctif.
Seuls subsistent, parfois, les temps composés utilisés avec l'infinitif *dire* : *j'ai ouï dire.*
À noter l'expression *par ouï-dire.*

INDICATIF

Présent		Passé composé		
j'	ois	j'	ai	ouï
tu	ois	tu	as	ouï
il/elle	oit	il/elle	a	ouï
nous	oyons	nous	avons	ouï
vous	oyez	vous	avez	ouï
ils/elles	oient	ils/elles	ont	ouï

Imparfait		Plus-que-parfait		
j'	oyais	j'	avais	ouï
tu	oyais	tu	avais	ouï
il/elle	oyait	il/elle	avait	ouï
nous	oyions	nous	avions	ouï
vous	oyiez	vous	aviez	ouï
ils/elles	oyaient	ils/elles	avaient	ouï

Passé simple		Passé antérieur		
j'	ouïs	j'	eus	ouï
tu	ouïs	tu	eus	ouï
il/elle	ouït	il/elle	eut	ouï
nous	ouïmes	nous	eûmes	ouï
vous	ouïtes	vous	eûtes	ouï
ils/elles	ouïrent	ils/elles	eurent	ouï

Futur simple		Futur antérieur		
j'	ouïrai	j'	aurai	ouï
tu	ouïras	tu	auras	ouï
il/elle	ouïra	il/elle	aura	ouï
nous	ouïrons	nous	aurons	ouï
vous	ouïrez	vous	aurez	ouï
ils/elles	ouïront	ils/elles	auront	ouï

SUBJONCTIF

Présent		
que	j'	oie
que	tu	oies
qu'	il/elle	oie
que	nous	oyions
que	vous	oyiez
qu'	ils/elles	oient

Imparfait		
que	j'	ouïsse
que	tu	ouïsses
qu'	il/elle	ouït
que	nous	ouïssions
que	vous	ouïssiez
qu'	ils/elles	ouïssent

Passé			
que	j'	aie	ouï
que	tu	aies	ouï
qu'	il/elle	ait	ouï
que	nous	ayons	ouï
que	vous	ayez	ouï
qu'	ils/elles	aient	ouï

Plus-que-parfait			
que	j'	eusse	ouï
que	tu	eusses	ouï
qu'	il/elle	eût	ouï
que	nous	eussions	ouï
que	vous	eussiez	ouï
qu'	ils/elles	eussent	ouï

CONDITIONNEL

Présent		Passé 1re forme			Passé 2e forme		
j'	ouïrais	j'	aurais	ouï	j'	eusse	ouï
tu	ouïrais	tu	aurais	ouï	tu	eusses	ouï
il/elle	ouïrait	il/elle	aurait	ouï	il/elle	eût	ouï
nous	ouïrions	nous	aurions	ouï	nous	eussions	ouï
vous	ouïriez	vous	auriez	ouï	vous	eussiez	ouï
ils/elles	ouïraient	ils/elles	auraient	ouï	ils/elles	eussent	ouï

IMPÉRATIF

Présent			Passé		
ois	oyons	oyez	aie ouï	ayons ouï	ayez ouï

INFINITIF

Présent	Passé
ouïr	avoir ouï

PARTICIPE

Présent	Passé	Passé composé
oyant	ouï (e, s, es)	ayant ouï

36 RECEVOIR — 3e GROUPE

Ainsi se conjuguent tous les verbes dont l'infinitif se termine par *-cevoir*. Ils prennent une cédille devant *u* et *o* pour que le *c* garde sa valeur de [s] (Ex. : *je reçois, je reçus*).

INDICATIF

Présent		Passé composé		
je	reçois	j'	ai	reçu
tu	reçois	tu	as	reçu
il/elle	reçoit	il/elle	a	reçu
nous	recevons	nous	avons	reçu
vous	recevez	vous	avez	reçu
ils/elles	reçoivent	ils/elles	ont	reçu
Imparfait		**Plus-que-parfait**		
je	recevais	j'	avais	reçu
tu	recevais	tu	avais	reçu
il/elle	recevait	il/elle	avait	reçu
nous	recevions	nous	avions	reçu
vous	receviez	vous	aviez	reçu
ils/elles	recevaient	ils/elles	avaient	reçu
Passé simple		**Passé antérieur**		
je	reçus	j'	eus	reçu
tu	reçus	tu	eus	reçu
il/elle	reçut	il/elle	eut	reçu
nous	reçûmes	nous	eûmes	reçu
vous	reçûtes	vous	eûtes	reçu
ils/elles	reçurent	ils/elles	eurent	reçu
Futur simple		**Futur antérieur**		
je	recevrai	j'	aurai	reçu
tu	recevras	tu	auras	reçu
il/elle	recevra	il/elle	aura	reçu
nous	recevrons	nous	aurons	reçu
vous	recevrez	vous	aurez	reçu
ils/elles	recevront	ils/elles	auront	reçu

SUBJONCTIF

Présent			
que	je	reçoive	
que	tu	reçoives	
qu'	il/elle	reçoive	
que	nous	recevions	
que	vous	receviez	
qu'	ils/elles	reçoivent	
Imparfait			
que	je	reçusse	
que	tu	reçusses	
qu'	il/elle	reçût	
que	nous	reçussions	
que	vous	reçussiez	
qu'	ils/elles	reçussent	
Passé			
que	j'	aie	reçu
que	tu	aies	reçu
qu'	il/elle	ait	reçu
que	nous	ayons	reçu
que	vous	ayez	reçu
qu'	ils/elles	aient	reçu
Plus-que-parfait			
que	j'	eusse	reçu
que	tu	eusses	reçu
qu'	il/elle	eût	reçu
que	nous	eussions	reçu
que	vous	eussiez	reçu
qu'	ils/elles	eussent	reçu

CONDITIONNEL

Présent		Passé 1re forme			Passé 2e forme		
je	recevrais	j'	aurais	reçu	j'	eusse	reçu
tu	recevrais	tu	aurais	reçu	tu	eusses	reçu
il/elle	recevrait	il/elle	aurait	reçu	il/elle	eût	reçu
nous	recevrions	nous	aurions	reçu	nous	eussions	reçu
vous	recevriez	vous	auriez	reçu	vous	eussiez	reçu
ils/elles	recevraient	ils/elles	auraient	reçu	ils/elles	eussent	reçu

IMPÉRATIF

Présent			Passé		
reçois	recevons	recevez	aie reçu	ayons reçu	ayez reçu

INFINITIF

Présent	Passé
recevoir	avoir reçu

PARTICIPE

Présent	Passé	Passé composé
recevant	reçu (e, s, es)	ayant reçu

37 VOIR — 3e GROUPE

Ainsi se conjuguent *entrevoir* et *revoir*.

Remarques : 1. *Prévoir* a une conjugaison différente de *voir* au futur simple et au présent du conditionnel (voir modèle **38**). **2.** Ne pas oublier le *i* de la terminaison qui suit le *y* du radical aux deux premières personnes du pluriel de l'imparfait de l'indicatif et du présent du subjonctif *(nous voyions, vous voyiez)*. **3.** À la 3e personne du pluriel du présent de l'indicatif, aux trois personnes du singulier et à la 3e personne du pluriel du présent du subjonctif, on doit placer un *i* et non un *y* ; erreur très fréquente, surtout à l'oral.

INDICATIF

Présent		Passé composé		
je	vois	j'	ai	vu
tu	vois	tu	as	vu
il/elle	voit	il/elle	a	vu
nous	voyons	nous	avons	vu
vous	voyez	vous	avez	vu
ils/elles	voient	ils/elles	ont	vu

Imparfait		Plus-que-parfait		
je	voyais	j'	avais	vu
tu	voyais	tu	avais	vu
il/elle	voyait	il/elle	avait	vu
nous	voyions	nous	avions	vu
vous	voyiez	vous	aviez	vu
ils/elles	voyaient	ils/elles	avaient	vu

Passé simple		Passé antérieur		
je	vis	j'	eus	vu
tu	vis	tu	eus	vu
il/elle	vit	il/elle	eut	vu
nous	vîmes	nous	eûmes	vu
vous	vîtes	vous	eûtes	vu
ils/elles	virent	ils/elles	eurent	vu

Futur simple		Futur antérieur		
je	**verrai**	j'	aurai	vu
tu	**verras**	tu	auras	vu
il/elle	**verra**	il/elle	aura	vu
nous	**verrons**	nous	aurons	vu
vous	**verrez**	vous	aurez	vu
ils/elles	**verront**	ils/elles	auront	vu

SUBJONCTIF

Présent		
que	je	voie
que	tu	voies
qu'	il/elle	voie
que	nous	voyions
que	vous	voyiez
qu'	ils/elles	voient

Imparfait		
que	je	visse
que	tu	visses
qu'	il/elle	vît
que	nous	vissions
que	vous	vissiez
qu'	ils/elles	vissent

Passé			
que	j'	aie	vu
que	tu	aies	vu
qu'	il/elle	ait	vu
que	nous	ayons	vu
que	vous	ayez	vu
qu'	ils/elles	aient	vu

Plus-que-parfait			
que	j'	eusse	vu
que	tu	eusses	vu
qu'	il/elle	eût	vu
que	nous	eussions	vu
que	vous	eussiez	vu
qu'	ils/elles	eussent	vu

CONDITIONNEL

Présent		Passé 1re forme			Passé 2e forme		
je	**verrais**	j'	aurais	vu	j'	eusse	vu
tu	**verrais**	tu	aurais	vu	tu	eusses	vu
il/elle	**verrait**	il/elle	aurait	vu	il/elle	eût	vu
nous	**verrions**	nous	aurions	vu	nous	eussions	vu
vous	**verriez**	vous	auriez	vu	vous	eussiez	vu
ils/elles	**verraient**	ils/elles	auraient	vu	ils/elles	eussent	vu

IMPÉRATIF

Présent			Passé		
vois	voyons	voyez	aie vu	ayons vu	ayez vu

INFINITIF

Présent	Passé
voir	avoir vu

PARTICIPE

Présent	Passé	Passé composé
voyant	vu (e, s, es)	ayant vu

38 PRÉVOIR

3e GROUPE

Prévoir a la même conjugaison que *voir* (voir modèle **37**), sauf au futur simple et au présent du conditionnel.
Aux deux premières personnes du pluriel de l'imparfait de l'indicatif et du présent du subjonctif, ne pas oublier le *i* après le *y*.

INDICATIF

Présent		Passé composé		
je	prévois	j'	ai	prévu
tu	prévois	tu	as	prévu
il/elle	prévoit	il/elle	a	prévu
nous	prévoyons	nous	avons	prévu
vous	prévoyez	vous	avez	prévu
ils/elles	prévoient	ils/elles	ont	prévu
Imparfait		**Plus-que-parfait**		
je	prévoyais	j'	avais	prévu
tu	prévoyais	tu	avais	prévu
il/elle	prévoyait	il/elle	avait	prévu
nous	prévoyions	nous	avions	prévu
vous	prévoyiez	vous	aviez	prévu
ils/elles	prévoyaient	ils/elles	avaient	prévu
Passé simple		**Passé antérieur**		
je	prévis	j'	eus	prévu
tu	prévis	tu	eus	prévu
il/elle	prévit	il/elle	eut	prévu
nous	prévîmes	nous	eûmes	prévu
vous	prévîtes	vous	eûtes	prévu
ils/elles	prévirent	ils/elles	eurent	prévu
Futur simple		**Futur antérieur**		
je	prévoirai	j'	aurai	prévu
tu	prévoiras	tu	auras	prévu
il/elle	prévoira	il/elle	aura	prévu
nous	prévoirons	nous	aurons	prévu
vous	prévoirez	vous	aurez	prévu
ils/elles	prévoiront	ils/elles	auront	prévu

SUBJONCTIF

Présent			
que	je	prévoie	
que	tu	prévoies	
qu'	il/elle	prévoie	
que	nous	prévoyions	
que	vous	prévoyiez	
qu'	ils/elles	prévoient	
Imparfait			
que	je	prévisse	
que	tu	prévisses	
qu'	il/elle	prévît	
que	nous	prévissions	
que	vous	prévissiez	
qu'	ils/elles	prévissent	
Passé			
que	j'	aie	prévu
que	tu	aies	prévu
qu'	il/elle	ait	prévu
que	nous	ayons	prévu
que	vous	ayez	prévu
qu'	ils/elles	aient	prévu
Plus-que-parfait			
que	j'	eusse	prévu
que	tu	eusses	prévu
qu'	il/elle	eût	prévu
que	nous	eussions	prévu
que	vous	eussiez	prévu
qu'	ils/elles	eussent	prévu

CONDITIONNEL

Présent		Passé 1re forme			Passé 2e forme		
je	prévoirais	j'	aurais	prévu	j'	eusse	prévu
tu	prévoirais	tu	aurais	prévu	tu	eusses	prévu
il/elle	prévoirait	il/elle	aurait	prévu	il/elle	eût	prévu
nous	prévoirions	nous	aurions	prévu	nous	eussions	prévu
vous	prévoiriez	vous	auriez	prévu	vous	eussiez	prévu
ils/elles	prévoiraient	ils/elles	auraient	prévu	ils/elles	eussent	prévu

IMPÉRATIF

Présent			Passé		
prévois	prévoyons	prévoyez	aie prévu	ayons prévu	ayez prévu

INFINITIF

Présent	Passé
prévoir	avoir prévu

PARTICIPE

Présent	Passé	Passé composé
prévoyant	prévu (e, s, es)	ayant prévu

39 POURVOIR

3e GROUPE

Pourvoir a la même conjugaison que *prévoir* (voir modèle **38**), sauf au passé simple et à l'imparfait du subjonctif qui sont en *-u-* et non en *-i-*.
Même si des grammaires et des dictionnaires mentionnent le verbe *dépourvoir* (se conjuguant sur le modèle de *pourvoir*), il est désormais inusité ; seul le participe passé *dépourvu* est attesté.

INDICATIF

Présent		Passé composé		
je	pourvois	j'	ai	pourvu
tu	pourvois	tu	as	pourvu
il/elle	pourvoit	il/elle	a	pourvu
nous	pourvoyons	nous	avons	pourvu
vous	pourvoyez	vous	avez	pourvu
ils/elles	pourvoient	ils/elles	ont	pourvu
Imparfait		**Plus-que-parfait**		
je	pourvoyais	j'	avais	pourvu
tu	pourvoyais	tu	avais	pourvu
il/elle	pourvoyait	il/elle	avait	pourvu
nous	pourvoyions	nous	avions	pourvu
vous	pourvoyiez	vous	aviez	pourvu
ils/elles	pourvoyaient	ils/elles	avaient	pourvu
Passé simple		**Passé antérieur**		
je	pourvus	j'	eus	pourvu
tu	pourvus	tu	eus	pourvu
il/elle	pourvut	il/elle	eut	pourvu
nous	pourvûmes	nous	eûmes	pourvu
vous	pourvûtes	vous	eûtes	pourvu
ils/elles	pourvurent	ils/elles	eurent	pourvu
Futur simple		**Futur antérieur**		
je	pourvoirai	j'	aurai	pourvu
tu	pourvoiras	tu	auras	pourvu
il/elle	pourvoira	il/elle	aura	pourvu
nous	pourvoirons	nous	aurons	pourvu
vous	pourvoirez	vous	aurez	pourvu
ils/elles	pourvoiront	ils/elles	auront	pourvu

SUBJONCTIF

Présent			
que	je	pourvoie	
que	tu	pourvoies	
qu'	il/elle	pourvoie	
que	nous	pourvoyions	
que	vous	pourvoyiez	
qu'	ils/elles	pourvoient	
Imparfait			
que	je	pourvusse	
que	tu	pourvusses	
qu'	il/elle	pourvût	
que	nous	pourvussions	
que	vous	pourvussiez	
qu'	ils/elles	pourvussent	
Passé			
que	j'	aie	pourvu
que	tu	aies	pourvu
qu'	il/elle	ait	pourvu
que	nous	ayons	pourvu
que	vous	ayez	pourvu
qu'	ils/elles	aient	pourvu
Plus-que-parfait			
que	j'	eusse	pourvu
que	tu	eusses	pourvu
qu'	il/elle	eût	pourvu
que	nous	eussions	pourvu
que	vous	eussiez	pourvu
qu'	ils/elles	eussent	pourvu

CONDITIONNEL

Présent		Passé 1re forme			Passé 2e forme		
je	pourvoirais	j'	aurais	pourvu	j'	eusse	pourvu
tu	pourvoirais	tu	aurais	pourvu	tu	eusses	pourvu
il/elle	pourvoirait	il/elle	aurait	pourvu	il/elle	eût	pourvu
nous	pourvoirions	nous	aurions	pourvu	nous	eussions	pourvu
vous	pourvoiriez	vous	auriez	pourvu	vous	eussiez	pourvu
ils/elles	pourvoiraient	ils/elles	auraient	pourvu	ils/elles	eussent	pourvu

IMPÉRATIF

Présent			Passé		
pourvois	pourvoyons	pourvoyez	aie pourvu	ayons pourvu	ayez pourvu

INFINITIF

Présent	Passé
pourvoir	avoir pourvu

PARTICIPE

Présent	Passé	Passé composé
pourvoyant	pourvu (e, s, es)	ayant pourvu

40 ASSEOIR — 3e GROUPE

La conjugaison en *-oi-/-oy-* est moins fréquente à l'écrit que la conjugaison en *-ie-/-ey-*.
Remarques : 1. L'infinitif est la seule forme présentant le *e* muet. **2.** Le verbe *surseoir* n'a qu'une seule conjugaison en *-oi-/-oy-* (voir modèle **41**). **3.** *Seoir* au sens de « convenir » et *messeoir* n'ont qu'une conjugaison en *-ie-/-ey-* mais seulement aux 3es personnes des présents de l'indicatif, du subjonctif et du conditionnel, ainsi qu'à l'imparfait de l'indicatif et au futur simple.

INDICATIF

Présent		*ou*	Passé composé		
j'	assieds	assois	j'	ai	assis
tu	assieds	assois	tu	as	assis
il/elle	assied	assoit	il/elle	a	assis
nous	asseyons	assoyons	nous	avons	assis
vous	asseyez	assoyez	vous	avez	assis
ils/elles	asseyent	assoient	ils/elles	ont	assis
Imparfait		*ou*	**Plus-que-parfait**		
j'	asseyais	assoyais	j'	avais	assis
tu	asseyais	assoyais	tu	avais	assis
il/elle	asseyait	assoyait	il/elle	avait	assis
nous	asseyions	assoyions	nous	avions	assis
vous	asseyiez	assoyiez	vous	aviez	assis
ils/elles	asseyaient	assoyaient	ils/elles	avaient	assis
Passé simple			**Passé antérieur**		
j'	assis		j'	eus	assis
tu	assis		tu	eus	assis
il/elle	assit		il/elle	eut	assis
nous	assîmes		nous	eûmes	assis
vous	assîtes		vous	eûtes	assis
ils/elles	assirent		ils/elles	eurent	assis
Futur simple		*ou*	**Futur antérieur**		
j'	assiérai	assoirai	j'	aurai	assis
tu	assiéras	assoiras	tu	auras	assis
il/elle	assiéra	assoira	il/elle	aura	assis
nous	assiérons	assoirons	nous	aurons	assis
vous	assiérez	assoirez	vous	aurez	assis
ils/elles	assiéront	assoiront	ils/elles	auront	assis

SUBJONCTIF

Présent			*ou*
que	j'	asseye	assoie
que	tu	asseyes	assoies
qu'	il/elle	asseye	assoie
que	nous	asseyions	assoyions
que	vous	asseyiez	assoyiez
qu'	ils/elles	asseyent	assoient
Imparfait			
que	j'	assisse	
que	tu	assisses	
qu'	il/elle	assît	
que	nous	assissions	
que	vous	assissiez	
qu'	ils/elles	assissent	
Passé			
que	j'	aie	assis
que	tu	aies	assis
qu'	il/elle	ait	assis
que	nous	ayons	assis
que	vous	ayez	assis
qu'	ils/elles	aient	assis
Plus-que-parfait			
que	j'	eusse	assis
que	tu	eusses	assis
qu'	il/elle	eût	assis
que	nous	eussions	assis
que	vous	eussiez	assis
qu'	ils/elles	eussent	assis

CONDITIONNEL

Présent		*ou*	Passé 1re forme			Passé 2e forme		
j'	assiérais	assoirais	j'	aurais	assis	j'	eusse	assis
tu	assiérais	assoirais	tu	aurais	assis	tu	eusses	assis
il/elle	assiérait	assoirait	il/elle	aurait	assis	il/elle	eût	assis
nous	assiérions	assoirions	nous	aurions	assis	nous	eussions	assis
vous	assiériez	assoiriez	vous	auriez	assis	vous	eussiez	assis
ils/elles	assiéraient	assoiraient	ils/elles	auraient	assis	ils/elles	eussent	assis

IMPÉRATIF

Présent			Passé		
assieds *ou* assois	asseyons *ou* assoyons	asseyez *ou* assoyez	aie assis	ayons assis	ayez assis

INFINITIF

Présent	Passé
asseoir	avoir assis

PARTICIPE

Présent	Passé	Passé composé
asseyant *ou* assoyant	assis (e, es)	ayant assis

41 SURSEOIR 3e GROUPE

Le *e* de l'infinitif disparaît dans la conjugaison, sauf au futur simple et au présent du conditionnel.
Remarque : Les rectifications de l'orthographe de 1990 conseillent l'emploi des graphies sans *e* (Ex. : *je sursoirai, sursoir*).

INDICATIF

Présent		Passé composé		
je	sursois	j'	ai	sursis
tu	sursois	tu	as	sursis
il/elle	sursoit	il/elle	a	sursis
nous	sursoyons	nous	avons	sursis
vous	sursoyez	vous	avez	sursis
ils/elles	sursoient	ils/elles	ont	sursis
Imparfait		**Plus-que-parfait**		
je	sursoyais	j'	avais	sursis
tu	sursoyais	tu	avais	sursis
il/elle	sursoyait	il/elle	avait	sursis
nous	sursoyions	nous	avions	sursis
vous	sursoyiez	vous	aviez	sursis
ils/elles	sursoyaient	ils/elles	avaient	sursis
Passé simple		**Passé antérieur**		
je	sursis	j'	eus	sursis
tu	sursis	tu	eus	sursis
il/elle	sursit	il/elle	eut	sursis
nous	sursîmes	nous	eûmes	sursis
vous	sursîtes	vous	eûtes	sursis
ils/elles	sursirent	ils/elles	eurent	sursis
Futur simple		**Futur antérieur**		
je	surseoirai	j'	aurai	sursis
tu	surseoiras	tu	auras	sursis
il/elle	surseoira	il/elle	aura	sursis
nous	surseoirons	nous	aurons	sursis
vous	surseoirez	vous	aurez	sursis
ils/elles	surseoiront	ils/elles	auront	sursis

SUBJONCTIF

Présent			
que	je	sursoie	
que	tu	sursoies	
qu'	il/elle	sursoie	
que	nous	sursoyions	
que	vous	sursoyiez	
qu'	ils/elles	sursoient	
Imparfait			
que	je	sursisse	
que	tu	sursisses	
qu'	il/elle	sursît	
que	nous	sursissions	
que	vous	sursissiez	
qu'	ils/elles	sursissent	
Passé			
que	j'	aie	sursis
que	tu	aies	sursis
qu'	il/elle	ait	sursis
que	nous	ayons	sursis
que	vous	ayez	sursis
qu'	ils/elles	aient	sursis
Plus-que-parfait			
que	j'	eusse	sursis
que	tu	eusses	sursis
qu'	il/elle	eût	sursis
que	nous	eussions	sursis
que	vous	eussiez	sursis
qu'	ils/elles	eussent	sursis

CONDITIONNEL

Présent		Passé 1re forme			Passé 2e forme		
je	surseoirais	j'	aurais	sursis	j'	eusse	sursis
tu	surseoirais	tu	aurais	sursis	tu	eusses	sursis
il/elle	surseoirait	il/elle	aurait	sursis	il/elle	eût	sursis
nous	surseoirions	nous	aurions	sursis	nous	eussions	sursis
vous	surseoiriez	vous	auriez	sursis	vous	eussiez	sursis
ils/elles	surseoiraient	ils/elles	auraient	sursis	ils/elles	eussent	sursis

IMPÉRATIF

Présent			Passé		
sursois	sursoyons	sursoyez	aie sursis	ayons sursis	ayez sursis

INFINITIF

Présent	Passé
surseoir	avoir sursis

PARTICIPE

Présent	Passé	Passé composé
sursoyant	sursis (e, es)	ayant sursis

42 SAVOIR 3e GROUPE

Savoir est le seul verbe à se conjuguer ainsi.
Remarque : Ne pas confondre les formes du futur simple et du présent du conditionnel avec celles, presque homophones, du verbe *être (je serai, tu serais).*
Le présent du subjonctif, le participe présent et le présent de l'impératif se forment sur le radical *sach-*.

INDICATIF

Présent		Passé composé		
je	sais	j'	ai	su
tu	sais	tu	as	su
il/elle	sait	il/elle	a	su
nous	savons	nous	avons	su
vous	savez	vous	avez	su
ils/elles	savent	ils/elles	ont	su
Imparfait		**Plus-que-parfait**		
je	savais	j'	avais	su
tu	savais	tu	avais	su
il/elle	savait	il/elle	avait	su
nous	savions	nous	avions	su
vous	saviez	vous	aviez	su
ils/elles	savaient	ils/elles	avaient	su
Passé simple		**Passé antérieur**		
je	sus	j'	eus	su
tu	sus	tu	eus	su
il/elle	sut	il/elle	eut	su
nous	sûmes	nous	eûmes	su
vous	sûtes	vous	eûtes	su
ils/elles	surent	ils/elles	eurent	su
Futur simple		**Futur antérieur**		
je	saurai	j'	aurai	su
tu	sauras	tu	auras	su
il/elle	saura	il/elle	aura	su
nous	saurons	nous	aurons	su
vous	saurez	vous	aurez	su
ils/elles	sauront	ils/elles	auront	su

SUBJONCTIF

Présent			
que	je	sache	
que	tu	saches	
qu'	il/elle	sache	
que	nous	sachions	
que	vous	sachiez	
qu'	ils/elles	sachent	
Imparfait			
que	je	susse	
que	tu	susses	
qu'	il/elle	sût	
que	nous	sussions	
que	vous	sussiez	
qu'	ils/elles	sussent	
Passé			
que	j'	aie	su
que	tu	aies	su
qu'	il/elle	ait	su
que	nous	ayons	su
que	vous	ayez	su
qu'	ils/elles	aient	su
Plus-que-parfait			
que	j'	eusse	su
que	tu	eusses	su
qu'	il/elle	eût	su
que	nous	eussions	su
que	vous	eussiez	su
qu'	ils/elles	eussent	su

CONDITIONNEL

Présent		Passé 1re forme			Passé 2e forme		
je	saurais	j'	aurais	su	j'	eusse	su
tu	saurais	tu	aurais	su	tu	eusses	su
il/elle	saurait	il/elle	aurait	su	il/elle	eût	su
nous	saurions	nous	aurions	su	nous	eussions	su
vous	sauriez	vous	auriez	su	vous	eussiez	su
ils/elles	sauraient	ils/elles	auraient	su	ils/elles	eussent	su

IMPÉRATIF

Présent			Passé		
sache	sachons	sachez	aie su	ayons su	ayez su

INFINITIF

Présent	Passé
savoir	avoir su

PARTICIPE

Présent	Passé	Passé composé
sachant	su (e, s, es)	ayant su

43 DEVOIR

3e GROUPE

L'accent circonflexe sur le *u* du participe passé disparaît au féminin et au pluriel : *dû, due, dus, dues.*
Seul le verbe *redevoir* se conjugue sur ce modèle.
Remarque : Le participe passé *redû* n'ayant pas d'homophone, les rectifications de l'orthographe de 1990 proposent la suppression de l'accent circonflexe : *redu.*

INDICATIF

Présent		Passé composé		
je	dois	j'	ai	dû
tu	dois	tu	as	dû
il/elle	doit	il/elle	a	dû
nous	devons	nous	avons	dû
vous	devez	vous	avez	dû
ils/elles	doivent	ils/elles	ont	dû
Imparfait		**Plus-que-parfait**		
je	devais	j'	avais	dû
tu	devais	tu	avais	dû
il/elle	devait	il/elle	avait	dû
nous	devions	nous	avions	dû
vous	deviez	vous	aviez	dû
ils/elles	devaient	ils/elles	avaient	dû
Passé simple		**Passé antérieur**		
je	dus	j'	eus	dû
tu	dus	tu	eus	dû
il/elle	dut	il/elle	eut	dû
nous	dûmes	nous	eûmes	dû
vous	dûtes	vous	eûtes	dû
ils/elles	durent	ils/elles	eurent	dû
Futur simple		**Futur antérieur**		
je	devrai	j'	aurai	dû
tu	devras	tu	auras	dû
il/elle	devra	il/elle	aura	dû
nous	devrons	nous	aurons	dû
vous	devrez	vous	aurez	dû
ils/elles	devront	ils/elles	auront	dû

SUBJONCTIF

Présent			
que	je	doive	
que	tu	doives	
qu'	il/elle	doive	
que	nous	devions	
que	vous	deviez	
qu'	ils/elles	doivent	
Imparfait			
que	je	dusse	
que	tu	dusses	
qu'	il/elle	dût	
que	nous	dussions	
que	vous	dussiez	
qu'	ils/elles	dussent	
Passé			
que	j'	aie	dû
que	tu	aies	dû
qu'	il/elle	ait	dû
que	nous	ayons	dû
que	vous	ayez	dû
qu'	ils/elles	aient	dû
Plus-que-parfait			
que	j'	eusse	dû
que	tu	eusses	dû
qu'	il/elle	eût	dû
que	nous	eussions	dû
que	vous	eussiez	dû
qu'	ils/elles	eussent	dû

CONDITIONNEL

Présent		Passé 1re forme			Passé 2e forme		
je	devrais	j'	aurais	dû	j'	eusse	dû
tu	devrais	tu	aurais	dû	tu	eusses	dû
il/elle	devrait	il/elle	aurait	dû	il/elle	eût	dû
nous	devrions	nous	aurions	dû	nous	eussions	dû
vous	devriez	vous	auriez	dû	vous	eussiez	dû
ils/elles	devraient	ils/elles	auraient	dû	ils/elles	eussent	dû

IMPÉRATIF

Présent	Passé
inusité	*inusité*

INFINITIF

Présent	Passé
devoir	avoir dû

PARTICIPE

Présent	Passé	Passé composé
devant	dû (due, dus, dues)	ayant dû

44 POUVOIR 3e GROUPE

Au présent de l'indicatif, *je peux* est plus courant, *je puis* plus littéraire. Lorsque le pronom sujet est inversé, seul *puis-je* est possible.
Au présent du subjonctif, lorsque le pronom sujet est inversé, on a *puissé-je*.
Le participe passé *pu* est toujours invariable et ne prend pas d'accent circonflexe.
Remarque : Noter les terminaisons du présent de l'indicatif en *-x* et non en *-s* comme pour les verbes du 3e groupe.

INDICATIF

Présent		Passé composé		
je	peux *ou* je puis	j'	ai	pu
tu	peux	tu	as	pu
il/elle	peut	il/elle	a	pu
nous	pouvons	nous	avons	pu
vous	pouvez	vous	avez	pu
ils/elles	peuvent	ils/elles	ont	pu
Imparfait		**Plus-que-parfait**		
je	pouvais	j'	avais	pu
tu	pouvais	tu	avais	pu
il/elle	pouvait	il/elle	avait	pu
nous	pouvions	nous	avions	pu
vous	pouviez	vous	aviez	pu
ils/elles	pouvaient	ils/elles	avaient	pu
Passé simple		**Passé antérieur**		
je	pus	j'	eus	pu
tu	pus	tu	eus	pu
il/elle	put	il/elle	eut	pu
nous	pûmes	nous	eûmes	pu
vous	pûtes	vous	eûtes	pu
ils/elles	purent	ils/elles	eurent	pu
Futur simple		**Futur antérieur**		
je	pourrai	j'	aurai	pu
tu	pourras	tu	auras	pu
il/elle	pourra	il/elle	aura	pu
nous	pourrons	nous	aurons	pu
vous	pourrez	vous	aurez	pu
ils/elles	pourront	ils/elles	auront	pu

SUBJONCTIF

Présent			
que	je	puisse	
que	tu	puisses	
qu'	il/elle	puisse	
que	nous	puissions	
que	vous	puissiez	
qu'	ils/elles	puissent	
Imparfait			
que	je	pusse	
que	tu	pusses	
qu'	il/elle	pût	
que	nous	pussions	
que	vous	pussiez	
qu'	ils/elles	pussent	
Passé			
que	j'	aie	pu
que	tu	aies	pu
qu'	il/elle	ait	pu
que	nous	ayons	pu
que	vous	ayez	pu
qu'	ils/elles	aient	pu
Plus-que-parfait			
que	j'	eusse	pu
que	tu	eusses	pu
qu'	il/elle	eût	pu
que	nous	eussions	pu
que	vous	eussiez	pu
qu'	ils/elles	eussent	pu

CONDITIONNEL

Présent		Passé 1re forme			Passé 2e forme		
je	pourrais	j'	aurais	pu	j'	eusse	pu
tu	pourrais	tu	aurais	pu	tu	eusses	pu
il/elle	pourrait	il/elle	aurait	pu	il/elle	eût	pu
nous	pourrions	nous	aurions	pu	nous	eussions	pu
vous	pourriez	vous	auriez	pu	vous	eussiez	pu
ils/elles	pourraient	ils/elles	auraient	pu	ils/elles	eussent	pu

IMPÉRATIF

Présent	Passé
inusité	*inusité*

INFINITIF

Présent	Passé
pouvoir	avoir pu

PARTICIPE

Présent	Passé	Passé composé
pouvant	pu	ayant pu

45 VOULOIR — 3e GROUPE

Le présent de l'impératif est rare en dehors des expressions *ne m'en veux pas, ne m'en voulez pas* que l'on trouve aussi sous la forme *ne m'en veuille pas, ne m'en veuillez pas*. La 2e personne du pluriel du présent de l'impératif est employée couramment dans les formules de politesse *(veuillez agréer, veuillez recevoir...)*.
Le participe passé du verbe *s'en vouloir (ils s'en sont voulu)* demeure invariable.
Remarque : Noter les terminaisons du présent de l'indicatif en *-x* et non en *-s* comme pour les verbes du 3e groupe.

INDICATIF

Présent		Passé composé		
je	veux	j'	ai	voulu
tu	veux	tu	as	voulu
il/elle	veut	il/elle	a	voulu
nous	voulons	nous	avons	voulu
vous	voulez	vous	avez	voulu
ils/elles	veulent	ils/elles	ont	voulu
Imparfait		**Plus-que-parfait**		
je	voulais	j'	avais	voulu
tu	voulais	tu	avais	voulu
il/elle	voulait	il/elle	avait	voulu
nous	voulions	nous	avions	voulu
vous	vouliez	vous	aviez	voulu
ils/elles	voulaient	ils/elles	avaient	voulu
Passé simple		**Passé antérieur**		
je	voulus	j'	eus	voulu
tu	voulus	tu	eus	voulu
il/elle	voulut	il/elle	eut	voulu
nous	voulûmes	nous	eûmes	voulu
vous	voulûtes	vous	eûtes	voulu
ils/elles	voulurent	ils/elles	eurent	voulu
Futur simple		**Futur antérieur**		
je	voudrai	j'	aurai	voulu
tu	voudras	tu	auras	voulu
il/elle	voudra	il/elle	aura	voulu
nous	voudrons	nous	aurons	voulu
vous	voudrez	vous	aurez	voulu
ils/elles	voudront	ils/elles	auront	voulu

SUBJONCTIF

Présent			
que	je	veuille	
que	tu	veuilles	
qu'	il/elle	veuille	
que	nous	voulions	
que	vous	vouliez	
qu'	ils/elles	veuillent	
Imparfait			
que	je	voulusse	
que	tu	voulusses	
qu'	il/elle	voulût	
que	nous	voulussions	
que	vous	voulussiez	
qu'	ils/elles	voulussent	
Passé			
que	j'	aie	voulu
que	tu	aies	voulu
qu'	il/elle	ait	voulu
que	nous	ayons	voulu
que	vous	ayez	voulu
qu'	ils/elles	aient	voulu
Plus-que-parfait			
que	j'	eusse	voulu
que	tu	eusses	voulu
qu'	il/elle	eût	voulu
que	nous	eussions	voulu
que	vous	eussiez	voulu
qu'	ils/elles	eussent	voulu

CONDITIONNEL

Présent		Passé 1re forme			Passé 2e forme		
je	voudrais	j'	aurais	voulu	j'	eusse	voulu
tu	voudrais	tu	aurais	voulu	tu	eusses	voulu
il/elle	voudrait	il/elle	aurait	voulu	il/elle	eût	voulu
nous	voudrions	nous	aurions	voulu	nous	eussions	voulu
vous	voudriez	vous	auriez	voulu	vous	eussiez	voulu
ils/elles	voudraient	ils/elles	auraient	voulu	ils/elles	eussent	voulu

IMPÉRATIF

Présent			Passé		
veux *ou* veuille	voulons	voulez *ou* veuillez	aie voulu	ayons voulu	ayez voulu

INFINITIF

Présent	Passé
vouloir	avoir voulu

PARTICIPE

Présent	Passé	Passé composé
voulant	voulu (e, s, es)	ayant voulu

46 VALOIR — 3e GROUPE

L'impératif est rare.
Ainsi se conjuguent *équivaloir* et *revaloir*.
Remarques : 1. Noter les terminaisons du présent de l'indicatif en *-x* et non en *-s* comme pour les verbes du 3e groupe. **2.** *Prévaloir* est différent de *valoir* au présent du subjonctif (voir modèle **47**).

INDICATIF

Présent		Passé composé		
je	vaux	j'	ai	valu
tu	vaux	tu	as	valu
il/elle	vaut	il/elle	a	valu
nous	valons	nous	avons	valu
vous	valez	vous	avez	valu
ils/elles	valent	ils/elles	ont	valu
Imparfait		**Plus-que-parfait**		
je	valais	j'	avais	valu
tu	valais	tu	avais	valu
il/elle	valait	il/elle	avait	valu
nous	valions	nous	avions	valu
vous	valiez	vous	aviez	valu
ils/elles	valaient	ils/elles	avaient	valu
Passé simple		**Passé antérieur**		
je	valus	j'	eus	valu
tu	valus	tu	eus	valu
il/elle	valut	il/elle	eut	valu
nous	valûmes	nous	eûmes	valu
vous	valûtes	vous	eûtes	valu
ils/elles	valurent	ils/elles	eurent	valu
Futur simple		**Futur antérieur**		
je	vaudrai	j'	aurai	valu
tu	vaudras	tu	auras	valu
il/elle	vaudra	il/elle	aura	valu
nous	vaudrons	nous	aurons	valu
vous	vaudrez	vous	aurez	valu
ils/elles	vaudront	ils/elles	auront	valu

SUBJONCTIF

Présent			
que	je	vaille	
que	tu	vailles	
qu'	il/elle	vaille	
que	nous	valions	
que	vous	valiez	
qu'	ils/elles	vaillent	
Imparfait			
que	je	valusse	
que	tu	valusses	
qu'	il/elle	valût	
que	nous	valussions	
que	vous	valussiez	
qu'	ils/elles	valussent	
Passé			
que	j'	aie	valu
que	tu	aies	valu
qu'	il/elle	ait	valu
que	nous	ayons	valu
que	vous	ayez	valu
qu'	ils/elles	aient	valu
Plus-que-parfait			
que	j'	eusse	valu
que	tu	eusses	valu
qu'	il/elle	eût	valu
que	nous	eussions	valu
que	vous	eussiez	valu
qu'	ils/elles	eussent	valu

CONDITIONNEL

Présent		Passé 1re forme			Passé 2e forme		
je	vaudrais	j'	aurais	valu	j'	eusse	valu
tu	vaudrais	tu	aurais	valu	tu	eusses	valu
il/elle	vaudrait	il/elle	aurait	valu	il/elle	eût	valu
nous	vaudrions	nous	aurions	valu	nous	eussions	valu
vous	vaudriez	vous	auriez	valu	vous	eussiez	valu
ils/elles	vaudraient	ils/elles	auraient	valu	ils/elles	eussent	valu

IMPÉRATIF

Présent			Passé		
vaux	valons	valez	aie valu	ayons valu	ayez valu

INFINITIF

Présent	Passé
valoir	avoir valu

PARTICIPE

Présent	Passé	Passé composé
valant	valu (e, s, es)	ayant valu

47 PRÉVALOIR 3e GROUPE

Prévaloir se distingue de *valoir* uniquement au présent du subjonctif.
Son participe passé est invariable.

INDICATIF

Présent		Passé composé		
je	prévau**x**	j'	ai	prévalu
tu	prévau**x**	tu	as	prévalu
il/elle	prévaut	il/elle	a	prévalu
nous	prévalons	nous	avons	prévalu
vous	prévalez	vous	avez	prévalu
ils/elles	prévalent	ils/elles	ont	prévalu

Imparfait		Plus-que-parfait		
je	prévalais	j'	avais	prévalu
tu	prévalais	tu	avais	prévalu
il/elle	prévalait	il/elle	avait	prévalu
nous	prévalions	nous	avions	prévalu
vous	prévaliez	vous	aviez	prévalu
ils/elles	prévalaient	ils/elles	avaient	prévalu

Passé simple		Passé antérieur		
je	prévalus	j'	eus	prévalu
tu	prévalus	tu	eus	prévalu
il/elle	prévalut	il/elle	eut	prévalu
nous	prévalûmes	nous	eûmes	prévalu
vous	prévalûtes	vous	eûtes	prévalu
ils/elles	prévalurent	ils/elles	eurent	prévalu

Futur simple		Futur antérieur		
je	prévaudrai	j'	aurai	prévalu
tu	prévaudras	tu	auras	prévalu
il/elle	prévaudra	il/elle	aura	prévalu
nous	prévaudrons	nous	aurons	prévalu
vous	prévaudrez	vous	aurez	prévalu
ils/elles	prévaudront	ils/elles	auront	prévalu

SUBJONCTIF

Présent		
que	je	**préval**e
que	tu	**préval**es
qu'	il/elle	**préval**e
que	nous	**préval**ions
que	vous	**préval**iez
qu'	ils/elles	**préval**ent

Imparfait		
que	je	prévalusse
que	tu	prévalusses
qu'	il/elle	prévalût
que	nous	prévalussions
que	vous	prévalussiez
qu'	ils/elles	prévalussent

Passé			
que	j'	aie	prévalu
que	tu	aies	prévalu
qu'	il/elle	ait	prévalu
que	nous	ayons	prévalu
que	vous	ayez	prévalu
qu'	ils/elles	aient	prévalu

Plus-que-parfait			
que	j'	eusse	prévalu
que	tu	eusses	prévalu
qu'	il/elle	eût	prévalu
que	nous	eussions	prévalu
que	vous	eussiez	prévalu
qu'	ils/elles	eussent	prévalu

CONDITIONNEL

Présent		Passé 1re forme			Passé 2e forme		
je	prévaudrais	j'	aurais	prévalu	j'	eusse	prévalu
tu	prévaudrais	tu	aurais	prévalu	tu	eusses	prévalu
il/elle	prévaudrait	il/elle	aurait	prévalu	il/elle	eût	prévalu
nous	prévaudrions	nous	aurions	prévalu	nous	eussions	prévalu
vous	prévaudriez	vous	auriez	prévalu	vous	eussiez	prévalu
ils/elles	prévaudraient	ils/elles	auraient	prévalu	ils/elles	eussent	prévalu

IMPÉRATIF

Présent			Passé		
prévau**x**	prévalons	prévalez	aie prévalu	ayons prévalu	ayez prévalu

INFINITIF

Présent	Passé
prévaloir	avoir prévalu

PARTICIPE

Présent	Passé	Passé composé
prévalant	**prévalu**	ayant prévalu

Tableaux de conjugaison

48 MOUVOIR — 3e GROUPE

L'accent circonflexe sur le *u* du participe passé disparaît au féminin et au pluriel : *mû, mue, mus, mues.* Ainsi se conjuguent *émouvoir* et *promouvoir*, mais leur participe passé ne prend pas d'accent circonflexe : *ému, promu.*
Les rectifications de l'orthographe de 1990 acceptent la suppression de l'accent circonflexe sur le participe passé masculin singulier : *mu.*
Remarque : En raison de leur conjugaison irrégulière, *émouvoir* et *promouvoir* sont souvent en concurrence avec *émotionner* et *promotionner.*

INDICATIF

Présent		Passé composé		
je	meus	j'	ai	mû
tu	meus	tu	as	mû
il/elle	meut	il/elle	a	mû
nous	mouvons	nous	avons	mû
vous	mouvez	vous	avez	mû
ils/elles	meuvent	ils/elles	ont	mû
Imparfait		**Plus-que-parfait**		
je	mouvais	j'	avais	mû
tu	mouvais	tu	avais	mû
il/elle	mouvait	il/elle	avait	mû
nous	mouvions	nous	avions	mû
vous	mouviez	vous	aviez	mû
ils/elles	mouvaient	ils/elles	avaient	mû
Passé simple		**Passé antérieur**		
je	mus	j'	eus	mû
tu	mus	tu	eus	mû
il/elle	mut	il/elle	eut	mû
nous	mûmes	nous	eûmes	mû
vous	mûtes	vous	eûtes	mû
ils/elles	murent	ils/elles	eurent	mû
Futur simple		**Futur antérieur**		
je	mouvrai	j'	aurai	mû
tu	mouvras	tu	auras	mû
il/elle	mouvra	il/elle	aura	mû
nous	mouvrons	nous	aurons	mû
vous	mouvrez	vous	aurez	mû
ils/elles	mouvront	ils/elles	auront	mû

SUBJONCTIF

Présent			
que	je	meuve	
que	tu	meuves	
qu'	il/elle	meuve	
que	nous	mouvions	
que	vous	mouviez	
qu'	ils/elles	meuvent	
Imparfait			
que	je	musse	
que	tu	musses	
qu'	il/elle	mût	
que	nous	mussions	
que	vous	mussiez	
qu'	ils/elles	mussent	
Passé			
que	j'	aie	mû
que	tu	aies	mû
qu'	il/elle	ait	mû
que	nous	ayons	mû
que	vous	ayez	mû
qu'	ils/elles	aient	mû
Plus-que-parfait			
que	j'	eusse	mû
que	tu	eusses	mû
qu'	il/elle	eût	mû
que	nous	eussions	mû
que	vous	eussiez	mû
qu'	ils/elles	eussent	mû

CONDITIONNEL

Présent		Passé 1re forme			Passé 2e forme		
je	mouvrais	j'	aurais	mû	j'	eusse	mû
tu	mouvrais	tu	aurais	mû	tu	eusses	mû
il/elle	mouvrait	il/elle	aurait	mû	il/elle	eût	mû
nous	mouvrions	nous	aurions	mû	nous	eussions	mû
vous	mouvriez	vous	auriez	mû	vous	eussiez	mû
ils/elles	mouvraient	ils/elles	auraient	mû	ils/elles	eussent	mû

IMPÉRATIF

Présent			Passé		
meus	mouvons	mouvez	aie mû	ayons mû	ayez mû

INFINITIF

Présent	Passé
mouvoir	avoir mû

PARTICIPE

Présent	Passé	Passé composé
mouvant	mû (mue, mus, mues)	ayant mû

49 FALLOIR 3e GROUPE

Falloir est un verbe impersonnel qui ne se conjugue donc qu'à la 3e personne du singulier. Il n'a pas de participe présent ni d'impératif.

INDICATIF

Présent	Passé composé
il faut	il a fallu

Imparfait	Plus-que-parfait
il fallait	il avait fallu

Passé simple	Passé antérieur
il fallut	il eut fallu

Futur simple	Futur antérieur
il faudra	il aura fallu

SUBJONCTIF

Présent
qu' il faille

Imparfait
qu' il fallût

Passé
qu' il ait fallu

Plus-que-parfait
qu' il eût fallu

CONDITIONNEL

Présent	Passé 1re forme	Passé 2e forme
il faudrait	il aurait fallu	il eût fallu

IMPÉRATIF

Présent	Passé
inusité	*inusité*

INFINITIF

Présent	Passé
falloir	avoir fallu

PARTICIPE

Présent	Passé	Passé composé
inusité	**fallu**	ayant fallu

Tableaux de conjugaison

50 PLEUVOIR 3ᵉ GROUPE

Pleuvoir se conjugue à la 3ᵉ personne du singulier au sens concret et à la 3ᵉ personne du pluriel au sens figuré (Ex. : *Les coups pleuvent*).

INDICATIF

Présent	Passé composé
il pleut ils/elles pleuvent	il a plu ils/elles ont plu

Imparfait	Plus-que-parfait
il pleuvait ils/elles pleuvaient	il avait plu ils/elles avaient plu

Passé simple	Passé antérieur
il plut ils/elles plurent	il eut plu ils/elles eurent plu

Futur simple	Futur antérieur
il pleuvra ils/elles pleuvront	il aura plu ils/elles auront plu

SUBJONCTIF

Présent
qu' il pleuve qu' ils/elles pleuvent

Imparfait
qu' il plût qu' ils/elles plussent

Passé
qu' il ait plu qu' ils/elles aient plu

Plus-que-parfait
qu' il eût plu qu' ils/elles eussent plu

CONDITIONNEL

Présent	Passé 1re forme	Passé 2e forme
il pleuvrait ils/elles pleuvraient	il aurait plu ils/elles auraient plu	il eût plu ils/elles eussent plu

IMPÉRATIF

Présent	Passé
inusité	*inusité*

INFINITIF

Présent	Passé
pleuvoir	avoir plu

PARTICIPE

Présent	Passé	Passé composé
pleuvant	plu	ayant plu

51 DÉCHOIR — 3e GROUPE

Ainsi se conjuguent *choir* et *échoir*.
Choir et *déchoir* n'ont pas d'imparfait de l'indicatif, et *choir* n'a pas de présent du subjonctif. *Échoir* se trouve parfois à l'imparfait *(il échéait, il échoyait)*. Les formes en *-err-* du futur simple et du présent du conditionnel sont rares. *Choir* se conjugue, aujourd'hui, plus souvent avec *avoir* qu'avec *être*. *Échoir* se conjugue avec *être*, et *déchoir* avec *être* ou *avoir*.
Le participe présent de *échoir (échéant)* apparaît dans la locution *le cas échéant*.

INDICATIF

Présent		Passé composé		
je	déchois	j'	ai	déchu
tu	déchois	tu	as	déchu
il/elle	déchoit	il/elle	a	déchu
nous	déchoyons	nous	avons	déchu
vous	déchoyez	vous	avez	déchu
ils/elles	déchoient	ils/elles	ont	déchu

Imparfait	Plus-que-parfait		
inusité	j'	avais	déchu
	tu	avais	déchu
	il/elle	avait	déchu
	nous	avions	déchu
	vous	aviez	déchu
	ils/elles	avaient	déchu

Passé simple		Passé antérieur		
je	déchus	j'	eus	déchu
tu	déchus	tu	eus	déchu
il/elle	déchut	il/elle	eut	déchu
nous	déchûmes	nous	eûmes	déchu
vous	déchûtes	vous	eûtes	déchu
ils/elles	déchurent	ils/elles	eurent	déchu

Futur simple		*ou*	Futur antérieur		
je	déchoirai	décherrai	j'	aurai	déchu
tu	déchoiras	décherras	tu	auras	déchu
il/elle	déchoira	décherra	il/elle	aura	déchu
nous	déchoirons	décherrons	nous	aurons	déchu
vous	déchoirez	décherrez	vous	aurez	déchu
ils/elles	déchoiront	décherront	ils/elles	auront	déchu

SUBJONCTIF

Présent		
que	je	déchoie
que	tu	déchoies
qu'	il	déchoie
que	nous	déchoyions
que	vous	déchoyiez
qu'	ils	déchoient

Imparfait		
que	je	déchusse
que	tu	déchusses
qu'	il	déchût
que	nous	déchussions
que	vous	déchussiez
qu'	ils	déchussent

Passé			
que	j'	aie	déchu
que	tu	aies	déchu
qu'	il	ait	déchu
que	nous	ayons	déchu
que	vous	ayez	déchu
qu'	ils	aient	déchu

Plus-que-parfait			
que	j'	eusse	déchu
que	tu	eusses	déchu
qu'	il/elle	eût	déchu
que	nous	eussions	déchu
que	vous	eussiez	déchu
qu'	ils/elles	eussent	déchu

CONDITIONNEL

Présent		*ou*	Passé 1re forme			Passé 2e forme		
je	déchoirais	décherrais	j'	aurais	déchu	j'	eusse	déchu
tu	déchoirais	décherrais	tu	aurais	déchu	tu	eusses	déchu
il/elle	déchoirait	décherrait	il/elle	aurait	déchu	il/elle	eût	déchu
nous	déchoirions	décherrions	nous	aurions	déchu	nous	eussions	déchu
vous	déchoiriez	décherriez	vous	auriez	déchu	vous	eussiez	déchu
ils/elles	déchoiraient	décherraient	ils/elles	auraient	déchu	ils/elles	eussent	déchu

IMPÉRATIF

Présent	Passé
inusité	*inusité*

INFINITIF

Présent	Passé
déchoir	avoir déchu

PARTICIPE

Présent	Passé	Passé composé
déchéant *(rare)*	déchu (e, s, es)	ayant déchu

52 RENDRE

3ᵉ GROUPE

Les verbes en *-dre,* sauf les verbes formés sur le radical *prendre* (voir modèle **53**), les verbes en *-indre* (voir modèles **54**, **55** et **56**) et les verbes en *-soudre* (voir modèle **57**) gardent le *d* de l'infinitif au singulier du présent de l'indicatif et de l'impératif. À la 3ᵉ personne du singulier de l'indicatif, ce *d* exclut la terminaison *-t* *(il rend).*

INDICATIF

Présent		Passé composé		
je	rends	j'	ai	rendu
tu	rends	tu	as	rendu
il/elle	rend	il/elle	a	rendu
nous	rendons	nous	avons	rendu
vous	rendez	vous	avez	rendu
ils/elles	rendent	ils/elles	ont	rendu
Imparfait		**Plus-que-parfait**		
je	rendais	j'	avais	rendu
tu	rendais	tu	avais	rendu
il/elle	rendait	il/elle	avait	rendu
nous	rendions	nous	avions	rendu
vous	rendiez	vous	aviez	rendu
ils/elles	rendaient	ils/elles	avaient	rendu
Passé simple		**Passé antérieur**		
je	rendis	j'	eus	rendu
tu	rendis	tu	eus	rendu
il/elle	rendit	il/elle	eut	rendu
nous	rendîmes	nous	eûmes	rendu
vous	rendîtes	vous	eûtes	rendu
ils/elles	rendirent	ils/elles	eurent	rendu
Futur simple		**Futur antérieur**		
je	rendrai	j'	aurai	rendu
tu	rendras	tu	auras	rendu
il/elle	rendra	il/elle	aura	rendu
nous	rendrons	nous	aurons	rendu
vous	rendrez	vous	aurez	rendu
ils/elles	rendront	ils/elles	auront	rendu

SUBJONCTIF

Présent			
que	je	rende	
que	tu	rendes	
qu'	il/elle	rende	
que	nous	rendions	
que	vous	rendiez	
qu'	ils/elles	rendent	
Imparfait			
que	je	rendisse	
que	tu	rendisses	
qu'	il/elle	rendît	
que	nous	rendissions	
que	vous	rendissiez	
qu'	ils/elles	rendissent	
Passé			
que	j'	aie	rendu
que	tu	aies	rendu
qu'	il/elle	ait	rendu
que	nous	ayons	rendu
que	vous	ayez	rendu
qu'	ils/elles	aient	rendu
Plus-que-parfait			
que	j'	eusse	rendu
que	tu	eusses	rendu
qu'	il/elle	eût	rendu
que	nous	eussions	rendu
que	vous	eussiez	rendu
qu'	ils/elles	eussent	rendu

CONDITIONNEL

Présent		Passé 1ʳᵉ forme			Passé 2ᵉ forme		
je	rendrais	j'	aurais	rendu	j'	eusse	rendu
tu	rendrais	tu	aurais	rendu	tu	eusses	rendu
il/elle	rendrait	il/elle	aurait	rendu	il/elle	eût	rendu
nous	rendrions	nous	aurions	rendu	nous	eussions	rendu
vous	rendriez	vous	auriez	rendu	vous	eussiez	rendu
ils/elles	rendraient	ils/elles	auraient	rendu	ils/elles	eussent	rendu

IMPÉRATIF

Présent			Passé		
rends	rendons	rendez	aie rendu	ayons rendu	ayez rendu

INFINITIF

Présent	Passé
rendre	avoir rendu

PARTICIPE

Présent	Passé	Passé composé
rendant	rendu (e, s, es)	ayant rendu

53 PRENDRE 3e GROUPE

Ainsi se conjuguent les verbes qui se terminent par *-prendre* (*apprendre, se méprendre, surprendre,* etc.).

INDICATIF

Présent		Passé composé		
je	prends	j'	ai	pris
tu	prends	tu	as	pris
il/elle	prend	il/elle	a	pris
nous	**prenons**	nous	avons	pris
vous	**prenez**	vous	avez	pris
ils/elles	**prennent**	ils/elles	ont	pris
Imparfait		**Plus-que-parfait**		
je	**prenais**	j'	avais	pris
tu	**prenais**	tu	avais	pris
il/elle	**prenait**	il/elle	avait	pris
nous	**prenions**	nous	avions	pris
vous	**preniez**	vous	aviez	pris
ils/elles	**prenaient**	ils/elles	avaient	pris
Passé simple		**Passé antérieur**		
je	pris	j'	eus	pris
tu	pris	tu	eus	pris
il/elle	prit	il/elle	eut	pris
nous	prîmes	nous	eûmes	pris
vous	prîtes	vous	eûtes	pris
ils/elles	prirent	ils/elles	eurent	pris
Futur simple		**Futur antérieur**		
je	prendrai	j'	aurai	pris
tu	prendras	tu	auras	pris
il/elle	prendra	il/elle	aura	pris
nous	prendrons	nous	aurons	pris
vous	prendrez	vous	aurez	pris
ils/elles	prendront	ils/elles	auront	pris

SUBJONCTIF

Présent			
que	je	**prenne**	
que	tu	**prennes**	
qu'	il/elle	**prenne**	
que	nous	**prenions**	
que	vous	**preniez**	
qu'	ils/elles	**prennent**	
Imparfait			
que	je	prisse	
que	tu	prisses	
qu'	il/elle	prît	
que	nous	prissions	
que	vous	prissiez	
qu'	ils/elles	prissent	
Passé			
que	j'	aie	pris
que	tu	aies	pris
qu'	il/elle	ait	pris
que	nous	ayons	pris
que	vous	ayez	pris
qu'	ils/elles	aient	pris
Plus-que-parfait			
que	j'	eusse	pris
que	tu	eusses	pris
qu'	il/elle	eût	pris
que	nous	eussions	pris
que	vous	eussiez	pris
qu'	ils/elles	eussent	pris

CONDITIONNEL

Présent		Passé 1re forme			Passé 2e forme		
je	prendrais	j'	aurais	pris	j'	eusse	pris
tu	prendrais	tu	aurais	pris	tu	eusses	pris
il/elle	prendrait	il/elle	aurait	pris	il/elle	eût	pris
nous	prendrions	nous	aurions	pris	nous	eussions	pris
vous	prendriez	vous	auriez	pris	vous	eussiez	pris
ils/elles	prendraient	ils/elles	auraient	pris	ils/elles	eussent	pris

IMPÉRATIF

Présent			Passé		
prends	**prenons**	**prenez**	aie pris	ayons pris	ayez pris

INFINITIF

Présent	Passé
prendre	avoir pris

PARTICIPE

Présent	Passé	Passé composé
prenant	pris (e, es)	ayant pris

54 CRAINDRE — 3e GROUPE

Contrairement aux autres verbes en *-dre* (voir modèle **52**), les verbes qui se conjuguent sur ce modèle perdent le *d* de l'infinitif, sauf au futur simple et au présent du conditionnel. Ils prennent donc la terminaison *-t* à la 3e personne du singulier du présent de l'indicatif *(il crain**t**)*.

Ainsi se conjuguent *contraindre* et *plaindre.*

Aux deux premières personnes du pluriel de l'imparfait de l'indicatif et du présent du subjonctif, ne pas oublier le *i* après *gn*.

INDICATIF

Présent		Passé composé		
je	crains	j'	ai	craint
tu	crains	tu	as	craint
il/elle	craint	il/elle	a	craint
nous	craignons	nous	avons	craint
vous	craignez	vous	avez	craint
ils/elles	craignent	ils/elles	ont	craint
Imparfait		**Plus-que-parfait**		
je	craignais	j'	avais	craint
tu	craignais	tu	avais	craint
il/elle	craignait	il/elle	avait	craint
nous	craignions	nous	avions	craint
vous	craigniez	vous	aviez	craint
ils/elles	craignaient	ils/elles	avaient	craint
Passé simple		**Passé antérieur**		
je	craignis	j'	eus	craint
tu	craignis	tu	eus	craint
il/elle	craignit	il/elle	eut	craint
nous	craignîmes	nous	eûmes	craint
vous	craignîtes	vous	eûtes	craint
ils/elles	craignirent	ils/elles	eurent	craint
Futur simple		**Futur antérieur**		
je	craindrai	j'	aurai	craint
tu	craindras	tu	auras	craint
il/elle	craindra	il/elle	aura	craint
nous	craindrons	nous	aurons	craint
vous	craindrez	vous	aurez	craint
ils/elles	craindront	ils/elles	auront	craint

SUBJONCTIF

Présent			
que	je	craigne	
que	tu	craignes	
qu'	il/elle	craigne	
que	nous	craignions	
que	vous	craigniez	
qu'	ils/elles	craignent	
Imparfait			
que	je	craignisse	
que	tu	craignisses	
qu'	il/elle	craignît	
que	nous	craignissions	
que	vous	craignissiez	
qu'	ils/elles	craignissent	
Passé			
que	j'	aie	craint
que	tu	aies	craint
qu'	il/elle	ait	craint
que	nous	ayons	craint
que	vous	ayez	craint
qu'	ils/elles	aient	craint
Plus-que-parfait			
que	j'	eusse	craint
que	tu	eusses	craint
qu'	il/elle	eût	craint
que	nous	eussions	craint
que	vous	eussiez	craint
qu'	ils/elles	eussent	craint

CONDITIONNEL

Présent		Passé 1re forme			Passé 2e forme		
je	craindrais	j'	aurais	craint	j'	eusse	craint
tu	craindrais	tu	aurais	craint	tu	eusses	craint
il/elle	craindrait	il/elle	aurait	craint	il/elle	eût	craint
nous	craindrions	nous	aurions	craint	nous	eussions	craint
vous	craindriez	vous	auriez	craint	vous	eussiez	craint
ils/elles	craindraient	ils/elles	auraient	craint	ils/elles	eussent	craint

IMPÉRATIF

Présent			Passé		
crains	craignons	craignez	aie craint	ayons craint	ayez craint

INFINITIF

Présent	Passé
craindre	avoir craint

PARTICIPE

Présent	Passé	Passé composé
craignant	craint (e, s, es)	ayant craint

55 PEINDRE 3e GROUPE

Contrairement aux autres verbes en *-dre* (voir modèle **52**), les verbes qui se conjuguent sur ce modèle perdent le *d* de l'infinitif, sauf au futur simple et au présent du conditionnel. Ils prennent donc la terminaison *-t* à la 3e personne du singulier du présent de l'indicatif *(il pein**t**)*.

Ainsi se conjuguent tous les verbes qui se terminent par *-eindre.*

Aux deux premières personnes du pluriel de l'imparfait de l'indicatif et du présent du subjonctif, ne pas oublier le *i* après *gn*.

INDICATIF

Présent		Passé composé		
je	peins	j'	ai	peint
tu	peins	tu	as	peint
il/elle	peint	il/elle	a	peint
nous	peignons	nous	avons	peint
vous	peignez	vous	avez	peint
ils/elles	peignent	ils/elles	ont	peint

Imparfait		Plus-que-parfait		
je	peignais	j'	avais	peint
tu	peignais	tu	avais	peint
il/elle	peignait	il/elle	avait	peint
nous	peignions	nous	avions	peint
vous	peigniez	vous	aviez	peint
ils/elles	peignaient	ils/elles	avaient	peint

Passé simple		Passé antérieur		
je	peignis	j'	eus	peint
tu	peignis	tu	eus	peint
il/elle	peignit	il/elle	eut	peint
nous	peignîmes	nous	eûmes	peint
vous	peignîtes	vous	eûtes	peint
ils/elles	peignirent	ils/elles	eurent	peint

Futur simple		Futur antérieur		
je	peindrai	j'	aurai	peint
tu	peindras	tu	auras	peint
il/elle	peindra	il/elle	aura	peint
nous	peindrons	nous	aurons	peint
vous	peindrez	vous	aurez	peint
ils/elles	peindront	ils/elles	auront	peint

SUBJONCTIF

Présent		
que	je	peigne
que	tu	peignes
qu'	il/elle	peigne
que	nous	peignions
que	vous	peigniez
qu'	ils/elles	peignent

Imparfait		
que	je	peignisse
que	tu	peignisses
qu'	il/elle	peignît
que	nous	peignissions
que	vous	peignissiez
qu'	ils/elles	peignissent

Passé			
que	j'	aie	peint
que	tu	aies	peint
qu'	il/elle	ait	peint
que	nous	ayons	peint
que	vous	ayez	peint
qu'	ils/elles	aient	peint

Plus-que-parfait			
que	j'	eusse	peint
que	tu	eusses	peint
qu'	il/elle	eût	peint
que	nous	eussions	peint
que	vous	eussiez	peint
qu'	ils/elles	eussent	peint

CONDITIONNEL

Présent		Passé 1re forme			Passé 2e forme		
je	peindrais	j'	aurais	peint	j'	eusse	peint
tu	peindrais	tu	aurais	peint	tu	eusses	peint
il/elle	peindrait	il/elle	aurait	peint	il/elle	eût	peint
nous	peindrions	nous	aurions	peint	nous	eussions	peint
vous	peindriez	vous	auriez	peint	vous	eussiez	peint
ils/elles	peindraient	ils/elles	auraient	peint	ils/elles	eussent	peint

IMPÉRATIF

Présent			Passé		
peins	peignons	peignez	aie peint	ayons peint	ayez peint

INFINITIF

Présent	Passé
peindre	avoir peint

PARTICIPE

Présent	Passé	Passé composé
peignant	peint (e, s, es)	ayant peint

56 JOINDRE 3e GROUPE

Ainsi se conjuguent les verbes *adjoindre, conjoindre, disjoindre, enjoindre, rejoindre* et aussi *oindre* et *poindre,* rares aujourd'hui.
Contrairement aux autres verbes en -*dre* (voir modèle **52**), ces verbes perdent le *d* de l'infinitif, sauf au futur simple et au présent du conditionnel. Ils prennent donc la terminaison -*t* à la 3e personne du singulier du présent de l'indicatif *(je join**s**, il join**t**)*.
Aux deux premières personnes du pluriel de l'imparfait de l'indicatif et du présent du subjonctif, ne pas oublier le *i* après *gn*.

INDICATIF

Présent		Passé composé		
je	joins	j'	ai	joint
tu	joins	tu	as	joint
il/elle	joint	il/elle	a	joint
nous	joignons	nous	avons	joint
vous	joignez	vous	avez	joint
ils/elles	joignent	ils/elles	ont	joint
Imparfait		**Plus-que-parfait**		
je	joignais	j'	avais	joint
tu	joignais	tu	avais	joint
il/elle	joignait	il/elle	avait	joint
nous	joignions	nous	avions	joint
vous	joigniez	vous	aviez	joint
ils/elles	joignaient	ils/elles	avaient	joint
Passé simple		**Passé antérieur**		
je	joignis	j'	eus	joint
tu	joignis	tu	eus	joint
il/elle	joignit	il/elle	eut	joint
nous	joignîmes	nous	eûmes	joint
vous	joignîtes	vous	eûtes	joint
ils/elles	joignirent	ils/elles	eurent	joint
Futur simple		**Futur antérieur**		
je	joindrai	j'	aurai	joint
tu	joindras	tu	auras	joint
il/elle	joindra	il/elle	aura	joint
nous	joindrons	nous	aurons	joint
vous	joindrez	vous	aurez	joint
ils/elles	joindront	ils/elles	auront	joint

SUBJONCTIF

Présent			
que	je	joigne	
que	tu	joignes	
qu'	il/elle	joigne	
que	nous	joignions	
que	vous	joigniez	
qu'	ils/elles	joignent	
Imparfait			
que	je	joignisse	
que	tu	joignisses	
qu'	il/elle	joignît	
que	nous	joignissions	
que	vous	joignissiez	
qu'	ils/elles	joignissent	
Passé			
que	j'	aie	joint
que	tu	aies	joint
qu'	il/elle	ait	joint
que	nous	ayons	joint
que	vous	ayez	joint
qu'	ils/elles	aient	joint
Plus-que-parfait			
que	j'	eusse	joint
que	tu	eusses	joint
qu'	il/elle	eût	joint
que	nous	eussions	joint
que	vous	eussiez	joint
qu'	ils/elles	eussent	joint

CONDITIONNEL

Présent		Passé 1re forme			Passé 2e forme		
je	joindrais	j'	aurais	joint	j'	eusse	joint
tu	joindrais	tu	aurais	joint	tu	eusses	joint
il/elle	joindrait	il/elle	aurait	joint	il/elle	eût	joint
nous	joindrions	nous	aurions	joint	nous	eussions	joint
vous	joindriez	vous	auriez	joint	vous	eussiez	joint
ils/elles	joindraient	ils/elles	auraient	joint	ils/elles	eussent	joint

IMPÉRATIF

Présent			Passé		
joins	joignons	joignez	aie joint	ayons joint	ayez joint

INFINITIF

Présent	Passé
joindre	avoir joint

PARTICIPE

Présent	Passé	Passé composé
joignant	joint (e, s, es)	ayant joint

57 RÉSOUDRE — 3e GROUPE

Contrairement aux autres verbes en *-dre* (voir modèle **52**), les verbes qui se conjuguent sur ce modèle perdent le *d* de l'infinitif, sauf au futur simple et au présent du conditionnel. Ils prennent donc la terminaison *-t* à la 3e personne du singulier du présent de l'indicatif *(il résou**t**)*.
Ainsi se conjuguent *absoudre* et *dissoudre*. Mais leur participe passé est *absous, absoute(s)* et *dissous, dissoute(s)* (et non pas en *-u*).

INDICATIF

Présent		Passé composé		
je	résous	j'	ai	résolu
tu	résous	tu	as	résolu
il/elle	résout	il/elle	a	résolu
nous	**résolvons**	nous	avons	résolu
vous	**résolvez**	vous	avez	résolu
ils/elles	**résolvent**	ils/elles	ont	résolu
Imparfait		**Plus-que-parfait**		
je	**résolvais**	j'	avais	résolu
tu	**résolvais**	tu	avais	résolu
il/elle	**résolvait**	il/elle	avait	résolu
nous	**résolvions**	nous	avions	résolu
vous	**résolviez**	vous	aviez	résolu
ils/elles	**résolvaient**	ils/elles	avaient	résolu
Passé simple		**Passé antérieur**		
je	résolus	j'	eus	résolu
tu	résolus	tu	eus	résolu
il/elle	résolut	il/elle	eut	résolu
nous	résolûmes	nous	eûmes	résolu
vous	résolûtes	vous	eûtes	résolu
ils/elles	résolurent	ils/elles	eurent	résolu
Futur simple		**Futur antérieur**		
je	résoudrai	j'	aurai	résolu
tu	résoudras	tu	auras	résolu
il/elle	résoudra	il/elle	aura	résolu
nous	résoudrons	nous	aurons	résolu
vous	résoudrez	vous	aurez	résolu
ils/elles	résoudront	ils/elles	auront	résolu

SUBJONCTIF

Présent			
que	je	**résolve**	
que	tu	**résolves**	
qu'	il/elle	**résolve**	
que	nous	**résolvions**	
que	vous	**résolviez**	
qu'	ils/elles	**résolvent**	
Imparfait			
que	je	résolusse	
que	tu	résolusses	
qu'	il/elle	résolût	
que	nous	résolussions	
que	vous	résolussiez	
qu'	ils/elles	résolussent	
Passé			
que	j'	aie	résolu
que	tu	aies	résolu
qu'	il/elle	ait	résolu
que	nous	ayons	résolu
que	vous	ayez	résolu
qu'	ils/elles	aient	résolu
Plus-que-parfait			
que	j'	eusse	résolu
que	tu	eusses	résolu
qu'	il/elle	eût	résolu
que	nous	eussions	résolu
que	vous	eussiez	résolu
qu'	ils/elles	eussent	résolu

CONDITIONNEL

Présent		Passé 1re forme			Passé 2e forme		
je	résoudrais	j'	aurais	résolu	j'	eusse	résolu
tu	résoudrais	tu	aurais	résolu	tu	eusses	résolu
il/elle	résoudrait	il/elle	aurait	résolu	il/elle	eût	résolu
nous	résoudrions	nous	aurions	résolu	nous	eussions	résolu
vous	résoudriez	vous	auriez	résolu	vous	eussiez	résolu
ils/elles	résoudraient	ils/elles	auraient	résolu	ils/elles	eussent	résolu

IMPÉRATIF

Présent			Passé		
résous	**résolvons**	**résolvez**	aie résolu	ayons résolu	ayez résolu

INFINITIF

Présent	Passé
résoudre	avoir résolu

PARTICIPE

Présent	Passé	Passé composé
résolvant	**résolu** (e, s, es)	ayant résolu

58 COUDRE — 3e GROUPE

Ainsi se conjuguent *découdre* et *recoudre*.
Ces verbes gardent le *d* de l'infinitif au singulier des présents de l'indicatif et de l'impératif. À la 3e personne du singulier, ce *d* exclut la terminaison *-t (il coud)*.

INDICATIF

Présent		Passé composé		
je	cou**ds**	j'	ai	cousu
tu	cou**ds**	tu	as	cousu
il/elle	cou**d**	il/elle	a	cousu
nous	cousons	nous	avons	cousu
vous	cousez	vous	avez	cousu
ils/elles	cousent	ils/elles	ont	cousu

Imparfait		Plus-que-parfait		
je	cousais	j'	avais	cousu
tu	cousais	tu	avais	cousu
il/elle	cousait	il/elle	avait	cousu
nous	cousions	nous	avions	cousu
vous	cousiez	vous	aviez	cousu
ils/elles	cousaient	ils/elles	avaient	cousu

Passé simple		Passé antérieur		
je	cousis	j'	eus	cousu
tu	cousis	tu	eus	cousu
il/elle	cousit	il/elle	eut	cousu
nous	cousîmes	nous	eûmes	cousu
vous	cousîtes	vous	eûtes	cousu
ils/elles	cousirent	ils/elles	eurent	cousu

Futur simple		Futur antérieur		
je	coudrai	j'	aurai	cousu
tu	coudras	tu	auras	cousu
il/elle	coudra	il/elle	aura	cousu
nous	coudrons	nous	aurons	cousu
vous	coudrez	vous	aurez	cousu
ils/elles	coudront	ils/elles	auront	cousu

SUBJONCTIF

Présent		
que	je	couse
que	tu	couses
qu'	il/elle	couse
que	nous	cousions
que	vous	cousiez
qu'	ils/elles	cousent

Imparfait		
que	je	cousisse
que	tu	cousisses
qu'	il/elle	cousît
que	nous	cousissions
que	vous	cousissiez
qu'	ils/elles	cousissent

Passé			
que	j'	aie	cousu
que	tu	aies	cousu
qu'	il/elle	ait	cousu
que	nous	ayons	cousu
que	vous	ayez	cousu
qu'	ils/elles	aient	cousu

Plus-que-parfait			
que	j'	eusse	cousu
que	tu	eusses	cousu
qu'	il/elle	eût	cousu
que	nous	eussions	cousu
que	vous	eussiez	cousu
qu'	ils/elles	eussent	cousu

CONDITIONNEL

Présent		Passé 1re forme			Passé 2e forme		
je	coudrais	j'	aurais	cousu	j'	eusse	cousu
tu	coudrais	tu	aurais	cousu	tu	eusses	cousu
il/elle	coudrait	il/elle	aurait	cousu	il/elle	eût	cousu
nous	coudrions	nous	aurions	cousu	nous	eussions	cousu
vous	coudriez	vous	auriez	cousu	vous	eussiez	cousu
ils/elles	coudraient	ils/elles	auraient	cousu	ils/elles	eussent	cousu

IMPÉRATIF

Présent			Passé		
cou**ds**	cousons	cousez	aie cousu	ayons cousu	ayez cousu

INFINITIF

Présent	Passé
coudre	avoir cousu

PARTICIPE

Présent	Passé	Passé composé
cousant	cousu (e, s, es)	ayant cousu

59 MOUDRE

3e GROUPE

Ainsi se conjuguent *émoudre* (rare) et *remoudre*.
Ces verbes gardent le *d* de l'infinitif au singulier des présents de l'indicatif et de l'impératif. À la 3e personne du singulier, ce *d* exclut la terminaison *-t* (*il moud*).
Certaines formes en *-l-* sont homographes des formes correspondantes du verbe du 1er groupe *mouler*.

INDICATIF

Présent		Passé composé		
je	mouds	j'	ai	moulu
tu	mouds	tu	as	moulu
il/elle	moud	il/elle	a	moulu
nous	moulons	nous	avons	moulu
vous	moulez	vous	avez	moulu
ils/elles	moulent	ils/elles	ont	moulu
Imparfait		**Plus-que-parfait**		
je	moulais	j'	avais	moulu
tu	moulais	tu	avais	moulu
il/elle	moulait	il/elle	avait	moulu
nous	moulions	nous	avions	moulu
vous	mouliez	vous	aviez	moulu
ils/elles	moulaient	ils/elles	avaient	moulu
Passé simple		**Passé antérieur**		
je	moulus	j'	eus	moulu
tu	moulus	tu	eus	moulu
il/elle	moulut	il/elle	eut	moulu
nous	moulûmes	nous	eûmes	moulu
vous	moulûtes	vous	eûtes	moulu
ils/elles	moulurent	ils/elles	eurent	moulu
Futur simple		**Futur antérieur**		
je	moudrai	j'	aurai	moulu
tu	moudras	tu	auras	moulu
il/elle	moudra	il/elle	aura	moulu
nous	moudrons	nous	aurons	moulu
vous	moudrez	vous	aurez	moulu
ils/elles	moudront	ils/elles	auront	moulu

SUBJONCTIF

Présent			
que	je	moule	
que	tu	moules	
qu'	il/elle	moule	
que	nous	moulions	
que	vous	mouliez	
qu'	ils/elles	moulent	
Imparfait			
que	je	moulusse	
que	tu	moulusses	
qu'	il/elle	moulût	
que	nous	moulussions	
que	vous	moulussiez	
qu'	ils/elles	moulussent	
Passé			
que	j'	aie	moulu
que	tu	aies	moulu
qu'	il/elle	ait	moulu
que	nous	ayons	moulu
que	vous	ayez	moulu
qu'	ils/elles	aient	moulu
Plus-que-parfait			
que	j'	eusse	moulu
que	tu	eusses	moulu
qu'	il/elle	eût	moulu
que	nous	eussions	moulu
que	vous	eussiez	moulu
qu'	ils/elles	eussent	moulu

CONDITIONNEL

Présent		Passé 1re forme			Passé 2e forme		
je	moudrais	j'	aurais	moulu	j'	eusse	moulu
tu	moudrais	tu	aurais	moulu	tu	eusses	moulu
il/elle	moudrait	il/elle	aurait	moulu	il/elle	eût	moulu
nous	moudrions	nous	aurions	moulu	nous	eussions	moulu
vous	moudriez	vous	auriez	moulu	vous	eussiez	moulu
ils/elles	moudraient	ils/elles	auraient	moulu	ils/elles	eussent	moulu

IMPÉRATIF

Présent			Passé		
mouds	moulons	moulez	aie moulu	ayons moulu	ayez moulu

INFINITIF

Présent	Passé
moudre	avoir moulu

PARTICIPE

Présent	Passé	Passé composé
moulant	moulu (e, s, es)	ayant moulu

60 ROMPRE 3e GROUPE

Ces verbes gardent le *p* de l'infinitif dans toute leur conjugaison. Mais, à la différence des verbes en *-dre* (voir modèle **52**), le *p* est compatible avec la terminaison *-t* de la 3e personne du singulier *(il rom**pt**)*.
Ainsi se conjuguent *corrompre* et *interrompre*.

INDICATIF

Présent		Passé composé		
je	romp**s**	j'	ai	rompu
tu	romp**s**	tu	as	rompu
il/elle	romp**t**	il/elle	a	rompu
nous	rompons	nous	avons	rompu
vous	rompez	vous	avez	rompu
ils/elles	rompent	ils/elles	ont	rompu
Imparfait		**Plus-que-parfait**		
je	rompais	j'	avais	rompu
tu	rompais	tu	avais	rompu
il/elle	rompait	il/elle	avait	rompu
nous	rompions	nous	avions	rompu
vous	rompiez	vous	aviez	rompu
ils/elles	rompaient	ils/elles	avaient	rompu
Passé simple		**Passé antérieur**		
je	rompis	j'	eus	rompu
tu	rompis	tu	eus	rompu
il/elle	rompit	il/elle	eut	rompu
nous	rompîmes	nous	eûmes	rompu
vous	rompîtes	vous	eûtes	rompu
ils/elles	rompirent	ils/elles	eurent	rompu
Futur simple		**Futur antérieur**		
je	romprai	j'	aurai	rompu
tu	rompras	tu	auras	rompu
il/elle	rompra	il/elle	aura	rompu
nous	romprons	nous	aurons	rompu
vous	romprez	vous	aurez	rompu
ils/elles	rompront	ils/elles	auront	rompu

SUBJONCTIF

Présent			
que	je	rompe	
que	tu	rompes	
qu'	il/elle	rompe	
que	nous	rompions	
que	vous	rompiez	
qu'	ils/elles	rompent	
Imparfait			
que	je	rompisse	
que	tu	rompisses	
qu'	il/elle	rompît	
que	nous	rompissions	
que	vous	rompissiez	
qu'	ils/elles	rompissent	
Passé			
que	j'	aie	rompu
que	tu	aies	rompu
qu'	il/elle	ait	rompu
que	nous	ayons	rompu
que	vous	ayez	rompu
qu'	ils/elles	aient	rompu
Plus-que-parfait			
que	j'	eusse	rompu
que	tu	eusses	rompu
qu'	il/elle	eût	rompu
que	nous	eussions	rompu
que	vous	eussiez	rompu
qu'	ils/elles	eussent	rompu

CONDITIONNEL

Présent		Passé 1re forme			Passé 2e forme		
je	romprais	j'	aurais	rompu	j'	eusse	rompu
tu	romprais	tu	aurais	rompu	tu	eusses	rompu
il/elle	romprait	il/elle	aurait	rompu	il/elle	eût	rompu
nous	romprions	nous	aurions	rompu	nous	eussions	rompu
vous	rompriez	vous	auriez	rompu	vous	eussiez	rompu
ils/elles	rompraient	ils/elles	auraient	rompu	ils/elles	eussent	rompu

IMPÉRATIF

Présent			Passé		
romp**s**	rompons	rompez	aie rompu	ayons rompu	ayez rompu

INFINITIF

Présent	Passé
rompre	avoir rompu

PARTICIPE

Présent	Passé	Passé composé
rompant	rompu (e, s, es)	ayant rompu

61 VAINCRE 3e GROUPE

Le *c* de l'infinitif se change en *qu* devant une voyelle autre que *u (il vainquit, que je vainque)*.
À la 3e personne du singulier du présent de l'indicatif, le maintien du *c* de l'infinitif exclut la terminaison *-t (il vain**c**)*.
Ainsi se conjugue *convaincre*.

INDICATIF

Présent		Passé composé		
je	vaincs	j'	ai	vaincu
tu	vaincs	tu	as	vaincu
il/elle	vainc	il/elle	a	vaincu
nous	vainquons	nous	avons	vaincu
vous	vainquez	vous	avez	vaincu
ils/elles	vainquent	ils/elles	ont	vaincu
Imparfait		**Plus-que-parfait**		
je	vainquais	j'	avais	vaincu
tu	vainquais	tu	avais	vaincu
il/elle	vainquait	il/elle	avait	vaincu
nous	vainquions	nous	avions	vaincu
vous	vainquiez	vous	aviez	vaincu
ils/elles	vainquaient	ils/elles	avaient	vaincu
Passé simple		**Passé antérieur**		
je	vainquis	j'	eus	vaincu
tu	vainquis	tu	eus	vaincu
il/elle	vainquit	il/elle	eut	vaincu
nous	vainquîmes	nous	eûmes	vaincu
vous	vainquîtes	vous	eûtes	vaincu
ils/elles	vainquirent	ils/elles	eurent	vaincu
Futur simple		**Futur antérieur**		
je	vaincrai	j'	aurai	vaincu
tu	vaincras	tu	auras	vaincu
il/elle	vaincra	il/elle	aura	vaincu
nous	vaincrons	nous	aurons	vaincu
vous	vaincrez	vous	aurez	vaincu
ils/elles	vaincront	ils/elles	auront	vaincu

SUBJONCTIF

Présent			
que	je	vainque	
que	tu	vainques	
qu'	il/elle	vainque	
que	nous	vainquions	
que	vous	vainquiez	
qu'	ils/elles	vainquent	
Imparfait			
que	je	vainquisse	
que	tu	vainquisses	
qu'	il/elle	vainquît	
que	nous	vainquissions	
que	vous	vainquissiez	
qu'	ils/elles	vainquissent	
Passé			
que	j'	aie	vaincu
que	tu	aies	vaincu
qu'	il/elle	ait	vaincu
que	nous	ayons	vaincu
que	vous	ayez	vaincu
qu'	ils/elles	aient	vaincu
Plus-que-parfait			
que	j'	eusse	vaincu
que	tu	eusses	vaincu
qu'	il/elle	eût	vaincu
que	nous	eussions	vaincu
que	vous	eussiez	vaincu
qu'	ils/elles	eussent	vaincu

CONDITIONNEL

Présent		Passé 1re forme			Passé 2e forme		
je	vaincrais	j'	aurais	vaincu	j'	eusse	vaincu
tu	vaincrais	tu	aurais	vaincu	tu	eusses	vaincu
il/elle	vaincrait	il/elle	aurait	vaincu	il/elle	eût	vaincu
nous	vaincrions	nous	aurions	vaincu	nous	eussions	vaincu
vous	vaincriez	vous	auriez	vaincu	vous	eussiez	vaincu
ils/elles	vaincraient	ils/elles	auraient	vaincu	ils/elles	eussent	vaincu

IMPÉRATIF

Présent			Passé		
vaincs	vainquons	vainquez	aie vaincu	ayons vaincu	ayez vaincu

INFINITIF

Présent	Passé
vaincre	avoir vaincu

PARTICIPE

Présent	Passé	Passé composé
vainquant	vaincu (e, s, es)	ayant vaincu

62 BATTRE

3ᵉ GROUPE

Tous les verbes de la famille de *battre* se conjuguent sur ce modèle (*combattre, rabattre*, etc.).
Les formes du singulier des présents de l'indicatif et de l'impératif perdent un *t* du radical.
Foutre et *se contrefoutre* (familiers) se conjuguent sur ce modèle.

INDICATIF

Présent		Passé composé		
je	bats	j'	ai	battu
tu	bats	tu	as	battu
il/elle	bat	il/elle	a	battu
nous	battons	nous	avons	battu
vous	battez	vous	avez	battu
ils/elles	battent	ils/elles	ont	battu

Imparfait		Plus-que-parfait		
je	battais	j'	avais	battu
tu	battais	tu	avais	battu
il/elle	battait	il/elle	avait	battu
nous	battions	nous	avions	battu
vous	battiez	vous	aviez	battu
ils/elles	battaient	ils/elles	avaient	battu

Passé simple		Passé antérieur		
je	battis	j'	eus	battu
tu	battis	tu	eus	battu
il/elle	battit	il/elle	eut	battu
nous	battîmes	nous	eûmes	battu
vous	battîtes	vous	eûtes	battu
ils/elles	battirent	ils/elles	eurent	battu

Futur simple		Futur antérieur		
je	battrai	j'	aurai	battu
tu	battras	tu	auras	battu
il/elle	battra	il/elle	aura	battu
nous	battrons	nous	aurons	battu
vous	battrez	vous	aurez	battu
ils/elles	battront	ils/elles	auront	battu

SUBJONCTIF

Présent		
que	je	batte
que	tu	battes
qu'	il/elle	batte
que	nous	battions
que	vous	battiez
qu'	ils/elles	battent

Imparfait		
que	je	battisse
que	tu	battisses
qu'	il/elle	battît
que	nous	battissions
que	vous	battissiez
qu'	ils/elles	battissent

Passé			
que	j'	aie	battu
que	tu	aies	battu
qu'	il/elle	ait	battu
que	nous	ayons	battu
que	vous	ayez	battu
qu'	ils/elles	aient	battu

Plus-que-parfait			
que	j'	eusse	battu
que	tu	eusses	battu
qu'	il/elle	eût	battu
que	nous	eussions	battu
que	vous	eussiez	battu
qu'	ils/elles	eussent	battu

CONDITIONNEL

Présent		Passé 1ʳᵉ forme			Passé 2ᵉ forme		
je	battrais	j'	aurais	battu	j'	eusse	battu
tu	battrais	tu	aurais	battu	tu	eusses	battu
il/elle	battrait	il/elle	aurait	battu	il/elle	eût	battu
nous	battrions	nous	aurions	battu	nous	eussions	battu
vous	battriez	vous	auriez	battu	vous	eussiez	battu
ils/elles	battraient	ils/elles	auraient	battu	ils/elles	eussent	battu

IMPÉRATIF

Présent			Passé		
bats	battons	battez	aie battu	ayons battu	ayez battu

INFINITIF

Présent	Passé
battre	avoir battu

PARTICIPE

Présent	Passé	Passé composé
battant	battu (e, s, es)	ayant battu

63 METTRE

3e GROUPE

Tous les verbes de la famille de *mettre* se conjuguent sur ce modèle (*commettre, remettre*, etc.).
Les formes du singulier des présents de l'indicatif et de l'impératif perdent un *t* du radical.
Le participe passé masculin singulier prend toujours un *s*.

INDICATIF

Présent		Passé composé		
je	me**ts**	j'	ai	mis
tu	me**ts**	tu	as	mis
il/elle	me**t**	il/elle	a	mis
nous	mettons	nous	avons	mis
vous	mettez	vous	avez	mis
ils/elles	mettent	ils/elles	ont	mis
Imparfait		**Plus-que-parfait**		
je	mettais	j'	avais	mis
tu	mettais	tu	avais	mis
il/elle	mettait	il/elle	avait	mis
nous	mettions	nous	avions	mis
vous	mettiez	vous	aviez	mis
ils/elles	mettaient	ils/elles	avaient	mis
Passé simple		**Passé antérieur**		
je	mis	j'	eus	mis
tu	mis	tu	eus	mis
il/elle	mit	il/elle	eut	mis
nous	mîmes	nous	eûmes	mis
vous	mîtes	vous	eûtes	mis
ils/elles	mirent	ils/elles	eurent	mis
Futur simple		**Futur antérieur**		
je	mettrai	j'	aurai	mis
tu	mettras	tu	auras	mis
il/elle	mettra	il/elle	aura	mis
nous	mettrons	nous	aurons	mis
vous	mettrez	vous	aurez	mis
ils/elles	mettront	ils/elles	auront	mis

SUBJONCTIF

Présent			
que	je	mette	
que	tu	mettes	
qu'	il/elle	mette	
que	nous	mettions	
que	vous	mettiez	
qu'	ils/elles	mettent	
Imparfait			
que	je	misse	
que	tu	misses	
qu'	il/elle	mît	
que	nous	missions	
que	vous	missiez	
qu'	ils/elles	missent	
Passé			
que	j'	aie	mis
que	tu	aies	mis
qu'	il/elle	ait	mis
que	nous	ayons	mis
que	vous	ayez	mis
qu'	ils/elles	aient	mis
Plus-que-parfait			
que	j'	eusse	mis
que	tu	eusses	mis
qu'	il/elle	eût	mis
que	nous	eussions	mis
que	vous	eussiez	mis
qu'	ils/elles	eussent	mis

CONDITIONNEL

Présent		Passé 1re forme			Passé 2e forme		
je	mettrais	j'	aurais	mis	j'	eusse	mis
tu	mettrais	tu	aurais	mis	tu	eusses	mis
il/elle	mettrait	il/elle	aurait	mis	il/elle	eût	mis
nous	mettrions	nous	aurions	mis	nous	eussions	mis
vous	mettriez	vous	auriez	mis	vous	eussiez	mis
ils/elles	mettraient	ils/elles	auraient	mis	ils/elles	eussent	mis

IMPÉRATIF

Présent			Passé		
me**ts**	mettons	mettez	aie mis	ayons mis	ayez mis

INFINITIF

Présent	Passé
mettre	avoir mis

PARTICIPE

Présent	Passé	Passé composé
mettant	mis (e, es)	ayant mis

64 CONNAÎTRE 3e GROUPE

Se conjuguent sur ce modèle *paraître, paître* et les verbes de leur famille.
Tous les verbes en *-aître* prennent un accent circonflexe sur le *i* du radical qui précède un *t (il connaî**t**, il paraî**t**ra).*
Remarques : 1. Les rectifications de l'orthographe de 1990 proposent d'harmoniser la conjugaison de ces verbes en écrivant *i* sans accent à toutes les formes *(il connait, il paraitra).* **2.** *Paître* n'est employé ni aux temps composés, ni au passé simple, ni à l'imparfait du subjonctif.

INDICATIF

Présent		Passé composé		
je	connais	j'	ai	connu
tu	connais	tu	as	connu
il/elle	connaît	il/elle	a	connu
nous	connaissons	nous	avons	connu
vous	connaissez	vous	avez	connu
ils/elles	connaissent	ils/elles	ont	connu

Imparfait		Plus-que-parfait		
je	connaissais	j'	avais	connu
tu	connaissais	tu	avais	connu
il/elle	connaissait	il/elle	avait	connu
nous	connaissions	nous	avions	connu
vous	connaissiez	vous	aviez	connu
ils/elles	connaissaient	ils/elles	avaient	connu

Passé simple		Passé antérieur		
je	connus	j'	eus	connu
tu	connus	tu	eus	connu
il/elle	connut	il/elle	eut	connu
nous	connûmes	nous	eûmes	connu
vous	connûtes	vous	eûtes	connu
ils/elles	connurent	ils/elles	eurent	connu

Futur simple		Futur antérieur		
je	connaîtrai	j'	aurai	connu
tu	connaîtras	tu	auras	connu
il/elle	connaîtra	il/elle	aura	connu
nous	connaîtrons	nous	aurons	connu
vous	connaîtrez	vous	aurez	connu
ils/elles	connaîtront	ils/elles	auront	connu

SUBJONCTIF

Présent		
que	je	connaisse
que	tu	connaisses
qu'	il/elle	connaisse
que	nous	connaissions
que	vous	connaissiez
qu'	ils/elles	connaissent

Imparfait		
que	je	connusse
que	tu	connusses
qu'	il/elle	connût
que	nous	connussions
que	vous	connussiez
qu'	ils/elles	connussent

Passé			
que	j'	aie	connu
que	tu	aies	connu
qu'	il/elle	ait	connu
que	nous	ayons	connu
que	vous	ayez	connu
qu'	ils/elles	aient	connu

Plus-que-parfait			
que	j'	eusse	connu
que	tu	eusses	connu
qu'	il/elle	eût	connu
que	nous	eussions	connu
que	vous	eussiez	connu
qu'	ils/elles	eussent	connu

CONDITIONNEL

Présent		Passé 1re forme			Passé 2e forme		
je	connaîtrais	j'	aurais	connu	j'	eusse	connu
tu	connaîtrais	tu	aurais	connu	tu	eusses	connu
il/elle	connaîtrait	il/elle	aurait	connu	il/elle	eût	connu
nous	connaîtrions	nous	aurions	connu	nous	eussions	connu
vous	connaîtriez	vous	auriez	connu	vous	eussiez	connu
ils/elles	connaîtraient	ils/elles	auraient	connu	ils/elles	eussent	connu

IMPÉRATIF

Présent			Passé		
connais	connaissons	connaissez	aie connu	ayons connu	ayez connu

INFINITIF

Présent	Passé
connaître	avoir connu

PARTICIPE

Présent	Passé	Passé composé
connaissant	connu (e, s, es)	ayant connu

65 NAÎTRE

3e GROUPE

Naître et *renaître* prennent un accent circonflexe sur le *i* du radical qui précède un *t* *(il naî**t**, il renaî**t**ra)*.
Remarque : Les rectifications de l'orthographe de 1990 proposent d'harmoniser la conjugaison de ces verbes en écrivant *i* sans accent à toutes les formes *(il nait, il renaitra)*. À noter : la forme particulière du participe passé *né*.

INDICATIF

Présent		Passé composé		
je	nais	je	suis	né(e)
tu	nais	tu	es	né(e)
il/elle	naît	il/elle	est	né(e)
nous	naissons	nous	sommes	né(e)s
vous	naissez	vous	êtes	né(e)s
ils/elles	naissent	ils/elles	sont	né(e)s
Imparfait		**Plus-que-parfait**		
je	naissais	j'	étais	né(e)
tu	naissais	tu	étais	né(e)
il/elle	naissait	il/elle	était	né(e)
nous	naissions	nous	étions	né(e)s
vous	naissiez	vous	étiez	né(e)s
ils/elles	naissaient	ils/elles	étaient	né(e)s
Passé simple		**Passé antérieur**		
je	naquis	je	fus	né(e)
tu	naquis	tu	fus	né(e)
il/elle	naquit	il/elle	fut	né(e)
nous	naquîmes	nous	fûmes	né(e)s
vous	naquîtes	vous	fûtes	né(e)s
ils/elles	naquirent	ils/elles	furent	né(e)s
Futur simple		**Futur antérieur**		
je	naîtrai	je	serai	né(e)
tu	naîtras	tu	seras	né(e)
il/elle	naîtra	il/elle	sera	né(e)
nous	naîtrons	nous	serons	né(e)s
vous	naîtrez	vous	serez	né(e)s
ils/elles	naîtront	ils/elles	seront	né(e)s

SUBJONCTIF

Présent			
que	je	naisse	
que	tu	naisses	
qu'	il/elle	naisse	
que	nous	naissions	
que	vous	naissiez	
qu'	ils/elles	naissent	
Imparfait			
que	je	naquisse	
que	tu	naquisses	
qu'	il/elle	naquît	
que	nous	naquissions	
que	vous	naquissiez	
qu'	ils/elles	naquissent	
Passé			
que	je	sois	né(e)
que	tu	sois	né(e)
qu'	il/elle	soit	né(e)
que	nous	soyons	né(e)s
que	vous	soyez	né(e)s
qu'	ils/elles	soient	né(e)s
Plus-que-parfait			
que	je	fusse	né(e)
que	tu	fusses	né(e)
qu'	il/elle	fût	né(e)
que	nous	fussions	né(e)s
que	vous	fussiez	né(e)s
qu'	ils/elles	fussent	né(e)s

CONDITIONNEL

Présent		Passé 1re forme			Passé 2e forme		
je	naîtrais	je	serais	né(e)	je	fusse	né(e)
tu	naîtrais	tu	serais	né(e)	tu	fusses	né(e)
il/elle	naîtrait	il/elle	serait	né(e)	il/elle	fût	né(e)
nous	naîtrions	nous	serions	né(e)s	nous	fussions	né(e)s
vous	naîtriez	vous	seriez	né(e)s	vous	fussiez	né(e)s
ils/elles	naîtraient	ils/elles	seraient	né(e)s	ils/elles	fussent	né(e)s

IMPÉRATIF

Présent			Passé		
nais	naissons	naissez	sois né(e)	soyons né(e)s	soyez né(e)s

INFINITIF

Présent	Passé
naître	être né (e, s, es)

PARTICIPE

Présent	Passé	Passé composé
naissant	**né** (e, s, es)	étant né (e, s, es)

Tableaux de conjugaison

66 CROÎTRE — 3e GROUPE

Le verbe *croître* maintient l'accent circonflexe sur le *i* quand celui-ci est suivi d'un *t* (toutes les personnes du futur simple et du conditionnel présent) ainsi que pour toutes les formes homophones de celles de *croire (croître : il croît, il a crû – croire : il croit, il a cru).*

Ainsi se conjuguent *accroître, décroître* et *recroître*. Mais ces verbes ne prennent un accent circonflexe sur le *i* du radical que s'il précède un *t (il accroî**t**)*. Les participes passés de *accroître* et *décroître* s'écrivent sans accent circonflexe *(accru, décru).*

INDICATIF

Présent		Passé composé		
je	crois	j'	ai	crû
tu	crois	tu	as	crû
il/elle	croît	il/elle	a	crû
nous	croissons	nous	avons	crû
vous	croissez	vous	avez	crû
ils/elles	croissent	ils/elles	ont	crû

Imparfait		Plus-que-parfait		
je	croissais	j'	avais	crû
tu	croissais	tu	avais	crû
il/elle	croissait	il/elle	avait	crû
nous	croissions	nous	avions	crû
vous	croissiez	vous	aviez	crû
ils/elles	croissaient	ils/elles	avaient	crû

Passé simple		Passé antérieur		
je	crûs	j'	eus	crû
tu	crûs	tu	eus	crû
il/elle	crût	il/elle	eut	crû
nous	crûmes	nous	eûmes	crû
vous	crûtes	vous	eûtes	crû
ils/elles	crûrent	ils/elles	eurent	crû

Futur simple		Futur antérieur		
je	croîtrai	j'	aurai	crû
tu	croîtras	tu	auras	crû
il/elle	croîtra	il/elle	aura	crû
nous	croîtrons	nous	aurons	crû
vous	croîtrez	vous	aurez	crû
ils/elles	croîtront	ils/elles	auront	crû

SUBJONCTIF

Présent		
que	je	croisse
que	tu	croisses
qu'	il/elle	croisse
que	nous	croissions
que	vous	croissiez
qu'	ils/elles	croissent

Imparfait		
que	je	crûsse
que	tu	crûsses
qu'	il/elle	crût
que	nous	crûssions
que	vous	crûssiez
qu'	ils/elles	crûssent

Passé			
que	j'	aie	crû
que	tu	aies	crû
qu'	il/elle	ait	crû
que	nous	ayons	crû
que	vous	ayez	crû
qu'	ils/elles	aient	crû

Plus-que-parfait			
que	j'	eusse	crû
que	tu	eusses	crû
qu'	il/elle	eût	crû
que	nous	eussions	crû
que	vous	eussiez	crû
qu'	ils/elles	eussent	crû

CONDITIONNEL

Présent		Passé 1re forme			Passé 2e forme		
je	croîtrais	j'	aurais	crû	j'	eusse	crû
tu	croîtrais	tu	aurais	crû	tu	eusses	crû
il/elle	croîtrait	il/elle	aurait	crû	il/elle	eût	crû
nous	croîtrions	nous	aurions	crû	nous	eussions	crû
vous	croîtriez	vous	auriez	crû	vous	eussiez	crû
ils/elles	croîtraient	ils/elles	auraient	crû	ils/elles	eussent	crû

IMPÉRATIF

Présent			Passé		
crois	croissons	croissez	aie crû	ayons crû	ayez crû

INFINITIF

Présent	Passé
croître	avoir crû

PARTICIPE

Présent	Passé	Passé composé
croissant	crû (e, s, es)	ayant crû

67 CROIRE

3ᵉ GROUPE

Seul le verbe *croire* se conjugue sur ce modèle.
On ne place jamais d'accent circonflexe sur les formes de ce verbe, sauf aux deux premières personnes du pluriel du passé simple et à la 3ᵉ personne du singulier de l'imparfait du subjonctif qui sont alors homographes de celles du verbe *croître*.
Aux 3ᵉˢ personnes du pluriel du présent de l'indicatif et du présent du subjonctif, on doit placer un *i* et non un *y* ; erreur très fréquente, surtout à l'oral.
Accroire ne s'utilise qu'à l'infinitif.

INDICATIF

Présent		Passé composé		
je	crois	j'	ai	cru
tu	crois	tu	as	cru
il/elle	croit	il/elle	a	cru
nous	croyons	nous	avons	cru
vous	croyez	vous	avez	cru
ils/elles	croient	ils/elles	ont	cru
Imparfait		**Plus-que-parfait**		
je	croyais	j'	avais	cru
tu	croyais	tu	avais	cru
il/elle	croyait	il/elle	avait	cru
nous	croyions	nous	avions	cru
vous	croyiez	vous	aviez	cru
ils/elles	croyaient	ils/elles	avaient	cru
Passé simple		**Passé antérieur**		
je	crus	j'	eus	cru
tu	crus	tu	eus	cru
il/elle	crut	il/elle	eut	cru
nous	crûmes	nous	eûmes	cru
vous	crûtes	vous	eûtes	cru
ils/elles	crurent	ils/elles	eurent	cru
Futur simple		**Futur antérieur**		
je	croirai	j'	aurai	cru
tu	croiras	tu	auras	cru
il/elle	croira	il/elle	aura	cru
nous	croirons	nous	aurons	cru
vous	croirez	vous	aurez	cru
ils/elles	croiront	ils/elles	auront	cru

SUBJONCTIF

Présent			
que	je	croie	
que	tu	croies	
qu'	il/elle	croie	
que	nous	croyions	
que	vous	croyiez	
qu'	ils/elles	croient	
Imparfait			
que	je	crusse	
que	tu	crusses	
qu'	il/elle	crût	
que	nous	crussions	
que	vous	crussiez	
qu'	ils/elles	crussent	
Passé			
que	j'	aie	cru
que	tu	aies	cru
qu'	il/elle	ait	cru
que	nous	ayons	cru
que	vous	ayez	cru
qu'	ils/elles	aient	cru
Plus-que-parfait			
que	j'	eusse	cru
que	tu	eusses	cru
qu'	il/elle	eût	cru
que	nous	eussions	cru
que	vous	eussiez	cru
qu'	ils/elles	eussent	cru

CONDITIONNEL

Présent		Passé 1ʳᵉ forme			Passé 2ᵉ forme		
je	croirais	j'	aurais	cru	j'	eusse	cru
tu	croirais	tu	aurais	cru	tu	eusses	cru
il/elle	croirait	il/elle	aurait	cru	il/elle	eût	cru
nous	croirions	nous	aurions	cru	nous	eussions	cru
vous	croiriez	vous	auriez	cru	vous	eussiez	cru
ils/elles	croiraient	ils/elles	auraient	cru	ils/elles	eussent	cru

IMPÉRATIF

Présent			Passé		
crois	croyons	croyez	aie cru	ayons cru	ayez cru

INFINITIF

Présent	Passé
croire	avoir cru

PARTICIPE

Présent	Passé	Passé composé
croyant	cru (e, s, es)	ayant cru

68 PLAIRE — 3e GROUPE

Ainsi se conjuguent *complaire, déplaire* et *taire*. Ce dernier ne prend pas d'accent circonflexe à la 3e personne du singulier du présent de l'indicatif *(il tait)* et a un participe passé variable *(elles se sont tues)*, alors que ceux de *plaire, déplaire, complaire* sont invariables *(elles se sont plu)*.
Remarque : Les rectifications de l'orthographe de 1990 proposent d'écrire *i* sans accent *(il plait)*.

INDICATIF

Présent		Passé composé		
je	plais	j'	ai	plu
tu	plais	tu	as	plu
il/elle	plaît	il/elle	a	plu
nous	plaisons	nous	avons	plu
vous	plaisez	vous	avez	plu
ils/elles	plaisent	ils/elles	ont	plu

Imparfait		Plus-que-parfait		
je	plaisais	j'	avais	plu
tu	plaisais	tu	avais	plu
il/elle	plaisait	il/elle	avait	plu
nous	plaisions	nous	avions	plu
vous	plaisiez	vous	aviez	plu
ils/elles	plaisaient	ils/elles	avaient	plu

Passé simple		Passé antérieur		
je	plus	j'	eus	plu
tu	plus	tu	eus	plu
il/elle	plut	il/elle	eut	plu
nous	plûmes	nous	eûmes	plu
vous	plûtes	vous	eûtes	plu
ils/elles	plurent	ils/elles	eurent	plu

Futur simple		Futur antérieur		
je	plairai	j'	aurai	plu
tu	plairas	tu	auras	plu
il/elle	plaira	il/elle	aura	plu
nous	plairons	nous	aurons	plu
vous	plairez	vous	aurez	plu
ils/elles	plairont	ils/elles	auront	plu

SUBJONCTIF

Présent		
que	je	plaise
que	tu	plaises
qu'	il/elle	plaise
que	nous	plaisions
que	vous	plaisiez
qu'	ils/elles	plaisent

Imparfait		
que	je	plusse
que	tu	plusses
qu'	il/elle	plût
que	nous	plussions
que	vous	plussiez
qu'	ils/elles	plussent

Passé			
que	j'	aie	plu
que	tu	aies	plu
qu'	il/elle	ait	plu
que	nous	ayons	plu
que	vous	ayez	plu
qu'	ils/elles	aient	plu

Plus-que-parfait			
que	j'	eusse	plu
que	tu	eusses	plu
qu'	il/elle	eût	plu
que	nous	eussions	plu
que	vous	eussiez	plu
qu'	ils/elles	eussent	plu

CONDITIONNEL

Présent		Passé 1re forme			Passé 2e forme		
je	plairais	j'	aurais	plu	j'	eusse	plu
tu	plairais	tu	aurais	plu	tu	eusses	plu
il/elle	plairait	il/elle	aurait	plu	il/elle	eût	plu
nous	plairions	nous	aurions	plu	nous	eussions	plu
vous	plairiez	vous	auriez	plu	vous	eussiez	plu
ils/elles	plairaient	ils/elles	auraient	plu	ils/elles	eussent	plu

IMPÉRATIF

Présent			Passé		
plais	plaisons	plaisez	aie plu	ayons plu	ayez plu

INFINITIF

Présent	Passé
plaire	avoir plu

PARTICIPE

Présent	Passé	Passé composé
plaisant	plu	ayant plu

69 TRAIRE — 3e GROUPE

Ainsi se conjuguent les verbes de la famille de *traire* (*extraire, abstraire*, etc.) et *braire*, qui ne s'emploie qu'aux troisièmes personnes du présent de l'indicatif, du futur simple et du présent du conditionnel.
Aux 3es personnes du pluriel du présent de l'indicatif et du présent du subjonctif, on doit placer un *i* et non un *y*.

INDICATIF

Présent		Passé composé		
je	trais	j'	ai	trait
tu	trais	tu	as	trait
il/elle	trait	il/elle	a	trait
nous	trayons	nous	avons	trait
vous	trayez	vous	avez	trait
ils/elles	traient	ils/elles	ont	trait

Imparfait		Plus-que-parfait		
je	trayais	j'	avais	trait
tu	trayais	tu	avais	trait
il/elle	trayait	il/elle	avait	trait
nous	trayions	nous	avions	trait
vous	trayiez	vous	aviez	trait
ils/elles	trayaient	ils/elles	avaient	trait

Passé simple	Passé antérieur		
inusité	j'	eus	trait
	tu	eus	trait
	il/elle	eut	trait
	nous	eûmes	trait
	vous	eûtes	trait
	ils/elles	eurent	trait

Futur simple		Futur antérieur		
je	trairai	j'	aurai	trait
tu	trairas	tu	auras	trait
il/elle	traira	il/elle	aura	trait
nous	trairons	nous	aurons	trait
vous	trairez	vous	aurez	trait
ils/elles	trairont	ils/elles	auront	trait

SUBJONCTIF

Présent		
que	je	traie
que	tu	traies
qu'	il/elle	traie
que	nous	trayions
que	vous	trayiez
qu'	ils/elles	traient

Imparfait

inusité

Passé			
que	j'	aie	trait
que	tu	aies	trait
qu'	il/elle	ait	trait
que	nous	ayons	trait
que	vous	ayez	trait
qu'	ils/elles	aient	trait

Plus-que-parfait			
que	j'	eusse	trait
que	tu	eusses	trait
qu'	il/elle	eût	trait
que	nous	eussions	trait
que	vous	eussiez	trait
qu'	ils/elles	eussent	trait

CONDITIONNEL

Présent		Passé 1re forme			Passé 2e forme		
je	trairais	j'	aurais	trait	j'	eusse	trait
tu	trairais	tu	aurais	trait	tu	eusses	trait
il/elle	trairait	il/elle	aurait	trait	il/elle	eût	trait
nous	trairions	nous	aurions	trait	nous	eussions	trait
vous	trairiez	vous	auriez	trait	vous	eussiez	trait
ils/elles	trairaient	ils/elles	auraient	trait	ils/elles	eussent	trait

IMPÉRATIF

Présent			Passé		
trais	trayons	trayez	aie trait	ayons trait	ayez trait

INFINITIF

Présent	Passé
traire	avoir trait

PARTICIPE

Présent	Passé	Passé composé
trayant	trait (e, s, es)	ayant trait

70 SUIVRE — 3e GROUPE

Se conjuguent sur ce modèle *poursuivre* et *s'ensuivre*.
Remarques : 1. La forme *je suis* est homographe de la 1re personne du singulier du présent de l'indicatif du verbe *être*. **2.** *S'ensuivre* ne se conjugue qu'à la 3e personne (du singulier ou du pluriel) et plus particulièrement dans l'expression *et tout ce qui s'ensuit*.

INDICATIF

Présent		Passé composé		
je	suis	j'	ai	suivi
tu	suis	tu	as	suivi
il/elle	suit	il/elle	a	suivi
nous	suivons	nous	avons	suivi
vous	suivez	vous	avez	suivi
ils/elles	suivent	ils/elles	ont	suivi
Imparfait		**Plus-que-parfait**		
je	suivais	j'	avais	suivi
tu	suivais	tu	avais	suivi
il/elle	suivait	il/elle	avait	suivi
nous	suivions	nous	avions	suivi
vous	suiviez	vous	aviez	suivi
ils/elles	suivaient	ils/elles	avaient	suivi
Passé simple		**Passé antérieur**		
je	suivis	j'	eus	suivi
tu	suivis	tu	eus	suivi
il/elle	suivit	il/elle	eut	suivi
nous	suivîmes	nous	eûmes	suivi
vous	suivîtes	vous	eûtes	suivi
ils/elles	suivirent	ils/elles	eurent	suivi
Futur simple		**Futur antérieur**		
je	suivrai	j'	aurai	suivi
tu	suivras	tu	auras	suivi
il/elle	suivra	il/elle	aura	suivi
nous	suivrons	nous	aurons	suivi
vous	suivrez	vous	aurez	suivi
ils/elles	suivront	ils/elles	auront	suivi

SUBJONCTIF

Présent			
que	je	suive	
que	tu	suives	
qu'	il/elle	suive	
que	nous	suivions	
que	vous	suiviez	
qu'	ils/elles	suivent	
Imparfait			
que	je	suivisse	
que	tu	suivisses	
qu'	il/elle	suivît	
que	nous	suivissions	
que	vous	suivissiez	
qu'	ils/elles	suivissent	
Passé			
que	j'	aie	suivi
que	tu	aies	suivi
qu'	il/elle	ait	suivi
que	nous	ayons	suivi
que	vous	ayez	suivi
qu'	ils/elles	aient	suivi
Plus-que-parfait			
que	j'	eusse	suivi
que	tu	eusses	suivi
qu'	il/elle	eût	suivi
que	nous	eussions	suivi
que	vous	eussiez	suivi
qu'	ils/elles	eussent	suivi

CONDITIONNEL

Présent		Passé 1re forme			Passé 2e forme		
je	suivrais	j'	aurais	suivi	j'	eusse	suivi
tu	suivrais	tu	aurais	suivi	tu	eusses	suivi
il/elle	suivrait	il/elle	aurait	suivi	il/elle	eût	suivi
nous	suivrions	nous	aurions	suivi	nous	eussions	suivi
vous	suivriez	vous	auriez	suivi	vous	eussiez	suivi
ils/elles	suivraient	ils/elles	auraient	suivi	ils/elles	eussent	suivi

IMPÉRATIF

Présent			Passé		
suis	suivons	suivez	aie suivi	ayons suivi	ayez suivi

INFINITIF

Présent	Passé
suivre	avoir suivi

PARTICIPE

Présent	Passé	Passé composé
suivant	suivi (e, s, es)	ayant suivi

71 VIVRE

3e GROUPE

Ainsi se conjuguent *revivre* et *survivre*.
Le participe passé de *survivre (survécu)* est invariable.

INDICATIF

Présent		Passé composé		
je	vis	j'	ai	vécu
tu	vis	tu	as	vécu
il/elle	vit	il/elle	a	vécu
nous	vivons	nous	avons	vécu
vous	vivez	vous	avez	vécu
ils/elles	vivent	ils/elles	ont	vécu
Imparfait		**Plus-que-parfait**		
je	vivais	j'	avais	vécu
tu	vivais	tu	avais	vécu
il/elle	vivait	il/elle	avait	vécu
nous	vivions	nous	avions	vécu
vous	viviez	vous	aviez	vécu
ils/elles	vivaient	ils/elles	avaient	vécu
Passé simple		**Passé antérieur**		
je	vécus	j'	eus	vécu
tu	vécus	tu	eus	vécu
il/elle	vécut	il/elle	eut	vécu
nous	vécûmes	nous	eûmes	vécu
vous	vécûtes	vous	eûtes	vécu
ils/elles	vécurent	ils/elles	eurent	vécu
Futur simple		**Futur antérieur**		
je	vivrai	j'	aurai	vécu
tu	vivras	tu	auras	vécu
il/elle	vivra	il/elle	aura	vécu
nous	vivrons	nous	aurons	vécu
vous	vivrez	vous	aurez	vécu
ils/elles	vivront	ils/elles	auront	vécu

SUBJONCTIF

Présent			
que	je	vive	
que	tu	vives	
qu'	il/elle	vive	
que	nous	vivions	
que	vous	viviez	
qu'	ils/elles	vivent	
Imparfait			
que	je	vécusse	
que	tu	vécusses	
qu'	il/elle	vécût	
que	nous	vécussions	
que	vous	vécussiez	
qu'	ils/elles	vécussent	
Passé			
que	j'	aie	vécu
que	tu	aies	vécu
qu'	il/elle	ait	vécu
que	nous	ayons	vécu
que	vous	ayez	vécu
qu'	ils/elles	aient	vécu
Plus-que-parfait			
que	j'	eusse	vécu
que	tu	eusses	vécu
qu'	il/elle	eût	vécu
que	nous	eussions	vécu
que	vous	eussiez	vécu
qu'	ils/elles	eussent	vécu

CONDITIONNEL

Présent		Passé 1re forme			Passé 2e forme		
je	vivrais	j'	aurais	vécu	j'	eusse	vécu
tu	vivrais	tu	aurais	vécu	tu	eusses	vécu
il/elle	vivrait	il/elle	aurait	vécu	il/elle	eût	vécu
nous	vivrions	nous	aurions	vécu	nous	eussions	vécu
vous	vivriez	vous	auriez	vécu	vous	eussiez	vécu
ils/elles	vivraient	ils/elles	auraient	vécu	ils/elles	eussent	vécu

IMPÉRATIF

Présent			Passé		
vis	vivons	vivez	aie vécu	ayons vécu	ayez vécu

INFINITIF

Présent	Passé
vivre	avoir vécu

PARTICIPE

Présent	Passé	Passé composé
vivant	vécu (e, s, es)	ayant vécu

72 SUFFIRE — 3e GROUPE

Se conjuguent sur ce modèle *confire, frire,* mais leur participe passé est en *-it (confit, confite ; frit, frite),* et *circoncire,* mais son participe passé est en *-is (circoncis, circoncise).*
Remarque : *Frire* ne s'emploie couramment qu'à l'infinitif et au participe passé. On trouve parfois le présent de l'indicatif (mais seulement au singulier), le futur simple et les temps composés.
Le participe passé *suffi* est invariable, même à la forme pronominale : *Ils se sont suffi à eux-mêmes.*

INDICATIF

Présent		Passé composé		
je	suffis	j'	ai	suffi
tu	suffis	tu	as	suffi
il/elle	suffit	il/elle	a	suffi
nous	suffisons	nous	avons	suffi
vous	suffisez	vous	avez	suffi
ils/elles	suffisent	ils/elles	ont	suffi

Imparfait		Plus-que-parfait		
je	suffisais	j'	avais	suffi
tu	suffisais	tu	avais	suffi
il/elle	suffisait	il/elle	avait	suffi
nous	suffisions	nous	avions	suffi
vous	suffisiez	vous	aviez	suffi
ils/elles	suffisaient	ils/elles	avaient	suffi

Passé simple		Passé antérieur		
je	suffis	j'	eus	suffi
tu	suffis	tu	eus	suffi
il/elle	suffit	il/elle	eut	suffi
nous	suffîmes	nous	eûmes	suffi
vous	suffîtes	vous	eûtes	suffi
ils/elles	suffirent	ils/elles	eurent	suffi

Futur simple		Futur antérieur		
je	suffirai	j'	aurai	suffi
tu	suffiras	tu	auras	suffi
il/elle	suffira	il/elle	aura	suffi
nous	suffirons	nous	aurons	suffi
vous	suffirez	vous	aurez	suffi
ils/elles	suffiront	ils/elles	auront	suffi

SUBJONCTIF

Présent		
que	je	suffise
que	tu	suffises
qu'	il	suffise
que	nous	suffisions
que	vous	suffisiez
qu'	ils/elles	suffisent

Imparfait		
que	je	suffisse
que	tu	suffisses
qu'	il	suffît
que	nous	suffissions
que	vous	suffissiez
qu'	ils/elles	suffissent

Passé			
que	j'	aie	suffi
que	tu	aies	suffi
qu'	il	ait	suffi
que	nous	ayons	suffi
que	vous	ayez	suffi
qu'	ils/elles	aient	suffi

Plus-que-parfait			
que	j'	eusse	suffi
que	tu	eusses	suffi
qu'	il	eût	suffi
que	nous	eussions	suffi
que	vous	eussiez	suffi
qu'	ils/elles	eussent	suffi

CONDITIONNEL

Présent		Passé 1re forme			Passé 2e forme		
je	suffirais	j'	aurais	suffi	j'	eusse	suffi
tu	suffirais	tu	aurais	suffi	tu	eusses	suffi
il	suffirait	il	aurait	suffi	il	eût	suffi
nous	suffirions	nous	aurions	suffi	nous	eussions	suffi
vous	suffiriez	vous	auriez	suffi	vous	eussiez	suffi
ils/elles	suffiraient	ils/elles	auraient	suffi	ils/elles	eussent	suffi

IMPÉRATIF

Présent			Passé		
suffis	suffisons	suffisez	aie suffi	ayons suffi	ayez suffi

INFINITIF

Présent	Passé
suffire	avoir suffi

PARTICIPE

Présent	Passé	Passé composé
suffisant	suffi	ayant suffi

73 DIRE

3e GROUPE

Dire (et *redire*) ont la particularité d'avoir leurs 2es personnes du pluriel des présents de l'indicatif et de l'impératif en *-tes*, et non en *-ez*.
Les autres verbes qui se conjuguent sur ce modèle (*contredire, dédire, interdire, médire* et *prédire*) font bien leur 2e personne du pluriel en *-ez* (Ex. : *vous contredis**ez**, vous prédis**ez***).

INDICATIF

Présent		Passé composé		
je	dis	j'	ai	dit
tu	dis	tu	as	dit
il/elle	dit	il/elle	a	dit
nous	disons	nous	avons	dit
vous	**dites**	vous	avez	dit
ils/elles	disent	ils/elles	ont	dit

Imparfait		Plus-que-parfait		
je	disais	j'	avais	dit
tu	disais	tu	avais	dit
il/elle	disait	il/elle	avait	dit
nous	disions	nous	avions	dit
vous	disiez	vous	aviez	dit
ils/elles	disaient	ils/elles	avaient	dit

Passé simple		Passé antérieur		
je	dis	j'	eus	dit
tu	dis	tu	eus	dit
il/elle	dit	il/elle	eut	dit
nous	dîmes	nous	eûmes	dit
vous	dîtes	vous	eûtes	dit
ils/elles	dirent	ils/elles	eurent	dit

Futur simple		Futur antérieur		
je	dirai	j'	aurai	dit
tu	diras	tu	auras	dit
il/elle	dira	il/elle	aura	dit
nous	dirons	nous	aurons	dit
vous	direz	vous	aurez	dit
ils/elles	diront	ils/elles	auront	dit

SUBJONCTIF

Présent		
que	je	dise
que	tu	dises
qu'	il/elle	dise
que	nous	disions
que	vous	disiez
qu'	ils/elles	disent

Imparfait		
que	je	disse
que	tu	disses
qu'	il/elle	dît
que	nous	dissions
que	vous	dissiez
qu'	ils/elles	dissent

Passé			
que	j'	aie	dit
que	tu	aies	dit
qu'	il/elle	ait	dit
que	nous	ayons	dit
que	vous	ayez	dit
qu'	ils/elles	aient	dit

Plus-que-parfait			
que	j'	eusse	dit
que	tu	eusses	dit
qu'	il/elle	eût	dit
que	nous	eussions	dit
que	vous	eussiez	dit
qu'	ils/elles	eussent	dit

CONDITIONNEL

Présent		Passé 1re forme			Passé 2e forme		
je	dirais	j'	aurais	dit	j'	eusse	dit
tu	dirais	tu	aurais	dit	tu	eusses	dit
il/elle	dirait	il/elle	aurait	dit	il/elle	eût	dit
nous	dirions	nous	aurions	dit	nous	eussions	dit
vous	diriez	vous	auriez	dit	vous	eussiez	dit
ils/elles	diraient	ils/elles	auraient	dit	ils/elles	eussent	dit

IMPÉRATIF

Présent			Passé		
dis	disons	**dites**	aie dit	ayons dit	ayez dit

INFINITIF

Présent	Passé
dire	avoir dit

PARTICIPE

Présent	Passé	Passé composé
disant	dit (e, s, es)	ayant dit

74 MAUDIRE — 3e GROUPE

Bien que construit sur *dire*, *maudire* ne garde de ce verbe que l'infinitif et le participe passé. Tout le reste de sa conjugaison se fait sur le modèle des verbes du 2e groupe (voir modèle **20**) : *nous maudissons, maudissant.*

INDICATIF

Présent		Passé composé		
je	maudis	j'	ai	maudit
tu	maudis	tu	as	maudit
il/elle	maudit	il/elle	a	maudit
nous	maudissons	nous	avons	maudit
vous	maudissez	vous	avez	maudit
ils/elles	maudissent	ils	ont	maudit
Imparfait		**Plus-que-parfait**		
je	maudissais	j'	avais	maudit
tu	maudissais	tu	avais	maudit
il/elle	maudissait	il/elle	avait	maudit
nous	maudissions	nous	avions	maudit
vous	maudissiez	vous	aviez	maudit
ils/elles	maudissaient	ils	avaient	maudit
Passé simple		**Passé antérieur**		
je	maudis	j'	eus	maudit
tu	maudis	tu	eus	maudit
il/elle	maudit	il/elle	eut	maudit
nous	maudîmes	nous	eûmes	maudit
vous	maudîtes	vous	eûtes	maudit
ils/elles	maudirent	ils	eurent	maudit
Futur simple		**Futur antérieur**		
je	maudirai	j'	aurai	maudit
tu	maudiras	tu	auras	maudit
il/elle	maudira	il/elle	aura	maudit
nous	maudirons	nous	aurons	maudit
vous	maudirez	vous	aurez	maudit
ils/elles	maudiront	ils	auront	maudit

SUBJONCTIF

Présent			
que	je	maudisse	
que	tu	maudisses	
qu'	il/elle	maudisse	
que	nous	maudissions	
que	vous	maudissiez	
qu'	ils/elles	maudissent	
Imparfait			
que	je	maudisse	
que	tu	maudisses	
qu'	il/elle	maudît	
que	nous	maudissions	
que	vous	maudissiez	
qu'	ils/elles	maudissent	
Passé			
que	j'	aie	maudit
que	tu	aies	maudit
qu'	il/elle	ait	maudit
que	nous	ayons	maudit
que	vous	ayez	maudit
qu'	ils/elles	aient	maudit
Plus-que-parfait			
que	j'	eusse	maudit
que	tu	eusses	maudit
qu'	il/elle	eût	maudit
que	nous	eussions	maudit
que	vous	eussiez	maudit
qu'	ils/elles	eussent	maudit

CONDITIONNEL

Présent		Passé 1re forme			Passé 2e forme		
je	maudirais	j'	aurais	maudit	j'	eusse	maudit
tu	maudirais	tu	aurais	maudit	tu	eusses	maudit
il/elle	maudirait	il/elle	aurait	maudit	il/elle	eût	maudit
nous	maudirions	nous	aurions	maudit	nous	eussions	maudit
vous	maudiriez	vous	auriez	maudit	vous	eussiez	maudit
ils/elles	maudiraient	ils/elles	auraient	maudit	ils/elles	eussent	maudit

IMPÉRATIF

Présent			Passé		
maudis	maudissons	maudissez	aie maudit	ayons maudit	ayez maudit

INFINITIF

Présent	Passé
maudire	avoir maudit

PARTICIPE

Présent	Passé	Passé composé
maudissant	maudit (e, s, es)	ayant maudit

75 LIRE

3ᵉ GROUPE

Ainsi se conjuguent *relire, élire* et *réélire.*

Remarque : *Élire* et *réélire* ont bien un passé simple en *-u- (ils élurent)* et non pas en *-i-* comme on le rencontre parfois, peut-être par confusion avec son synonyme *choisir.*

Imperfect → I used to read

INDICATIF

Présent		Passé composé		
je	lis	j'	ai	lu
tu	lis	tu	as	lu
il/elle	lit	il/elle	a	lu
nous	lisons	nous	avons	lu
vous	lisez	[illegible]	[illegible]	[illegible]
ils/elles	lisent	[illegible]	[illegible]	[illegible]

Imparfait		[illegible]		
je	lisais	[illegible]	[illegible]	[illegible]
tu	lisais	[illegible]	[illegible]	[illegible]
il/elle	lisait	[illegible]	[illegible]	[illegible]
nous	lisions	[illegible]	[illegible]	[illegible]
vous	lisiez	[illegible]	[illegible]	[illegible]
ils/elles	lisaient	[illegible]	[illegible]	[illegible]

Passé simple		[illegible]		
je	lus	[illegible]	[illegible]	[illegible]
tu	lus	[illegible]	[illegible]	[illegible]
il/elle	lut	[illegible]	[illegible]	[illegible]
nous	lûmes	[illegible]	[illegible]	lu
vous	lûtes	vous	eûtes	lu
ils/elles	lurent	ils/elles	eurent	lu

Futur simple		Futur antérieur		
je	lirai	j'	aurai	lu
tu	liras	tu	auras	lu
il/elle	lira	il/elle	aura	lu
nous	lirons	nous	aurons	lu
vous	lirez	vous	aurez	lu
ils/elles	liront	ils/elles	auront	lu

SUBJONCTIF

Présent		
que	je	lise
que	tu	lises
qu'	il/elle	lise
[illegible]	[illegible]	lisions
[illegible]	[illegible]	lisiez
[illegible]	[illegible]	lisent

[illegible]parfait		
[illegible]	[illegible]	[illegible]lusse
[illegible]	[illegible]	[illegible]usses
[illegible]	[illegible]	[illegible]ût
[illegible]	[illegible]	[illegible]ussions
[illegible]	[illegible]	[illegible]ussiez
[illegible]	[illegible]	[illegible]ussent

[illegible]ssé			
[illegible]	[illegible]	[illegible]e	lu
[illegible]	[illegible]	[illegible]es	lu
[illegible]	[illegible]	[illegible]ait	lu
que	nous	ayons	lu
que	vous	ayez	lu
qu'	ils/elles	aient	lu

Plus-que-parfait			
que	j'	eusse	lu
que	tu	eusses	lu
qu'	il/elle	eût	lu
que	nous	eussions	lu
que	vous	eussiez	lu
qu'	ils/elles	eussent	lu

CONDITIONNEL

Présent		Passé 1ʳᵉ forme			Passé 2ᵉ forme		
je	lirais	j'	aurais	lu	j'	eusse	lu
tu	lirais	tu	aurais	lu	tu	eusses	lu
il/elle	lirait	il/elle	aurait	lu	il/elle	eût	lu
nous	lirions	nous	aurions	lu	nous	eussions	lu
vous	liriez	vous	auriez	lu	vous	eussiez	lu
ils/elles	liraient	ils/elles	auraient	lu	ils/elles	eussent	lu

IMPÉRATIF

Présent			Passé		
lis	lisons	lisez	aie lu	ayons lu	ayez lu

INFINITIF

Présent	Passé
lire	avoir lu

PARTICIPE

Présent	Passé	Passé composé
lisant	lu (e, s, es)	ayant lu

76 ÉCRIRE 3e GROUPE

Ainsi se conjuguent tous les verbes qui se terminent par *-crire.*

INDICATIF

Présent		Passé composé		
j'	écris	j'	ai	écrit
tu	écris	tu	as	écrit
il/elle	écrit	il/elle	a	écrit
nous	écrivons	nous	avons	écrit
vous	écrivez	vous	avez	écrit
ils/elles	écrivent	ils/elles	ont	écrit
Imparfait		**Plus-que-parfait**		
j'	écrivais	j'	avais	écrit
tu	écrivais	tu	avais	écrit
il/elle	écrivait	il/elle	avait	écrit
nous	écrivions	nous	avions	écrit
vous	écriviez	vous	aviez	écrit
ils/elles	écrivaient	ils/elles	avaient	écrit
Passé simple		**Passé antérieur**		
j'	écrivis	j'	eus	écrit
tu	écrivis	tu	eus	écrit
il/elle	écrivit	il/elle	eut	écrit
nous	écrivîmes	nous	eûmes	écrit
vous	écrivîtes	vous	eûtes	écrit
ils/elles	écrivirent	ils/elles	eurent	écrit
Futur simple		**Futur antérieur**		
j'	écrirai	j'	aurai	écrit
tu	écriras	tu	auras	écrit
il/elle	écrira	il/elle	aura	écrit
nous	écrirons	nous	aurons	écrit
vous	écrirez	vous	aurez	écrit
ils/elles	écriront	ils/elles	auront	écrit

SUBJONCTIF

Présent			
que	j'	écrive	
que	tu	écrives	
qu'	il/elle	écrive	
que	nous	écrivions	
que	vous	écriviez	
qu'	ils/elles	écrivent	
Imparfait			
que	j'	écrivisse	
que	tu	écrivisses	
qu'	il/elle	écrivît	
que	nous	écrivissions	
que	vous	écrivissiez	
qu'	ils/elles	écrivissent	
Passé			
que	j'	aie	écrit
que	tu	aies	écrit
qu'	il/elle	ait	écrit
que	nous	ayons	écrit
que	vous	ayez	écrit
qu'	ils/elles	aient	écrit
Plus-que-parfait			
que	j'	eusse	écrit
que	tu	eusses	écrit
qu'	il/elle	eût	écrit
que	nous	eussions	écrit
que	vous	eussiez	écrit
qu'	ils/elles	eussent	écrit

CONDITIONNEL

Présent		Passé 1re forme			Passé 2e forme		
j'	écrirais	j'	aurais	écrit	j'	eusse	écrit
tu	écrirais	tu	aurais	écrit	tu	eusses	écrit
il/elle	écrirait	il/elle	aurait	écrit	il/elle	eût	écrit
nous	écririons	nous	aurions	écrit	nous	eussions	écrit
vous	écririez	vous	auriez	écrit	vous	eussiez	écrit
ils/elles	écriraient	ils/elles	auraient	écrit	ils/elles	eussent	écrit

IMPÉRATIF

Présent			Passé		
écris	écrivons	écrivez	aie écrit	ayons écrit	ayez écrit

INFINITIF

Présent	Passé
écrire	avoir écrit

PARTICIPE

Présent	Passé	Passé composé
écrivant	écrit (e, s, es)	ayant écrit

77 RIRE — 3e GROUPE

Ainsi se conjugue le verbe *sourire.*
Remarque : Noter le participe passé invariable des deux verbes *(Elles se sont souri en se reconnaissant* et *Ils se sont ri des difficultés).*
Aux deux premières personnes du pluriel de l'imparfait de l'indicatif et du présent du subjonctif, ne pas oublier les deux *i* : un pour le radical et un pour la terminaison.

INDICATIF

Présent		Passé composé		
je	ris	j'	ai	ri
tu	ris	tu	as	ri
il/elle	rit	il/elle	a	ri
nous	rions	nous	avons	ri
vous	riez	vous	avez	ri
ils/elles	rient	ils/elles	ont	ri
Imparfait		**Plus-que-parfait**		
je	riais	j'	avais	ri
tu	riais	tu	avais	ri
il/elle	riait	il/elle	avait	ri
nous	riions	nous	avions	ri
vous	riiez	vous	aviez	ri
ils/elles	riaient	ils/elles	avaient	ri
Passé simple		**Passé antérieur**		
je	ris	j'	eus	ri
tu	ris	tu	eus	ri
il/elle	rit	il/elle	eut	ri
nous	rîmes	nous	eûmes	ri
vous	rîtes	vous	eûtes	ri
ils/elles	rirent	ils/elles	eurent	ri
Futur simple		**Futur antérieur**		
je	rirai	j'	aurai	ri
tu	riras	tu	auras	ri
il/elle	rira	il/elle	aura	ri
nous	rirons	nous	aurons	ri
vous	rirez	vous	aurez	ri
ils/elles	riront	ils/elles	auront	ri

SUBJONCTIF

Présent			
que	je	rie	
que	tu	ries	
qu'	il/elle	rie	
que	nous	riions	
que	vous	riiez	
qu'	ils/elles	rient	
Imparfait			
que	je	risse	
que	tu	risses	
qu'	il/elle	rît	
que	nous	rissions	
que	vous	rissiez	
qu'	ils/elles	rissent	
Passé			
que	j'	aie	ri
que	tu	aies	ri
qu'	il/elle	ait	ri
que	nous	ayons	ri
que	vous	ayez	ri
qu'	ils/elles	aient	ri
Plus-que-parfait			
que	j'	eusse	ri
que	tu	eusses	ri
qu'	il/elle	eût	ri
que	nous	eussions	ri
que	vous	eussiez	ri
qu'	ils/elles	eussent	ri

CONDITIONNEL

Présent		Passé 1re forme			Passé 2e forme		
je	rirais	j'	aurais	ri	j'	eusse	ri
tu	rirais	tu	aurais	ri	tu	eusses	ri
il/elle	rirait	il/elle	aurait	ri	il/elle	eût	ri
nous	ririons	nous	aurions	ri	nous	eussions	ri
vous	ririez	vous	auriez	ri	vous	eussiez	ri
ils/elles	riraient	ils/elles	auraient	ri	ils/elles	eussent	ri

IMPÉRATIF

Présent			Passé		
ris	rions	riez	aie ri	ayons ri	ayez ri

INFINITIF

Présent	Passé
rire	avoir ri

PARTICIPE

Présent	Passé	Passé composé
riant	ri	ayant ri

78 CONDUIRE 3e GROUPE

Ainsi se conjuguent tous les verbes en *-uire*, sauf *bruire* (voir « Remarque » modèle **20**). *Luire*, *reluire* et *nuire* ont un participe passé invariable en *-ui (lui, relui, nui)*.

INDICATIF

Présent		Passé composé		
je	conduis	j'	ai	conduit
tu	conduis	tu	as	conduit
il/elle	conduit	il/elle	a	conduit
nous	conduisons	nous	avons	conduit
vous	conduisez	vous	avez	conduit
ils/elles	conduisent	ils/elles	ont	conduit
Imparfait		**Plus-que-parfait**		
je	conduisais	j'	avais	conduit
tu	conduisais	tu	avais	conduit
il/elle	conduisait	il/elle	avait	conduit
nous	conduisions	nous	avions	conduit
vous	conduisiez	vous	aviez	conduit
ils/elles	conduisaient	ils/elles	avaient	conduit
Passé simple		**Passé antérieur**		
je	conduisis	j'	eus	conduit
tu	conduisis	tu	eus	conduit
il/elle	conduisit	il/elle	eut	conduit
nous	conduisîmes	nous	eûmes	conduit
vous	conduisîtes	vous	eûtes	conduit
ils/elles	conduisirent	ils/elles	eurent	conduit
Futur simple		**Futur antérieur**		
je	conduirai	j'	aurai	conduit
tu	conduiras	tu	auras	conduit
il/elle	conduira	il/elle	aura	conduit
nous	conduirons	nous	aurons	conduit
vous	conduirez	vous	aurez	conduit
ils/elles	conduiront	ils/elles	auront	conduit

SUBJONCTIF

Présent			
que	je	conduise	
que	tu	conduises	
qu'	il/elle	conduise	
que	nous	conduisions	
que	vous	conduisiez	
qu'	ils/elles	conduisent	
Imparfait			
que	je	conduisisse	
que	tu	conduisisses	
qu'	il/elle	conduisît	
que	nous	conduisissions	
que	vous	conduisissiez	
qu'	ils/elles	conduisissent	
Passé			
que	j'	aie	conduit
que	tu	aies	conduit
qu'	il/elle	ait	conduit
que	nous	ayons	conduit
que	vous	ayez	conduit
qu'	ils/elles	aient	conduit
Plus-que-parfait			
que	j'	eusse	conduit
que	tu	eusses	conduit
qu'	il/elle	eût	conduit
que	nous	eussions	conduit
que	vous	eussiez	conduit
qu'	ils/elles	eussent	conduit

CONDITIONNEL

Présent		Passé 1re forme			Passé 2e forme		
je	conduirais	j'	aurais	conduit	j'	eusse	conduit
tu	conduirais	tu	aurais	conduit	tu	eusses	conduit
il/elle	conduirait	il/elle	aurait	conduit	il/elle	eût	conduit
nous	conduirions	nous	aurions	conduit	nous	eussions	conduit
vous	conduiriez	vous	auriez	conduit	vous	eussiez	conduit
ils/elles	conduiraient	ils/elles	auraient	conduit	ils/elles	eussent	conduit

IMPÉRATIF

Présent			Passé		
conduis	conduisons	conduisez	aie conduit	ayons conduit	ayez conduit

INFINITIF

Présent	Passé
conduire	avoir conduit

PARTICIPE

Présent	Passé	Passé composé
conduisant	conduit (e, s, es)	ayant conduit

79 BOIRE

3ᵉ GROUPE

Boire est le seul verbe à se conjuguer sur ce modèle.

INDICATIF

Présent		Passé composé		
je	bois	j'	ai	bu
tu	bois	tu	as	bu
il/elle	boit	il/elle	a	bu
nous	buvons	nous	avons	bu
vous	buvez	vous	avez	bu
ils/elles	boivent	ils/elles	ont	bu

Imparfait		Plus-que-parfait		
je	buvais	j'	avais	bu
tu	buvais	tu	avais	bu
il/elle	buvait	il/elle	avait	bu
nous	buvions	nous	avions	bu
vous	buviez	vous	aviez	bu
ils/elles	buvaient	ils/elles	avaient	bu

Passé simple		Passé antérieur		
je	bus	j'	eus	bu
tu	bus	tu	eus	bu
il/elle	but	il/elle	eut	bu
nous	bûmes	nous	eûmes	bu
vous	bûtes	vous	eûtes	bu
ils/elles	burent	ils/elles	eurent	bu

Futur simple		Futur antérieur		
je	boirai	j'	aurai	bu
tu	boiras	tu	auras	bu
il/elle	boira	il/elle	aura	bu
nous	boirons	nous	aurons	bu
vous	boirez	vous	aurez	bu
ils/elles	boiront	ils/elles	auront	bu

SUBJONCTIF

Présent		
que	je	boive
que	tu	boives
qu'	il/elle	boive
que	nous	buvions
que	vous	buviez
qu'	ils/elles	boivent

Imparfait		
que	je	busse
que	tu	busses
qu'	il/elle	bût
que	nous	bussions
que	vous	bussiez
qu'	ils/elles	bussent

Passé			
que	j'	aie	bu
que	tu	aies	bu
qu'	il/elle	ait	bu
que	nous	ayons	bu
que	vous	ayez	bu
qu'	ils/elles	aient	bu

Plus-que-parfait			
que	j'	eusse	bu
que	tu	eusses	bu
qu'	il/elle	eût	bu
que	nous	eussions	bu
que	vous	eussiez	bu
qu'	ils/elles	eussent	bu

CONDITIONNEL

Présent		Passé 1ʳᵉ forme			Passé 2ᵉ forme		
je	boirais	j'	aurais	bu	j'	eusse	bu
tu	boirais	tu	aurais	bu	tu	eusses	bu
il/elle	boirait	il/elle	aurait	bu	il/elle	eût	bu
nous	boirions	nous	aurions	bu	nous	eussions	bu
vous	boiriez	vous	auriez	bu	vous	eussiez	bu
ils/elles	boiraient	ils/elles	auraient	bu	ils/elles	eussent	bu

IMPÉRATIF

Présent			Passé		
bois	buvons	buvez	aie bu	ayons bu	ayez bu

INFINITIF

Présent	Passé
boire	avoir bu

PARTICIPE

Présent	Passé	Passé composé
buvant	bu (e, s, es)	ayant bu

80 CONCLURE — 3e GROUPE

Ainsi se conjuguent *exclure* et *inclure*, mais ce dernier a un participe passé en *-us* : *inclus, incluse.*
Attention aux formes homophones des personnes du singulier des présents de l'indicatif et du subjonctif !
Remarque : Au futur simple, veiller à ne pas conjuguer ces verbes comme des verbes en *-uer* du 1er groupe *(diluer → vous diluerez / conclure → vous conclurez).*

INDICATIF

Présent		Passé composé		
je	conclus	j'	ai	conclu
tu	conclus	tu	as	conclu
il/elle	conclut	il/elle	a	conclu
nous	concluons	nous	avons	conclu
vous	concluez	vous	avez	conclu
ils/elles	concluent	ils/elles	ont	conclu

Imparfait		Plus-que-parfait		
je	concluais	j'	avais	conclu
tu	concluais	tu	avais	conclu
il/elle	concluait	il/elle	avait	conclu
nous	concluions	nous	avions	conclu
vous	concluiez	vous	aviez	conclu
ils/elles	concluaient	ils/elles	avaient	conclu

Passé simple		Passé antérieur		
je	conclus	j'	eus	conclu
tu	conclus	tu	eus	conclu
il/elle	conclut	il/elle	eut	conclu
nous	conclûmes	nous	eûmes	conclu
vous	conclûtes	vous	eûtes	conclu
ils/elles	conclurent	ils/elles	eurent	conclu

Futur simple		Futur antérieur		
je	conclurai	j'	aurai	conclu
tu	concluras	tu	auras	conclu
il/elle	conclura	il/elle	aura	conclu
nous	conclurons	nous	aurons	conclu
vous	conclurez	vous	aurez	conclu
ils/elles	concluront	ils/elles	auront	conclu

SUBJONCTIF

Présent		
que	je	conclue
que	tu	conclues
qu'	il/elle	conclue
que	nous	concluions
que	vous	concluiez
qu'	ils/elles	concluent

Imparfait		
que	je	conclusse
que	tu	conclusses
qu'	il/elle	conclût
que	nous	conclussions
que	vous	conclussiez
qu'	ils/elles	conclussent

Passé			
que	j'	aie	conclu
que	tu	aies	conclu
qu'	il/elle	ait	conclu
que	nous	ayons	conclu
que	vous	ayez	conclu
qu'	ils/elles	aient	conclu

Plus-que-parfait			
que	j'	eusse	conclu
que	tu	eusses	conclu
qu'	il/elle	eût	conclu
que	nous	eussions	conclu
que	vous	eussiez	conclu
qu'	ils/elles	eussent	conclu

CONDITIONNEL

Présent		Passé 1re forme			Passé 2e forme		
je	conclurais	j'	aurais	conclu	j'	eusse	conclu
tu	conclurais	tu	aurais	conclu	tu	eusses	conclu
il/elle	conclurait	il/elle	aurait	conclu	il/elle	eût	conclu
nous	conclurions	nous	aurions	conclu	nous	eussions	conclu
vous	concluriez	vous	auriez	conclu	vous	eussiez	conclu
ils/elles	concluraient	ils/elles	auraient	conclu	ils/elles	eussent	conclu

IMPÉRATIF

Présent			Passé		
conclus	concluons	concluez	aie conclu	ayons conclu	ayez conclu

INFINITIF

Présent	Passé
conclure	avoir conclu

PARTICIPE

Présent	Passé	Passé composé
concluant	conclu (e, s, es)	ayant conclu

81 CLORE 3ᵉ GROUPE

Clore prend un accent circonflexe sur le *o* qui précède le *t*. Pour les verbes *éclore* et *enclore* qui se conjuguent sur ce modèle, certains dictionnaires donnent les formes avec un accent circonflexe, d'autres sans. Pour mettre fin à ces hésitations, les rectifications de l'orthographe de 1990 proposent d'écrire toutes les formes sans accent circonflexe.

Remarque : *Éclore* ne s'emploie qu'à la 3ᵉ personne alors que *enclore* se rencontre aux deux premières personnes du pluriel *(nous enclosons, vous enclosez).*

INDICATIF

Présent		Passé composé		
je	clos	j'	ai	clos
tu	clos	tu	as	clos
il/elle	clôt	il/elle	a	clos
	inusité	nous	avons	clos
	inusité	vous	avez	clos
ils/elles	closent	ils/elles	ont	clos

Imparfait	Plus-que-parfait		
inusité	j'	avais	clos
	tu	avais	clos
	il/elle	avait	clos
	nous	avions	clos
	vous	aviez	clos
	ils/elles	avaient	clos

Passé simple	Passé antérieur		
inusité	j'	eus	clos
	tu	eus	clos
	il/elle	eut	clos
	nous	eûmes	clos
	vous	eûtes	clos
	ils/elles	eurent	clos

Futur simple		Futur antérieur		
je	clorai	j'	aurai	clos
tu	cloras	tu	auras	clos
il/elle	clora	il/elle	aura	clos
nous	clorons	nous	aurons	clos
vous	clorez	vous	aurez	clos
ils/elles	cloront	ils/elles	auront	clos

SUBJONCTIF

Présent		
que	je	close
que	tu	closes
qu'	il/elle	close
que	nous	closions
que	vous	closiez
qu'	ils/elles	closent

Imparfait

inusité

Passé			
que	j'	aie	clos
que	tu	aies	clos
qu'	il/elle	ait	clos
que	nous	ayons	clos
que	vous	ayez	clos
qu'	ils/elles	aient	clos

Plus-que-parfait			
que	j'	eusse	clos
que	tu	eusses	clos
qu'	il/elle	eût	clos
que	nous	eussions	clos
que	vous	eussiez	clos
qu'	ils/elles	eussent	clos

CONDITIONNEL

Présent		Passé 1ʳᵉ forme			Passé 2ᵉ forme		
je	clorais	j'	aurais	clos	j'	eusse	clos
tu	clorais	tu	aurais	clos	tu	eusses	clos
il/elle	clorait	il/elle	aurait	clos	il/elle	eût	clos
nous	clorions	nous	aurions	clos	nous	eussions	clos
vous	cloriez	vous	auriez	clos	vous	eussiez	clos
ils/elles	cloraient	ils/elles	auraient	clos	ils/elles	eussent	clos

IMPÉRATIF

Présent		Passé		
clos	*inusité*	aie clos	ayons clos	ayez clos

INFINITIF

Présent	Passé
clore	avoir clos

PARTICIPE

Présent	Passé	Passé composé
closant	clos (e, es)	ayant clos

82 FAIRE 3e GROUPE

Faire et les verbes de sa famille ont la particularité d'avoir leurs 2es personnes du pluriel du présent de l'indicatif et de l'impératif en *-tes*, et non en *-ez*.
Remarque : Noter la prononciation [fə] pour la 1re personne du pluriel du présent de l'indicatif, pour toutes les formes de l'imparfait de l'indicatif, pour la 1re personne du pluriel de l'impératif et pour le participe présent.

INDICATIF

Présent		Passé composé		
je	fais	j'	ai	fait
tu	fais	tu	as	fait
il/elle	fait	il/elle	a	fait
nous	faisons	nous	avons	fait
vous	**faites**	vous	avez	fait
ils/elles	font	ils/elles	ont	fait

Imparfait		Plus-que-parfait		
je	faisais	j'	avais	fait
tu	faisais	tu	avais	fait
il/elle	faisait	il/elle	avait	fait
nous	faisions	nous	avions	fait
vous	faisiez	vous	aviez	fait
ils/elles	faisaient	ils/elles	avaient	fait

Passé simple		Passé antérieur		
je	fis	j'	eus	fait
tu	fis	tu	eus	fait
il/elle	fit	il/elle	eut	fait
nous	fîmes	nous	eûmes	fait
vous	fîtes	vous	eûtes	fait
ils/elles	firent	ils/elles	eurent	fait

Futur simple		Futur antérieur		
je	ferai	j'	aurai	fait
tu	feras	tu	auras	fait
il/elle	fera	il/elle	aura	fait
nous	ferons	nous	aurons	fait
vous	ferez	vous	aurez	fait
ils/elles	feront	ils/elles	auront	fait

SUBJONCTIF

Présent		
que	je	fasse
que	tu	fasses
qu'	il/elle	fasse
que	nous	fassions
que	vous	fassiez
qu'	ils/elles	fassent

Imparfait		
que	je	fisse
que	tu	fisses
qu'	il/elle	fît
que	nous	fissions
que	vous	fissiez
qu'	ils/elles	fissent

Passé			
que	j'	aie	fait
que	tu	aies	fait
qu'	il/elle	ait	fait
que	nous	ayons	fait
que	vous	ayez	fait
qu'	ils/elles	aient	fait

Plus-que-parfait			
que	j'	eusse	fait
que	tu	eusses	fait
qu'	il/elle	eût	fait
que	nous	eussions	fait
que	vous	eussiez	fait
qu'	ils/elles	eussent	fait

CONDITIONNEL

Présent		Passé 1re forme			Passé 2e forme		
je	ferais	j'	aurais	fait	j'	eusse	fait
tu	ferais	tu	aurais	fait	tu	eusses	fait
il/elle	ferait	il/elle	aurait	fait	il/elle	eût	fait
nous	ferions	nous	aurions	fait	nous	eussions	fait
vous	feriez	vous	auriez	fait	vous	eussiez	fait
ils/elles	feraient	ils/elles	auraient	fait	ils/elles	eussent	fait

IMPÉRATIF

Présent			Passé		
fais	faisons	**faites**	aie fait	ayons fait	ayez fait

INFINITIF

Présent	Passé
faire	avoir fait

PARTICIPE

Présent	Passé	Passé composé
faisant	fait (e, s, es)	ayant fait

83 ALLER

3e GROUPE

L'impératif singulier s'écrit sans *s (va)*, sauf si le verbe est suivi du pronom complément *y (vas-y)*.
S'en aller se conjugue comme *aller*. Noter la 2e personne du singulier de l'impératif présent avec élision du pronom réfléchi : *va-t'en*.

INDICATIF

Présent		Passé composé		
je	vais	je	suis	allé(e)
tu	vas	tu	es	allé(e)
il/elle	va	il/elle	est	allé(e)
nous	allons	nous	sommes	allé(e)s
vous	allez	vous	êtes	allé(e)s
ils/elles	vont	ils/elles	sont	allé(e)s
Imparfait		**Plus-que-parfait**		
j'	allais	j'	étais	allé(e)
tu	allais	tu	étais	allé(e)
il/elle	allait	il/elle	était	allé(e)
nous	allions	nous	étions	allé(e)s
vous	alliez	vous	étiez	allé(e)s
ils/elles	allaient	ils/elles	étaient	allé(e)s
Passé simple		**Passé antérieur**		
j'	allai	je	fus	allé(e)
tu	allas	tu	fus	allé(e)
il/elle	alla	il/elle	fut	allé(e)
nous	allâmes	nous	fûmes	allé(e)s
vous	allâtes	vous	fûtes	allé(e)s
ils/elles	allèrent	ils/elles	furent	allé(e)s
Futur simple		**Futur antérieur**		
j'	irai	je	serai	allé(e)
tu	iras	tu	seras	allé(e)
il/elle	ira	il/elle	sera	allé(e)
nous	irons	nous	serons	allé(e)s
vous	irez	vous	serez	allé(e)s
ils/elles	iront	ils/elles	seront	allé(e)s

SUBJONCTIF

Présent			
que	j'	aille	
que	tu	ailles	
qu'	il/elle	aille	
que	nous	allions	
que	vous	alliez	
qu'	ils/elles	aillent	
Imparfait			
que	j'	allasse	
que	tu	allasses	
qu'	il/elle	allât	
que	nous	allassions	
que	vous	allassiez	
qu'	ils/elles	allassent	
Passé			
que	je	sois	allé(e)
que	tu	sois	allé(e)
qu'	il/elle	soit	allé(e)
que	nous	soyons	allé(e)s
que	vous	soyez	allé(e)s
qu'	ils/elles	soient	allé(e)s
Plus-que-parfait			
que	je	fusse	allé(e)
que	tu	fusses	allé(e)
qu'	il/elle	fût	allé(e)
que	nous	fussions	allé(e)s
que	vous	fussiez	allé(e)s
qu'	ils/elles	fussent	allé(e)s

CONDITIONNEL

Présent		Passé 1re forme			Passé 2e forme		
j'	irais	je	serais	allé(e)	je	fusse	allé(e)
tu	irais	tu	serais	allé(e)	tu	fusses	allé(e)
il/elle	irait	il/elle	serait	allé(e)	il/elle	fût	allé(e)
nous	irions	nous	serions	allé(e)s	nous	fussions	allé(e)s
vous	iriez	vous	seriez	allé(e)s	vous	fussiez	allé(e)s
ils/elles	iraient	ils/elles	seraient	allé(e)s	ils/elles	fussent	allé(e)s

IMPÉRATIF

Présent			Passé		
va	allons	allez	sois allé(e)	soyons allé(e)s	soyez allé(e)s

INFINITIF

Présent	Passé
aller	être allé (e, s, es)

PARTICIPE

Présent	Passé	Passé composé
allant	allé (e, s, es)	étant allé (e, s, es)

84 VERBES PRONOMINAUX DONT LE PARTICIPE PASSÉ S'ACCORDE TOUJOURS AVEC LE SUJET

Le participe passé des verbes pronominaux suivants s'accorde toujours en genre et en nombre avec le sujet du verbe.

LES VERBES ESSENTIELLEMENT PRONOMINAUX

Les verbes essentiellement pronominaux n'existent que sous la forme pronominale.

Les verbes non réciproques

Ce sont les verbes pour lesquels le pronom personnel ne peut être considéré comme un complément d'objet direct : *s'absenter, se blottir, se désister, s'enfuir, s'envoler, s'évader, s'évanouir, s'exclamer, s'infiltrer, se méfier, se moquer, se réfugier, se raviser*, etc.

À la vue du sang, Laurent s'est évanoui.
À la vue du sang, Agnès s'est évanoui**e**.
À la vue du sang, les êtres sensibles se sont évanoui**s**.
À la vue du sang, les âmes sensibles se sont évanoui**es**.

Exception : Le verbe *s'arroger*, essentiellement pronominal, est transitif direct. Son participe passé s'accorde avec le complément d'objet direct seulement si celui-ci est placé avant le participe passé.

Les insurgés se sont **arrogé** tous les pouvoirs.
Les pouvoirs que les insurgés se sont **arrogés** paraissent exorbitants.

Les verbes réciproques

Ce sont les verbes pour lesquels le pronom personnel renvoie aux personnes représentées par le sujet. Le verbe indique que ces personnes font une action les unes envers les autres.

Ces deux amies se sont entraidé**es**.
Dans ce combat, les ennemis se sont entretué**s** sans merci.
Devant le notaire, les héritiers se sont entredéchiré**s**.

Exception : Le verbe *s'entrenuire*, essentiellement pronominal, est transitif indirect ; son participe passé est donc invariable.

Dans le règlement de cette affaire, les deux parties se sont **entrenui**.

LES VERBES PRONOMINAUX DE SENS PASSIF

Le sujet ne fait pas l'action, et le pronom réfléchi n'a pas de fonction particulière. L'agent de l'action n'est pas précisé.

Ces vêtements soldés se sont vendu**s** en quelques heures.
Les mini-jupes se sont porté**es** pendant quelques années.
Lors de ce repas, les vins se sont bu**s** à température ambiante.
La piscine s'est vidé**e** en une nuit.

LES VERBES PRONOMINAUX PAR GALLICISME

Ces verbes, généralement suivis d'une préposition, doivent être entendus hors du sens réciproque : *s'apercevoir de, s'attendre à, se porter vers, se résoudre à, se saisir de, s'imaginer, se taire*, etc.

Ces deux amis se sont connu**s** au lycée.
Une épaisse fumée s'est échappé**e** de la cage d'escalier.

85 VERBES PRONOMINAUX DONT LE PARTICIPE PASSÉ RESTE INVARIABLE

LES VERBES TRANSITIFS INDIRECTS

Le participe passé des verbes pronominaux **toujours transitifs indirects est invariable** : *se convenir, se mentir, se nuire, se parler, se plaire, se répondre, se ressembler, se rire, se sourire, se succéder, se suffire, se survivre*, etc.
Pour s'assurer que le verbe est bien transitif indirect, on peut poser la question en employant l'auxiliaire *avoir*.

Dès le premier regard, ces deux personnes se sont **plu**.
Ces deux personnes ont plu **à** qui ? **À** elles-mêmes (**à** *se*).
Se est bien complément d'objet indirect. *Plaire* est transitif indirect ; il n'admet jamais de complément d'objet direct.

Les Marseillais s'en sont **voulu** d'avoir laissé échapper la victoire.
Les Marseillais en ont voulu **à** qui ? **À** eux-mêmes (**à** *s'*).
S' est bien complément d'objet indirect. *S'en vouloir* est transitif indirect ; il n'admet jamais de complément d'objet direct.

VERBE SUIVI D'UNE PRÉPOSITION + INFINITIF

Le participe passé d'un verbe pronominal **suivi d'une préposition et d'un infinitif est invariable.**

Francine s'est **promis** de parler à sa cousine au sujet de leur prochain voyage.
Pourquoi ces personnes se sont-elles **permis** d'entrer sans frapper ?

SE FAIRE SUIVI D'UN INFINITIF

Le participe passé de *se faire* suivi d'un infinitif est toujours invariable.

Mme Vallin s'est **fait** conduire à la gare en taxi.
Ces coureurs se sont **fait** distancer dès les premiers kilomètres.

LOCUTIONS VERBALES

Le participe passé des locutions verbales *se faire jour, se mettre à dos, se rendre compte, se rendre service, se faire fort de, s'en prendre à, s'y prendre* est invariable.

Des dissensions se sont **fait jour** parmi les membres de la majorité.
En prenant ses décisions seule, la directrice s'est **mis à dos** son équipe.
Valérie s'est **rendu compte** de son erreur.
Ces deux voisins se sont **rendu service**.
Les maçons se sont **fait fort** de terminer la maison en deux mois.
Les abeilles s'**en** sont **pris au** malheureux apiculteur.
La coiffeuse s'**y** est **pris** habilement et la cliente est contente.

86 VERBES PRONOMINAUX DONT LE PARTICIPE PASSÉ S'ACCORDE SELON LE COMPLÉMENT D'OBJET DIRECT (COD)

Le participe passé des verbes **occasionnellement** pronominaux **s'accorde en fonction de la présence et/ou de la place du complément d'objet direct** qu'il convient de rechercher précisément.

PRONOM RÉFLÉCHI COMPLÉMENT D'OBJET DIRECT

Si le pronom réfléchi est complément d'objet direct, le participe passé s'accorde en genre et en nombre avec celui-ci.

Pour bien se déterminer, il faut construire ces verbes avec l'auxiliaire *avoir*.

Karine s'est brûlé**e** légèrement. Karine a brûlé elle-même (*s'*) : accord.

Les employés se sont bien assuré**s**. Les employés ont assuré eux-mêmes (*s'*) : accord.

Karine s'est imaginé**e** à l'hôpital. Karine a imaginé elle-même (*s'*) à l'hôpital : accord.

Les joueurs se sont serré**s** contre le mur. Les joueurs ont serré eux-mêmes (*se*) contre le mur : accord.

PRONOM RÉFLÉCHI COMPLÉMENT D'OBJET INDIRECT

Si le verbe a un **COD autre que le pronom réfléchi**, ce pronom réfléchi devient complément d'objet indirect (COI). **Le participe passé s'accorde alors en genre et en nombre avec le complément d'objet direct seulement quand celui-ci est placé avant le participe passé.**

Karine s'est **brûlé** les doigts. Karine a brûlé ses doigts. → COD (*doigts*) après le participe passé : pas d'accord.

Karine soigne les doigts qu'elle s'est brûlé**s**. Karine soigne les doigts qu'elle a brûlés. → COD (*qu'/doigts*) avant le participe passé : accord avec le COD.

Ces employés se sont **assuré** une retraite. Ces employés ont assuré leur retraite. → COD (*retraite*) après le participe passé : pas d'accord.

Ces employés touchent la retraite qu'ils se sont assuré**e**.
Ces employés touchent la retraite qu'ils ont assurée. → COD (*qu'/retraite*) avant le participe passé : accord avec le COD.

Les joueurs se sont **serré** la main. Les joueurs ont serré la main (*de leurs adversaires*). → COD (*main*) après le participe passé : pas d'accord.

La brûlure, Fabien se l'était imaginé**e** plus douloureuse. La brûlure, Fabien l'avait imaginée plus douloureuse. → COD (*l'/brûlure*) avant le participe passé : accord avec le COD.

VERBE PRONOMINAL SUIVI D'UN INFINITIF

Si le participe passé d'un verbe pronominal est suivi d'un infinitif, il s'accorde seulement si le sujet du verbe pronominal est aussi sujet de l'infinitif.

Karine s'est vu**e** pâlir. C'est bien Karine qui pâlit. → Accord.

Karine s'est **vu** remettre une ordonnance par le médecin. C'est le médecin qui remet l'ordonnance. → Pas d'accord.

SE LAISSER

Pour le verbe *se laisser*, l'usage admet désormais l'invariabilité dans tous les cas.

Karine s'est **laissé** (ou bien : laissé**e**) tomber sur le canapé.

Karine s'est **laissé** soigner par le médecin.

LISTE DES VERBES

Signification des abréviations

1 à **83** : numéro du modèle de conjugaison du verbe

84 à **86** : numéro du modèle d'accord du participe passé des verbes pronominaux

I : verbe intransitif

T : verbe transitif

Ti : verbe transitif indirect

E : verbe formant les temps composés avec l'auxiliaire *être*

A/E : verbe formant les temps composés avec l'auxiliaire *avoir* ou *être*

JE : emploi du pronom *je* à la 1re personne du singulier (verbe commençant par un *h* aspiré)

J' : emploi du pronom *j'* à la 1re personne du singulier (verbe commençant par un *h* muet)

D : verbe défectif

Ip : verbe impersonnel

Liste des verbes

A

Verbe	Construction	Tableau
abaisser	T	3
abaisser (s')	84	3
abandonner	I/T	3
abandonner (s')	84	3
abasourdir	T	20
abâtardir	T	20
abattre	T	62
abattre (s')	84	62
abcéder (s')	84	9
abdiquer	T	3
abêtir	T	20
abêtir (s')	84	20
abhorrer	T	3
abîmer	T	3
abîmer (s')	86	3
abjurer	T	3
abolir	T	20
abominer	T	3
abonder	I/T	3
abonner	T	3
abonner (s')	84	3
abonnir	T	20
abonnir (s')	84	20
aborder	I/T	3
aboucher	T	3
aboucher (s')	84	3
abouler	I/T	3
abouter	T	3
aboutir	I/Ti, A/E	20
aboyer	I	18
abraser	T	3
abréger	T	10
abreuver	T	3
abreuver (s')	84	3
abriter	T	3
abriter (s')	84	3
abroger	T	7
abrutir	T	20
abrutir (s')	84	20
absenter (s')	84	3
absorber	T	3
absorber (s')	84	3
absoudre	T	57
abstenir (s')	84	27
abstraire	T	69
abstraire (s')	84	69
abuser	T/Ti	3
abuser (s')	84	3
acagnarder (s')	84	3
accabler	T	3
accabler (s')	84	3
accaparer	T	3
accastiller	T	3
accéder	Ti	9
accélérer	I/T	9
accentuer	T	3
accepter	T	3
accepter (s')	84	3
accessoiriser	T	3
accidenter	T	3
acclamer	T	3
acclimater	T	3
acclimater (s')	84	3
accointer (s')	84	3
accoler	T	3
accommoder	T	3
accommoder (s')	84	3
accompagner	T	3
accomplir	T	20
accomplir (s')	84	20
accorder	T	3
accorder (s')	86	3
accoster	T	3
accoter	T	3
accoucher	T/Ti	3
accouder (s')	84	3
accoupler	T	3
accoupler (s')	84	3
accourir	I	25
accoutrer	T	3
accoutrer (s')	84	3
accoutumer	T	3
accoutumer (s')	84	3
accréditer	T	3
accrocher	I/T	3
accrocher (s')	84	3
accroire	T, D	67
accroître	T	66
accroupir (s')	84	20
accueillir	T	30
acculer	T	3
acculturer	T	3
accumuler	I/T	3
accuser	T	3
accuser (s')	84	3
acérer	T	9
acétifier	T	4
achalander	T	3
acharner (s')	84	3
acheminer	T	3
acheminer (s')	84	3
acheter	T	15
acheter (s')	86	15
achever	T	11
achopper	I	3
achromatiser	T	3
acidifier	T	4
aciduler	T	3
aciérer	T	9
acoquiner (s')	84	3
acquérir	T	28
acquiescer	Ti	6
acquitter	T	3
acquitter (s')	84	3
acter	T	3
actionner	T	3
activer	T	3
activer (s')	84	3
actualiser	T	3
adapter	T	3
adapter (s')	84	3
additionner	T	3
adhérer	Ti	9
adjectiver	T	3
adjoindre	T	56
adjoindre (s')	86	56
adjuger	T	7
adjuger (s')	86	7
adjurer	T	3
admettre	T	63
administrer	T	3
administrer (s')	86	3

Liste des verbes

Verbe	Construction	Tableau
admirer	T	3
admonester	T	3
adonner (s')	84	3
adopter	T	3
adorer	T	3
adosser	T	3
adosser (s')	84	3
adouber	T	3
adoucir	T	20
adoucir (s')	86	20
adresser	T	3
adresser (s')	86	3
adsorber	T	3
aduler	T	3
adultérer	T	9
advenir	I, E, Ip	27
aérer	T	9
aérer (s')	86	9
affabuler	I/T	3
affadir	T	20
affadir (s')	84	20
affaiblir	T	20
affaiblir (s')	84	20
affairer (s')	84	3
affaisser	T	3
affaisser (s')	84	3
affaler	T	3
affaler (s')	84	3
affamer	T	3
affecter	T	3
affectionner	T	3
affermer	T	3
affermir	T	20
affermir (s')	84	20
afficher	T	3
afficher (s')	84	3
affiler	T	3
affilier	T	4
affilier (s')	84	4
affiner	T	3
affiner (s')	84	3
affirmer	T	3
affirmer (s')	84	3
affleurer	I/T	3
affliger	T	7
affliger (s')	84	7
afflouer	T	3
affluer	I	3
affoler	T	3
affoler (s')	84	3
affouiller	T	3
affour(r)ager	T	7
affourcher	I	3
affranchir	T	20
affranchir (s')	84	20
affréter	T	9
affriander	T	3
affrioler	T	3
affronter	T	3
affronter (s')	84	3
affubler	T	3
affubler (s')	84	3
affurer	T	3
affûter	T	3
africaniser	T	3
africaniser (s')	84	3
agacer	T	6
agencer	T	6
agenouiller (s')	84	3
agglomérer	T	9
agglomérer (s')	84	9
agglutiner	T	3
agglutiner (s')	84	3
aggraver	T	3
aggraver (s')	84	3
agioter	I	3
agir	I	20
agir (s')	Ip 85	20
agiter	T	3
agiter (s')	84	3
agneler	I	12
agonir	T	20
agonir (s')	84	20
agoniser	I	3
agrafer	T	3
agrandir	T	20
agrandir (s')	84	20
agréer	T/Ti	5
agréger	T	10
agréger (s')	84	10
agrémenter	T	3
agrémenter (s')	84	3
agresser	T	3
agriffer (s')	84	3
agripper	T	3
agripper (s')	84	3
aguerrir	T	20
aguerrir (s')	84	20
aguicher	T	3
ahaner	I	3
ahurir	T	20
aicher	T	3
aider	T/Ti	3
aider (s')	84	3
aigrir	I/T	20
aigrir (s')	84	20
aiguiller	T	3
aiguilleter	T	14
aiguillonner	T	3
aiguiser	T	3
aiguiser (s')	84	3
ailler	T	3
aimanter	T	3
aimanter (s')	84	3
aimer	T	3
aimer (s')	84	3
airer	I	3
ajointer	T	3
ajourer	T	3
ajourner	T	3
ajouter	T/Ti	3
ajouter (s')	84	3
ajuster	T	3
ajuster (s')	84	3
alanguir	T	20
alanguir (s')	84	20
alarmer	T	3
alarmer (s')	84	3
alcaliniser	T	3
alcaliser	T	3
alcooliser	T	3
alcooliser (s')	84	3
alerter	T	3
aléser	T	9
aleviner	T	3

Liste des verbes

Verbe	Construction	Tableau
aliéner	T	9
aliéner (s')	86	9
aligner	T	3
aligner (s')	84	3
alimenter	T	3
alimenter (s')	84	3
aliter	T	3
aliter (s')	84	3
allaiter	T	3
allécher	T	9
alléger	T	10
alléger (s')	84	10
allégoriser	T	3
alléguer	T	9
aller	I, E	83
allier	T	4
allier (s')	84	4
allonger	I/T	7
allonger (s')	84	7
allouer	T	3
allouer (s')	86	3
allumer	T	3
allumer (s')	86	3
alluvionner	I	3
alourdir	T	20
alourdir (s')	84	20
alpaguer	T	3
alphabétiser	T	3
altérer	T	9
altérer (s')	84	9
alterner	I	3
aluminer	T	3
aluner	T	3
alunir	I	20
amadouer	T	3
amaigrir	T	20
amaigrir (s')	84	20
amalgamer	T	3
amalgamer (s')	84	3
amariner	T	3
amariner (s')	84	3
amarrer	T	3
amarrer (s')	84	3
amasser	T	3
ambitionner	T	3
ambler	I	3
ambrer	T	3
améliorer	T	3
améliorer (s')	84	3
aménager	T	7
aménager (s')	86	7
amender	T	3
amender (s')	84	3
amener	T	11
amenuiser	T	3
amenuiser (s')	84	3
américaniser	T	3
américaniser (s')	84	3
amerrir	I	20
ameublir	T	20
ameuter	T	3
amidonner	T	3
amincir	T	20
amincir (s')	84	20
amnistier	T	4
amocher	T	3
amodier	T	4
amoindrir	T	20
amoindrir (s')	84	20
amollir	T	20
amollir (s')	84	20
amonceler	T	12
amonceler (s')	84	12
amorcer	T	6
amortir	T	20
amortir (s')	84	20
amouracher (s')	84	3
amplifier	T	4
amplifier (s')	84	4
amputer	T	3
amputer (s')	84	3
amuïr (s')	84	20
amurer	T	3
amuser	T	3
amuser (s')	84	3
analyser	T	3
analyser (s')	84	3
anastomoser	T	3
anastomoser (s')	84	3
anathématiser	T	3
ancrer	T	3
ancrer (s')	84	3
anéantir	T	20
anéantir (s')	84	20
anémier	T	4
anémier (s')	84	4
anesthésier	T	4
anglaiser	T	3
angliciser	T	3
angliciser (s')	84	3
angoisser	I/T	3
angoisser (s')	84	3
anhéler	I	9
animaliser	T	3
animaliser (s')	84	3
animer	T	3
animer (s')	84	3
ankyloser	T	3
ankyloser (s')	84	3
anneler	T	12
annexer	T	3
annexer (s')	86	3
annihiler	T	3
annihiler (s')	84	3
annoncer	T	6
annoncer (s')	84	6
annoter	T	3
annualiser	T	3
annuler	T	3
anoblir	T	20
anoblir (s')	84	20
anodiser	T	3
ânonner	I/T	3
anonymiser	T	3
anordir	I	20
antéposer	T	3
anticiper	T/Ti	3
antidater	T	3
apaiser	T	3
apaiser (s')	84	3
apercevoir	T	36
apercevoir (s')	84	36
apeurer	T	3
apiquer	T	3
apitoyer	T	18

apitoyer (s')	84	18
aplanir	T	20
aplanir (s')	84	20
aplatir	T	20
aplatir (s')	84	20
apostasier	I	4
apostiller	T	3
apostropher	T	3
apparaître	I, E	64
appareiller	T	3
apparenter (s')	84	3
apparier	T	4
appartenir	Ti	27
appartenir (s')	85	27
appâter	T	3
appauvrir	T	20
appauvrir (s')	84	20
appeler	T	12
appeler (s')	84	12
appendre	T	52
appesantir	T	20
appesantir (s')	84	20
applaudir	I/T/Ti	20
applaudir (s')	84	20
appliquer	T	3
appliquer (s')	86	3
appointer	T	3
appointer (s')	84	3
apponter	I	3
apporter	T	3
apposer	T	3
apprécier	T	4
apprécier (s')	84	4
appréhender	T	3
apprendre	T	53
apprêter	T	3
apprêter (s')	84	3
apprivoiser	T	3
apprivoiser (s')	84	3
approcher	T/Ti	3
approcher (s')	84	3
approfondir	T	20
approfondir (s')	84	20
approprier (s')	86	4
approuver	T	3
approuver (s')	84	3
approvisionner	T	3
approvisionner (s')	84	3
appuyer	T/Ti	17
appuyer (s')	86	17
apurer	T	3
arabiser	T	3
arabiser (s')	84	3
araser	T	3
arbitrer	T	3
arborer	T	3
arboriser	T	3
arc-bouter	T	3
arc-bouter (s')	84	3
architecturer	T	3
archiver	T	3
argenter	T	3
arguer	T/Ti	8
argumenter	I	3
ariser	T	3
armer	T	3
armer (s')	84	3
armorier	T	4
arnaquer	T	3
aromatiser	T	3
arpéger	T	10
arpenter	T	3
arquer	I/T	3
arquer (s')	84	3
arracher	T	3
arracher (s')	86	3
arraisonner	T	3
arranger	T	7
arranger (s')	84	7
arrenter	T	3
arrenter (s')	86	3
arrérager	I	7
arrérager (s')	84	7
arrêter	I/T	3
arrêter (s')	84	3
arrimer	T	3
arriser	T	3
arriver	I/Ti, E	3
arroger (s')	86	7
arrondir	T	20
arrondir (s')	84	20
arroser	T	3
arroser (s')	84	3
arsouiller (s')	84	3
articuler	T	3
articuler (s')	84	3
ascensionner	T	3
aseptiser	T	3
asperger	T	7
asperger (s')	84	7
asphalter	T	3
asphyxier	T	4
asphyxier (s')	84	4
aspirer	T/Ti	3
assagir	T	20
assagir (s')	84	20
assaillir	T	31
assainir	T	20
assaisonner	T	3
assassiner	T	3
assécher	T	9
assécher (s')	84	9
assembler	T	3
assembler (s')	84	3
assener	T	11
asséner	T	9
asseoir	T	40
asseoir (s')	84	40
assermenter	T	3
asservir	T	20
asservir (s')	84	20
assiéger	T	10
assigner	T	3
assimiler	T	3
assimiler (s')	84	3
assister	T/Ti	3
associer	T	4
associer (s')	84	4
assoiffer	T	3
assoiffer (s')	84	3
assoler	T	3
assombrir	T	20
assombrir (s')	84	20
assommer	T	3
assommer (s')	84	3

assortir	T	20
assortir (s')	84	20
assoupir	T	20
assoupir (s')	84	20
assouplir	T	20
assourdir	T	20
assouvir	T	20
assouvir (s')	84	20
assujettir	T	20
assujettir (s')	84	20
assumer	T	3
assumer (s')	84	3
assurer	I/T	3
assurer (s')	86	3
asticoter	T	3
astiquer	T	3
astreindre	T	55
astreindre (s')	84	55
atermoyer	I	18
atomiser	T	3
atrophier	T	4
atrophier (s')	84	4
attabler (s')	84	3
attacher	T	3
attacher (s')	86	3
attaquer	T	3
attaquer (s')	84	3
attarder (s')	84	3
atteindre	T/Ti	55
atteler	T	12
atteler (s')	84	12
attendre	T	52
attendre (s')	84	52
attendrir	T	20
attendrir (s')	84	20
attenter	I	3
atténuer	T	3
atténuer (s')	84	3
atterrer	T	3
atterrir	I	20
attester	T	3
attiédir	T	20
attiédir (s')	84	20
attifer	T	3
attifer (s')	84	3
attiger	I/T	7
attirer	T	3
attirer (s')	86	3
attiser	T	3
attraper	T	3
attraper (s')	84	3
attribuer	T	3
attribuer (s')	86	3
attrister	T	3
attrister (s')	84	3
attrouper	T	3
attrouper (s')	84	3
auditer	T	3
auditionner	I/T	3
augmenter	I/T	3
augmenter (s')	84	3
augurer	T	3
auner	T	3
auréoler	T	3
auréoler (s')	84	3
aurifier	T	4
ausculter	T	3
authentifier	T	4
authentifier (s')	84	4
authentiquer	T	3
autocensurer (s')	84	3
autodéterminer (s')	84	3
autodétruire (s')	84	78
autofinancer (s')	84	3
autographier	T	4
autoguider	T	3
autoguider (s')	84	3
automatiser	T	3
autopsier	T	4
autoriser	T	3
autoriser (s')	86	3
avachir	I/T	20
avachir (s')	84	20
avaler	T	3
avaliser	T	3
avancer	I/T	6
avancer (s')	84	6
avantager	T	7
avarier	T	4
avarier (s')	84	4
aventurer	T	3
aventurer (s')	84	3
avérer	T	9
avérer (s')	84	9
avertir	T	20
aveugler	T	3
aveugler (s')	84	3
aveulir	T	20
aveulir (s')	84	20
avilir	T	20
avilir (s')	84	20
aviner	T	3
aviser	I/T	3
aviser (s')	84	3
avitailler	T	3
avitailler (s')	84	3
aviver	T	3
avoir	T	1
avoisiner	T	3
avorter	I/T	3
avouer	T	3
avouer (s')	85	3
avoyer	T	18
axer	T	3
axiomatiser	T	3
azurer	T	3

B

babiller	I	3
bâcher	T	3
bachoter	I	3
bâcler	T	3
badauder	I	3
bader	I	3
badger	I	7
badigeonner	T	3
badiner	I	3
bafouer	T	3
bafouiller	I/T	3
bâfrer	I	3
bagarrer	I	3
bagarrer (se)	84	3

Liste des verbes

Verbe	Emploi	Modèle
baguenauder	I	3
baguenauder (se)	84	3
baguer	T	8
baigner	I/T	3
baigner (se)	84	3
bailler	T	3
bâiller	I	3
bâillonner	T	3
baiser	T	3
baisoter	T	3
baisser	I/T	3
baisser (se)	84	3
balader	T	3
balader (se)	84	3
balafrer	T	3
balancer	I/T	6
balancer (se)	84	6
balayer	T	16
balbutier	I/T	4
baliser	I/T	3
balkaniser	T	3
balkaniser (se)	84	3
ballaster	T	3
ballonner	T	3
ballotter	I/T	3
bambocher	I	3
banaliser	T	3
bananer	T	3
bancher	T	3
bander	I/T	3
bander (se)	86	3
banner	T	3
bannir	T	20
banquer	I	3
banqueter	I	14
baptiser	T	3
baquer (se)	84	3
baragouiner	I/T	3
baraquer	I	3
baratiner	I	3
baratter	T	3
barber	T	3
barbifier	T	4
barboter	I	3
barbouiller	T	3
barder	T	3
barguigner	I	3
barioler	T	3
baronner	T	3
barouder	I	3
barrer	T	3
barrer (se)	84	3
barricader	T	3
barricader (se)	84	3
barrir	I	20
basaner	T	3
basculer	I/T	3
baser	T	3
baser (se)	84	3
bassiner	T	3
baster	I	3
bastillonner	T	3
bastonner	T	3
bastonner (se)	84	3
batailler	I	3
bateler	T	12
bâter	T	3
batifoler	I	3
bâtir	T	20
bâtir (se)	86	20
bâtonner	T	3
battre	I/T	62
battre (se)	86	62
bavarder	I	3
bavasser	I	3
baver	I	3
bavocher	I	3
bayer	I	3
bazarder	T	3
béatifier	T	4
bêcher	I/T	3
bêcheveter	T	14
bécoter	T	3
bécoter (se)	84	3
becqueter	I/T	14
becter	T	3
bedonner	I	3
béer	I	5
bégayer	I/T	16
bégueter	I	14
bêler	I	3
bémoliser	T	3
bénéficier	Ti	4
bénir	T	20
bénir (se)	84	20
béqueter	T	14
béquiller	T	3
bercer	T	6
bercer (se)	84	6
berner	T	3
besogner	I	3
bêtifier	I	4
bétonner	I/T	3
beugler	I/T	3
beurrer	T	3
beurrer (se)	86	3
biaiser	I/T	3
biberonner	T	3
bicher	I	3
bichonner	T	3
bichonner (se)	84	3
bidonner (se)	84	3
bidouiller	T	3
bienvenir	I, D	27
biffer	T	3
bifurquer	I	3
bigarrer	T	3
bigler	I/T	3
bigophoner	T	3
bigorner	T	3
bigorner (se)	84	3
biler (se)	84	3
billebauder	I	3
billonner	T	3
biloquer	T	3
biner	I/T	3
biologiser	T	3
biper	T	3
biscuiter	T	3
biseauter	T	3
biser	I/T	3
bisquer	I	3
bisser	T	3
bistourner	T	3
bistrer	T	3

Liste des verbes

Verbe		
bit(t)er	T	3
bit(t)urer (se)	84	3
bitumer	T	3
bivouaquer	I	3
bizuter	T	3
blackbouler	T	3
blaguer	I	8
blairer	T	3
blâmer	T	3
blâmer (se)	84	3
blanchir	I/T	20
blanchir (se)	84	20
blaser	T	3
blaser (se)	84	3
blasonner	T	3
blasphémer	I/T	9
blatérer	I	9
blêmir	I	20
bléser	I	9
blesser	T	3
blesser (se)	84	3
blettir	I	20
bleuir	T	20
blinder	T	3
blinder (se)	84	3
blondir	I/T	20
blondoyer	I	18
bloquer	T	3
bloquer (se)	84	3
blottir (se)	84	20
blouser	I/T	3
bluffer	I/T	3
bluter	T	3
bobiner	T	3
bocarder	T	3
boire	T	79
boiser	T	3
boiter	I	3
boitiller	I	3
bombarder	T	3
bomber	I/T	3
bondir	I	20
bondonner	T	3
bonifier	T	4
bonifier (se)	84	4
bonimenter	T	3
bonir	T	20
bordéliser	T	3
border	T	3
bordurer	T	3
borner	T	3
borner (se)	84	3
bornoyer	I/T	18
bosseler	T	12
bosseler (se)	84	12
bosser	T	3
bossuer	T	3
bostonner	I	3
botaniser	I	3
botteler	T	12
botter	T	3
boubouler	I	3
boucaner	T	3
boucharder	T	3
boucher	T	3
boucher (se)	86	3
bouchonner	I/T	3
bouchonner (se)	84	3
boucler	I/T	3
boucler (se)	84	3
bouder	I/T	3
boudiner	T	3
bouffer	I/T	3
bouffer (se)	86	3
bouffir	I/T	20
bouffonner	I	3
bouger	I/T	7
bouger (se)	86	7
bougonner	I/T	3
bouillir	I/T	24
bouillonner	I	3
bouillotter	I	3
boulanger	I/T	7
bouler	I/T	3
bouleverser	T	3
boulocher	I	3
boulonner	T	3
boulotter	I	3
boumer	I	3
bouquiner	I	3
bourdonner	I	3
bourgeonner	I	3
bourlinguer	I	8
bourreler	T	12
bourrer	I/T	3
bourrer (se)	84	3
boursicoter	I	3
boursoufler	T	3
boursoufler (se)	84	3
bousculer	T	3
bousculer (se)	84	3
bousiller	T	3
bouter	T	3
boutonner	I/T	3
boutonner (se)	84	3
bouturer	I/T	3
boxer	I	3
boyauter (se)	84	3
boycotter	T	3
braconner	I	3
brader	T	3
brailler	I	3
braire	I, D	69
braiser	T	3
bramer	I	3
brancarder	T	3
brancher	I/T	3
brancher (se)	84	3
brandiller	I/T	3
brandir	T	20
branler	I/T	3
braquer	T	3
braquer (se)	84	3
braser	T	3
brasiller	I	3
brasser	T	3
brasser (se)	84	3
brasseyer	T	3
braver	T	3
braver (se)	84	3
brayer	T	16
bredouiller	I/T	3
brêler	T	3
brésiller	I/T	3
brésiller (se)	84	3

bretteler	T	12
breveter	T	14
bricoler	I/T	3
brider	T	3
bridger	I	7
briefer	T	3
brigander	I/T	3
briguer	T	8
brillanter	T	3
brillantiner	T	3
briller	I	3
brimbaler	I/T	3
brimer	T	3
brinquebaler	I/T	3
briquer	T	3
briqueter	T	14
briser	I/T	3
briser (se)	86	3
brocanter	I/T	3
brocarder	T	3
brocher	T	3
broder	T/Ti	3
bromer	I	3
broncher	I	3
bronzer	I/T	3
bronzer (se)	84	3
brosser	I/T	3
brosser (se)	86	3
brouetter	T	3
brouillasser	I, Ip	3
brouiller	T	3
brouiller (se)	84	3
brouter	I/T	3
broyer	T	18
bruiner	I, Ip	3
bruire	I, D	20
bruisser	I	3
bruiter	T	3
brûler	I/T	3
brûler (se)	86	3
brunir	I/T	20
brunir (se)	84	20
brusquer	T	3
brutaliser	T	3
bûcher	T	3
bûcheronner	I	3
budgéter	T	9
budgétiser	T	3
buller	I	3
buller (se)	84	3
bureaucratiser	T	3
bureaucratiser (se)	84	3
buriner	T	3
buriner (se)	84	3
buser	T	3
busquer	T	3
buter	I/T	3
butiner	I/T	3
butter	T	3

C

cabaner	T	3
câbler	T	3
cabosser	T	3
caboter	I	3
cabotiner	I	3
cabrer	T	3
cabrer (se)	84	3
cabrioler	I	3
cacaber	I	3
cacarder	I	3
cacher	T	3
cacher (se)	86	3
cacheter	T	14
cachetonner	I	3
cadancher	I	3
cadastrer	T	3
cadenasser	T	3
cadenasser (se)	84	3
cadencer	T	6
cadrer	I/T	3
cafarder	I	3
cafouiller	I	3
cafter	I	3
cahoter	I/T	3
caillasser	T	3
caillebotter	T	3
cailler	I/T	3
cailler (se)	84	3
caillouter	T	3
cajoler	I/T	3
cajoler (se)	84	3
calaminer (se)	84	3
calamistrer	T	3
calancher	I	3
calandrer	T	3
calcifier	T	4
calcifier (se)	84	4
calciner	T	3
calciner (se)	84	3
calculer	T	3
caler	I/T	3
caler (se)	84	3
calfater	T	3
calfater (se)	84	3
calfeutrer	T	3
calfeutrer (se)	84	3
calibrer	T	3
câliner	T	3
câliner (se)	84	3
calligraphier	T	4
calmer	T	3
calmer (se)	84	3
calmir	I	20
calomnier	T	4
calorifuger	T	7
calotter	T	3
calquer	T	3
calter	I	3
calter (se)	84	3
cambrer	T	3
cambrer (se)	84	3
cambrioler	T	3
camer (se)	84	3
camionner	T	3
camoufler	T	3
camoufler (se)	84	3
camper	I/T	3
camper (se)	84	3
canaliser	T	3
canarder	I/T	3
cancaner	I	3

Liste des verbes

Verbe	Construction	Modèle
cancériser (se)	84	3
candidater	I	3
candir	T	20
candir (se)	84	20
caner	I	3
canneler	T	12
canner	T	3
cannibaliser	T	3
canoniser	T	3
canonner	T	3
canoter	I	3
cantiner	T	3
cantiner (se)	84	3
cantonner	T	3
cantonner (se)	84	3
canuler	T	3
caoutchouter	T	3
caparaçonner	T	3
caparaçonner (se)	84	3
capeler	T	12
capeyer	I	3
capitaliser	T	3
capitaliser (se)	84	3
capitonner	T	3
capituler	I	3
caponner	I	3
caporaliser	T	3
capoter	I/T	3
capsuler	T	3
capter	T	3
captiver	T	3
captiver (se)	84	3
capturer	T	3
capuchonner	T	3
caquer	T	3
caqueter	I	14
caracoler	I	3
caractériser	T	3
caractériser (se)	84	3
caramboler	I	3
caramboler (se)	84	3
caraméliser	T	3
caraméliser (se)	84	3
carapater (se)	84	3
carbonater	T	3
carboniser	T	3
carburer	I/T	3
carcailler	I	3
carder	T	3
carencer	T	6
caréner	T	9
caresser	T	3
caresser (se)	86	3
carguer	T	8
caricaturer	T	3
carier	T	4
carier (se)	84	4
carillonner	I/T	3
carnifier (se)	84	4
carotter	T	3
carreler	T	12
carrer	T	3
carrer (se)	84	3
carrosser	T	3
carroyer	T	18
cartelliser	T	3
carter	T	3
cartographier	T	4
cartonner	I/T	3
cascader	I	3
caséifier	T	4
caser	T	3
caser (se)	84	3
caserner	T	3
casquer	I	3
casse-croûter	I	3
casser	I/T	3
casser (se)	86	3
castagner (se)	84	3
castrer	T	3
cataloguer	T	8
catalyser	T	3
catapulter	T	3
catastropher	T	3
catcher	I	3
catéchiser	T	3
catégoriser	T	3
catir	T	20
cauchemarder	I	3
causaliser	I	3
causer	I/T/Ti	3
cautériser	T	3
cautionner	T	3
cavalcader	I	3
cavaler	I	3
cavaler (se)	84	3
caver	I/T	3
caver (se)	84	3
caviarder	T	3
céder	I/T/Ti	9
ceindre	T	55
ceinturer	T	3
célébrer	T	9
celer	T	13
cémenter	T	3
cendrer	T	3
censurer	T	3
centraliser	T	3
centrer	T	3
centrifuger	T	7
centupler	T	3
cercler	T	3
cerner	T	3
certifier	T	4
césariser	T	3
cesser	I/T	3
chabler	T	3
chagriner	T	3
chahuter	I/T	3
chaîner	T	3
challenger	T	7
chalouper	I	3
chaluter	I	3
chamailler (se)	84	3
chamarrer	T	3
chambarder	T	3
chambouler	T	3
chambrer	T	3
chamoiser	T	3
champagniser	T	3
champlever	T	11
chanceler	I	12
chancir	I	20
chancir (se)	84	20
chanfreiner	T	3

changer	I/T/Ti	7
changer (se)	86	7
chansonner	T	3
chanter	I/T	3
chantonner	T	3
chantourner	T	3
chaparder	T	3
chapeauter	T	3
chapeler	T	12
chaperonner	T	3
chapitrer	T	3
chaponner	T	3
chaptaliser	T	3
charbonner	I/T	3
charcuter	T	3
charger	T	7
charmer	I/T	3
charpenter	T	3
charrier	I/T	4
charroyer	T	18
chartériser	T	3
chasser	I/T	3
châtaigner	I	3
châtier	T	4
chatonner	I	3
chatouiller	T	3
chatouiller (se)	86	3
chatoyer	I	18
châtrer	T	3
chatter	I	3
chauffer	I/T	3
chauffer (se)	86	3
chauler	T	3
chaumer	I/T	3
chausser	T	3
chausser (se)	84	3
chauvir	I	20
chavirer	I/T	3
cheminer	I	3
chemiser	T	3
chercher	I/T	3
chercher (se)	86	3
chérir	T	20
chérir (se)	84	20
cherrer	I	3
chevaler	T	3
chevaucher	I/T	3
chevaucher (se)	84	3
cheviller	T	3
chevreter	I	14
chevronner	T	3
chevroter	I/T	3
chiader	T	3
chialer	I	3
chicaner	I/T	3
chicoter	I	3
chienner	I	3
chier	I	4
chiffonner	I/T	3
chiffrer	T	3
chiffrer (se)	D 84	3
chigner	I	3
chiner	I/T	3
chinoiser	I	3
chiper	T	3
chipoter	I	3
chipoter (se)	84	3
chiquer	T	3
chlinguer	I	8
chlorer	T	3
chloroformer	T	3
chlorurer	T	3
choir	I, D	51
choisir	T	20
chômer	I/T	3
choper	T	3
chopiner	I	3
chopper	I	3
choquer	T	3
chorégraphier	T	4
chosifier	T	4
chouchouter	T	3
chougner	I	3
chouiner	I	3
chouraver	T	3
choyer	T	18
christianiser	T	3
chromer	T	3
chroniquer	T	3
chronométrer	T	9
chronométrer (se)	84	9
chuchoter	I/T	3
chuinter	I	3
chuter	I	3
cibler	T	3
cicatriser	I/T	3
cicatriser (se)	84	3
ciller	T	3
cimenter	T	3
cinématographier	T	4
cingler	I/T	3
cintrer	T	3
circoncire	T	72
circonscrire	T	76
circonscrire (se)	84	76
circonstancier	T	4
circonvenir	T	27
circulariser	T	3
circuler	I	3
cirer	T	3
cisailler	T	3
ciseler	T	13
citer	T	3
civiliser	T	3
civiliser (se)	84	3
clabauder	T	3
claboter	I	3
claironner	I	3
clamecer	I	3
clamer	T	3
clamper	T	3
clamser	I	3
clapoter	I	3
clapper	I	3
claquemurer	T	3
claquer	I/T	3
claquer (se)	86	3
claqueter	I	14
clarifier	T	4
classer	T	3
classer (se)	84	3
classifier	T	4
claudiquer	I	3
claustrer	T	3
claveter	T	14

Liste des verbes

clayonner T 3
cléricaliser T 3
cligner T 3
clignoter I 3
climatiser T 3
cliquer I 3
cliqueter I 14
clisser T 3
cliver T 3
cliver (se) 84 3
clochardiser T 3
clochardiser (se) 84 3
clocher I 3
cloisonner T 3
cloîtrer T 3
cloîtrer (se) 84 3
cloner T 3
cloper I 3
clopiner I 3
cloquer I/T 3
clore T, D 81
clôturer I/T 3
clouer T 3
clouter T 3
coacher T 3
coaguler I/T 3
coaguler (se) 84 3
coaliser T 3
coaliser (se) 84 3
coasser I 3
cocher T 3
côcher T 3
cochonner T 3
cocooner I 3
cocot(t)er I 3
cocufier T 4
coder T 3
codifier T 4
coéditer T 3
coexister I 3
coffrer T 3
cogiter I 3
cogner I/T 3
cogner (se) 84 3
cohabiter I 3

cohériter I 3
coiffer T 3
coiffer (se) 84 3
coincer I/T 6
coincer (se) 86 6
coincher I 3
coïncider I 3
coïter I 3
cokéfier T 4
collaborer I 3
collapser I 3
collationner T 3
collecter T 3
collecter (se) 84 3
collectionner T 3
collectiviser T 3
coller I/T/Ti 3
coller (se) 86 3
colleter (se) 84 14
colliger T 7
colloquer T 3
colmater T 3
coloniser T 3
colorer T 3
colorer (se) 84 3
colorier T 4
coloriser T 3
colporter T 3
coltiner T 3
combattre I/T 62
combiner T 3
combler T 3
commander I/T/Ti 3
commander (se) 86 3
commanditer T 3
commémorer T 3
commencer I/T 6
commenter T 3
commercer I 6
commercialiser T 3
commettre T 63
commettre (se) 84 63
commissionner T 3
commotionner T 3
commuer T 3

communaliser T 3
communautariser T 3
communier I 4
communiquer I/T 3
communiquer (se) 86 3
commuter T 3
compacter T 3
comparaître I 64
comparer T 3
comparer (se) 84 3
compartimenter T 3
compasser T 3
compatir Ti 20
compenser T 3
compéter I 9
compiler T 3
compisser T 3
complaire Ti 68
complaire (se) 85 68
compléter T 9
complexer T 3
complexifier T 4
complimenter T 3
compliquer T 3
compliquer (se) 84 3
comploter I 3
comporter T 3
comporter (se) 84 3
composer I/T 3
composer (se) 86 3
composter T 3
comprendre T 53
comprendre (se) 84 53
compresser T 3
comprimer T 3
compromettre T 63
compromettre (se) 84 63
comptabiliser T 3
compter I/T 3
compter (se) 84 3
compulser T 3
concasser T 3
concéder T 9
concélébrer T 9
concentrer T 3

concentrer (se)	84	3
conceptualiser	T	3
concerner	T	3
concerter	T	3
concerter (se)	84	3
concevoir	T	36
concilier	T	4
concilier (se)	86	4
conclure	T/Ti	80
concocter	T	3
concorder	I	3
concourir	I/Ti	25
concréter	T	9
concrétiser	I/T	3
concrétiser (se)	84	3
concurrencer	T	6
condamner	T	3
condenser	T	3
condescendre	Ti	52
conditionner	T	3
conduire	T	78
conduire (se)	84	78
confectionner	T	3
confectionner (se)	86	3
confédérer	T	9
conférer	I/T	9
confesser	T	3
confesser (se)	84	3
confier	T	4
confier (se)	86	4
configurer	T	3
confiner	T/Ti	3
confiner (se)	84	3
confire	T	72
confire (se)	84	72
confirmer	T	3
confirmer (se)	84	3
confisquer	T	3
confluer	I	3
confondre	T	52
confondre (se)	84	52
conformer	T	3
conformer (se)	84	3
conforter	T	3
confronter	T	3
congédier	T	4
congeler	T	13
congeler (se)	84	13
congestionner	T	3
congestionner (se)	84	3
conglomérer	T	9
conglutiner	T	3
congratuler	T	3
congratuler (se)	84	3
congréer	T	5
conjecturer	T	3
conjoindre	T	56
conjuguer	T	8
conjuguer (se)	84	8
conjurer	T	3
conjurer (se)	84	3
connaître	T/Ti	64
connaître (se)	84	64
connecter	T	3
connecter (se)	84	3
connoter	T	3
conquérir	T	28
consacrer	T	3
consacrer (se)	84	3
conscientiser	T	3
conseiller	T	3
consentir	Ti	22
conserver	T	3
conserver (se)	84	3
considérer	T	9
considérer (se)	84	9
consigner	T	3
consister	I	3
consoler	T	3
consoler (se)	84	3
consolider	T	3
consommer	I/T	3
consoner	I	3
conspirer	I/T	3
conspuer	T	3
constater	T	3
consteller	T	3
consteller (se)	84	3
consterner	T	3
constiper	I/T	3
constituer	T	3
constituer (se)	86	3
constitutionnaliser	T	3
construire	T	78
consulter	I/T	3
consulter (se)	84	3
consumer	T	3
consumer (se)	84	3
contacter	T	3
contaminer	T	3
contempler	T	3
conteneuriser	T	3
contenir	T	27
contenir (se)	84	27
contenter	T	3
contenter (se)	84	3
conter	T	3
contester	T	3
contextualiser	T	3
contingenter	T	3
continuer	I/T	3
continuer (se)	84	3
contorsionner (se)	84	3
contourner	T	3
contracter	T	3
contracter (se)	84	3
contractualiser	T	3
contracturer	T	3
contraindre	T	54
contraindre (se)	84	54
contrarier	T	4
contraster	I/T	3
contre-attaquer	T	3
contrebalancer	T	6
contrebraquer	I	3
contrebuter	T	3
contrecarrer	T	3
contrecoller	T	3
contredire	T	73
contredire (se)	84	73
contrefaire	T	82
contreficher (se)	84	3
contrefoutre (se)	D 84	62
contre-indiquer	T	3
contre-manifester	I	3

Verbe	Construction	Modèle
contre-passer	T	3
contre-plaquer	T	3
contrer	I	3
contresigner	T	3
contrevenir	Ti	27
contreventer	T	3
contribuer	Ti	3
contrister	T	3
contrôler	T	3
contrôler (se)	84	3
controverser	T	3
contusionner	T	3
convaincre	T	61
convaincre (se)	84	61
convenir	Ti	27
convenir (se)	85	27
conventionner	T	3
converger	I	7
converser	I	3
convertir	T	20
convertir (se)	84	20
convier	T	4
convivialiser	I/T	3
convoiter	T	3
convoler	I	3
convoquer	T	3
convoyer	T	18
convulser	T	3
convulser (se)	84	3
convulsionner	T	3
coopérer	I	9
coopter	T	3
coordonner	T	3
copartager	T	7
coparticiper	Ti	3
copermuter	T	3
copier	I/T	4
copiner	I	3
coposséder	T	9
coprésider	T	3
coproduire	T	78
copuler	I	3
coqueter	I	3
cordeler	T	12
corder	T	3
corder (se)	84	3
cordonner	T	3
cornaquer	T	3
corner	I/T	3
correctionnaliser	T	3
corréler	T	9
correspondre	I/Ti	52
correspondre (se)	85	52
corriger	T	7
corriger (se)	84	7
corroborer	T	3
corroder	T	3
corrompre	T	60
corrompre (se)	84	60
corroyer	T	18
corser	T	3
corser (se)	84	3
corseter	T	15
cosigner	T	3
costumer	T	3
costumer (se)	84	3
coter	T	3
cotir	T	20
cotiser	I	3
cotiser (se)	84	3
cotonner (se)	84	3
côtoyer	T	18
couchailler	I	3
coucher	I/T	3
coucher (se)	84	3
couder	T	3
coudoyer	T	18
coudre	T	58
couillonner	T	3
couiner	I	3
couler	I/T	3
couler (se)	84	3
coulisser	I/T	3
coupailler	T	3
coupeller	T	3
couper	I/T/Ti	3
couper (se)	86	3
coupler	T	3
courailler	I	3
courbaturer	T, E	3
courber	I/T	3
courber (se)	84	3
courir	I/T	25
couronner	T	3
couronner (se)	84	3
courroucer	T	6
courroucer (se)	84	6
courser	T	3
court-circuiter	T	3
courtauder	T	3
courtiser	T	3
cousiner	I	3
coûter	I/T	3
couver	I/T	3
couvrir	T	29
craboter	T	3
cracher	I/T	3
cracher (se)	84	3
crachiner	I, Ip	3
crachoter	I	3
crailler	I	3
craindre	T	54
cramer	I/T	3
cramponner	T	3
cramponner (se)	84	3
crâner	I	3
cranter	T	3
crapahuter	I	3
crapahuter (se)	84	3
crapuler	I	3
craqueler	T	12
craqueler (se)	84	12
craquer	I/T	3
craqueter	I	14
crasher (se)	84	3
cravacher	T	3
cravater	T	3
cravater (se)	84	3
crawler	I	3
crayonner	T	3
crécher	I	9
crédibiliser	T	3
créditer	T	3
créer	T	5
crémer	I/T	9

créneler	T	12
créoliser (se)	84	3
crêper	T	3
crêper (se)	86	3
crépir	T	20
crépiter	I	3
crétiniser	T	3
creuser	T	3
creuser (se)	84	3
crevasser	T	3
crevasser (se)	84	3
crever	I/T, A/E	11
crever (se)	86	11
criailler	T	3
cribler	T	3
crier	I/T	4
criminaliser	T	3
criquer	I	3
crisper	T	3
crisper (se)	84	3
crisser	I	3
cristalliser	I/T	3
cristalliser (se)	84	3
criticailler	I/T	3
critiquer	T	3
croasser	I	3
crocher	I/T	3
crocheter	T	15
croire	I/T/Ti	67
croire (se)	86	67
croiser	I/T	3
croiser (se)	86	3
croître	I	66
croquer	I/T	3
crosser	T	3
crotter	T	3
crouler	I	3
croupir	I, A/E	20
croustiller	I	3
croûter	I	3
crucifier	T	4
crypter	T	3
cryptographier	T	4
cuber	I/T	3
cueillir	T	30
cuirasser	T	3
cuirasser (se)	84	3
cuire	I/T	78
cuisiner	I/T	3
cuiter (se)	84	3
cuivrer	T	3
culbuter	I/T	3
culer	I	3
culminer	I	3
culotter	T	3
culotter (se)	84	3
culpabiliser	I/T	3
cultiver	T	3
cultiver (se)	84	3
cumuler	T	3
curer	T	3
curer (se)	86	3
cureter	T	14
cuveler	T	12
cuver	I/T	3
cyanoser	T	3
cyanurer	T	3
cylindrer	T	3

D

dactylographier	T	4
daguer	T	8
daigner	T	3
daller	T	3
damasquiner	T	3
damasser	T	3
damer	T	3
damner	T	3
damner (se)	84	3
dandiner	I	3
dandiner (se)	84	3
danser	I/T	3
dansot(t)er	I	3
darder	T	3
darder (se)	84	3
dater	I/T	3
dauber	I/T	3
dealer	T	3
déambuler	I	3
débâcher	T	3
débâcler	I	3
débagouler	I/T	3
débâillonner	T	3
déballer	T	3
déballonner (se)	84	3
débanaliser	T	3
débander	I/T	3
débander (se)	84	3
débaptiser	T	3
débarbouiller	T	3
débarbouiller (se)	86	3
débarder	T	3
débarquer	I/T	3
débarrasser	T	3
débarrasser (se)	84	3
débâter	T	3
débâtir	T	20
débattre	T	62
débattre (se)	84	62
débaucher	T	3
débaucher (se)	84	3
débecqueter	T	14
débecter	T	3
débiliter	T	3
débillarder	T	3
débiner	T	3
débiner (se)	84	3
débiter	T	3
déblatérer	I	9
déblayer	T	16
débloquer	T	3
débobiner	T	3
déboguer	T	3
déboiser	T	3
déboîter	I/T	3
déboîter (se)	86	3
débonder	T	3
déborder	I/T	3
déborder (se)	84	3
débosseler	T	12
débotter	T	3
déboucher	I/T	3

déboucler	T	3
débouler	I/T	3
déboulonner	T	3
débouquer	I	3
débourber	T	3
débourrer	I/T	3
débourser	T	3
déboussoler	T	3
débouter	T	3
déboutonner	T	3
déboutonner (se)	84	3
débrailler (se)	84	3
débrancher	T	3
débrayer	I/T	16
débrider	T	3
débrocher	T	3
débronzer	I	3
débrouiller	T	3
débrouiller (se)	84	3
débroussailler	T	3
débucher	I/T	3
débudgétiser	T	3
débureaucratiser	T	3
débusquer	T	3
débuter	I/T	3
décacheter	T	14
décadenasser	T	3
décaféiner	T	3
décaisser	T	3
décalaminer	T	3
décalcifier	T	4
décalcifier (se)	84	4
décaler	T	3
décaler (se)	84	3
décalotter	T	3
décalquer	T	3
décamper	I	3
décaniller	I	3
décanter	I/T	3
décanter (se)	84	3
décapeler	T	12
décaper	T	3
décapitaliser	T	3
décapiter	T	3
décapoter	T	3
décapsuler	T	3
décapuchonner	T	3
décarbonater	T	3
décarburer	T	3
décarcasser (se)	84	3
décarreler	T	12
décarreler (se)	84	12
décarrer	I	3
décatir	T	20
décatir (se)	84	20
décauser	T	3
décavaillonner	T	3
décaver	T	3
décéder	I, E	9
déceler	T	13
décélérer	I	9
décentraliser	T	3
décentrer	T	3
décentrer (se)	84	3
décercler	T	3
décérébrer	T	9
décerner	T	3
décerveler	T	12
décevoir	T	36
déchaîner	T	3
déchaîner (se)	84	3
déchanter	I	3
décharger	I/T	7
décharger (se)	84	7
décharner	T	3
déchaumer	T	3
déchausser	I/T	3
déchausser (se)	84	3
déchiffonner	T	3
déchiffrer	T	3
déchiqueter	T	14
déchirer	T	3
déchirer (se)	86	3
déchlorurer	T	3
déchoir	I, D	51
déchristianiser	T	3
décider	T/Ti	3
décider (se)	84	3
décimaliser	T	3
décimer	T	3
décintrer	T	3
déclamer	I/T	3
déclarer	T	3
déclarer (se)	84	3
déclasser	T	3
déclassifier	T	3
déclaveter	T	14
déclencher	T	3
déclencher (se)	84	3
décléricaliser	T	3
décliner	I/T	3
décliner (se)	84	3
décliqueter	T	14
décloisonner	T	3
déclore	T, D	81
déclouer	T	3
décocher	T	3
décoder	T	3
décoffrer	T	3
décoiffer	T	3
décoiffer (se)	84	3
décoincer	T	6
décolérer	I	9
décollectiviser	T	3
décoller	I/T	3
décoller (se)	84	3
décolleter	T	14
décoloniser	T	3
décolorer	T	3
décommander	T	3
décommander (se)	84	3
décompenser	I	3
décomplexer	T	3
décomposer	T	3
décomposer (se)	84	3
décompresser	I/T	3
décomprimer	T	3
décompter	I/T	3
déconcentrer	T	3
déconcentrer (se)	84	3
déconcerter	T	3
déconditionner	T	3
déconfire	T	72
décongeler	T	13
décongestionner	T	3

Verbe	Construction	Modèle
déconnecter	T	3
déconnecter (se)	84	3
déconner	I	3
déconseiller	T	3
déconsidérer	T	9
déconsigner	T	3
déconstruire	T	78
décontaminer	T	3
décontenancer	T	6
décontenancer (se)	84	6
décontextualiser	T	3
décontracter	T	3
décontracter (se)	84	3
déconventionner	T	3
décorder	T	3
décorder (se)	84	3
décorer	T	3
décorner	T	3
décortiquer	T	3
découcher	I	3
découdre	T	58
découler	I	3
découper	T	3
découper (se)	86	3
découpler	T	3
décourager	T	7
décourager (se)	84	7
découronner	T	3
découvrir	I/T	29
découvrir (se)	86	29
décramponner	T	3
décrasser	T	3
décrédibiliser	T	3
décrêper	T	3
décrépir	T	20
décréter	T	9
décreuser	T	3
décrier	T	4
décrire	T	76
décrisper	T	3
décrocher	I/T	3
décrocher (se)	84	3
décroiser	T	3
décroître	I	66
décrotter	T	3
décroûter	T	3
décruer	T	3
décruser	T	3
décrypter	T	3
décuivrer	T	3
déculasser	T	3
déculotter	T	3
déculotter (se)	84	3
déculpabiliser	T	3
décupler	I/T	3
décuver	T	3
dédaigner	T/Ti	3
dédicacer	T	6
dédier	T	4
dédifférencier (se)	84	4
dédire	T	73
dédire (se)	84	73
dédommager	T	7
dédommager (se)	84	7
dédorer	T	3
dédouaner	T	3
dédouaner (se)	84	3
dédoubler	T	3
dédoubler (se)	84	3
dédramatiser	T	3
déduire	T	78
défaillir	I	31
défaire	T	82
défaire (se)	84	82
défalquer	T	3
défarder	T	3
défatiguer	T	8
défatiguer (se)	84	8
défaufiler	T	3
défausser	T	3
défausser (se)	84	3
défavoriser	T	3
déféminiser	T	3
défendre	T	52
défendre (se)	84	52
défenestrer	T	3
défenestrer (se)	84	3
déféquer	I/T	9
déférer	T/Ti	9
déferler	I/T	3
déferrer	T	3
défeuiller	T	3
défeutrer	T	3
défibrer	T	3
défibriliser	T	3
déficeler	T	12
défier	T	4
défier (se)	84	4
défigurer	T	3
défiler	I/T	3
défiler (se)	84	3
définir	T	20
définir (se)	84	20
défiscaliser	T	3
déflagrer	I	3
défléchir	T	20
défleurir	I/T	20
défloquer	T	3
déflorer	T	3
défolier	T	4
défoncer	T	6
défoncer (se)	84	6
déforcer	T	6
déforester	T	3
déformer	T	3
défouler	T	3
défouler (se)	84	3
défourailler	T	3
défourner	T	3
défraîchir	T	20
défrayer	T	16
défricher	T	3
défriper	T	3
défriser	T	3
défroisser	T	3
défroncer	T	6
défroquer	T	3
défroquer (se)	84	3
défruiter	T	3
dégager	I/T	7
dégager (se)	84	7
dégainer	T	3
déganter	T	3
dégarnir	T	20
dégarnir (se)	84	20

dégauchir	T	20
dégazer	I/T	3
dégazoliner	T	3
dégazonner	T	3
dégeler	I/T	13
dégénérer	I	9
dégermer	T	3
dégingander (se)	84	3
dégivrer	T	3
déglacer	T	6
déglinguer	T	8
déglinguer (se)	84	8
déglutir	T	20
dégobiller	I/T	3
dégoiser	I/T	3
dégommer	T	3
dégonder	T	3
dégonfler	T	3
dégonfler (se)	84	3
dégorger	I/T	7
dégoter	T	3
dégoudronner	T	3
dégouliner	I	3
dégoupiller	T	3
dégourdir	T	20
dégourdir (se)	86	20
dégoûter	T	3
dégoûter (se)	84	3
dégoutter	I	3
dégrader	T	3
dégrader (se)	84	3
dégrafer	T	3
dégrafer (se)	84	3
dégraisser	I/T	3
dégravoyer	T	18
dégréer	T	5
dégrever	T	11
dégriffer	T	3
dégringoler	I/T	3
dégripper	T	3
dégriser	T	3
dégriser (se)	84	3
dégrossir	T	20
dégrouiller (se)	84	3
dégrouper	T	3
déguerpir	I	20
déguiser	T	3
déguiser (se)	84	3
dégurgiter	T	3
déguster	T	3
déhaler	T	3
déhaler (se)	84	3
déhancher (se)	84	3
déharnacher	T	3
déhotter	I/T	3
déhotter (se)	84	3
déifier	T	4
déjanter	I/T	3
déjauger	I	7
déjeter	T	14
déjeter (se)	84	14
déjeuner	I	3
déjouer	T	3
déjucher	I/T	3
déjuger (se)	84	7
délabialiser	T	3
délabrer	T	3
délabrer (se)	84	3
délabyrinther	T	3
délacer	T	6
délainer	T	3
délaisser	T	3
délaiter	T	3
délarder	T	3
délasser	T	3
délasser (se)	84	3
délaver	T	3
délayer	T	16
délecter (se)	84	3
délégitimer	T	3
déléguer	T	8
délester	T	3
délester (se)	84	3
délibérer	I/Ti	9
délier	T	4
délier (se)	84	4
délimiter	T	3
délinéer	T	5
délirer	I	3
déliter	T	3
déliter (se)	84	3
délivrer	T	3
délocaliser	T	3
déloger	I/T	7
délurer	T	3
délustrer	T	3
déluter	T	3
démagnétiser	T	3
démaigrir	T	20
démailler	T	3
démailler (se)	84	3
démailloter	T	3
démancher	I/T	3
démancher (se)	84	3
demander	T	3
demander (se)	84	3
démanger	I/T	7
démanteler	T	13
démantibuler	T	3
démantibuler (se)	84	3
démaquiller	T	3
démaquiller (se)	86	3
démarcher	T	3
démarier	T	4
démarier (se)	84	4
démarquer	T	3
démarquer (se)	84	3
démarrer	I/T	3
démascler	T	3
démasquer	T	3
démasquer (se)	84	3
démastiquer	T	3
démâter	T	3
dématérialiser	T	3
démazouter	T	3
démédicaliser	T	3
démêler	T	3
démêler (se)	84	3
démembrer	T	3
déménager	I/T	7
démener (se)	84	11
démentir	T	22
démentir (se)	84	22
démerder (se)	84	3
démériter	I	3

démettre	T	63
démettre (se)	84	63
démeubler	T	3
demeurer	I, A/E	3
démieller	T	3
démilitariser	T	3
déminer	T	3
déminéraliser	T	3
démissionner	I/T	3
démobiliser	T	3
démobiliser (se)	84	3
démocratiser	T	3
démocratiser (se)	84	3
démoder (se)	84	3
démoduler	T	3
démolir	T	20
démonétiser	T	3
démonter	T	3
démonter (se)	84	3
démontrer	T	3
démoraliser	T	3
démoraliser (se)	84	3
démordre	Ti	52
démotiver	T	3
démoucheter	T	14
démouler	T	3
démoustiquer	T	3
démultiplier	T	4
démunir	T	20
démunir (se)	84	20
démurer	T	3
démuseler	T	12
démutiser	T	3
démyéliniser	T	3
démystifier	T	4
démythifier	T	4
dénasaliser	T	3
dénationaliser	T	3
dénatter	T	3
dénaturaliser	T	3
dénaturer	T	3
dénaturer (se)	84	3
dénazifier	T	4
dénébuler	T	3
déneiger	T	7
dénerver	T	3
déniaiser	T	3
dénicher	I/T	3
dénicotiniser	T	3
dénier	T	4
dénigrer	T	3
dénitrifier	T	4
déniveler	T	12
dénombrer	T	3
dénommer	T	3
dénoncer	T	6
dénoncer (se)	84	6
dénoter	T	3
dénouer	T	3
dénouer (se)	84	3
dénoyauter	T	3
densifier	T	4
denteler	T	12
dénucléariser	T	3
dénuder	T	3
dénuder (se)	84	3
dénuer (se)	84	3
dépailler	T	3
dépalisser	T	3
dépanner	T	3
dépaqueter	T	14
déparaffiner	T	3
déparasiter	T	3
dépareiller	T	3
déparer	T	3
déparier	T	4
déparler	I	3
départager	T	7
départementaliser	T	3
départir	T	22
départir (se)	84	22
dépasser	I/T	3
dépasser (se)	84	3
dépassionner	T	3
dépatouiller (se)	84	3
dépaver	T	3
dépayser	T	3
dépecer	T	11
dépêcher	T	3
dépêcher (se)	84	3
dépeigner	T	3
dépeindre	T	55
dépelotonner	T	3
dépénaliser	T	3
dépendre	Ti	52
dépenser	T	3
dépenser (se)	84	3
dépérir	I	20
dépersonnaliser	T	3
dépêtrer	T	3
dépêtrer (se)	84	3
dépeupler	T	3
dépeupler (se)	84	3
déphaser	T	3
déphosphorer	T	3
dépiauter	T	3
dépierrer	T	3
dépigmenter	T	3
dépiler	T	3
dépiquer	T	3
dépister	T	3
dépister (se)	84	3
dépiter	T	3
déplacer	T	6
déplacer (se)	86	6
déplafonner	T	3
déplaire	Ti	68
déplaire (se)	85	68
déplanter	T	3
déplâtrer	T	3
déplier	T	4
déplier (se)	84	4
déplisser	T	3
déplisser (se)	84	3
déplomber	T	3
déplorer	T	3
déployer	T	18
déployer (se)	84	18
déplumer	T	3
déplumer (se)	84	3
dépoétiser	T	3
dépointer	T	3
dépoitrailler	T	3
dépolariser	I/T	3
dépolir	T	20

dépolir (se)	84	20
dépolitiser	T	3
dépolluer	T	3
dépolymériser	T	3
déporter	T	3
déporter (se)	84	3
déposer	T	3
déposer (se)	84	3
déposséder	T	9
dépoter	I/T	3
dépoudrer	T	3
dépouiller	T	3
dépouiller (se)	84	3
dépourvoir	T	39
dépourvoir (se)	84	39
dépoussiérer	T	9
dépraver	T	3
déprécier	T	4
déprécier (se)	84	4
déprendre (se)	84	53
dépressuriser	T	3
déprimer	I/T	3
dépriser	T	3
déprogrammer	T	3
dépuceler	T	12
dépulper	T	3
dépurer	T	3
députer	T	3
déqualifier	T	4
déquiller	T	3
déraciner	T	3
dérader	I	3
dérager	I	7
dérailler	I	3
déraisonner	I	3
déramer	T	3
déranger	T	7
déranger (se)	84	7
déraper	I	3
déraser	T	3
dératiser	T	3
dérayer	T	16
déréaliser	T	3
déréférencer	T	6
déréglementer	T	3
dérégler	T	9
dérégler (se)	84	9
déréguler	T	3
dérembourser	T	3
déresponsabiliser	T	3
dérider	T	3
dérider (se)	84	3
dériver	I/T/Ti	3
dériveter	T	14
dérober	T	3
dérober (se)	84	3
dérocher	I/T	3
déroger	Ti	7
dérougir	I	20
dérouiller	I/T	3
dérouiller (se)	84	3
dérouler	T	3
dérouler (se)	84	3
dérouter	T	3
dérouter (se)	84	3
désabonner	T	3
désabonner (se)	84	3
désabuser	T	3
désaccentuer	T	3
désacclimater	T	3
désaccorder	T	3
désaccorder (se)	84	3
désaccoupler	T	3
désaccoutumer	T	3
désaccoutumer (se)	84	3
désacidifier	T	4
désacraliser	T	3
désactiver	T	3
désadapter	T	3
désaérer	T	9
désaffecter	T	3
désaffectionner (se)	84	3
désaffilier	T	4
désagrafer	T	3
désagréger	T	10
désagréger (se)	84	10
désaimanter	T	3
désaisonnaliser	T	3
désajuster	T	3
désaliéner	T	9
désaligner	T	3
désalper	T	3
désaltérer	T	9
désaltérer (se)	84	9
désambiguïser	T	3
désamianter	T	3
désamidonner	T	3
désaminer	T	3
désamorcer	T	6
désannexer	T	3
désaper	T	3
désapparier	T	4
désappointer	T	3
désapprendre	T	53
désapprouver	T	3
désapprovisionner	T	3
désarçonner	T	3
désargenter	T	3
désarmer	I/T	3
désarrimer	T	3
désarticuler	T	3
désarticuler (se)	84	3
désassembler	T	3
désassimiler	T	3
désassortir	T	20
désatelliser	T	3
désatomiser	T	3
désavantager	T	7
désavouer	T	3
désaxer	T	3
desceller	T	3
desceller (se)	84	3
descendre	I/T, A/E	52
déscolariser	T	3
déséchouer	T	3
désectoriser	T	3
désembobiner	T	3
désembourber	T	3
désembourgeoiser	T	3
désembouteiller	T	3
désembuer	T	3
désemmancher	T	3
désemparer	T	3
désemplir	I	20
désemplir (se)	84	20

Liste des verbes

désencadrer	T	3
désenchaîner	T	3
désenchanter	T	3
désenclaver	T	3
désencombrer	T	3
désencrasser	T	3
désendetter (se)	84	3
désénerver	T	3
désenfler	I	3
désenfumer	T	3
désengager	T	7
désengluer	T	3
désengorger	T	7
désengourdir	T	20
désengrener	T	11
désenivrer	T	3
désennuyer	T	17
désenrayer	T	16
désensabler	T	3
désensibiliser	T	3
désensorceler	T	12
désentoiler	T	3
désentortiller	T	3
désentraver	T	3
désenvaser	T	3
désenvenimer	T	3
désenverguer	T	8
désenvoûter	T	3
désépaissir	T	20
déséquilibrer	T	3
déséquiper	T	3
déserter	I/T	3
désertifier (se)	84	4
désespérer	T	9
désespérer (se)	84	9
désétatiser	T	3
désexciter	T	3
désexualiser	T	3
déshabiller	T	3
déshabiller (se)	84	3
déshabituer	T	3
déshabituer (se)	84	3
désherber	T	3
déshériter	T	3
déshonorer	T	3
déshonorer (se)	84	3
déshuiler	T	3
déshumaniser	T	3
déshumaniser (se)	84	3
déshydrater	T	3
déshydrater (se)	84	3
déshydrogéner	T	9
déshypothéquer	T	3
désigner	T	3
désillusionner	T	3
désincarcérer	T	9
désincarner	T	3
désincarner (se)	84	3
désincorporer	T	3
désincruster	T	3
désindexer	T	3
désindustrialiser	T	3
désinfecter	T	3
désinformer	T	3
désinhiber	T	3
désinsectiser	T	3
désintégrer	T	9
désintégrer (se)	84	9
désintéresser	T	3
désintéresser (se)	84	3
désintoxiquer	T	3
désintoxiquer (se)	84	3
désinvestir	T	20
désirer	T	3
désister (se)	84	3
désobéir	Ti	20
désobliger	T	7
désobstruer	T	3
désocialiser	T	3
désodoriser	T	3
désoler	T	3
désoler (se)	84	3
désolidariser	T	3
désolidariser (se)	84	3
désoperculer	T	3
désopiler (se)	84	3
désorbiter	T	3
désorganiser	T	3
désorienter	T	3
désosser	T	3
désoxyder	T	3
désoxygéner	T	9
desquamer	I/T	3
dessabler	T	3
dessaisir	T	20
dessaisir (se)	84	20
dessaler	I/T	3
dessangler	T	3
dessaouler	I/T	3
dessaper	T	3
dessécher	T	9
dessécher (se)	84	9
desseller	T	3
desserrer	T	3
dessertir	T	20
desservir	T	22
dessiller	T	3
dessiner	T	3
dessiner (se)	84	3
dessoler	T	3
dessouder	T	3
dessouder (se)	84	3
dessoûler	I/T	3
dessuinter	T	3
déstabiliser	T	3
déstaliniser	T	3
destiner	T	3
destiner (se)	84	3
destituer	T	3
déstocker	I/T	3
déstresser	I/T	3
déstructurer	T	3
désulfurer	T	3
désunir	T	20
désunir (se)	84	20
désynchroniser	T	3
désyndicaliser	T	3
désyndicaliser (se)	84	3
détacher	T	3
détacher (se)	84	3
détailler	T	3
détaler	I	3
détapisser	T	3
détartrer	T	3
détaxer	T	3

détecter .... T 3
déteindre .... I/T 55
dételer .... I/T 12
détendre .... T 52
détendre (se) 84 52
détenir .... T 27
déterger .... T 7
détériorer .... T 3
détériorer (se) 84 3
déterminer .... T 3
déterminer (se) 84 3
déterrer .... T 3
détester .... T 3
détirer .... T 3
détirer (se) 84 3
détoner .... I 3
détonner .... I 3
détordre .... T 52
détortiller .... T 3
détourer .... T 3
détourner .... T 3
détourner (se) 84 3
détracter .... T 3
détraquer .... T 3
détraquer (se) 84 3
détremper .... T 3
détricoter .... T 3
détromper .... T 3
détromper (se) 84 3
détrôner .... T 3
détroquer .... T 3
détrousser .... T 3
détruire .... T 78
détruire (se) 86 78
dévaler .... I/T 3
dévaliser .... T 3
dévaloriser .... T 3
dévaloriser (se) 84 3
dévaluer .... T 3
dévaluer (se) 84 3
devancer .... T 6
dévaser .... T 3
dévaster .... T 3
développer .... T 3
développer (se) 84 3

devenir .... I, E 27
déventer .... T 3
dévergonder (se) 84 3
déverguer .... T 8
dévernir .... T 20
déverrouiller .... T 3
déverser .... T 3
déverser (se) 84 3
dévêtir .... T 23
dévêtir (se) 84 23
dévider .... T 3
dévider (se) 84 3
dévier .... I/T 4
deviner .... T 3
deviner (se) 84 3
dévirer .... T 3
dévirginiser .... T 3
déviriliser .... T 3
dévisager .... T 7
dévisager (se) 84 7
deviser .... I/T 3
dévisser .... I/T 3
dévisser (se) 84 3
dévitaliser .... T 3
dévitrifier .... T 4
dévoiler .... T 3
dévoiler (se) 84 3
devoir .... T 43
devoir (se) 84 43
dévolter .... T 3
dévorer .... T 3
dévorer (se) 84 3
dévouer .... T 3
dévouer (se) 84 3
dévoyer .... T 18
dévoyer (se) 84 18
dézinguer .... T 3
diaboliser .... T 3
diagnostiquer .... T 3
dialoguer .... I/T 8
dialyser .... T 3
diamanter .... T 3
diaphragmer .... I/T 3
diaprer .... T 3
dicter .... T 3

diéser .... T 9
diffamer .... T 3
différencier .... T 4
différencier (se) 84 4
différentier .... T 4
différer .... I/T 9
diffracter .... T 3
diffuser .... I/T 3
diffuser (se) 84 3
digérer .... T 9
digérer (se) 84 9
digitaliser .... T 3
digresser .... I 3
dilacérer .... T 9
dilapider .... T 3
dilater .... T 3
dilater (se) 84 3
diligenter .... T 3
diluer .... T 3
diluer (se) 84 3
dimensionner .... T 3
dimensionner (se) 84 3
diminuer .... I/T 3
diminuer (se) 84 3
dîner .... I 3
dinguer .... I 8
diphtonguer .... T 8
diplômer .... T 3
dire .... T 73
dire (se) 86 73
diriger .... T 7
diriger (se) 84 7
discerner .... T 3
discipliner .... T 3
discontinuer .... I 3
disconvenir .... Ti 27
discorder .... I 3
discourir .... I 25
discréditer .... T 3
discriminer .... T 3
disculper .... T 3
disculper (se) 84 3
discutailler .... I 3
discuter .... I/T/Ti 3
discuter (se) 84 3

disgracier	T	4
disjoindre	T	56
disjoindre (se)	84	56
disjoncter	I	3
disloquer	T	3
disloquer (se)	84	3
disparaître	I	64
dispatcher	T	3
dispenser	T	3
dispenser (se)	84	3
disperser	T	3
disperser (se)	84	3
disposer	I/T/Ti	3
disposer (se)	84	3
disputailler	I	3
disputer	T	3
disputer (se)	86	3
disqualifier	T	4
disqualifier (se)	84	4
disséminer	T	3
disséminer (se)	84	3
disséquer	T	9
disserter	I	3
dissimuler	T	3
dissimuler (se)	84	3
dissiper	T	3
dissocier	T	4
dissocier (se)	84	4
dissoner	I	3
dissoudre	T	57
dissoudre (se)	84	57
dissuader	T	3
distancer	T	6
distancier (se)	84	4
distendre	T	52
distendre (se)	84	52
distiller	I/T	3
distinguer	T	8
distinguer (se)	84	8
distordre	T	52
distraire	T	69
distraire (se)	84	69
distribuer	T	3
divaguer	I	8
diverger	I	7
diversifier	T	4
divertir	T	20
divertir (se)	84	20
diviniser	T	3
diviser	T	3
diviser (se)	84	3
divorcer	I	6
divulguer	T	8
divulguer (se)	84	8
documenter	T	3
documenter (se)	84	3
dodeliner	I	3
dogmatiser	I	3
doigter	T	3
doler	T	3
domestiquer	T	3
domicilier	T	4
dominer	I/T	3
dominer (se)	84	3
dompter	T	3
donner	I/T	3
donner (se)	86	3
doper	T	3
doper (se)	84	3
dorer	T	3
dorer (se)	86	3
dorloter	T	3
dorloter (se)	84	3
dormir	I	22
doser	T	3
doter	T	3
doter (se)	84	3
double-cliquer	I	3
doubler	I/T	3
doubler (se)	84	3
doublonner	I	3
doucher	T	3
doucher (se)	84	3
doucir	T	20
douer	T	3
douiller	I	3
douter	T	3
douter (se)	84	3
dragéifier	T	4
drageonner	I	3
draguer	T	8
drainer	T	3
dramatiser	T	3
draper	T	3
draper (se)	84	3
drayer	T	16
dresser	T	3
dresser (se)	84	3
dribbler	I	3
driver	I/T	3
droguer	T	8
droguer (se)	84	8
droper	I/T	3
drosser	T	3
duper	T	3
dupliquer	T	3
durcir	I/T	20
durer	I	3
duveter (se)	84	14
dynamiser	T	3
dynamiter	T	3

E

ébahir	T	20
ébahir (s')	84	20
ébarber	T	3
ébattre (s')	84	62
ébaucher	T	3
ébaucher (s')	84	3
ébaudir	T	20
ébaudir (s')	84	20
éberluer	T	3
éblouir	T	20
éborgner	T	3
ébouillanter	T	3
ébouillanter (s')	84	3
ébouler	T	3
ébouler (s')	84	3
ébourgeonner	T	3
ébouriffer	T	3
ébourrer	T	3
ébouter	T	3

ébrancher	T	3
ébranler	T	3
ébranler (s')	84	3
ébraser	T	3
ébrécher	T	9
ébrécher (s')	84	9
ébrouer (s')	84	3
ébruiter	T	3
ébruiter (s')	84	3
écacher	T	3
écailler	T	3
écailler (s')	84	3
écaler	T	3
écaler (s')	84	3
écanguer	T	8
écarquiller	T	3
écarteler	T	13
écarter	T	3
écarter (s')	84	3
échafauder	I/T	3
échalasser	T	3
échancrer	T	3
échanger	T	7
échantillonner	T	3
échapper	I/T	3
échapper (s')	84	3
échardonner	T	3
écharner	T	3
écharper	T	3
échauder	T	3
échauder (s')	84	3
échauffer	T	3
échauffer (s')	84	3
échelonner	T	3
échelonner (s')	84	3
écheniller	T	3
écheveler	T	12
échiner (s')	84	3
échoir	I/Ti, E, D	51
échopper	T	3
échouer	I/T	3
échouer (s')	84	3
écimer	T	3
éclabousser	T	3
éclaircir	T	20
éclaircir (s')	84	20
éclairer	T	3
éclairer (s')	84	3
éclater	I/T	3
éclater (s')	84	3
éclipser	T	3
éclipser (s')	84	3
éclisser	T	3
éclore	I, D	81
écluser	T	3
écobuer	T	3
écœurer	T	3
écœurer (s')	84	3
éconduire	T	78
économiser	T	3
écoper	I/T	3
écorcer	T	6
écorcher	T	3
écorner	T	3
écornifler	T	3
écosser	T	3
écouler	T	3
écouler (s')	84	3
écourter	T	3
écouter	T	3
écouter (s')	84	3
écouvillonner	T	3
écrabouiller	T	3
écraser	I/T	3
écraser (s')	84	3
écrémer	T	9
écrêter	T	3
écrier (s')	84	4
écrire	I/T	76
écrire (s')	86	76
écrivailler	I	3
écrouer	T	3
écrouir	T	20
écrouler (s')	84	3
écroûter	T	3
écuisser	T	3
écumer	I/T	3
écurer	T	3
écussonner	T	3
édenter	T	3
édicter	T	3
édifier	T	4
éditer	T	3
éditionner	T	3
édulcorer	T	3
éduquer	T	3
éfaufiler	T	3
effacer	T	6
effacer (s')	84	6
effarer	T	3
effaroucher	T	3
effaroucher (s')	84	3
effectuer	T	3
effectuer (s')	84	3
efféminer	T	3
effeuiller	T	3
effiler	T	3
effiler (s')	84	3
effilocher	T	3
effilocher (s')	84	3
effleurer	T	3
effleurir	I	20
effondrer	T	3
effondrer (s')	84	3
efforcer (s')	84	6
effranger	T	7
effranger (s')	84	7
effrayer	T	16
effrayer (s')	84	16
effriter	T	3
effriter (s')	84	3
égailler (s')	84	3
égaler	T	3
égaliser	T	3
égarer	T	3
égarer (s')	84	3
égayer	T	16
égayer (s')	84	16
égorger	T	7
égorger (s')	84	7
égosiller (s')	84	3
égoutter	T	3
égoutter (s')	84	3
égrainer	T	3
égrainer (s')	84	3

égrapper	T	3
égratigner	T	3
égratigner (s')	86	3
égrener	T	11
égrener (s')	84	11
égriser	T	3
égruger	T	7
égueuler	T	3
éjaculer	T	3
éjecter	T	3
élaborer	T	3
élaborer (s')	84	3
élaguer	T	8
élancer	I	6
élancer (s')	84	6
élargir	T	20
élargir (s')	84	20
électrifier	T	4
électriser	T	3
électrocuter	T	3
électrocuter (s')	84	3
électrolyser	T	3
élégir	T	20
élever	T	11
élever (s')	84	11
élider	T	3
élider (s')	84	3
élimer	T	3
élimer (s')	84	3
éliminer	T	3
éliminer (s')	84	3
élinguer	T	8
élire	T	75
éloigner	T	3
éloigner (s')	84	3
élonger	T	7
élucider	T	3
élucubrer	T	3
éluder	T	3
éluer	T	3
émacier	T	4
émacier (s')	84	4
émailler	T	3
émanciper	T	3
émanciper (s')	84	3
émaner	I	3
émarger	T	7
émasculer	T	3
emballer	T	3
emballer (s')	84	3
embarbouiller	T	3
embarbouiller (s')	84	3
embarquer	I/T	3
embarquer (s')	84	3
embarrasser	T	3
embarrasser (s')	84	3
embarrer	T	3
embarrer (s')	84	3
embastiller	T	3
embaucher	T	3
embaucher (s')	84	3
embaumer	I/T	3
embellir	I/T	20
embellir (s')	84	20
emberlificoter	T	3
emberlificoter (s')	84	3
embêter	T	3
embêter (s')	84	3
emblaver	T	3
embobeliner	T	3
embobiner	T	3
emboîter	T	3
emboîter (s')	84	3
embosser	T	3
embosser (s')	84	3
emboucher	T	3
embouquer	T	3
embourber	T	3
embourber (s')	84	3
embourgeoiser	T	3
embourgeoiser (s')	84	3
embouteiller	T	3
embouter	T	3
emboutir	T	20
embrancher	T	3
embrancher (s')	84	3
embraquer	T	3
embraser	T	3
embraser (s')	84	3
embrasser	T	3
embrasser (s')	84	3
embrayer	I/T	16
embrever	T	11
embrigader	T	3
embrigader (s')	84	3
embringuer	T	8
embrocher	T	3
embroncher	T	3
embrouiller	T	3
embrouiller (s')	84	3
embroussailler	T	3
embrumer	T	3
embuer	T	3
embusquer	T	3
embusquer (s')	84	3
émécher	T	3
émerger	I	7
émeriser	T	3
émerveiller	T	3
émerveiller (s')	84	3
émettre	T	63
émietter	T	3
émietter (s')	84	3
émigrer	I	3
émincer	T	6
emmagasiner	T	3
emmailloter	T	3
emmancher	T	3
emmancher (s')	84	3
emmêler	T	3
emmêler (s')	86	3
emménager	I	7
emmener	T	11
emmerder	T	3
emmerder (s')	84	3
emmieller	T	3
emmitoufler	T	3
emmitoufler (s')	84	3
emmouscailler	T	3
emmurer	T	3
émonder	T	3
émorfiler	T	3
émotionner	T	3
émotter	T	3
émoudre	T	59

émousser	T	3
émousser (s')	84	3
émoustiller	T	3
émouvoir	T	48
émouvoir (s')	84	48
empailler	T	3
empaler	T	3
empaler (s')	84	3
empanner	I	3
empapilloter	T	3
empaqueter	T	14
emparer (s')	84	3
empâter	T	3
empâter (s')	84	3
empatter	T	3
empaumer	T	3
empêcher	T	3
empêcher (s')	84	3
empenner	T	3
emperler	T	3
empeser	T	11
empester	I/T	3
empêtrer	T	3
empierrer	T	3
empiéter	I	9
empiffrer (s')	84	3
empiler	T	3
empiler (s')	84	3
empirer	I	3
emplafonner	T	3
emplâtrer	T	3
emplir	T	20
emplir (s')	84	20
employer	T	18
employer (s')	84	18
empocher	T	3
empoigner	T	3
empoigner (s')	84	3
empoisonner	T	3
empoisonner (s')	84	3
empoissonner	T	3
emporter	T	3
emporter (s')	84	3
empoter	T	3
empourprer	T	3
empourprer (s')	84	3
empoussiérer	T	9
empoussiérer (s')	84	9
empreindre	T	55
empreindre (s')	84	55
empresser (s')	84	3
emprésurer	T	3
emprisonner	T	3
emprunter	T	3
empuantir	T	20
émulsifier	T	4
émulsionner	T	3
énamourer (s')	84	3
encabaner	T	3
encadrer	T	3
encager	T	7
encagouler	T	3
encaisser	T	3
encanailler (s')	84	3
encapuchonner	T	3
encaquer	T	3
encarter	T	3
encaserner	T	3
encasteler (s')	84	13
encastrer	T	3
encastrer (s')	84	3
encaustiquer	T	3
encaver	T	3
enceindre	T	55
encenser	I/T	3
encercler	T	3
enchaîner	I/T	3
enchaîner (s')	84	3
enchanter	T	3
enchanter (s')	84	3
enchâsser	T	3
enchatonner	T	3
enchausser	T	3
enchemiser	T	3
enchérir	I	20
enchevaucher	T	3
enchevêtrer	T	3
enchevêtrer (s')	84	3
enclaver	T	3
enclencher	T	3
enclencher (s')	84	3
encliqueter	T	14
enclore	T, D	81
enclouer	T	3
encocher	T	3
encoder	T	3
encoller	T	3
encombrer	T	3
encombrer (s')	84	3
encorder (s')	84	3
encorner	T	3
encourager	T	7
encourir	T	25
encrasser	T	3
encrasser (s')	84	3
encrer	T	3
encroûter	T	3
encroûter (s')	84	3
encuver	T	3
endetter	T	3
endetter (s')	84	3
endeuiller	T	3
endêver	I, Ip	3
endiabler	I/T	3
endiguer	T	8
endimancher (s')	84	3
endoctriner	T	3
endolorir	T	20
endommager	T	7
endormir	T	22
endormir (s')	84	22
endosser	T	3
enduire	T	78
enduire (s')	86	78
endurcir	T	20
endurcir (s')	84	20
endurer	T	3
énerver	T	3
énerver (s')	84	3
enfaîter	T	3
enfanter	T	3
enfariner	T	3
enfermer	T	3
enfermer (s')	84	3
enferrer	T	3

enténébrer	T	9
enter	T	3
entériner	T	3
enterrer	T	3
enterrer (s')	84	3
entêter	T	3
entêter (s')	84	3
enthousiasmer	T	3
enthousiasmer (s')	84	3
enticher (s')	84	3
entoiler	T	3
entôler	T	3
entonner	T	3
entortiller	T	3
entortiller (s')	86	3
entourer	T	3
entourer (s')	84	3
entraider (s')	D 84	3
entraîner	T	3
entraîner (s')	84	3
entrapercevoir	T	36
entrapercevoir (s')	84	36
entraver	T	3
entrebâiller	T	3
entrechoquer	T	3
entrechoquer (s')	84	3
entrecouper	T	3
entrecouper (s')	84	3
entrecroiser	T	3
entrecroiser (s')	84	3
entredéchirer (s')	D 84	3
entredétruire (s')	84	78
entredévorer (s')	D 84	3
entrégorger (s')	84	7
entrelacer	T	6
entrelacer (s')	84	6
entrelarder	T	3
entremêler	T	3
entremêler (s')	84	3
entremettre (s')	84	63
entrenuire (s')	85	78
entreposer	T	3
entreprendre	T	53
entrer	I/T, A/E	3
entreregarder (s')	D 84	3
entretailler (s')	84	3
entretenir	T	27
entretenir (s')	84	27
entretoiser	T	3
entretuer (s')	D 84	3
entrevoir	T	37
entrevoir (s')	84	37
entrevoûter	T	3
entrouvrir	T	29
entrouvrir (s')	84	29
entuber	T	3
énucléer	T	5
énumérer	T	9
envahir	T	20
envaser	T	3
envaser (s')	84	3
envelopper	T	3
envelopper (s')	84	3
envenimer	T	3
envenimer (s')	84	3
enverguer	T	8
envier	T	4
environner	T	3
environner (s')	84	3
envisager	T	7
envoiler (s')	84	3
envoler (s')	84	3
envoûter	T	3
envoyer	T	19
envoyer (s')	86	19
épaissir	I/T	20
épaissir (s')	84	20
épamprer	T	3
épancher	T	3
épancher (s')	84	3
épandre	T	52
épandre (s')	84	52
épanneler	T	12
épanouir	T	20
épanouir (s')	84	20
épargner	T	3
épargner (s')	86	3
éparpiller	T	3
éparpiller (s')	84	3
épater	T	3
épaufrer	T	3
épauler	T	3
épauler (s')	84	3
épeler	T	12
épeler (s')	84	12
épépiner	T	3
éperonner	T	3
épeurer	T	3
épicer	T	6
épier	T	4
épierrer	T	3
épiler	T	3
épiloguer	I	8
épincer	T	6
épinceter	T	14
épiner	T	3
épingler	T	3
épisser	T	3
éployer	T	18
éployer (s')	84	18
éplucher	T	3
épointer	T	3
éponger	T	7
éponger (s')	86	7
épontiller	T	3
épouiller	T	3
époumoner (s')	84	3
épouser	T	3
épousseter	T	14
époustoufler	T	3
époutir	T	20
épouvanter	T	3
épouvanter (s')	84	3
éprendre (s')	84	53
éprouver	T	3
éprouver (s')	84	3
épucer	T	6
épuiser	T	3
épuiser (s')	84	3
épurer	T	3
équarrir	T	20
équerrer	T	3
équeuter	T	3
équilibrer	T	3
équilibrer (s')	84	3

équiper	T	3
équiper (s')	84	3
équivaloir	Ti	46
éradiquer	T	3
érafler	T	3
érafler (s')	86	3
érailler	T	3
éreinter	T	3
éreinter (s')	84	3
ergoter	I	3
ériger	T	7
ériger (s')	84	7
éroder	T	3
éroder (s')	84	3
érotiser	T	3
errer	I	3
éructer	I/T	3
esbigner (s')	84	3
esbroufer	T	3
escalader	T	3
escamoter	T	3
esclaffer (s')	84	3
esclavager	T	7
escompter	T	3
escorter	T	3
escrimer (s')	84	3
escroquer	T	3
espacer	T	6
espacer (s')	84	6
espérer	T	9
espionner	T	3
esquicher	T	3
esquinter	T	3
esquinter (s')	86	3
esquisser	T	3
esquisser (s')	84	3
esquiver	T	3
esquiver (s')	84	3
essaimer	I	3
essarter	T	3
essayer	I/T	16
essayer (s')	84	16
essorer	T	3
essorer (s')	84	3
essoriller	T	3
essoucher	T	3
essouffler	T	3
essouffler (s')	84	3
essuyer	T	17
essuyer (s')	86	17
estamper	T	3
estampiller	T	3
ester	I, D	3
estérifier	T	4
estimer	T	3
estimer (s')	84	3
estiver	T	3
estomaquer	T	3
estomper	T	3
estomper (s')	84	3
estoquer	T	3
estourbir	T	20
estrapasser	T	3
estropier	T	4
établir	T	20
établir (s')	84	20
étager	T	7
étager (s')	84	7
étalager	T	7
étaler	T	3
étaler (s')	84	3
étalinguer	T	8
étalonner	T	3
étamer	T	3
étamper	T	3
étancher	T	3
étançonner	T	3
étarquer	T	3
étatiser	T	3
étayer	T	16
étayer (s')	84	16
éteindre	T	55
éteindre (s')	84	55
étendre	T	52
étendre (s')	84	52
éterniser	T	3
éterniser (s')	84	3
éternuer	I	3
étêter	T	3
éthérifier	T	4
éthériser	T	3
ethniciser	T	3
étinceler	I	12
étioler	T	3
étioler (s')	84	3
étiqueter	T	14
étirer	T	3
étirer (s')	84	3
étoffer	T	3
étoffer (s')	84	3
étoiler	T	3
étoiler (s')	84	3
étonner	T	3
étonner (s')	84	3
étouffer	I/T	3
étouffer (s')	84	3
étouper	T	3
étourdir	T	20
étourdir (s')	84	20
étrangler	T	3
étrangler (s')	84	3
être	I	2
étrécir	T	20
étreindre	T	55
étreindre (s')	84	55
étrenner	T	3
étrésillonner	T	3
étriller	T	3
étriper	T	3
étriper (s')	84	3
étriquer	T	3
étronçonner	T	3
étudier	I/T	4
étudier (s')	84	4
étuver	T	3
euphoriser	T	3
européaniser	T	3
euthanasier	T	3
évacuer	T	3
évader (s')	84	3
évaluer	T	3
évangéliser	T	3
évanouir (s')	84	20
évaporer	T	3
évaporer (s')	84	3

évaser ... T 3
évaser (s') ... 84 3
éveiller ... T 3
éveiller (s') ... 84 3
éventer ... T 3
éventer (s') ... 84 3
éventrer ... T 3
évertuer (s') ... 84 3
évider ... T 3
évincer ... T 6
éviscérer ... T 9
éviter ... I/T 3
éviter (s') ... D 86 3
évoluer ... I 3
évoquer ... T 3
exacerber ... T 3
exacerber (s') ... 84 3
exagérer ... T 9
exagérer (s') ... 86 9
exalter ... T 3
exalter (s') ... 84 3
examiner ... T 3
examiner (s') ... 84 3
exaspérer ... T 9
exaspérer (s') ... 84 9
exaucer ... T 6
excaver ... T 3
excéder ... T 9
exceller ... I 3
excentrer ... T 3
excepter ... T 3
exciper ... Ti 3
exciser ... T 3
exciter ... T 3
exciter (s') ... 84 3
exclamer (s') ... 84 3
exclure ... T 80
exclure (s') ... 84 80
excommunier ... T 4
excorier ... T 4
excréter ... T 9
excursionner ... T 3
excuser ... T 3
excuser (s') ... 84 3
exécrer ... T 9
exécuter ... T 3
exécuter (s') ... 84 3
exemplifier ... T 4
exempter ... T 3
exercer ... T 6
exercer (s') ... 84 6
exfolier ... T 4
exfolier (s') ... 84 4
exhaler ... T 3
exhaler (s') ... 84 3
exhausser ... T 3
exhéréder ... T 9
exhiber ... T 3
exhiber (s') ... 84 3
exhorter ... T 3
exhumer ... T 3
exiger ... T 7
exiler ... T 3
exiler (s') ... 84 3
exister ... I 3
exonder (s') ... 84 3
exonérer ... T 9
exorciser ... T 3
expatrier ... T 4
expatrier (s') ... 84 4
expectorer ... T 3
expédier ... T 4
expérimenter ... T 3
expertiser ... T 3
expier ... T 4
expirer ... I/T 3
expliciter ... T 3
expliquer ... T 3
expliquer (s') ... 84 3
exploiter ... I/T 3
explorer ... T 3
exploser ... I 3
exporter ... T 3
exposer ... T 3
exposer (s') ... 84 3
exprimer ... T 3
exprimer (s') ... 84 3
exproprier ... T 4
expulser ... T 3
expurger ... T 7
exsuder ... I/T 3
extasier (s') ... 84 4
exténuer ... T 3
exténuer (s') ... 84 3
extérioriser ... T 3
extérioriser (s') ... 84 3
exterminer ... T 3
externaliser ... T 3
externer ... T 3
extirper ... T 3
extirper (s') ... 84 3
extorquer ... T 3
extrader ... T 3
extraire ... T 69
extraire (s') ... 84 69
extrapoler ... T 3
extravaguer ... I 8
extravaser (s') ... 84 3
extuber ... T 3
exulcérer ... T 9
exulter ... I 3

F

fabriquer ... T 3
fabuler ... T 3
facetter ... T 3
fâcher ... T 3
fâcher (se) ... 84 3
faciliter ... T 3
façonner ... T 3
factoriser ... T 3
facturer ... T 3
fader ... T 3
fagoter ... T 3
fagoter (se) ... 84 3
faiblir ... I 20
failler (se) ... 84 3
faillir ... I 32
fainéanter ... I 3
faire ... T 82
faire (se) ... 85 82
faisander ... T 3

floconner	I	3
floculer	I	3
floquer	T	3
flotter	I/T	3
flouer	T	3
fluctuer	I	3
fluer	I	3
fluidifier	T	4
flûter	I/T	3
focaliser	I/T	3
foirer	I	3
foisonner	I	3
folâtrer	I	3
folioter	T	3
folkloriser	T	3
fomenter	T	3
foncer	I/T	6
fonctionnaliser	T	3
fonctionnariser	T	3
fonctionner	I	3
fonder	T	3
fonder (se)	84	3
fondre	I/T	52
fondre (se)	84	52
forcer	I/T	6
forcer (se)	84	6
forcir	I	20
forclore	T, D	81
forer	T	3
forfaire	I/T/Ti, D	82
forfaitiser	T	3
forger	T	7
forger (se)	86	7
forjeter	I/T	14
forjeter (se)	84	14
forlonger	T	7
formaliser	T	3
formaliser (se)	84	3
formater	T	3
formater (se)	84	3
former	T	3
former (se)	84	3
formuler	T	3
forniquer	I	3
fortifier	T	4
fortifier (se)	86	4
fossiliser	T	3
fossiliser (se)	84	3
fouailler	T	3
foudroyer	T	18
fouetter	I/T	3
fouetter (se)	84	3
fouger	I	7
fouiller	I/T	3
fouiller (se)	84	3
fouiner	I	3
fouir	T	20
fouler	T	3
fouler (se)	86	3
fourbir	T	20
fourcher	I/T	3
fourgonner	I	3
fourguer	T	8
fourmiller	I	3
fournir	T	20
fournir (se)	86	20
fourrager	I/T	7
fourrer	T	3
fourrer (se)	86	3
fourvoyer	T	18
fourvoyer (se)	84	18
foutre	T, D	62
foutre (se)	D 84	62
fracasser	T	3
fracasser (se)	84	3
fractionner	T	3
fractionner (se)	84	3
fracturer	T	3
fracturer (se)	86	3
fragiliser	T	3
fragmenter	T	3
fragmenter (se)	84	3
fraîchir	I	20
fraiser	T	3
framboiser	T	3
franchir	T	20
franchiser	T	3
franciser	T	3
franger	T	7
frapper	I/T	3
frapper (se)	86	3
fraterniser	I	3
frauder	I/T	3
frayer	I/T	16
frayer (se)	86	16
fredonner	I/T	3
frégater	T	3
freiner	I/T	3
frelater	T	3
frémir	I	20
fréquenter	T	3
fréquenter (se)	84	3
fréter	T	9
frétiller	I	3
fretter	T	3
fricasser	T	3
fricoter	I/T	3
frictionner	T	3
frictionner (se)	86	3
frigorifier	T	4
frimer	I	3
fringuer	I/T	8
fringuer (se)	84	8
friper	T	3
friper (se)	84	3
frire	I/T, D	72
friser	I/T	3
frisotter	Ti	3
frissonner	I	3
friter (se)	84	3
fritter	T	3
froisser	T	3
froisser (se)	86	3
frôler	T	3
frôler (se)	84	3
froncer	T	6
fronder	I/T	3
frotter	I/T	3
frotter (se)	86	3
frouer	I	3
froufrouter	I	3
fructifier	I	4
frustrer	T	3
fuguer	I	8
fuir	I/T	33

fuir (se)	84	33
fulgurer	I	3
fulminer	I/T	3
fumer	I/T	3
fumiger	T	7
fureter	I	15
fuseler	T	12
fuser	I	3
fusiller	T	3
fusionner	T	3
fustiger	T	7

G

gabarier	T	4
gâcher	T	3
gadgétiser	T	3
gaffer	T	3
gager	T	7
gagner	I/T	3
gagner (se)	84	3
gainer	T	3
galber	T	3
galéjer	I	9
galérer	I	9
galocher	I	3
galonner	T	3
galoper	I	3
galvaniser	T	3
galvauder	T	3
galvauder (se)	84	3
gambader	I	3
gamberger	I	7
gambiller	I	3
gangrener	T	11
gangréner	T	9
gangréner (se)	84	9
ganser	T	3
ganter	I/T	3
garantir	T	20
garder	T	3
garder (se)	86	3
garer	T	3
garer (se)	84	3
gargariser (se)	84	3
gargouiller	I	3
garnir	T	20
garnir (se)	84	20
garrotter	T	3
gaspiller	T	3
gâter	T	3
gâter (se)	84	3
gâtifier	I	4
gauchir	I/T	20
gauchir (se)	84	20
gaufrer	T	3
gauler	T	3
gausser (se)	84	3
gaver	T	3
gaver (se)	84	3
gazéifier	T	4
gazer	T	3
gazonner	I/T	3
gazouiller	I	3
geindre	I	55
geler	I/T	13
geler (se)	86	13
gélifier	T	4
gélifier (se)	84	4
gémir	I	20
gemmer	T	3
gendarmer (se)	84	3
gêner	T	3
gêner (se)	84	3
généraliser	T	3
généraliser (se)	84	3
générer	T	9
gerber	T	3
gercer	I/T	6
gercer (se)	84	6
gérer	T	9
gérer (se)	84	9
germaniser	T	3
germaniser (se)	84	3
germer	I	3
gésir	I, D	34
gesticuler	I	3
gicler	I	3
gifler	T	3
gifler (se)	84	3
gigoter	I	3
gîter	I	3
givrer	T	3
glacer	T	6
glacer (se)	84	6
glairer	T	3
glaiser	T	3
glander	I	3
glandouiller	I	3
glaner	T	3
glapir	I	20
glatir	I	20
glavioter	I	3
gléner	T	9
glisser	I/T	3
glisser (se)	86	3
globaliser	T	3
glorifier	T	4
glorifier (se)	84	4
gloser	T/Ti	3
glouglouter	I	3
glousser	I	3
glycériner	T	3
gober	T	3
goberger (se)	84	7
godailler	I	3
goder	I	3
godiller	I	3
godronner	T	3
goinfrer	I	3
goinfrer (se)	84	3
gominer (se)	84	3
gommer	T	3
gondoler	I	3
gondoler (se)	84	3
gonfler	I/T	3
gonfler (se)	84	3
gorger	T	7
gorger (se)	84	7
gouacher	T	3
gouailler	I	3
goudronner	T	3
gouger	T	7

goujonner	T	3
goupiller	T	3
goupiller (se)	84	3
gourer (se)	84	3
gourmander	T	3
goûter	I/T/Ti	3
goutter	I	3
gouverner	T	3
gouverner (se)	84	3
gracier	T	4
graduer	T	3
graffiter	T	3
grailler	I/T	3
graillonner	I	3
grainer	I	3
graisser	I/T	3
grammaticaliser	T	3
grandir	I/T	20
grandir (se)	84	20
graniter	T	3
granuler	T	3
graphiter	T	3
grappiller	I/T	3
grasseyer	I	3
graticuler	T	3
gratifier	T	4
gratifier (se)	84	4
gratiner	I/T	3
gratouiller	T	3
gratter	I/T	3
gratter (se)	86	3
graver	T	3
graver (se)	84	3
gravillonner	T	3
gravir	T	20
graviter	I	3
gréer	T	5
greffer	T	3
greffer (se)	84	3
grêler	I/T, Ip	3
grelotter	I	3
grenailler	T	3
greneler	T	12
grenouiller	I	3
grésiller	I	3
grever	T	11
gribouiller	I/T	3
griffer	T	3
griffonner	T	3
grigner	I	3
grignoter	T	3
grillager	T	7
griller	I/T	3
griller (se)	84	3
grimacer	I	6
grimer	T	3
grimer (se)	86	3
grimper	I/T	3
grincer	I	6
grincher	T	3
gripper	I	3
gripper (se)	84	3
grisailler	I/T	3
griser	T	3
griser (se)	84	3
grisoller	I	3
grisonner	I	3
griveler	I/T	12
grognasser	I	3
grogner	I	3
grognonner	I	3
grommeler	I/T	12
gronder	I/T	3
grossir	I/T	20
grouiller	I	3
grouiller (se)	84	3
grouper	T	3
grouper (se)	84	3
gruger	I/T	7
grumeler (se)	84	12
guéer	T	5
guérir	I/T	20
guérir (se)	84	20
guerroyer	I	18
guêtrer	T	3
guêtrer (se)	84	3
guetter	T	3
gueuler	I/T	3
gueuletonner	I	3
guider	T	3
guigner	T	3
guillemeter	T	14
guillocher	T	3
guillotiner	T	3
guincher	I	3
guinder	T	3
guiper	T	3

H

habiliter	T, J'	3
habiller	T, J'	3
habiller (s')	84	3
habiter	I/T, J'	3
habituer	T, J'	3
habituer (s')	84	3
hâbler	I, JE	3
hacher	T, JE	3
hachurer	T, JE	3
haïr	T, JE	21
halener	T, JE	11
haler	T, JE	3
hâler	T, JE	3
haleter	I, JE	15
halluciner	I, J'	3
hameçonner	T, J'	3
hancher	I/T, JE	3
hancher (se)	84	3
handicaper	T, JE	3
hannetonner	I/T, J'	3
hanter	T, JE	3
happer	T, JE	3
haranguer	T, JE	8
harasser	T, JE	3
harceler	T, JE	13
harmoniser	T, J'	3
harmoniser (s')	84	3
harnacher	T, JE	3
harponner	T, JE	3
hasarder	T, JE	3
hasarder (se)	84	3
hâter	T, JE	3
hâter (se)	84	3

haubaner	T, JE	3
hausser	T, JE	3
hausser (se)	84	3
haver	T, JE	3
héberger	T, J'	7
hébéter	T, J'	9
hébraïser	T, J'	3
héler	T, JE	9
hélitreuiller	T, J'	3
helléniser	T, J'	3
helléniser (s')	84	3
hennir	I, JE	20
herbager	T, J'	7
herboriser	I, J'	3
hercher	I, JE	3
hérisser	T, JE	3
hérisser (se)	84	3
hériter	I/T/Ti, J'	3
herser	T, JE	3
hésiter	I, J'	3
heurter	T/Ti, JE	3
heurter (se)	84	3
hiberner	I, J'	3
hiérarchiser	T, JE	3
hisser	T, JE	3
hisser (se)	84	3
historier	T, J'	4
hiverner	I/T, J'	3
hocher	T, JE	3
homogénéifier	T, J'	4
homologuer	T, J'	8
hongrer	T, JE	3
hongroyer	T, JE	18
honnir	T, JE	20
honorer	T, J'	3
honorer (s')	84	3
hoqueter	I, JE	14
horodater	T, J'	3
horrifier	T, J'	4
horripiler	T, J'	3
hospitaliser	T, J'	3
houblonner	T, JE	3
houpper	T, JE	3
hourder	T, JE	3
hourdir	T, JE	20
houspiller	T, JE	3
housser	T, J'	3
hucher	T, JE	3
huer	I/T, JE	3
huiler	T, J'	3
hululer	I, JE	3
humaniser	T, J'	3
humaniser (s')	84	3
humecter	T, J'	3
humecter (s')	86	3
humer	T, JE	3
humidifier	T, J'	4
humidifier (s')	84	4
humilier	T, J'	4
humilier (s')	84	4
hurler	I/T, JE	3
hybrider	T, J'	3
hybrider (s')	84	3
hydrater	T, J'	3
hydrater (s')	86	3
hydrofuger	T, J'	7
hydrogéner	T, J'	9
hydrolyser	T, J'	3
hypertrophier	T, J'	4
hypertrophier (s')	84	4
hypnotiser	T, J'	3
hypnotiser (s')	84	3
hypothéquer	T, J'	9

I

idéaliser	T	3
idéaliser (s')	84	3
identifier	T	4
identifier (s')	84	4
idolâtrer	T	3
ignifuger	T	7
ignorer	T	3
ignorer (s')	84	3
illuminer	T	3
illuminer (s')	84	3
illusionner	T	3
illusionner (s')	84	3
illustrer	T	3
illustrer (s')	84	3
imaginer	T	3
imaginer (s')	86	3
imbiber	T	3
imbiber (s')	84	3
imbriquer	T	3
imbriquer (s')	84	3
imiter	T	3
immatriculer	T	3
immerger	T	7
immerger (s')	84	7
immigrer	I	3
immiscer (s')	84	6
immobiliser	T	3
immobiliser (s')	84	3
immoler	T	3
immoler (s')	84	3
immortaliser	T	3
immortaliser (s')	84	3
immuniser	T	3
impartir	T	20
impatienter	T	3
impatienter (s')	84	3
impatroniser	T	3
impatroniser (s')	84	3
imperméabiliser	T	3
imperméabiliser (s')	84	3
impétrer	T	9
implanter	T	3
implanter (s')	84	3
implémenter	T	3
impliquer	T	3
impliquer (s')	84	3
implorer	T	3
imploser	T	3
importer	I/Ti	3
importer (s')	84	3
importuner	T	3
imposer	T	3
imposer (s')	86	3
imprégner	T	9
imprégner (s')	84	9
impressionner	T	3
imprimer	T	3

Verbe		Modèle
imprimer (s')	84	3
improviser	T	3
improviser (s')	86	3
impulser	T	3
imputer	T/Ti	3
inactiver	T	3
inaugurer	T	3
incarcérer	T	9
incarner	T	3
incendier	T	4
incinérer	T	9
inciser	T	3
inciter	T	3
incliner	T/Ti	3
incliner (s')	84	3
inclure	T	80
incomber	Ti	3
incommoder	T	3
incorporer	T	3
incorporer (s')	84	3
incriminer	T	3
incruster	T	3
incruster (s')	84	3
incuber	T	3
inculper	T	3
inculquer	T	3
incurver	T	3
incurver (s')	84	3
indemniser	T	3
indemniser (s')	84	3
indexer	T	3
indifférer	T	9
indifférer (s')	84	9
indigner	T	3
indigner (s')	84	3
indiquer	T	3
indisposer	T	3
individualiser	T	3
individualiser (s')	84	3
induire	T	78
indurer	T	3
industrialiser	T	3
industrialiser (s')	84	3
infantiliser	T	3
infatuer	T	3
infatuer (s')	84	3
infecter	T	3
infecter (s')	84	3
inféoder	T	3
inféoder (s')	84	3
inférer	T	9
inférioriser	T	3
infester	T	3
infibuler	T	3
infiltrer	T	3
infiltrer (s')	84	3
infirmer	T	3
infléchir	T	20
infléchir (s')	84	20
infliger	T	7
infliger (s')	86	7
influencer	T	6
influer	I	3
informatiser	T	3
informer	I/T	3
informer (s')	84	3
infuser	T	3
ingénier (s')	84	4
ingérer	T	9
ingérer (s')	84	9
ingurgiter	T	3
inhaler	T	3
inhiber	T	3
inhumer	T	3
initialiser	T	3
initialiser (s')	84	3
initier	T	4
initier (s')	84	4
injecter	T	3
injecter (s')	86	3
injurier	T	4
innerver	T	3
innocenter	T	3
innocenter (s')	84	3
innover	I	3
inoculer	T	3
inoculer (s')	86	3
inonder	T	3
inquiéter	T	9
inquiéter (s')	84	9
inscrire	T	76
inscrire (s')	84	76
insculper	T	3
inséminer	T	3
insensibiliser	T	3
insérer	T	9
insérer (s')	84	9
insinuer	T	3
insinuer (s')	84	3
insister	I	3
insoler	T	3
insolubiliser	T	3
insonoriser	T	3
inspecter	T	3
inspirer	T	3
inspirer (s')	84	3
installer	T	3
installer (s')	84	3
instaurer	T	3
instiguer	T	8
instiller	T	3
instituer	T	3
instituer (s')	84	3
institutionnaliser	T	3
institutionnaliser (s')	84	3
instruire	T	78
instruire (s')	84	78
instrumentaliser	T	3
instrumenter	T	3
insuffler	T	3
insulter	T	3
insulter (s')	D 84	3
insupporter	T	3
insurger (s')	84	7
intailler	T	3
intégrer	T	9
intégrer (s')	84	9
intellectualiser	T	3
intensifier	T	4
intensifier (s')	84	4
intenter	T	3
intercaler	T	3
intercaler (s')	84	3
intercéder	I	9
intercepter	T	3

Liste des verbes

interclasser	T	3
interconnecter	T	3
interdire	T	73
interdire (s')	86	73
intéresser	T	3
intéresser (s')	84	3
interférer	I	9
interfolier	T	4
intérioriser	T	3
interjeter	T	14
interligner	T	3
interloquer	T	3
internationaliser	T	3
internationaliser (s')	84	3
interner	T	3
interpeller	T	3
interpénétrer (s')	84	9
interpoler	T	3
interposer	T	3
interposer (s')	84	3
interpréter	T	9
interpréter (s')	84	9
interroger	T	7
interroger (s')	84	7
interrompre	T	60
interrompre (s')	84	60
intervenir	I, E	27
intervertir	T	20
interviewer	T	3
intimer	T	3
intimider	T	3
intituler	T	3
intituler (s')	84	3
intoxiquer	T	3
intoxiquer (s')	84	3
intriguer	I/T	8
intriquer	T	3
introduire	T	78
introduire (s')	84	78
introniser	T	3
intuber	T	3
invaginer	I	3
invaginer (s')	84	3
invalider	T	3
invectiver	I/T	3
inventer	T	3
inventer (s')	86	3
inventorier	T	4
inverser	T	3
inverser (s')	84	3
invertir	T	20
investiguer	T	8
investiguer (s')	84	8
investir	I/T	20
investir (s')	84	20
inviter	T	3
inviter (s')	D 84	3
invoquer	T	3
ioder	T	3
iodler	I	3
ioniser	T	3
iriser	T	3
iriser (s')	84	3
ironiser	I	3
irradier	I/T	4
irradier (s')	84	4
irriguer	T	8
irriter	T	3
irriter (s')	84	3
islamiser	T	3
islamiser (s')	84	3
isoler	T	3
isoler (s')	84	3
italianiser	T	3
italianiser (s')	84	3
itérer	T	9
ixer	T	3

J

jabler	T	3
jaboter	I/T	3
jacasser	I	3
jacter	I	3
jaillir	I	20
jalonner	T	3
jalouser	T	3
jalouser (se)	84	3
japoniser	T	3
japper	I	3
jardiner	I/T	3
jargonner	I	3
jaser	I	3
jasper	T	3
jaspiner	I	3
jauger	I/T	7
jaunir	I/T	20
javeler	T	12
javelliser	T	3
jeter	T	14
jeter (se)	86	14
jeûner	I	3
jobarder	T	3
jodler	I	3
jogger	I	3
joindre	I/T	56
joindre (se)	84	56
jointer	T	3
jointoyer	T	18
joncher	T	3
jongler	I	3
jouer	I/T	3
jouer (se)	84	3
jouir	I/Ti	20
jouter	I	3
jouxter	T	3
jubiler	I	3
jucher	I/T	3
jucher (se)	84	3
judaïser	I/T	3
judaïser (se)	84	3
judiciariser	T	3
juger	T/Ti	7
juger (se)	84	7
juguler	T	3
jumeler	T	12
juponner	T	3
jurer	I/T	3
jurer (se)	86	3
justifier	T	4
justifier (se)	84	4
juter	I	3
juxtaposer	T	3

Liste des verbes

K

kératiniser (se) ... 84 3
kidnapper ... T 3
kif(f)er ... I/T 3
kilométrer ... T 9
klaxonner ... I 3

L

labelliser ... T 3
labelliser (se) ... 84 3
labialiser ... T 3
labourer ... T 3
lacer ... T 6
lacérer ... T 9
lâcher ... I/T 3
lâcher (se) ... 84 3
laïciser ... T 3
laïciser (se) ... 84 3
lainer ... T 3
laisser ... T 3
laisser (se) ... 86 3
laitonner ... T 3
laïusser ... I 3
lambiner ... I 3
lambrisser ... T 3
lamenter (se) ... 84 3
lamer ... T 3
laminer ... T 3
lamper ... T 3
lancer ... T 6
lancer (se) ... 86 6
lanciner ... I/T 3
langer ... T 7
langueyer ... T 3
languir ... I 20
languir (se) ... 84 20
lanterner ... I 3
laper ... T 3
lapider ... T 3
lapidifier ... T 4
lapidifier (se) ... 84 4
lapiner ... I 3
laquer ... T 3
larder ... T 3
larguer ... T 8
larmoyer ... I 18
lasériser ... T 3
lasser ... T 3
lasser (se) ... 84 3
latiniser ... T 3
latter ... T 3
laver ... T 3
laver (se) ... 86 3
layer ... T 16
lécher ... T 9
lécher (se) ... 86 9
légaliser ... T 3
légender ... T 3
légiférer ... I 9
légitimer ... T 3
léguer ... T 9
lemmatiser ... T 3
lénifier ... T 4
léser ... T 9
lésiner ... I 3
lessiver ... T 3
lester ... T 3
lester (se) ... 84 3
leurrer ... T 3
leurrer (se) ... 84 3
lever ... I/T 11
lever (se) ... 84 11
léviger ... T 7
léviter ... I 3
lexicaliser (se) ... 84 3
lézarder ... I/T 3
liaisonner ... T 3
libeller ... T 3
libéraliser ... T 3
libéraliser (se) ... 84 3
libérer ... T 9
libérer (se) ... 84 9
licencier ... T 4
liciter ... T 3
lier ... T 4
lier (se) ... 84 4
lifter ... T 3
ligaturer ... T 3
ligner ... T 3
lignifier (se) ... 84 4
ligoter ... T 3
liguer ... T 8
liguer (se) ... 84 8
limer ... T 3
limer (se) ... 86 3
limiter ... T 3
limiter (se) ... 84 3
limoger ... T 7
liquéfier ... T 4
liquéfier (se) ... 84 4
liquider ... T 3
lire ... T 75
lire (se) ... 84 75
liserer ... T 11
lisérer ... T 9
lisser ... T 3
lister ... T 3
liter ... T 3
lithographier ... T 4
livrer ... T 3
livrer (se) ... 84 3
lober ... I/T 3
lobotomiser ... T 3
localiser ... T 3
localiser (se) ... 84 3
locher ... I/T 3
lockouter ... T 3
lofer ... I 3
loger ... I/T 7
loger (se) ... 84 7
longer ... T 7
loquer ... T 3
lorgner ... T 3
lotionner ... T 3
lotir ... T 20
louanger ... T 7
loucher ... I 3
louer ... T 3
louer (se) ... 84 3
loufer ... I 3
louper ... T 3

lourder	T	3
lourer	T	3
louveter	I	14
louvoyer	I	18
lover	T	3
lover (se)	84	3
lubrifier	T	4
luger	I	7
luire	I	78
luncher	I	3
lustrer	T	3
luter	T	3
lutiner	T	3
lutter	I	3
luxer	T	3
luxer (se)	86	3
lyncher	T	3
lyophiliser	T	3

M

macadamiser	T	3
macérer	I/T	9
mâcher	T	3
machiner	T	3
mâchonner	T	3
mâchouiller	T	3
mâchurer	T	3
macler	I/T	3
maçonner	T	3
maculer	T	3
madériser	T	3
madériser (se)	84	3
maganer	T	3
maganer (se)	84	3
magasiner	I	3
magner (se)	84	3
magnétiser	T	3
magnétoscoper	T	3
magnifier	T	4
magouiller	I	3
maigrir	I/T	20
mailler	I/T	3
mailler (se)	84	3
maintenir	T	27
maintenir (se)	84	27
maîtriser	T	3
maîtriser (se)	84	3
majorer	T	3
malaxer	T	3
malmener	T	11
malter	T	3
maltraiter	T	3
manager	T	7
manchonner	T	3
mandater	T	3
mander	T	3
mangeotter	T	3
manger	I/T	7
manier	T	4
manier (se)	84	4
manifester	I/T	3
manifester (se)	84	3
manigancer	T	6
manipuler	T	3
manœuvrer	I/T	3
manœuvrer (se)	84	3
manquer	I/T/Ti	3
manquer (se)	84	3
mansarder	T	3
manucurer	T	3
manufacturer	T	3
manutentionner	T	3
mapper	T	3
maquer (se)	84	3
maquetter	T	3
maquignonner	T	3
maquiller	T	3
maquiller (se)	86	3
marabouter	T	3
marauder	I	3
marbrer	T	3
marchander	T	3
marcher	I	3
marcotter	T	3
margauder	I	3
marger	I/T	7
marginaliser	T	3
marginer	T	3
margoter	I	3
marier	T	4
marier (se)	84	4
mariner	I/T	3
marivauder	I	3
marmiter	T	3
marmonner	T	3
marmoriser	T	3
marner	I	3
maronner	I	3
maroquiner	T	3
maroufler	T	3
marquer	I/T	3
marquer (se)	84	3
marqueter	T	14
marrer (se)	84	3
marronner	I	3
marsouiner	I	3
marteler	T	13
martyriser	T	3
masculiniser	T	3
masquer	T	3
massacrer	T	3
massacrer (se)	84	3
masser	T	3
masser (se)	86	3
massicoter	T	3
mastiquer	T	3
masturber	T	3
masturber (se)	86	3
matcher	I/T	3
matelasser	T	3
matelasser (se)	84	3
mater	I/T	3
mâter	T	3
matérialiser	T	3
matérialiser (se)	84	3
materner	T	3
matir	T	20
matraquer	T	3
matricer	T	6
maturer	I	3
maudire	T	74
maudire (se)	84	74

maugréer	I	5
maximaliser	T	3
maximiser	T	3
mazouter	I/T	3
mécaniser	T	3
mécher	T	9
méconduire (se)	84	78
méconnaître	T	64
mécontenter	T	3
médailler	T	3
médiatiser	T	3
médicaliser	T	3
médire	Ti	73
méditer	I/T/Ti	3
méduser	T	3
méfier (se)	84	4
mégir	T	20
mégisser	T	3
mégoter	I	3
méjuger	T	7
mélanger	T	7
mélanger (se)	86	7
mêler	T	3
mêler (se)	84	3
mémoriser	T	3
menacer	T	6
ménager	T	7
ménager (se)	86	7
mendier	I/T	4
mendigoter	I/T	3
mener	I/T	11
menotter	T	3
mensualiser	T	3
mentionner	T	3
mentir	I	22
mentir (se)	85	22
menuiser	T	3
méprendre (se)	84	53
mépriser	T	3
mépriser (se)	84	3
mercantiliser	T	3
merceriser	T	3
merder	I	3
merdoyer	I	18
meringuer	T	8
mériter	T	3
mésallier (se)	84	4
mésestimer	T	3
messeoir	I, D	40
mesurer	I/T	3
mesurer (se)	84	3
mésuser	Ti	3
métalliser	T	3
métamorphiser	T	3
métamorphoser	T	3
métamorphoser (se)	84	3
métaphoriser	T	3
métastaser	I/T	3
météoriser	T	3
métisser	T	3
métrer	T	9
mettre	T	63
mettre (se)	86	63
meubler	T	3
meubler (se)	86	3
meugler	I	3
meuler	T	3
meurtrir	T	20
miauler	I	3
michetonner	I	3
microfilmer	T	3
microminiaturiser	T	3
mignoter	T	3
mignoter (se)	84	3
migrer	I	3
mijoter	I/T	3
mijoter (se)	86	3
militariser	T	3
militariser (se)	84	3
militer	I	3
millésimer	T	3
mimer	T	3
minauder	I	3
mincir	I	20
miner	T	3
miner (se)	86	3
minéraliser	T	3
miniaturiser	T	3
minimiser	T	3
minorer	T	3
minuter	T	3
mirer	T	3
mirer (se)	84	3
miroiter	I	3
miser	T	3
misérer	I	9
missionner	T	3
miter (se)	84	3
mithridatiser	T	3
mitiger	T	7
mitonner	I/T	3
mitrailler	T	3
mixer	T	3
mobiliser	T	3
modeler	T	13
modeler (se)	84	13
modéliser	T	3
modérer	T	9
modérer (se)	84	9
moderniser	T	3
modifier	T	4
modifier (se)	84	4
moduler	T	3
moirer	T	3
moisir	I/T	20
moissonner	T	3
moitir	T	20
molester	T	3
moleter	T	14
mollarder	I	3
mollir	I	20
momifier	T	4
momifier (se)	84	4
monder	T	3
mondialiser	T	3
monétiser	T	3
monitorer	T	3
monnayer	T	16
monologuer	I	8
monopoliser	T	3
monter	I/T, A/E	3
monter (se)	86	3
montrer	T	3
montrer (se)	86	3
moquer	T	3

moquer (se)	84	3
moquetter	T	3
moraliser	I/T	3
morceler	T	12
mordancer	T	6
mordiller	I/T	3
mordiller (se)	86	3
mordorer	T	3
mordre	I/T/Ti	52
mordre (se)	86	52
morfaler	I	3
morfaler (se)	84	3
morfler	I	3
morfondre (se)	84	52
morigéner	T	9
mortaiser	T	3
mortifier	T	4
mortifier (se)	84	4
motionner	I	3
motiver	T	3
motoriser	T	3
motter (se)	84	3
moucharder	I/T	3
moucher	T	3
moucher (se)	86	3
moucheronner	I	3
moucheter	T	14
moudre	T	59
moufter	I	3
mouiller	I/T	3
mouiller (se)	86	3
mouler	T	3
mouler (se)	84	3
mouliner	T	3
moulurer	T	3
mourir	I, E	26
mourir (se)	D	26
mousser	I	3
moutonner	I	3
moutonner (se)	84	3
mouvoir	T	48
mouvoir (se)	84	48
moyenner	I	3
mucher	T	3
muer	I	3
mugir	I	20
multiplexer	T	3
multiplier	T	4
multiplier (se)	84	4
municipaliser	T	3
munir	T	20
munir (se)	84	20
murer	T	3
murer (se)	84	3
mûrir	I/T	20
murmurer	I/T	3
musarder	I	3
muscler	T	3
museler	T	12
muser	I	3
musiquer	I/T	3
musser	T	3
muter	I/T	3
mutiler	T	3
mutiler (se)	86	3
mutiner (se)	84	3
mutualiser	T	3
mystifier	T	4
mythifier	T	4

N

nacrer	T	3
nager	I/T	7
naître	I, E	65
nanifier	T	4
nanifier (se)	84	4
naniser	T	3
nantir	T	20
nantir (se)	84	20
napper	T	3
narguer	T	8
narrer	T	3
nasaliser	T	3
nasiller	I	3
nationaliser	T	3
natter	T	3
naturaliser	T	3
naufrager	I	7
naviguer	I	8
navrer	T	3
nazifier	T	4
néantiser	T	3
néantiser (se)	84	3
nébuliser	T	3
nécessiter	T	3
nécroser	T	3
nécroser (se)	84	3
négliger	T	7
négliger (se)	84	7
négocier	I/T	4
négocier (se)	84	4
neigeoter	I, Ip	3
neiger	I, Ip	7
néologiser	I	3
nervurer	T	3
nettoyer	T	18
neutraliser	T	3
neutraliser (se)	84	3
nicher	I	3
nicher (se)	84	3
nickeler	T	12
nider (se)	84	3
nidifier	I	4
nieller	T	3
nier	T	4
nimber	T	3
nimber (se)	84	3
nipper	T	3
nipper (se)	84	3
nitrater	T	3
nitrer	T	3
nitrifier	T	4
nitrifier (se)	84	4
nitrurer	T	3
niveler	T	12
nobéliser	T	3
nocer	I	6
noircir	I/T	20
noircir (se)	86	20
noliser	T	3
nomadiser	I	3
nombrer	T	3

Verbe		Modèle
nominaliser	T	3
nominer	T	3
nominer (se)	84	3
nommer	T	3
nordir	I	20
normaliser	T	3
normaliser (se)	84	3
normer	T	3
noter	T	3
notifier	T	4
nouer	T	3
nouer (se)	86	3
nourrir	T	20
nourrir (se)	84	20
novéliser	T	3
nover	T	3
noyauter	T	3
noyer	T	18
noyer (se)	84	18
nuancer	T	6
nucléariser	T	3
nuire	Ti	78
nuire (se)	85	78
numériser	T	3
numéroter	I/T	3

O

Verbe		Modèle
obéir	Ti	20
obérer	T	9
obérer (s')	84	9
objecter	T	3
objectiver	T	3
objurguer	I	8
obliger	T	7
obliger (s')	84	7
obliquer	I	3
oblitérer	T	9
obnubiler	T	3
obombrer	T	3
obscurcir	T	20
obscurcir (s')	84	20
obséder	T	9
observer	T	3
observer (s')	84	3
obstiner (s')	84	3
obstruer	T	3
obtempérer	Ti	9
obtenir	T	27
obtenir (s')	84	27
obturer	T	3
obvenir	I, E	27
obvier	Ti	4
occasionner	T	3
occidentaliser	T	3
occidentaliser (s')	84	3
occlure	T	80
occulter	T	3
occuper	T	3
occuper (s')	84	3
ocrer	T	3
octavier	I/T	4
octroyer	T	18
octroyer (s')	86	18
œilletonner	T	3
œuvrer	I	3
offenser	T	3
offenser (s')	84	3
officialiser	T	3
officier	I	4
offrir	T	29
offrir (s')	86	29
offusquer	T	3
offusquer (s')	84	3
oindre	T	56
oiseler	T	12
ombrager	T	7
ombrer	T	3
omettre	T	63
ondoyer	I	18
onduler	I/T	3
opacifier	T	4
opaliser	T	3
opérer	I/T	9
opérer (s')	84	9
opiner	I/Ti	3
opiniâtrer (s')	84	3
opposer	T	3
opposer (s')	84	3
oppresser	T	3
opprimer	T	3
opter	I	3
optimaliser	T	3
optimiser	T	3
oraliser	T	3
orbiter	I	3
orchestrer	T	3
ordonnancer	T	6
ordonner	T	3
ordonner (s')	84	3
organiser	T	3
organiser (s')	84	3
orienter	T	3
orienter (s')	84	3
ornementer	T	3
orner	T	3
orthographier	T	4
osciller	I	3
oser	T	3
ossifier	T	4
ostraciser	T	3
ôter	T	3
ôter (s')	86	3
ouater	T	3
ouatiner	T	3
oublier	T	4
oublier (s')	84	4
ouiller	T	3
ouïr	T	35
ourdir	T	20
ourler	T	3
outiller	T	3
outrager	T	7
outrepasser	T	3
outrer	T	3
ouvrager	T	7
ouvrer	T	3
ouvrir	I/T	29
ouvrir (s')	86	29
ovaliser	T	3
ovationner	T	3
ovuler	I	3
oxyder	T	3

oxyder (s')	84	3
oxygéner	T	9
oxygéner (s')	86	9
ozoniser	T	3

P

pacager	I/T	7
pacifier	T	4
pacquer	T	3
pacser (se)	84	3
pactiser	I	3
paganiser	T	3
pagayer	I	16
pageoter (se)	84	3
pager (se)	84	7
paginer	T	3
paillassonner	T	3
pailler	T	3
pailleter	T	14
paître	I/T, D	64
palabrer	I	3
palanquer	T	3
palataliser	T	3
palettiser	T	3
pâlir	I	20
palissader	T	3
palisser	T	3
pallier	T	4
palper	T	3
palpiter	I	3
pâmer (se)	84	3
panacher	T	3
panacher (se)	84	3
paner	T	3
panifier	T	4
paniquer	I/T	3
panneauter	I	3
panoramiquer	I	3
panser	T	3
panser (se)	86	3
panteler	I	12
pantoufler	I	3
papillonner	I	3
papilloter	I	3
papoter	I	3
papouiller	T	3
parachever	T	11
parachuter	T	3
parader	I	3
parafer	T	3
paraffiner	T	3
paraître	I, A/E	64
paralyser	T	3
paramétrer	T	3
parangonner	T	3
parapher	T	3
paraphraser	T	3
parasiter	T	3
parcelliser	T	3
parcheminer	T	3
parcourir	T	25
pardonner	T/Ti	3
pardonner (se)	86	3
parer	T/Ti	3
parer (se)	84	3
paresser	I	3
parfaire	T	82
parfiler	T	3
parfondre	T	52
parfumer	T	3
parfumer (se)	86	3
parier	T	4
parjurer (se)	84	3
parlementer	I	3
parler	I/T/Ti	3
parler (se)	85	3
parlot(t)er	I	3
parodier	T	4
parquer	T	3
parqueter	T	14
parrainer	T	3
parsemer	T	11
partager	T	7
partager (se)	86	7
participer	Ti	3
particulariser	T	3
particulariser (se)	84	3
partir	I, E	22
parvenir	Ti, E	27
passementer	T	3
passepoiler	T	3
passer	I/T, A/E	3
passer (se)	86	3
passionner	T	3
passionner (se)	84	3
pasteuriser	T	3
pasticher	T	3
patauger	I	7
patenter	T	3
patienter	I	3
patiner	I/T	3
pâtir	I	20
pâtisser	I	3
patouiller	T	3
patronner	T	3
patrouiller	I	3
pâturer	I/T	3
paumer	T	3
paumer (se)	84	3
paupériser	T	3
paupériser (se)	84	3
pauser	T	3
pavaner (se)	84	3
paver	T	3
pavoiser	T	3
payer	I/T	16
payer (se)	86	16
peaufiner	T	3
pécher	I	9
pêcher	T	3
pédaler	I	3
peigner	T	3
peigner (se)	86	3
peindre	T	55
peindre (se)	86	55
peiner	I/T	3
peinturer	T	3
peinturlurer	T	3
peler	I/T	13
pelleter	T	14
peloter	T	3
pelotonner	T	3

Verbe	Construction	Modèle
pelotonner (se)	84	3
pelucher	I	3
pénaliser	T	3
pénaliser (se)	84	3
pencher	I/T	3
pencher (se)	84	3
pendiller	I	3
pendouiller	I	3
pendre	I/T	52
pendre (se)	84	52
penduler	I	3
pénétrer	I/T	9
pénétrer (se)	84	9
penser	I/T/Ti	3
pensionner	T	3
pépier	I	4
percer	I/T	6
percevoir	T	36
percher	I/T	3
percher (se)	84	3
percuter	I/T	3
perdre	T	52
perdre (se)	84	52
perdurer	I	3
pérenniser	T	3
perfectionner	T	3
perfectionner (se)	84	3
perforer	T	3
perforer (se)	86	3
perfuser	T	3
péricliter	I	3
périmer (se)	84	3
périphraser	I	3
périr	I	20
perler	I	3
permettre	T	63
permettre (se)	86	63
permuter	I/T	3
pérorer	I	3
peroxyder	T	3
perpétrer	T	9
perpétuer	T	3
perpétuer (se)	84	3
perquisitionner	I/T	3
persécuter	T	3
persévérer	I	9
persifler	T	3
persister	I	3
personnaliser	T	3
personnifier	T	4
persuader	T	3
persuader (se)	84	3
perturber	T	3
pervertir	T	20
pervertir (se)	84	20
pervibrer	T	3
peser	I/T/Ti	11
peser (se)	84	11
pester	I	3
pétarader	I	3
péter	I/T	9
péter (se)	86	9
pétiller	I	3
petit-déjeuner	I	3
pétitionner	I	3
pétocher	I	3
pétrifier	T	4
pétrifier (se)	84	4
pétrir	T	20
pétuner	I	3
peupler	T	3
peupler (se)	84	3
phagocyter	T	3
philosopher	I	3
phonétiser	T	3
phosphater	T	3
phosphorer	I	3
photocomposer	T	3
photocopier	T	4
photographier	T	4
photographier (se)	84	4
phraser	I	3
piaffer	I	3
piailler	I	3
pianoter	I/T	3
piauler	I	3
picoler	I	3
picorer	I/T	3
picoter	T	3
piéger	T	10
piéter	I	9
piéter (se)	84	9
piétiner	I/T	3
pieuter (se)	84	3
pifer	T	3
pigeonner	T	3
piger	I/T	7
pigmenter	T	3
pignocher	I	3
piler	I/T	3
piller	T	3
pilonner	T	3
piloter	T	3
pimenter	T	3
pinailler	I	3
pincer	T	6
pincer (se)	86	6
pinter	I	3
pinter (se)	84	3
piocher	T	3
pioncer	I	6
piper	T	3
pique-niquer	I	3
piquer	I/T	3
piquer (se)	86	3
piqueter	I/T	14
pirater	I/T	3
pirouetter	I	3
pisser	I/T	3
pissoter	I	3
pister	T	3
pistonner	T	3
pitonner	I/T	3
pivoter	I	3
placarder	T	3
placardiser	T	3
placer	T	6
placer (se)	84	6
plafonner	I/T	3
plagier	T	4
plaider	I/T	3
plaindre	T	54
plaindre (se)	84	54
plaire	I/Ti	68
plaire (se)	85	68

Verbe	Construction	Modèle
plaisanter	I/T	3
planchéier	T	4
plancher	I	3
planer	I/T	3
planétariser	T	3
planifier	T	4
planquer	I/T	3
planquer (se)	84	3
planter	T	3
planter (se)	86	3
plaquer	T	3
plasmifier	T	4
plastifier	T	4
plastiquer	T	3
plastronner	I/T	3
platiner	T	3
plâtrer	T	3
plébisciter	T	3
pleurer	I/T	3
pleurnicher	I	3
pleuvasser	I, Ip	3
pleuviner	I, Ip	3
pleuvioter	I, Ip	3
pleuvoir	I/T, D	50
pleuvoter	I, Ip	3
plier	I/T	4
plier (se)	84	4
plisser	I/T	3
plisser (se)	84	3
plomber	T	3
plomber (se)	84	3
plonger	I/T	7
plonger (se)	84	7
ployer	I/T	18
plumer	T	3
plumer (se)	84	3
pluraliser	T	3
pocher	I/T	3
poêler	T	3
poétiser	T	3
pogner	T	3
poignarder	T	3
poiler (se)	84	3
poinçonner	T	3
poindre	I/T, D	56
pointer	I/T	3
pointer (se)	84	3
pointiller	T	3
poireauter	I	3
poisser	T	3
poivrer	T	3
poivrer (se)	84	3
polariser	T	3
polariser (se)	84	3
poldériser	T	3
polémiquer	I	3
policer	T	6
polir	T	20
polir (se)	86	20
polissonner	I	3
politiquer	I	3
politiser	T	3
polluer	T	3
polycopier	T	4
polymériser	I/T	3
pommader	T	3
pommeler (se)	84	12
pommer	I	3
pomper	T	3
pomponner	T	3
poncer	T	6
ponctionner	T	3
ponctuer	T	3
pondérer	T	9
pondre	T	52
ponter	I/T	3
pontifier	I	4
populariser	T	3
poquer	I	3
porter	I/T/Ti	3
porter (se)	84	3
portraiturer	T	3
poser	I/T	3
poser (se)	84	3
positionner	T	3
positionner (se)	84	3
positiver	I/T	3
posséder	T	9
posséder (se)	84	9
postdater	T	3
poster	T	3
poster (se)	84	3
postillonner	I	3
postposer	T	3
postsonoriser	T	3
postsynchroniser	T	3
postuler	I/T	3
potasser	T	3
potentialiser	T	3
potiner	I	3
poudrer	I/T	3
poudrer (se)	86	3
poudroyer	I	18
pouffer	I	3
pouliner	I	3
pouponner	I/T	3
pourchasser	T	3
pourfendre	T	52
pourlécher	T	9
pourlécher (se)	86	9
pourrir	I/T	20
pourrir (se)	86	20
poursuivre	T	70
poursuivre (se)	84	70
pourvoir	T/Ti	39
pourvoir (se)	84	39
pousser	I/T	3
pousser (se)	84	3
poutser	T	3
pouvoir	T	44
pouvoir (se)	D 84	44
praliner	T	3
pratiquer	T	3
pratiquer (se)	84	3
préacheter	T	15
préaviser	T	3
précariser	T	3
précautionner (se)	84	3
précéder	I/T	9
préchauffer	T	3
prêcher	I/T	3
précipiter	T	3
précipiter (se)	84	3
préciser	T	3
préciser (se)	84	3

précompter .... T 3
préconiser .... T 3
précuire .... T 78
prédestiner .... T 3
prédéterminer .... T 3
prédiquer .... T 3
prédire .... T 73
prédisposer .... Ti 3
prédominer .... I 3
préempter .... T 3
préétablir .... T 20
préexister .... Ti 3
préfabriquer .... T 3
préfacer .... T 6
préférer .... T 9
préfigurer .... T 3
préfinancer .... T 6
préfixer .... T 3
préformer .... T 3
préjudicier .... I 4
préjuger .... T/Ti 7
prélasser (se) 84 3
prélever .... T 11
préluder .... Ti 3
préméditer .... T 3
prémunir .... T 20
prémunir (se) 84 20
prendre .... I/T 53
prendre (se) 86 53
prénommer .... T 3
prénommer (se) 84 3
préoccuper .... T 3
préoccuper (se) 84 3
préparer .... T 3
préparer (se) 86 3
prépayer .... T 16
préposer .... T 3
prépositionner .... T 3
prépositionner (se) 84 3
prérecruter .... T 3
prérégler .... T 9
présager .... T 7
prescrire .... T 76
prescrire (se) 86 76
présélectionner .... T 3

présenter .... T 3
présenter (se) 84 3
préserver .... T 3
préserver (se) 84 3
présidentialiser .... T 3
présider .... T/Ti 3
présonoriser .... T 3
pressentir .... T 22
presser .... I/T 3
presser (se) 84 3
pressurer .... T 3
pressuriser .... T 3
présumer .... T/Ti 3
présupposer .... T 3
présurer .... T 3
prétendre .... T/Ti 52
prêter .... I/T/Ti 3
prêter (se) 86 3
prétexter .... T 3
prévaloir .... I 47
prévaloir (se) 84 47
prévariquer .... I 3
prévenir .... T 27
prévoir .... T 38
prier .... I/T 4
primer .... T/Ti 3
priser .... T 3
privatiser .... T 3
priver .... T 3
priver (se) 84 3
privilégier .... T 4
procéder .... I/Ti 9
processionner .... I 3
proclamer .... T 3
proclamer (se) 84 3
procréer .... T 5
procurer .... T 3
procurer (se) 86 3
prodiguer .... T 8
produire .... T 78
produire (se) 84 78
profaner .... T 3
proférer .... T 9
professer .... T 3
professionnaliser .... T 3

profiler .... T 3
profiler (se) 84 3
profiter .... I/Ti 3
programmer .... T 3
progresser .... I 3
prohiber .... T 3
projeter .... T 14
projeter (se) 84 14
prolétariser .... T 3
proliférer .... I 9
prolonger .... T 7
prolonger (se) 84 7
promener .... T 11
promener (se) 84 11
promettre .... I/T 63
promettre (se) 85 63
promotionner .... T 3
promouvoir .... T 48
promulguer .... T 8
prôner .... T 3
pronominaliser .... T 3
prononcer .... T 6
prononcer (se) 84 6
pronostiquer .... T 3
propager .... T 7
propager (se) 84 7
prophétiser .... T 3
proportionner .... T 3
proportionner (se) 84 3
proposer .... T 3
proposer (se) 86 3
propulser .... T 3
propulser (se) 84 3
proroger .... T 7
proscrire .... T 76
prosodier .... T 4
prospecter .... T 3
prospérer .... I 9
prosterner .... T 3
prosterner (se) 84 3
prostituer .... T 3
prostituer (se) 84 3
protéger .... T 10
protester .... I/T/Ti 3
prouver .... T 3

provenir I, E 27
proverbialiser T 3
provigner T 3
provisionner T 3
provoquer T 3
psalmodier I/T 4
psychanalyser T 3
psychiatriser T 3
publier T 4
puddler T 3
puer I/T 3
puiser T 3
pulluler I 3
pulser I/T 3
pulvériser T 3
punaiser T 3
punir T 20
purger T 7
purifier T 4
purifier (se) 86 4
putréfier T 4
putréfier (se) 84 4
pyramider I 3
pyrograver T 3

Q

quadriller T 3
quadrupler I/T 3
qualifier T 4
qualifier (se) 84 4
quantifier T 4
quémander T 3
quereller T 3
quereller (se) 84 3
quérir T, D 28
questionner T 3
questionner (se) 84 3
quêter T 3
queuter I 3
quintoyer I 18
quintupler I/T 3
quitter T 3
quitter (se) D 84 3

R

rabâcher T 3
rabaisser T 3
rabaisser (se) 84 3
rabattre T 62
rabattre (se) 84 62
rabibocher T 3
rabioter I/T 3
rabonnir I/T 20
raboter T 3
rabougrir (se) 84 20
rabouter T 3
rabrouer T 3
raccommoder T 3
raccommoder (se) 84 3
raccompagner T 3
raccorder T 3
raccorder (se) 84 3
raccourcir I/T 20
raccourcir (se) 86 20
raccrocher I/T 3
raccrocher (se) 84 3
racheter T 15
racheter (se) 86 15
raciner T 3
racketter T 3
racler T 3
racler (se) 86 3
racoler T 3
raconter T 3
raconter (se) 86 3
racornir T 20
racornir (se) 84 20
rader T 3
radicaliser T 3
radicaliser (se) 84 3
radier T 4
radier (se) 84 4
radiner I 3
radiobaliser T 3
radiodiffuser T 3
radiographier T 4
radioguider T 3
radioscoper T 3
radoter I/T 3
radouber T 3
radoucir T 20
radoucir (se) 84 20
raffermir T 20
raffermir (se) 84 20
raffiner I/T 3
raffoler Ti 3
raffûter T 3
rafistoler T 3
rafler T 3
rafraîchir I/T 20
rafraîchir (se) 86 20
ragaillardir T 20
rager I 7
ragréer T 5
raguer I 8
raguer (se) 84 8
raidir I/T 20
raidir (se) 84 20
railler I/T 3
railler (se) 84 3
rainer T 3
rainurer T 3
raire I, D 69
raisonner I/T 3
raisonner (se) 84 3
rajeunir I/T 20
rajeunir (se) 84 20
rajouter T 3
rajuster T 3
ralentir I/T 20
ralentir (se) 84 20
râler I 3
ralinguer I 8
rallier T 4
rallier (se) 84 4
rallonger I/T 7
rallonger (se) 84 7
rallumer T 3

Liste des verbes

rebiffer (se)	84	3
rebiquer	I	3
reblanchir	T	20
reboiser	T	3
rebondir	I	20
reborder	T	3
reboucher	T	3
reboucher (se)	84	3
rebouter	T	3
reboutonner	T	3
reboutonner (se)	84	3
rebroder	T	3
rebrousser	T	3
rebuter	T	3
rebuter (se)	84	3
recacheter	T	14
recadrer	T	3
recalcifier	T	4
recaler	T	3
recapitaliser	T	3
récapituler	T	3
recarreler	T	12
recaser	T	3
recaser (se)	84	3
recauser	I	3
recaver (se)	84	3
recéder	T	9
receler	I/T	13
recéler	I/T	9
recenser	T	3
recentrer	T	3
receper	T	11
recéper	T	9
réceptionner	T	3
recevoir	T	36
recevoir (se)	84	36
réchampir	T	20
rechanger	T	7
rechanter	T	3
rechaper	T	3
réchapper	I	3
recharger	T	7
rechasser	I/T	3
réchauffer	T	3
réchauffer (se)	86	3
rechausser	T	3
rechausser (se)	84	3
rechercher	T	3
rechigner	Ti	3
rechristianiser	T	3
rechuter	I	3
récidiver	I	3
réciter	T	3
réclamer	T	3
réclamer (se)	84	3
reclasser	T	3
reclasser (se)	84	3
recoiffer	T	3
recoiffer (se)	84	3
récoler	T	3
recoller	I/T	3
recoller (se)	84	3
récolter	T	3
recombiner	T	3
recommander	T	3
recommander (se)	84	3
recommencer	T	6
récompenser	T	3
récompenser (se)	84	3
recomposer	T	3
recomposer (se)	86	3
recompter	T	3
réconcilier	T	4
réconcilier (se)	84	4
recondamner	T	3
reconduire	T	78
reconfigurer	T	3
réconforter	T	3
réconforter (se)	84	3
reconnaître	T	64
reconnaître (se)	86	64
reconnecter	T	3
reconnecter (se)	84	3
reconquérir	T	28
reconsidérer	T	9
reconsolider	T	3
reconstituer	T	3
reconstituer (se)	86	3
reconstruire	T	78
reconstruire (se)	86	78
reconvertir	T	20
reconvertir (se)	84	20
recopier	T	4
recorder	T	3
recorriger	T	7
recoucher	T	3
recoucher (se)	84	3
recoudre	T	58
recoudre (se)	86	58
recouper	T	3
recouper (se)	84	3
recourber	T	3
recourber (se)	84	3
recourir	I/Ti	25
recouvrer	T	3
recouvrir	T	29
recouvrir (se)	84	29
recracher	I/T	3
recracher (se)	84	3
recréer	T	5
récréer	T	5
récréer (se)	84	5
recrépir	T	20
recreuser	T	3
récrier (se)	84	4
récriminer	I	3
recristalliser	T	3
recroqueviller	T	3
recroqueviller (se)	84	3
recruter	T	3
recruter (se)	84	3
rectifier	T	4
recueillir	T	30
recueillir (se)	84	30
recuire	T	78
reculer	I/T	3
reculer (se)	84	3
reculotter	T	3
reculotter (se)	84	3
récupérer	I/T	9
récurer	T	3
récuser	T	3
récuser (se)	84	3
recycler	T	3
recycler (se)	84	3

redécouvrir	T	29
redéfinir	T	20
redemander	T	3
redémarrer	I/T	3
redéployer	T	18
redéployer (se)	84	18
redescendre	I/T, A/E	52
redevenir	I, E	27
redevoir	T	43
rediffuser	T	3
rédiger	T	7
rédimer	T	3
rédimer (se)	84	3
redire	T	73
redire (se)	86	73
rediscuter	T	3
redistribuer	T	3
redonner	T	3
redonner (se)	86	3
redorer	T	3
redoubler	I/T/Ti	3
redouter	T	3
redresser	I/T	3
redresser (se)	84	3
réduire	T	78
réduire (se)	84	78
rééchelonner	T	3
réécouter	T	3
réédifier	T	4
rééditer	T	3
rééduquer	T	3
réélire	T	75
réemballer	T	3
réembarquer	I/T	3
réembaucher	T	3
réemployer	T	18
réemprunter	T	3
r(é)enfiler	T	3
r(é)engager	T	7
r(é)engager (se)	84	7
réensemencer	T	6
réentendre	T	52
rééquilibrer	T	3
réer	I	5
réescompter	T	3
r(é)essayer	T	16
réétudier	T	4
réévaluer	T	3
réexaminer	T	3
réexpédier	T	4
réexporter	T	3
refaire	T	82
refaire (se)	86	82
refendre	T	52
référencer	T	6
référer	Ti	9
référer (se)	84	9
refermer	T	3
refermer (se)	84	3
refiler	T	3
réfléchir	I/T	20
réfléchir (se)	84	20
refléter	T	9
refléter (se)	84	9
refleurir	I/T	20
refluer	I	3
refonder	T	3
refondre	T	52
reformater	T	3
réformer	T	3
réformer (se)	84	3
reformuler	T	3
refouiller	T	3
refouler	I/T	3
refourguer	T	3
réfracter	T	3
refréner	T	9
réfréner	T	9
réfrigérer	T	9
refroidir	I/T	20
refroidir (se)	84	20
réfugier (se)	84	4
refuser	I/T	3
refuser (se)	86	3
réfuter	T	3
regagner	T	3
régaler	I/T	3
régaler (se)	84	3
regarder	T/Ti	3
regarder (se)	86	3
regarnir	T	20
régater	I	3
regeler	I/T, Ip	13
régénérer	T	9
régenter	T	3
regimber	I	3
regimber (se)	84	3
régionaliser	T	3
régir	T	20
réglementer	T	3
régler	T	9
régler (se)	84	9
régner	I	9
regonfler	I/T	3
regonfler (se)	84	3
regorger	I/Ti	7
regratter	T	3
regratter (se)	86	3
regréer	T	5
regreffer	T	3
régresser	I	3
regretter	T	3
regrimper	I	3
regrossir	I	20
regrouper	T	3
regrouper (se)	84	3
régulariser	T	3
réguler	T	3
régurgiter	T	3
réhabiliter	T	3
réhabiliter (se)	84	3
réhabituer	T	3
réhabituer (se)	84	3
rehausser	T	3
rehausser (se)	84	3
réhydrater	T	3
réhydrater (se)	86	3
réifier	T	4
réimperméabiliser	T	3
réimplanter	T	3
réimporter	T	3
réimposer	T	3
réimprimer	T	3
réincarcérer	T	9
réincarcérer (se)	84	9

réincarner (se)	84	3
réincorporer	T	3
réinfecter	T	3
réinfecter (se)	84	3
réinjecter	T	3
réinjecter (se)	86	3
réinscrire	T	76
réinscrire (se)	84	76
réinsérer	T	9
réinsérer (se)	84	9
réinstaller	T	3
réinstaller (se)	84	3
réintégrer	T	9
réintégrer (se)	84	9
réinterpréter	T	9
réintroduire	T	78
réinventer	T	3
réinvestir	T	20
réinvestir (se)	84	20
réinviter	T	3
réitérer	T	9
réitérer (se)	84	9
rejaillir	I	20
rejeter	I/T	14
rejeter (se)	84	14
rejoindre	T	56
rejoindre (se)	84	56
rejointoyer	T	18
rejouer	I/T	3
réjouir	T	20
réjouir (se)	84	20
relâcher	I/T	3
relâcher (se)	84	3
relaisser (se)	84	3
relancer	T	6
relater	T	3
relativiser	T	3
relaver	T	3
relaxer	T	3
relaxer (se)	84	3
relayer	T	16
relayer (se)	84	16
reléguer	T	9
relever	T/Ti	11
relever (se)	84	11
relier	T	4
relire	T	75
relire (se)	84	75
relocaliser	T	3
reloger	T	7
reloger (se)	84	7
relooker	T	3
relouer	T	3
reluire	I	78
reluquer	T	3
remâcher	T	3
remanger	T	7
remanier	T	4
remaquiller	T	3
remaquiller (se)	86	3
remarcher	I	3
remarier	T	4
remarier (se)	84	4
remarquer	T	3
remarquer (se)	84	3
remastériser	T	3
remastiquer	T	3
remballer	T	3
rembarquer	I/T	3
rembarquer (se)	84	3
rembarrer	T	3
rembaucher	T	3
remblayer	T	16
rembobiner	T	3
remboîter	T	3
rembourrer	T	3
rembourser	T	3
rembrunir (se)	84	20
rembucher	T	3
remédier	Ti	4
remembrer	T	3
remémorer	T	3
remémorer (se)	86	3
remercier	T	4
remettre	T	63
remettre (se)	86	63
remeubler	T	3
remeubler (se)	84	3
remilitariser	T	3
remilitariser (se)	84	3
remiser	T	3
remiser (se)	84	3
remmailler	T	3
remmailloter	T	3
remmancher	T	3
remmener	T	11
remodeler	T	13
remonter	I/T, A/E	3
remonter (se)	86	3
remontrer	T	3
remordre	T	52
remorquer	T	3
remoudre	T	59
remouiller	I/T	3
remouiller (se)	86	3
rempailler	T	3
rempaqueter	T	14
rempiéter	T	9
rempiler	I	3
remplacer	T	6
remplir	T	20
remplir (se)	86	20
remployer	T	18
remployer (se)	84	18
remplumer	T	3
remplumer (se)	84	3
rempocher	T	3
rempoissonner	T	3
remporter	T	3
rempoter	T	3
remprunter	T	3
remuer	I/T	3
remuer (se)	86	3
rémunérer	T	9
renâcler	I	3
renaître	I/Ti, D	65
renauder	I	3
rencaisser	T	3
rencarder	T	3
renchaîner	T	3
renchérir	I/T	20
rencogner	T	3
rencogner (se)	84	3
rencontrer	T	3
rencontrer (se)	84	3

rendormir	T	22
rendormir (se)	84	22
rendosser	T	3
rendre	I/T	52
rendre (se)	86	52
renégocier	T	4
reneiger	I, Ip	7
renfermer	T	3
renfermer (se)	84	3
renflammer	T	3
renfler	T	3
renfler (se)	84	3
renflouer	T	3
renfoncer	T	6
renfoncer (se)	84	6
renforcer	T	6
renforcer (se)	84	6
renfrogner (se)	84	3
rengainer	T	3
rengorger (se)	84	7
rengraisser	I	3
rengrener	T	11
rengréner	T	9
renier	T	4
renier (se)	84	4
renifler	I/T	3
renommer	T	3
renoncer	I/T/Ti	6
renouer	T/Ti	3
renouer (se)	84	3
renouveler	T	12
renouveler (se)	84	12
rénover	T	3
renquiller	T	3
renquiller (se)	84	3
renseigner	T	3
renseigner (se)	84	3
rentabiliser	T	3
renter	T	3
rentoiler	T	3
rentrer	I/T, A/E	3
renverser	T	3
renverser (se)	86	3
renvider	T	3
renvoyer	T	19
renvoyer (se)	86	19
réoccuper	T	3
réopérer	T	9
réorchestrer	T	3
réordonner	T	3
réorganiser	T	3
réorganiser (se)	84	3
réorienter	T	3
réorienter (se)	84	3
repairer	I	3
repaître	T	64
repaître (se)	84	64
répandre	T	52
répandre (se)	84	52
reparaître	I, A/E	64
réparer	T	3
reparler	I/Ti	3
reparler (se)	85	3
repartager	T	7
repartir	I/T, E	22
répartir	T	20
répartir (se)	86	20
repasser	I/T, A/E	3
repasser (se)	86	3
repaver	T	3
repayer	T	16
repêcher	T	3
repeigner	T	3
repeigner (se)	86	3
repeindre	T	55
repenser	T/Ti	3
repentir (se)	84	22
repercer	T	6
répercuter	T	3
répercuter (se)	84	3
reperdre	T	52
repérer	T	9
repérer (se)	84	9
répertorier	T	4
répéter	T	9
répéter (se)	86	9
repeupler	T	3
repeupler (se)	84	3
repincer	T	6
repiquer	T	3
replacer	T	6
replanter	T	3
replâtrer	T	3
repleuvoir	I/T, D	50
replier	T	4
replier (se)	84	4
répliquer	T	3
replonger	I/T	7
replonger (se)	84	7
reployer	T	18
repolir	T	20
répondre	I/T/Ti	52
répondre (se)	85	52
reporter	T	3
reporter (se)	84	3
reposer	I/T/Ti	3
reposer (se)	84	3
repositionner	T	3
repositionner (se)	84	3
repoudrer	T	3
repoudrer (se)	86	3
repousser	I/T	3
repousser (se)	84	3
reprendre	I/T	53
reprendre (se)	84	53
représenter	T	3
représenter (se)	86	3
réprimander	T	3
réprimer	T	3
repriser	T	3
reprocher	T	3
reprocher (se)	86	3
reproduire	T	78
reproduire (se)	84	78
reprofiler	T	3
reprogrammer	T	3
reprographier	T	4
réprouver	T	3
répudier	T	4
répugner	Ti	3
réputer	T	3
requalifier	T	4
requérir	T	28
requinquer	T	3
requinquer (se)	84	3

réquisitionner	T	3
resaler	T	3
resalir	T	20
resalir (se)	84	20
rescinder	T	3
resemer	T	11
réséquer	T	9
réserver	T	3
réserver (se)	86	3
résider	I	3
résigner	T	3
résigner (se)	86	3
résilier	T	4
résiner	T	3
résister	Ti	3
résonner	I	3
résorber	T	3
résorber (se)	84	3
résoudre	T	57
résoudre (se)	84	57
respectabiliser	T	3
respecter	T	3
respecter (se)	84	3
respirer	I/T	3
resplendir	I	20
responsabiliser	T	3
resquiller	I/T	3
ressaigner	I	3
ressaisir	T	20
ressaisir (se)	84	20
ressasser	T	3
ressauter	I/T	3
ressembler	Ti	3
ressembler (se)	85	3
ressemeler	T	12
ressemer	T	11
ressentir	T	22
ressentir (se)	84	22
resserrer	T	3
resserrer (se)	84	3
resservir	I/T	22
resservir (se)	86	22
ressortir	Ti, E	20
ressortir	I/T, A/E	22
ressouder	T	3
ressourcer (se)	84	6
ressouvenir (se)	84	27
ressuer	I	3
ressurgir	I	20
ressusciter	I/T	3
ressuyer	I/T	17
restaurer	T	3
restaurer (se)	84	3
rester	I, E	3
restituer	T	3
restreindre	T	55
restreindre (se)	84	55
restructurer	T	3
restructurer (se)	84	3
résulter	I, A/E, Ip	3
résumer	T	3
résumer (se)	84	3
resurgir	I	20
rétablir	T	20
rétablir (se)	84	20
retailler	T	3
rétamer	T	3
rétamer (se)	84	3
retaper	T	3
retaper (se)	86	3
retapisser	T	3
retarder	I/T	3
retâter	T/Ti	3
reteindre	T	55
retéléphoner	Ti	3
retendre	T	52
retenir	T	27
retenir (se)	84	27
retenter	T	3
retentir	I	20
retercer	T	6
retirer	T	3
retirer (se)	86	3
retisser	T	3
retomber	I, E	3
retondre	T	52
retoquer	T	3
retordre	T	52
rétorquer	T	3
retoucher	T	3
retourner	I/T, A/E	3
retourner (se)	84	3
retracer	T	6
rétracter	T	3
rétracter (se)	84	3
retraduire	T	78
retraiter	T	3
retrancher	T	3
retrancher (se)	84	3
retranscrire	T	76
retransmettre	T	63
retravailler	I/T/Ti	3
retraverser	T	3
rétrécir	I/T	20
rétrécir (se)	84	20
rétreindre	T	55
retremper	T	3
retremper (se)	86	3
rétribuer	T	3
rétroagir	I	20
rétrocéder	T	9
rétrograder	I/T	3
retrousser	T	3
retrousser (se)	86	3
retrouver	T	3
retrouver (se)	86	3
retuber	T	3
réunifier	T	4
réunir	T	20
réunir (se)	84	20
réussir	I/T	20
réutiliser	T	3
revacciner	T	3
revaloir	T	46
revaloriser	T	3
revancher (se)	84	3
revasculariser	T	3
rêvasser	I	3
réveiller	T	3
réveiller (se)	84	3
réveillonner	I	3
révéler	T	9
révéler (se)	84	9
revendiquer	T	3
revendre	T	52

revenir	I, E		27
rêver	I/T/Ti		3
réverbérer	T		9
réverbérer (se)		84	9
reverdir	I/T		20
révérer	T		9
revernir	T		20
reverser	T		3
revêtir	T		23
revigorer	T		3
revirer	I		3
réviser	T		3
revisiter	T		3
revisser	T		3
revitaliser	T		3
revivifier	T		4
revivre	I/T		71
revoir	T		37
revoir (se)		84	37
revoler	I/T		3
révolter	T		3
révolter (se)		84	3
révolutionner	T		3
révolvériser	T		3
révoquer	T		3
revoter	I/T		3
revouloir	T		45
révulser	T		3
rewriter	T		3
rhabiller	T		3
rhabiller (se)		84	3
rhumer	T		3
ricaner	I		3
ricocher	I		3
rider	T		3
rider (se)		84	3
ridiculiser	T		3
ridiculiser (se)		84	3
rifler	T		3
rigidifier	T		4
rigidifier (se)		84	4
rigoler	I		3
rimailler	I		3
rimer	I/T		3
rincer	T		6
rincer (se)		86	6
ringardiser	T		3
ripailler	I		3
riper	I/T		3
ripoliner	T		3
riposter	I		3
rire	I/Ti		77
rire (se)		85	77
risquer	T		3
risquer (se)		84	3
rissoler	I/T		3
ristourner	T		3
ritualiser	T		3
rivaliser	I		3
river	T		3
riveter	T		14
rober	T		3
robotiser	T		3
rocher	I		3
rôdailler	I		3
roder	T		3
rôder	I		3
rogner	I/T		3
rognonner	I		3
roidir	T		20
roidir (se)		84	20
romancer	T		6
romaniser	I/T		3
romaniser (se)		84	3
rompre	I/T		60
rompre (se)		86	60
ronchonner	I		3
ronéoter	T		3
ronéotyper	T		3
ronfler	I		3
ronger	T		7
ronger (se)		86	7
ronronner	I		3
roquer	I		3
roser	T		3
rosir	I/T		20
rosser	T		3
roter	I		3
rôtir	I/T		20
rôtir (se)		86	20
roucouler	I/T		3
rouer	T		3
rougeoyer	I		18
rougir	I/T		20
rouiller	I/T		3
rouiller (se)		84	3
rouir	T		20
rouler	I/T		3
rouler (se)		86	3
roulotter	T		3
roupiller	I		3
rouscailler	I		3
rouspéter	I		9
roussir	I/T		20
router	T		3
rouvrir	I/T		29
rouvrir (se)		86	29
rucher	T		3
rudoyer	T		18
ruer	I		3
ruer (se)		84	3
rugir	I/T		20
ruiner	T		3
ruiner (se)		86	3
ruisseler	I		12
ruminer	T		3
rupiner	I		3
ruser	I		3
rustiquer	T		3
rutiler	I		3
rythmer	T		3

S

sabler	T		3
sablonner	T		3
saborder	T		3
saborder (se)		84	3
saboter	T		3
sabrer	T		3
saccader	T		3
saccager	T		7
saccharifier	T		4
sacquer	T		3

sacraliser	T	3
sacrer	I/T	3
sacrer (se)	84	3
sacrifier	T/Ti	4
sacrifier (se)	84	4
safraner	T	3
saigner	I/T	3
saigner (se)	84	3
saillir	T, D	20
saillir	I, D	31
saisir	T	20
saisir (se)	84	20
saisonner	I	3
salarier	T	4
saler	T	3
salifier	T	4
saliniser (se)	84	3
salir	T	20
salir (se)	86	20
saliver	I	3
salpêtrer	T	3
saluer	T	3
saluer (se)	84	3
sanctifier	T	4
sanctifier (se)	84	4
sanctionner	T	3
sanctuariser	T	3
sandwicher	T	3
sangler	T	3
sangler (se)	84	3
sangloter	I	3
saouler	T	3
saouler (se)	84	3
saper	T	3
saponifier	T	4
saquer	T	3
sarcler	T	3
sasser	T	3
satelliser	T	3
satiner	T	3
satiriser	T	3
satisfaire	T/Ti	82
satisfaire (se)	84	82
saturer	I/T	3
saucer	T	6
saucissonner	I/T	3
saumurer	T	3
sauner	T	3
saupoudrer	T	3
saurer	T	3
saurir	T	20
sauter	I/T	3
sautiller	I	3
sauvegarder	T	3
sauver	T	3
sauver (se)	84	3
savater	T	3
savoir	T	42
savoir (se)	84	42
savonner	T	3
savonner (se)	86	3
savourer	T	3
scalper	T	3
scandaliser	T	3
scandaliser (se)	84	3
scander	T	3
scanner	T	3
scarifier	T	4
sceller	T	3
scénariser	T	3
schématiser	T	3
schlinguer	I	8
schlitter	T	3
scier	T	4
scinder	T	3
scinder (se)	84	3
scintiller	I	3
scléroser	T	3
scléroser (se)	84	3
scolariser	T	3
scorer	I	3
scotcher	T	3
scotomiser	T	3
scratcher	I	3
scratcher (se)	84	3
scribouiller	T	3
scruter	T	3
sculpter	T	3
sécher	I/T	9
sécher (se)	86	9
seconder	T	3
secouer	T	3
secouer (se)	86	3
secourir	T	25
sécréter	T	9
sectionner	T	3
sectoriser	T	3
séculariser	T	3
sécuriser	T	3
sédentariser	T	3
sédentariser (se)	84	3
sédimenter	I	3
séduire	T	78
segmenter	T	3
ségréguer	T	9
séjourner	I	3
sélecter	T	3
sélectionner	T	3
seller	T	3
sembler	I	3
semer	T	11
semoncer	T	6
sensibiliser	T	3
sentir	I/T	22
sentir (se)	84	22
seoir	I, D	40
séparer	T	3
séparer (se)	84	3
septupler	I/T	3
séquencer	T	6
séquestrer	T	3
sérancer	T	6
serfouir	T	20
sérier	T	4
sérigraphier	T	4
seriner	T	3
seringuer	T	8
sermonner	T	3
serpenter	I	3
serrer	T	3
serrer (se)	86	3
sertir	T	20
servir	T/Ti	22
servir (se)	86	22
sévir	I	20

Liste des verbes

sevrer	T	11
sextupler	T	3
shampooiner	T	3
shampooiner (se)	84	3
shampouiner	T	3
shampouiner (se)	84	3
shooter	I	3
shooter (se)	84	3
shunter	T	3
sidérer	T	9
siéger	I	10
siffler	I/T	3
siffloter	I/T	3
sigler	T	3
signaler	T	3
signaler (se)	84	3
signaliser	T	3
signer	I/T	3
signer (se)	84	3
signifier	T	4
silhouetter	T	3
sillonner	T	3
similiser	T	3
simplifier	T	4
simplifier (se)	86	4
simuler	T	3
singer	T	7
singulariser	T	3
singulariser (se)	84	3
siniser	T	3
sinuer	I	3
siphonner	T	3
siroter	T	3
situer	T	3
situer (se)	84	3
skier	I	4
slalomer	I	3
slaviser	T	3
slicer	T	6
smasher	I	3
sniffer	T	3
snober	T	3
socialiser	T	3
sodomiser	T	3
soigner	T	3
soigner (se)	84	3
solariser	T	3
solder	T	3
solder (se)	84	3
solenniser	T	3
solfier	T	4
solidariser	T	3
solidariser (se)	84	3
solidifier	T	4
solidifier (se)	84	4
soliloquer	I	3
solliciter	T	3
solubiliser	T	3
solutionner	T	3
somatiser	T	3
sombrer	I	3
sommeiller	I	3
sommer	T	3
somnoler	I	3
sonder	T	3
songer	Ti	7
sonnailler	I	3
sonner	I/T	3
sonner (se)	84	3
sonoriser	T	3
sophistiquer	T	3
sortir	I/T, A/E	22
sortir (se)	84	22
soucier	T	4
soucier (se)	84	4
souder	T	3
souder (se)	84	3
soudoyer	T	18
souffler	I/T	3
souffleter	T	14
souffrir	I/T	29
souffrir (se)	84	29
soufrer	T	3
souhaiter	T	3
souiller	T	3
soulager	T	7
soulager (se)	84	7
soûler	T	3
soûler (se)	86	3
soulever	T	11
soulever (se)	84	11
souligner	T	3
soumettre	T	63
soumettre (se)	84	63
soumissionner	T	3
soupçonner	T	3
souper	I	3
soupeser	T	11
soupirer	I/T	3
souquer	I/T	3
sourciller	I	3
sourdre	I, D	52
sourire	I	77
sourire (se)	85	77
sous-alimenter	T	3
sous-alimenter (se)	84	3
sous-employer	T	18
sous-entendre	T	52
sous-estimer	T	3
sous-estimer (se)	84	3
sous-évaluer	T	3
sous-évaluer (se)	84	3
sous-exposer	T	3
sous-investir	I	20
sous-louer	T	3
sous-payer	T	16
sous-tendre	T	52
sous-titrer	T	3
sous-toiler	T	3
sous-traiter	I/T	3
sous-utiliser	T	3
sous-virer	I	3
souscrire	T	76
soustraire	T	69
soustraire (se)	84	69
soutacher	T	3
soutenir	T	27
soutenir (se)	84	27
soutirer	T	3
souvenir (se)	84	27
soviétiser	T	3
spatialiser	T	3
spécialiser	T	3
spécialiser (se)	84	3
spécifier	T	4

Liste des verbes

spéculer	I	3
speeder	I	3
spiritualiser	T	3
spolier	T	4
sponsoriser	T	3
sporuler	I	3
sprinter	I	3
squatter	T	3
squeezer	T	3
stabiliser	T	3
stabiliser (se)	84	3
staffer	T	3
stagner	I	3
standardiser	T	3
stariser	T	3
stationner	I	3
statuer	I	3
statufier	T	4
statufier (se)	84	4
sténographier	T	4
sténotyper	T	3
stéréotyper	T	3
stérer	T	9
stériliser	T	3
stigmatiser	T	3
stimuler	T	3
stipendier	T	4
stipuler	T	3
stocker	T	3
stopper	I/T	3
stranguler	T	3
stratifier	T	4
stresser	T	3
stresser (se)	84	3
striduler	I	3
strier	T	4
structurer	T	3
structurer (se)	84	3
stupéfier	T	4
stuquer	T	3
styler	T	3
styliser	T	3
subdéléguer	T	9
subdiviser	T	3
subir	T	20
subjuguer	T	8
sublimer	T	3
submerger	T	7
subodorer	T	3
subordonner	T	3
suborner	T	3
subroger	T	7
subsister	I	3
substantifier	T	4
substantiver	T	3
substituer	T	3
substituer (se)	84	3
subsumer	T	3
subtiliser	I/T	3
subvenir	Ti	27
subventionner	T	3
subvertir	T	20
succéder	Ti	9
succéder (se)	85	9
succomber	I/Ti	3
sucer	T	6
sucer (se)	86	6
suçoter	T	3
sucrer	T	3
sucrer (se)	84	3
suer	I/T	3
suffire	Ti	72
suffire (se)	85	72
suffixer	T	3
suffoquer	I/T	3
suggérer	T	9
suggestionner	T	3
suicider (se)	84	3
suiffer	T	3
suinter	I	3
suivre	I/T	70
suivre (se)	84	70
sulfater	T	3
sulfiter	T	3
sulfurer	T	3
superposer	T	3
superposer (se)	84	3
superviser	T	3
supplanter	T	3
suppléer	T/Ti	5
supplémenter	T	3
supplicier	T	4
supplier	T	4
supporter	T	3
supporter (se)	84	3
supposer	T	3
supprimer	T	3
supprimer (se)	84	3
suppurer	I	3
supputer	T	3
surabonder	I	3
surajouter	T	3
surajouter (se)	84	3
suralimenter	T	3
suralimenter (se)	84	3
surarmer	T	3
surbaisser	T	3
surcharger	T	7
surchauffer	T	3
surclasser	T	3
surcomprimer	T	3
surcontrer	T	3
surcoter	T	3
surcouper	T	3
surdéterminer	T	3
surdimensionner	T	3
surélever	T	11
surenchérir	I	20
surendetter	T	3
surentraîner	T	3
suréquiper	T	3
surestimer	T	3
surestimer (se)	84	3
surévaluer	T	3
surévaluer (se)	84	3
surexciter	T	3
surexploiter	T	3
surexposer	T	3
surexposer (se)	84	3
surfacer	Ti	6
surfacturer	T	3
surfaire	T	82
surfer	I	3
surfiler	T	3
surgeler	T	13

Verbe	Construction	Modèle
surgeonner	I	3
surgir	I	20
surglacer	T	6
surhausser	T	3
surimposer	T	3
suriner	T	3
surinfecter (se)	84	3
surinvestir	I	20
surir	I	20
surjeter	T	14
surjouer	T	3
surligner	T	3
surmédicaliser	T	3
surmener	T	11
surmener (se)	84	11
surmonter	T	3
surmultiplier	T	4
surnager	I	7
surnommer	T	3
suroxyder	T	3
surpasser	T	3
surpasser (se)	84	3
surpayer	T	16
surpiquer	T	3
surplomber	T	3
surprendre	T	53
surprendre (se)	84	53
surproduire	T	78
surprotéger	T	7
sursaturer	T	3
sursauter	I	3
sursemer	T	11
surseoir	Ti	41
surtaxer	T	3
surtitrer	T	3
survaloriser	T	3
surveiller	T	3
surveiller (se)	84	3
survenir	I, E	27
survirer	I	3
survivre	I/Ti	71
survoler	T	3
survolter	T	3
susciter	T	3
suspecter	T	3
suspendre	T	52
suspendre (se)	84	52
sustenter	T	3
sustenter (se)	84	3
susurrer	I/T	3
suturer	T	3
swinguer	I	8
syllaber	T	3
symboliser	T	3
sympathiser	I	3
synchroniser	T	3
syncoper	I/T	3
syndicaliser	T	3
syndiquer	T	3
syndiquer (se)	84	3
synthétiser	T	3
syntoniser	T	3
systématiser	T	3

T

Verbe	Construction	Modèle
tabasser	T	3
tabasser (se)	D 84	3
tabler	Ti	3
tabuler	I/T	3
tacher	T	3
tacher (se)	84	3
tâcher	T	3
tacheter	T	14
tacler	T	3
taguer	I/T	8
taillader	T	3
tailler	I/T	3
tailler (se)	86	3
taire	T	68
taire (se)	84	68
taler	T	3
taller	I	3
talocher	T	3
talonner	T	3
talquer	T	3
tambouriner	I/T	3
tamiser	T	3
tamponner	T	3
tamponner (se)	84	3
tancer	T	6
tanguer	I	8
taniser	T	3
tanner	T	3
tapager	I	7
taper	I/T	3
taper (se)	86	3
tapiner	I	3
tapir (se)	84	20
tapisser	T	3
tapoter	T	3
taquer	T	3
taquiner	T	3
taquiner (se)	84	3
tarabiscoter	T	3
tarabuster	T	3
tarauder	T	3
tarder	I	3
tarer	T	3
targuer (se)	84	8
tarifer	T	3
tarifier	T	4
tarir	I/T	20
tarir (se)	84	20
tartiner	T	3
tartir	I	20
tasser	T	3
tasser (se)	84	3
tâter	T/Ti	3
tâter (se)	86	3
tatillonner	I	3
tâtonner	T	3
tatouer	T	3
taveler	T	12
taveler (se)	84	12
taxer	T	3
tayloriser	T	3
tchatcher	I	3
techniciser	T	3
technocratiser	T	3
technocratiser (se)	84	3
teiller	T	3
teindre	T	55
teindre (se)	86	55

teinter	T	3
teinter (se)	86	3
télécharger	T	7
télécommander	T	3
télécopier	T	4
télédiffuser	T	3
télégraphier	T	4
téléguider	T	3
télépayer	T	16
téléphoner	T/Ti	3
téléphoner (se)	85	3
télescoper	T	3
télescoper (se)	84	3
télétransmettre	T	63
télétravailler	I	3
téléviser	T	3
témoigner	T/Ti	3
tempérer	T	9
tempêter	I	3
temporiser	I	3
tenailler	T	3
tendre	T/Ti	52
tendre (se)	86	52
tenir	I/T/Ti	27
tenir (se)	84	27
tenonner	T	3
ténoriser	I	3
tenter	T	3
tercer	T	6
tergiverser	I	3
terminer	T	3
terminer (se)	84	3
ternir	T	20
ternir (se)	84	20
terrasser	T	3
terreauter	T	3
terrer	T	3
terrer (se)	84	3
terrifier	T	4
terroriser	T	3
tester	I/T	3
tétaniser	T	3
téter	T	9
texturer	T	3
théâtraliser	T	3
thématiser	T	3
théoriser	T	3
thésauriser	T	3
tiédir	I/T	20
tiller	T	3
tilter	I	3
timbrer	T	3
tinter	I/T	3
tintinnabuler	I	3
tiquer	I	3
tirailler	T	3
tire-bouchonner	I	3
tirer	I/T/Ti	3
tirer (se)	86	3
tisonner	T	3
tisser	T	3
titiller	T	3
titrer	T	3
titriser	T	3
tituber	I	3
titulariser	T	3
toiler	T	3
toiletter	T	3
toiletter (se)	84	3
toiser	T	3
tolérer	T	9
tomber	I/T, A/E	3
tomer	T	3
tondre	T	52
tonifier	T	4
tonitruer	I	3
tonner	I, Ip	3
tonsurer	T	3
tontiner	T	3
toper	I	3
toquer	I	3
toquer (se)	84	3
torcher	T	3
torcher (se)	86	3
torchonner	T	3
tordre	T	52
tordre (se)	86	52
toréer	I	5
torpiller	T	3
torréfier	T	4
torsader	T	3
tortiller	T	3
tortiller (se)	84	3
torturer	T	3
torturer (se)	86	3
tosser	I	3
totaliser	T	3
toucher	I/T/Ti	3
toucher (se)	86	3
touer	T	3
touiller	T	3
toupiller	I	3
toupiner	I	3
tourber	I	3
tourbillonner	I	3
tourmenter	T	3
tourmenter (se)	84	3
tournailler	I	3
tournasser	T	3
tournebouler	T	3
tourner	I/T	3
tourner (se)	86	3
tournicoter	I	3
tournoyer	I	18
tousser	I	3
toussoter	I	3
trabouler	I	3
tracasser	T	3
tracasser (se)	84	3
tracer	I/T	6
tracter	I/T	3
traduire	T	78
traduire (se)	84	78
traficoter	I	3
trafiquer	T/Ti	3
trahir	T	20
trahir (se)	84	20
traînailler	I	3
traînasser	I	3
traîner	I/T	3
traîner (se)	84	3
traire	T	69
traiter	T/Ti	3
traiter (se)	84	3
tramer	T	3

tramer (se)	84	3
trancher	I/T	3
tranquilliser	T	3
tranquilliser (se)	84	3
transbahuter	T	3
transborder	T	3
transcender	T	3
transcoder	T	3
transcrire	T	76
transférer	T	9
transfigurer	T	3
transfiler	T	3
transformer	T	3
transformer (se)	84	3
transfuser	T	3
transgresser	T	3
transhumer	I/T	3
transiger	I	7
transir	T	20
transistoriser	T	3
transiter	I/T	3
translater	T	3
transmettre	T	63
transmettre (se)	86	63
transmigrer	I	3
transmuer	T	3
transmuter	T	3
transparaître	I	64
transpercer	T	6
transpirer	I	3
transplanter	T	3
transplanter (se)	84	3
transporter	T	3
transporter (se)	84	3
transposer	T	3
transsuder	I/T	3
transvaser	T	3
transvider	T	3
traquer	T	3
traumatiser	T	3
travailler	I/T/Ti	3
travailler (se)	84	3
travailloter	I	3
traverser	T	3
travestir	T	20
travestir (se)	84	20
trébucher	I/T	3
tréfiler	T	3
treillager	T	7
treillisser	T	3
trémater	I	3
trembler	I	3
trembloter	I	3
trémousser (se)	84	3
tremper	I/T	3
tremper (se)	86	3
trépaner	T	3
trépasser	I	3
trépider	I	3
trépigner	I	3
tressaillir	I	31
tressauter	I	3
tresser	T	3
treuiller	T	3
trévirer	T	3
trianguler	T	3
triballer	T	3
tricher	I	3
tricoter	I/T	3
trier	T	4
trifouiller	I	3
triller	I/T	3
trimarder	I	3
trimbaler	T	3
trimbaler (se)	86	3
trimer	I	3
tringler	T	3
trinquer	I	3
triompher	I/Ti	3
tripatouiller	T	3
tripler	I/T	3
tripoter	I/T	3
triquer	T	3
trisser	I/T	3
trisser (se)	84	3
triturer	T	3
triturer (se)	86	3
tromper	T	3
tromper (se)	84	3
trompeter	I/T	14
tronçonner	T	3
trôner	I	3
tronquer	T	3
tropicaliser	T	3
troquer	T	3
trotter	I	3
trotter (se)	84	3
trottiner	I	3
troubler	T	3
troubler (se)	84	3
trouer	T	3
trouer (se)	86	3
trousser	T	3
trousser (se)	84	3
trouver	T/Ti	3
trouver (se)	86	3
truander	I/T	3
trucider	T	3
truffer	T	3
truquer	I/T	3
trusquiner	T	3
truster	T	3
tuber	T	3
tuer	T	3
tuer (se)	84	3
tuméfier	T	4
tuméfier (se)	84	4
turbiner	I/T	3
turlupiner	T	3
turluter	I	3
tuteurer	T	3
tutorer	T	3
tutoyer	T	18
tutoyer (se)	84	18
tuyauter	T	3
twister	I	3
typer	T	3
tyranniser	T	3

U

ulcérer	T	9
ulcérer (s')	84	9
ululer	I	3

unifier	T	4
unifier (s')	84	4
uniformiser	T	3
unir	T	20
unir (s')	84	20
universaliser	T	3
universaliser (s')	84	3
urbaniser	T	3
urbaniser (s')	84	3
urger	I, Ip	7
uriner	I	3
user	T/Ti	3
user (s')	84	3
usiner	T	3
usurper	T	3
utiliser	T	3

V

vacciner	T	3
vaciller	I	3
vadrouiller	I	3
vadrouiller (se)	84	3
vagabonder	I	3
vagir	I	20
vaguer	I	8
vaincre	T	61
vaincre (se)	84	61
valdinguer	I	8
valider	T	3
valoir	I/T	46
valoir (se)	84	46
valoriser	T	3
valoriser (se)	84	3
valser	I	3
vamper	T	3
vampiriser	T	3
vandaliser	T	3
vanner	I/T	3
vanter	T	3
vanter (se)	84	3
vaporiser	T	3
vaquer	I/Ti	3
varapper	I	3
varier	I/T	4
varloper	T	3
vasectomiser	T	3
vaseliner	T	3
vaser	I, Ip	3
vasouiller	I	3
vassaliser	T	3
vaticiner	I	3
vautrer (se)	84	3
végéter	I	9
véhiculer	T	3
veiller	I/T/Ti	3
veiner	T	3
vêler	I	3
velouter	T	3
vendanger	T	7
vendre	T	52
vendre (se)	84	52
vénérer	T	9
venger	T	7
venger (se)	84	7
venir	I, E	27
venter	I, Ip	3
ventiler	T	3
verbaliser	I/T	3
verdir	I/T	20
verdoyer	I	18
verglacer	I, Ip	6
vérifier	T	4
vérifier (se)	84	4
vermiller	I	3
vernir	T	20
vernisser	T	3
verrouiller	T	3
verrouiller (se)	84	3
verser	I/T	3
verser (se)	86	3
versifier	T	4
vesser	I	3
vétiller	I	3
vêtir	T	23
vêtir (se)	84	23
vexer	T	3
vexer (se)	84	3
viabiliser	T	3
viander	I	3
viander (se)	84	3
vibrer	I/T	3
vibrionner	I	3
vicier	T	4
victimiser	T	3
vidanger	T	7
vider	T	3
vider (se)	84	3
vieillir	I/T	20
vieillir (se)	84	20
vieller	I	3
vilipender	T	3
villégiaturer	I	3
vinaigrer	T	3
viner	T	3
vinifier	T	4
violacer	T	6
violacer (se)	84	6
violenter	T	3
violer	T	3
violoner	I	3
virer	I/T/Ti	3
virevolter	I	3
viriliser	T	3
viroler	T	3
viser	T/Ti	3
visionner	T	3
visiter	T	3
visser	T	3
visualiser	T	3
vitrer	T	3
vitrifier	T	4
vitrioler	T	3
vitupérer	I/T	9
vivifier	T	4
vivoter	I	3
vivre	I/T	71
vocaliser	T	3
vociférer	I/T	9
voguer	I	8
voiler	T	3
voiler (se)	86	3
voir	T/Ti	37

Alphabet phonétique

12 voyelles			
[a]	**a**mi ; m**a**t	[ɔ]	s**o**rt ; d**o**nner
[ɑ]	m**â**t ; b**a**s	[ø]	bl**eu** ; n**œu**d
[e]	caf**é** ; parl**er**	[œ]	b**eu**rre ; **œu**f
[ɛ]	m**è**re ; b**e**lle ; f**ê**te	[ə]	ch**e**min ; r**e**voir
[i]	**i**c**i** ; pl**i**	[u]	f**ou** ; g**oû**t
[o]	s**o**t ; **eau** ; r**ô**le	[y]	**u**ser ; m**û**r

4 voyelles nasales			
[ɑ̃]	bl**an**c ; v**en**dre	[œ̃]	br**un** ; parf**um**
[ɛ̃]	f**in** ; pl**ein** ; p**ain**	[ɔ̃]	m**on**de ; s**om**bre

3 semi-consonnes (ou semi-voyelles)			
[j]	**y**aourt ; ra**il** ; r**i**en	[ɥ]	n**u**it ; l**u**i
[w]	**ou**i ; r**ou**age		

17 consonnes			
[b]	**b**ar**b**e ; ta**b**le	[ʀ]	**r**a**r**e ; pou**r**
[k]	**c**ave ; mar**qu**er ; s**k**i	[s]	**s**ur ; tra**c**e ; le**ç**on
[d]	**d**ur ; su**d**	[t]	**t**ous ; re**t**ard
[f]	**f**eu ; **ph**oto	[v]	**v**i**v**re ; **w**agon
[g]	**g**ant ; va**gu**e	[z]	ro**s**e ; **z**éro
[l]	**l**une ; rou**l**er ; vi**ll**e	[ʃ]	**ch**at ; ri**ch**e
[m]	**m**ain ; per**m**is	[ʒ]	**j**eton ; man**g**er
[n]	**n**avire ; fari**n**e	[ɲ]	vi**gn**e ; a**gn**eau
[p]	**p**oule ; ta**p**er		

Remarque : les 2 phonèmes [ɛ̃] et [œ̃] tendent à être confondus dans beaucoup de régions.

Achevé d'imprimer en Espagne par UNIGRAF
Dépôt légal : Juin 2018 - Édition: 01
40/2409/8